O Deus e a Fantasma

Sophie Kim

O Deus e a Fantasma

TRADUÇÃO
Yonghui Qio

HARLEQUIN
Rio de Janeiro, 2025

Esta edição foi publicada mediante acordo com a Del Rey, um selo da Random House, uma divisão da Penguin Random House LLC.

Título original: *The God and the Gwisin*

Copidesque	Michelle Kwan
Revisão	Natália Mori e Daniela Georgeto
Ilustração de capa	Sija Hong
Adaptação de capa	Julio Moreira | Equatorium Design
Diagramação	Abreu's System

Dados Internacionais de Catalogação na Publicação (CIP)
(Câmara Brasileira do Livro, SP, Brasil)

Kim, Sophie
O deus e a fantasma / Sophie Kim; tradução Yonghui Qio. – Rio de Janeiro: Harlequin, 2025.

Título original: The god and the gwisin.
ISBN 978-65-5970-551-1

1. Ficção coreana I. Título.

25-281490 CDD-895.73

Índice para catálogo sistemático:
1. Ficção: Literatura coreana 895.73

Bibliotecária responsável: Eliane de Freitas Leite – CRB 8/8415

Rua da Quitanda, 86, sala 601A – Centro
Rio de Janeiro/RJ – CEP 20091-005
Tel.: (21) 3175-1030
www.harpercollins.com.br

Para minha mãe.
Mãe, eu te admiro mais do que os astrólogos admiram as estrelas.

O navio em que Teseu navegou com os jovens e em que voltou em segurança foi uma galé de trinta remos preservada pelos atenienses até a época de Demétrio de Faleros. Tiravam-lhe as tábuas de madeira de tempos em tempos e as substituíam por novas. Assim, essa embarcação se tornou, para os filósofos, o grande exemplo da discussão sobre o amadurecimento, com alguns argumentando que ainda se tratava do mesmo navio e outros que já não era.

— Plutarco, *Vidas paralelas*

SUMÁRIO

NOTA DA AUTORA

SALVE, TRIPULAÇÃO!

Estou muito animada por vocês terem voltado para mais uma aventura. Nosso eterno ranzinza (e viciado em cafeína) detetive Seokga, assim como outros personagens tão familiares e ao mesmo tempo tão inéditos, espera ansiosamente que vocês embarquem no CRS *Bateu As Botas*. Monstros, magia e caos vêm aí, com uma pitada generosa de suspense e, é claro, romance.

Muuuito romance.

Mas antes que subam à bordo desse respeitável cruzeiro e sejam levados pelas correntes tumultuosas do rio do submundo, por favor, me acompanhem enquanto coloco o chapéu de capitã e repasso minha própria versão das instruções de segurança. Afinal, estas águas podem ser traiçoeiras — até perigosas — se não forem navegadas com cuidado.

O deus e a fantasma não tem qualquer intenção de ser um guia de mitologia coreana tradicional. Assim como em todos os meus livros, tomei liberdades criativas consideráveis. Acredito que releituras mantêm histórias vivas e despertam interesse pelos mitos originais. Também acredito que, para recontar, a pessoa que escreve *precisa* entender o contexto cultural original do folclore com o qual está trabalhando. Por favor, saibam que tive o cuidado de pesquisar os séculos de fábulas tradicionais de minha ancestralidade e os séculos de história que as inspiraram.

Sendo assim, desejo a vocês boas férias no CRS *Bateu As Botas*! Espero, com toda sinceridade, que aproveitem a estadia.

Todos a bordo!

(E cuidado com o guarda-corpo.)

CAPÍTULO UM

KISA

Seul, 2018

A monstruosidade cintilante do Hospital Xamânico de Seul se sobressai sobre as ruas da cidade, governando a vida noturna com uma certa soberba que só um edifício de grande prestígio tem. Dentro desse pilar de aço frio, concreto robusto e vidro reluzente há um universo de paramédicos agitados, doutores zanzando, uma sinfonia de bipes mecânicos e pisos de azulejo branco que, de alguma maneira, continuam imaculados, apesar das criaturas e dos mortais sendo levados em macas pelos corredores tortuosos.

O hospital se espicha até sumir de vista, adentrando a noite, cujas nuvens acinzentadas borram o céu azul-marinho profundo. Lá em cima, sentada sob as estrelas, uma jovem mulher dá chutes em movimentos calculados à beirada do prédio.

O cabelo dela está amarrado em um coque baixo na nuca, mas tufos de cachos escuros da cor de café escapam do elástico e roçam em suas bochechas com o toque suave da brisa gelada. A mulher se pergunta, meio indiferente (sem dúvida um efeito colateral dos turnos de vinte e quatro horas na Unidade de Maternidade Mágica), se outra rajada de vento bastaria para derrubá-la. Se a faria cair feito uma folha de árvore no outono para depois ser amassada no chão.

Ela suspira, encosta a bochecha no joelho da perna dobrada para cima e encara o lento arrastar do trânsito lá embaixo.

Yoo Kisa está completamente farta da própria vida. Farta dos turnos longuíssimos, em que suas mãos se atrapalham com a pele escorregadia de um recém-nascido, da eterna insônia e da preocupante dependência (ou vício, na verdade) em energéticos frutados e *flat whites*. Farta de ser uma xamã.

Cansada, pensa que talvez devesse ter se especializado em qualquer coisa que não medicina mágica. A julgar pelas postagens todas sorridentes nas redes sociais, seus antigos colegas da Universidade de Nova Sinsi (do Departamento Mágico, é claro) parecem estar bem de vida. Yuna, com quem costumava dividir o quarto no dormitório, é a encantadora mais badalada da cidade — ganha centenas de milhares de won. Jinny, irmã de Yuna, realizou seu maior sonho e se tornou a assistente de um deus, cumprindo tarefas para ninguém menos que Yongwang, o deus do mar, e agora até mora em Okhwang. Kim Dae, o rival de Kisa, com quem ela sempre competia pelas maiores notas na especialização, agora trabalha nos jardins floridos de Hallakkungi e faz parte do muito prestigiado grupo de pesquisa em botânica do deus das flores, famoso pelas contribuições farmacêuticas. Ninguém foi tolo o bastante de seguir direto para a medicina mágica, que é pelo menos dez vezes mais difícil e mais perigosa do que a medicina mortal — a anatomia interna díspar entre dokkaebi e imoogi, gumiho e semideus, por exemplo, é apenas uma entre as muitas, *muitas* diferenças.

Ah, conseguir esse emprego tão cedo foi um erro crasso dela, só para exibir o próprio intelecto brilhante. Yoo Kisa, a melhor aluna de sua turma no DMUNS, o Departamento Mágico da Universidade de Nova Sinsi. Yoo Kisa, a célebre doutora, que se jogou de cabeça no hospital minutos depois de se formar. Uma xamã de 22 anos pulando os quatro anos a mais de residência médica era algo inédito; Kisa era simplesmente boa *demais*. Um dos professores havia carinhosamente se referido a ela como o "coração" da turma de formandos do DMUNS de 2017. O centro de tudo.

E era verdade.

O DMUNS é famoso por levar os conceitos de "prestígio" e "concorrência brutal" a outro patamar. Em qualquer universidade mortal, sabotagem é malvista, mas, no Departamento Mágico, é *incentivada*. Kisa já perdeu a conta de quantas vezes seus experimentos de laboratório foram adulterados... e de quantas vezes ela retribuiu o favor. Embates físicos também não eram punidos. Xamãs costumavam competir uns com os outros com frequência, encorajados pelos patronos divinos. Estes, que não podiam lutar entre si nem fazer qualquer coisa que perturbasse a harmonia interna de Okhwang, usavam os xamãs para serem tão cruéis quanto quisessem.

E, apesar de tudo, Kisa foi mais do que bem-sucedida. Ela *se destacou*.

Conseguia ler um calhamaço enorme de história em quatro dias e escrever uma tese sobre o assunto em três semanas. Levantava a mão em todas as aulas e não recebia menos do que notas perfeitas a cada semestre. Era notavelmente perita em canalizar o poder de sua patrona divina, Samsin Halmoni. Uma boa mãe sara qualquer ferida, afinal — seja com canja de galinha, curativos ou beijos na testa —, e para Kisa, que sempre quis ser obstetra, já que a própria mãe morreu durante o parto, foi fácil se conectar à deusa da maternidade.

Sob o toque de Kisa, a carne de qualquer mãe se remenda. Um recém--nascido à beira da morte revive e se transforma em um bebê chorão corado e saudável.

Kisa também é uma das especialistas à frente do tratamento de doenças cardíacas congênitas em fetos, capaz de detectar o que às vezes os aparelhos deixam passar e de realizar as cirurgias necessárias com mãos hábeis que nunca tremem, nunca falham. Mas eis a questão: ela não consegue curar mortais, apenas criaturas que acreditam nos poderes dos deuses coreanos.

E essa limitação *dói*. Kisa sofre por conta disso — e de algo… a mais. Ela não sabe bem o quê, apenas tem uma sensação *nova* e surpreendente de vazio, uma lacuna escura e esgarçada à espera de algo que a preencha.

Talvez seja porque deixou passar seu costumeiro café *flat white* naquela manhã em troca de alguns abençoados minutos a mais de sono. A falta de cafeína com certeza não ajudou em nada.

A xamã inspira fundo o ar da noite, mas não consegue se livrar do cheiro de antisséptico e da sala de cirurgia nos pulmões. Ela ainda está com dor de cabeça, causada pela cesariana de emergência que precisou fazer em uma haetae pequenina. Os haetae, criaturas guardiãs, são notoriamente conhecidos pelos partos difíceis, já que seus hábitos cautelosos começam desde o útero. Às vezes, os bebês têm receio demais de sequer vir a um mundo tão cheio de perigos. Kisa engole em seco.

Quanto tempo faz desde que saiu do hospital pela última vez? Alguns dias? Semanas? Desde que o lugar cortou o quadro de funcionários, ela anda trabalhando até ficar à beira da exaustão, tendo que engolir o choro. A visão de Kisa fica borrada de lágrimas. Não é que ela não ame o que faz, ou que já não sinta mais o gostinho da vitória quando consegue fazer o parto de uma criança saudável e feliz. É só que ela está *cansada*.

Ninguém sabe que ela está ali em cima.

Seria tão fácil se entregar… enfim descansar…

Kisa morde o lábio inferior. Um rastro vermelho desponta diante de seus olhos e ela faz uma careta, fazendo questão de não olhar para o Fio Vermelho que se enroscou em seu mindinho esquerdo algumas horas atrás, em um padrão floral elaborado que quase se assemelhava a uma mugunghwa, a rosa-de-sarom, a flor nacional da Coreia do Sul.

Não é uma surpresa que esteja vendo coisas. Deve ser o estresse afetando seu sistema nervoso, deixando-a mais propensa a ter alucinações. Porque não é possível que esse fio, que vai descendo o prédio e se entremeando pelas ruas lá embaixo, seja real.

Ela está vendo coisas. Sentindo coisas.

Ah, sim. Kisa consegue *sentir* a linha sobre a pele como se fosse um fio normal. Mas, diferentemente de fios normais, esse simplesmente não sai. Apareceu naquela tarde, bem quando Kisa estava fazendo a primeira incisão abdominal da cesariana. A médica quase se sobressaltou, mas recobrou o controle, ciente das consequências que qualquer movimento brusco teria na paciente.

— Sai daqui — sussurra Kisa, primeiro em inglês, pedindo para a faísca vermelha ainda visível ir embora. É claro que não recebe resposta alguma, nem quando tenta implorar em coreano com sotaque britânico.

Mas então os pelos de sua nuca se arrepiam. Uma gotinha lenta de ansiedade escorre pelas suas costas, que de repente fica pesada de pavor. Algo foi determinado. Algo foi marcado a ferro e fogo, e não há nada que ela possa fazer para impedir que aconteça. É algo que pode mudar sua vida, transformar sua vida...

Ou acabar com ela. Feito uma faca prestes a partir vinte e dois anos ao meio.

Kisa se enrijece. Quando começa, sua respiração está curta, e uma melancolia se espalha no fundo da garganta. Aquilo a faz pensar na obsessão da madrasta por cremes antienvelhecimento. Ela encara a cidade lá embaixo, com o coração disparado.

Tudo acontece rápido demais. Kisa nem sequer tem tempo de abrir a boca para suplicar ajuda à sua deusa.

Seu corpo escorrega do telhado e, por um instante, ela fica congelada em um momento perfeito, brilhante e leve, pairando sobre Seul. Mas a gravidade a agarra pelos tornozelos e a puxa com força para baixo, arrastando-a por fileiras e fileiras de janelas reluzentes empilhadas, rindo enquanto a arremessa ao chão em um mergulho de cisne perfeito.

Kisa fecha os olhos.

E logo tudo acaba.

CAPÍTULO DOIS

SEOKGA

NOVA SINSI, 2025

A ÚNICA PARTE DA CONSULTA COM A REVERENCIADA DRA. JANG Heejin, que Seokga realmente odeia, é quando, na metade da sessão, a xamã com jeitão de avó que virou psicóloga de divindades inevitavelmente pergunta como ele se *sente* diante da incapacidade de encontrar Hani.

Na primeira vez que ela fez essa pergunta, mais ou menos dois dias depois de o Fio Vermelho do Destino aparecer, Seokga a encarou com seus frios olhos verdes, se aproximou e resmungou, em um tom de voz que azedaria até leite:

— Como você *acha* que eu me sinto, sua gralha decrépita?

A dra. Jang não se deu ao trabalho de fingir que escrevia em seu sempre presente caderninho com capa de couro. Em vez disso, riu de deboche. Aquilo surpreendeu Seokga o bastante para que enfim — e a contragosto — começasse a confiar na terapeuta que Hwanin havia lhe indicado em 1992, quando o deus da trapaça recuperou a divindade por completo, para se certificar de que Seokga não "surtaria" de novo, segundo as hábeis palavras do irmão.

Desde que começou a deixar a psicóloga adentrar sua mente, Seokga tem descoberto uma abundância de questões com o pai, um estilo de apego evitativo (em relação a qualquer pessoa, menos Hani, é claro — parece que ela era uma exceção às regras) e uma porção de traumas por ter visto o amor de sua vida morrer diante de seus olhos, enquanto ele mesmo segurava o cabo da adaga que a matou. Que divertido. E, desde que começou a tratar Seokga, há mais ou menos trinta e três anos, a velha terapeuta ficou bem mais grisalha. Embora o deus quisesse muito receber algum crédito por isso, xamãs de fato envelhecem; em um ritmo um pouquinho mais devagar que os outros mortais — um bônus de seus patronos divinos —, mas em algum momento definham, adquirem rugas deprimentes e, por fim, morrem. Seokga odeia admitir, mas, tirando o cabelo grisalho feito uma nuvem de tempestade, Jang parece bem inteira aos 70 e tantos anos.

— Seokga — chama a psicóloga, cheia de expectativa.

Agora, sete anos depois de o Fio Vermelho ter aparecido, ele só esfrega os olhos de cansaço. Está exausto, esgotado até o último fio de cabelo, e nem mesmo o grande copo de café gelado, repousado na mesa entre os dois, está ajudando.

— Eu acabei de voltar da Antártica — responde, rouco. A voz dele é sempre assim, mas os ventos fustigantes não ajudaram nem um pouco.

— Antártica. Por acaso achou que Hani estaria lá? — pergunta a dra. Jang.

Seus olhos castanhos cálidos, rodeados por rugas, não demonstram qualquer emoção a não ser uma calma neutralidade de que Seokga passou a gostar. Ela inclina a cabeça, e o sol de outono se infiltrando pela janela redonda às suas costas ilumina seu permanente cabelo grisalho.

Seokga cerra os dentes e encara o Fio Vermelho do Destino amarrado no próprio mindinho. Tirando ele, ninguém mais consegue ver o fio. Está embolado, emaranhado, e até então só serviu para que o deus da trapaça percorresse o mundo inteiro feito uma barata tonta. Durante poucas e magníficas horas depois de ter aparecido, parecia estar guiando Seokga até Hani em uma linha clara, com curvas bem marcadas. Repleto de uma leveza e de uma *alegria* pura e cintilante como há muito não sentia desde que a vida de Hani findou diante dele naquela porcaria de galpão, o deus ligou para a dra. Jang quase na mesma hora, incapaz de conter a necessidade eufórica de contar a alguém que tudo em seu mundo — absolutamente *tudo* — ficaria bem de novo. *Seul,* disse em voz alta, sem fôlego, para a gentil doutora, enquanto apoiava todo o peso na bengala. O fio o estava levando para Seul. Mas, algumas horas após o cair da noite, foi como se aquela desgraça tivesse parado de funcionar. A linha o fez andar em círculos até se emaranhar, levando-o a um lugar apenas para dar a volta e se dirigir a outro; no final das contas, era apenas um barbantezinho inútil.

Parando para pensar, Seokga acha a própria alegria humilhante, assim como sua ligação toda alegre para Jang. Como a terapeuta ousou vê-lo *animado*? Desde então, o deus tem dado duro para compensar isso, agindo excepcionalmente mal-humorado. O que é fácil.

Se Hani está em algum lugar deste mundo, ele deveria conseguir encontrá-la.

Então por que não consegue?

— O fio fica me puxando para baixo. A Antártica... fica lá embaixo. Mas não tinha nada lá, exceto pinguins, peixes e gelo — explica para a dra. Jang, que assente em compreensão.

Seokga retorce os lábios. Ele odiou aquelas coisinhas imundas e seus grasnados, mas Hani teria adorado os pinguins. Acharia os animais adoráveis e talvez desse nomes ridículos a cada um deles. Uma dor familiar se instaura no peito dele, e Seokga toma um gole apressado da bebida do Café das Criaturas.

Fica imaginando se a reencarnação de Hani — onde quer que ela, ou ele, esteja — também daria nome aos pinguins. *E tudo bem se não desse*, diz a si mesmo. Tudo bem se a pessoa for diferente de quem costumava ser no passado, sua Hani, seu amor. Tudo bem. Tudo bem. Seokga não pode e não vai esperar que quem quer que esteja do outro lado do fio seja quem Kim Hani outrora foi.

Mas você quer que seja ela, sussurra uma vozinha fria para ele. *Que esteja esperando sua chegada. A mulher dos anos 1990. A raposa travessa. Você não quer que seja mais ninguém.*

Seokga engole em seco e encara a mesa da psicóloga, afastando as dúvidas amargas. Não vai se permitir pensar nisso. Não até encontrar Hani. Não até encontrá-la. *Tudo* o que quer é encontrá-la...

A dra. Jang se inclina por cima da superfície polida de madeira com uma expressão séria.

— Seokga — diz, e o deus teme que a mulher tentará tocar a mão dele ou reconfortá-lo de alguma maneira.

Ele desenvolveu uma verdadeira aversão a receber consolo. Na única vez que Hwanin tentou abraçá-lo, depois de uma frustrante viagem à Austrália que não rendeu nada, a alma de Seokga quase saiu do corpo.

— O que está fazendo? — questionou Seokga na época.

Hwanin soltou um ruído de incredulidade.

— Eu ia te abraçar...

— Então vai mais devagar da próxima vez. Achei que fosse me matar — respondeu Seokga, afastando-se às pressas.

— Sou eu quem costuma falar isso, irmão, não você — retrucou Hwanin, sorrindo.

Seokga não quer ser alvo de pena. Quer apenas Hani.

Mas a dra. Jang não tenta pegar a mão dele. Em vez disso, ela o fita com severidade.

— Você está se exaurindo. Está esgotado, e fico preocupada de verdade com o que vai acontecer se continuar se esforçando desse jeito.

O deus mantém o olhar fixo nas fotos e prêmios grudados na parede. O filho e a nora da terapeuta, sorrindo com uma criança de 7 anos em um parquinho, a personificação de uma família perfeita e feliz. Um diploma de bacharelado em psicologia e outro em xamanismo da Universidade de Nova Sinsi. Mais um de doutorado do Departamento Mágico da Universidade de Nova Sinsi em psicologia de divindades. Recortes de artigos de jornal sobre a clínica, um lugarzinho aconchegante e convenientemente localizado ao lado de um Café das Criaturas, com manchetes louvando o trabalho da psicóloga de amparar o panteão. Ela fez um trabalho extraordinário ao reabilitar Seokga a um deus que não fica *exageradamente* obcecado por armar golpes. Ele queria que Jang tivesse estado presente quando o pai dele, Mireuk, teve o que a terapeuta descreveu em sessões anteriores como um "surto psicótico" e criou todos os males do mundo.

Ela poderia ter sido útil.

— Eu sei que você sente falta de Hani, Seokga. Mas tirar um momento para respirar é algo minúsculo em comparação ao tempo que você tem para procurá-la. Além disso… — A terapeuta hesita e se remexe na cadeira. — Bem, Hani também pode encontrar você, meu bem. O fio tem duas pontas, afinal.

Seokga arranca o olhar dos recortes de jornal.

— Ela pode não saber do que se trata — responde, não se permitindo pensar no outro motivo para ainda não terem se reencontrado. Não se permitindo considerar que talvez ela esteja fugindo dele. — De acordo com as estatísticas, é mais provável que seja humana, não uma criatura mágica. Se for, pode ser que não conheça as histórias sobre o fio.

O deus engole em seco. Quem quer que Hani seja agora, deve sentir o mesmo impulso — a mesma saudade — que ele. O Fio Vermelho os transformou em ímãs que anseiam pela conexão. Mas, mesmo assim, Seokga ainda não encontrou os olhos castanho-vinho de Hani, os mesmos que Hwanin prometeu que permaneceriam iguais nesta vida.

Trinta e três anos.

Trinta e três anos de luto e saudade. Trinta e três anos desde 1992, aquele ano maravilhoso quando uma mulher de sorriso furtivo e uma risada feito o tilintar de sinos chegou chegando na vida dele e o fez cair de amores. Trinta e três anos desde que se engalfinharam na floresta de bambu, desde que deram um beijo hesitante na montanha de uma fada, desde que Hani trouxe lanchinhos para uma ronda, desde que ela passou os dedos pelo cabelo dele enquanto Seokga ameaçava desfazer o mundo em chamas, desde que ele a segurou nos braços...

Trinta e três anos desde que a Raposa Escarlate morreu.

Seokga reprime uma pontada incandescente de amargura, raiva e decepção com outro gole do café muito, muito gelado.

A dra. Jang suspira.

— Vou ser bem direta, Seokga. Você está caindo aos pedaços. Se não parar agora, não vai passar de uma casca vazia. Perdão a indelicadeza, mas você anda se olhando no espelho?

Ele sabe do que ela está falando. As olheiras escuras. Os cantos dos olhos injetados. Procurar por Hani tem consumido toda a vida de Seokga. Ele nem sequer usa mais *condicionador*.

Mas as mudanças são mais profundas. Embora devesse ter recuperado todos os poderes agora que voltou a ser uma deidade, há uma única coisa que Seokga não consegue mais fazer: revirar a mente das criaturas. Por mais que tente, algo sempre o impede. Talvez sejam a pressão, o desespero e a extrema fadiga interferindo em suas habilidades. Talvez, se dormisse mais de duas horas por noite, fosse mais fácil.

Mas ele não pode parar. *Não pode.*

Durante um tempo, estava melhor. Antes de o Fio Vermelho do Destino aparecer, estava animado. Entusiasmado. Feliz. Pregando peças inofensivas, perambulando pelas ruas de Iseung, ansioso para aproveitar a oportunidade a cada esquina. Convencido de que veria Hani a qualquer momento.

Agora, está cansado. Deprimido. Desolado.

Jang alisa a modesta blusa preta e estica a mão para o telefone de mesa ao lado dela, lançando ao deus um olhar de quem diz *Eu avisei*, mas que, de alguma maneira, ainda consegue ser gentil.

Contudo, cada pedacinho de Seokga enrijece quando a mulher começa a apertar alguns números.

— Para quem você...

A terapeuta o encara com dureza.

— Estou ligando pro seu irmão. Como sua psicóloga, está dentro da minha jurisdição recomendar algo de que você precisa muito.

Seokga franze a testa e se lembra dos remédios que já está tomando, pílulas rosa que engole com o café às sete horas da noite.

— O quê?

Jang ergue o telefone até a orelha.

— Férias.

O cardápio da noite vem de um delivery de Iseung, o reino mortal: salsichas empanadas no espeto, salpicadas de açúcar e cobertas de ketchup e mostarda. Na opinião de Seokga, isso é uma afronta aos seus olhos e paladar sagrados. Era a vez de Hwanung trazer o jantar para o encontro mensal do panteão, no qual todos os deuses de Okhwang se sentam ao redor de uma mesa enorme no Palácio Cheonha e "fazem amizade".

Ah, como Seokga *odeia* fazer amizade. Prefere a parte logística que vem primeiro: agendar o cronograma do clima na Coreia com os respectivos deuses, discutir sobre os Indomáveis e como os haetae estão se saindo com eles, descobrir como andam as coisas para Yeomra no submundo etc. O tema de hoje é um debate bem instigante sobre os xamãs: linhagens de famílias coreanas a quem são concedidas o patrocínio de uma ou outra divindade e que se tornam encarregadas de executar as tarefas insignificantes que os próprios deuses não se dariam ao trabalho de cumprir (como criar e fazer a manutenção de encantos, curar os enfermos e, ao menos no caso dos xamãs de Seokga, causar caos quando quer que a oportunidade surja)... E também há a obrigação tácita de provar a superioridade de seu patrono divino sobre os demais deuses. Os xamãs de Seokga foram especificamente instruídos a procurar os de Hwanin e usar a magia metamorfa — generosamente concedida pelo próprio Seokga — para se transformar em pássaros e cagar na cabeça de todos aqueles metidos a besta.

(O xamanismo claramente mudou desde os tempos antigos. Muitos ainda o praticam da maneira original, mas Seokga prefere que seus xamãs sigam as tradições modernas, já que são muito mais divertidas.)

Ele suspira, completamente entediado, desejando estar assistindo aos próprios xamãs causando caos por aí.

No momento, Seokga sente inveja de Yeomra. Incapaz de deixar Jeoseung, o deus do submundo se junta às reuniões mensais usando uma geringonça mortal bizarra que permite que seu rosto seja projetado em uma tela à frente da sala de jantar. Isso significa que não precisa comer nada daquela comida. Embora, neste exato momento, Yeomra esteja observando o evento com um desejo pouco velado nos olhos escuros.

Hwanin está sentado do outro lado da mesa baixa, beliscando um espécime asqueroso de salsicha empanada. Os olhos preto-azulados salpicados de estrelas do imperador dos deuses encontram os de Seokga por um breve instante antes de seus lábios tremerem e ele deixar a salsicha empanada de lado, com um ar de finalidade soturna. Ao lado dele, o filho se empanturra com vontade, parecendo muito orgulhoso de si pela contribuição ao jantar deste mês.

Seokga revira os olhos, mas precisa admitir que o mastigar ruidoso e animado de Hwanung é uma ótima pausa das brigas apocalípticas que andam assolando Okhwang. Ultimamente, é raro que a boca de Hwanung esteja (relativamente) fechada, e não gritando palavrões ao pai por toda e qualquer coisa.

Focado na comida nojenta, o sobrinho também deixa Seokga em paz — uma mudança muito bem-vinda. Desde que o deus da trapaça voltou, Hwanung tem oscilado entre a raiva e o medo. Seokga já flagrou várias vezes o sobrinho o seguindo, como se procurasse qualquer sinal de transgressão para reportar ao pai. Assim como alguns outros membros do panteão (em especial Samsin Halmoni), Hwanung nunca perdoou o fato de Seokga ter traído o imperador, liderado milhares de monstros do Mundo das Sombras até Okhwang e ainda ter a audácia de chamar a tentativa de golpe de "só uma brincadeirinha". Seokga tem quase certeza de que, se tivesse a menor chance, Hwanung o atiraria de volta a Iseung.

Ele inventou essa teoria depois que o deus das leis lhe contou, com todas as letras, que, se tivesse a menor chance, o atiraria de volta a Iseung. O brilho ameaçador nos olhos do garoto deixou claro que falava sério. Hwanung está sempre brincando com o perigo — seja namorando metamorfas ferozes que se transformam em urso, seja desafiando os guerreiros veteranos de Okhwang para lutas em jaulas. Ele também parece perigoso neste exato instante, com piercings no lábio inferior, jaqueta de couro e um cabelo que já não é mais prateado como o do pai, mas roxo-escuro e desgrenhado.

— Que delícia — comenta Dalnim, engolindo rápido.

A deusa da lua, que costuma ser delicada, está devorando a comida da mesma forma que um leão faria com sua presa. Ao lado dela, o irmão gêmeo, Haemosu, encara com admiração os fios de queijo muçarela que esticam a um comprimento impossível quando ele puxa a salsicha empanada para longe do belo rosto.

Seokga e Hwanin podem ser tão diferentes entre si quanto o dia e a noite, mas a maneira como ambos afastam o prato prova o parentesco. Hwanin toma um gole de bebida do próprio cálice (se bem que Seokga sabe que ali dentro há outra criação mortal asquerosa: refrigerante) e faz questão de pigarrear. Na mesma hora, um silêncio recai sobre o espaçoso salão. Habaek, o deus dos rios, se aquieta em meio a uma risada. Jacheongbi, deusa da agricultura, endireita a postura, prestando atenção, e algumas flores rosa entrelaçadas no cabelo dela tremulam até o chão.

O trono celestial pode até não estar lá, mas é praticamente como se estivesse. Embora esteja sentado de pernas cruzadas em uma almofada, e não no assento real, Hwanin ainda é o imperador de Okhwang, e a própria imagem da realeza. Os tons de azul-escuro e prateado do hanbok de seda combinam com seus olhos e cabelo, respectivamente; as madeixas chegam até a altura do peito em uma cascata gélida.

— Obrigado, Hwanung, pela agradável refeição — diz Hwanin, afagando a cabeça do deus das leis. O filho faz uma careta e se afasta bruscamente.

O pai claramente finge não ver, mas Seokga não deixa passar o lampejo de mágoa que anda aparecendo com frequência nos olhos do irmão.

— Agora que todos tivemos a oportunidade de, *hã*, apreciar a comida… — Hwanin quase perde a compostura quando encontra o olhar de Seokga, que baixa o rosto com firmeza para a salsicha empanada completamente intocada no prato do outro. — Temos assuntos mais importantes a tratar. Para ser mais exato, as *férias* de Seokga.

O deus da trapaça está muito feliz de não ter dado uma mísera mordida na comida, porque, se tivesse, teria se engasgado. Faz um dia desde a sessão com a dra. Jang, e Hwanin não tinha mencionado *até agora* a porcaria do assunto. Ao ver a expressão de choque do irmão, Hwanin dá um sorriso de canto que faz Seokga sentir muita falta da época em que podia partir para cima dele sem ser impedido por essa besteira de *senso de moralidade* que parece ter desenvolvido.

É mesmo uma pena que, desde que voltou para Okhwang, ele e o irmão tenham se tornado quase-meio-que-amigos, lamenta Seokga, irritado. (O detalhe do *quase-meio-que* sendo graças ao papel de Hwanin na morte de Hani. Por mais que o imperador dos deuses tente se aproximar, Seokga logo o afasta de novo.) Afinal, neste exato momento, não há nada que o deus da dissimulação gostaria mais de fazer além de esganar Hwanin. A "recomendação" da dra. Jang não é necessária e só atrasará a busca por Hani.

— Irmão — rosna Seokga, trazendo à tona um pouco daquele velho ímpeto. — Você está passando dos limites. Não preciso nem quero tirar férias.

Ele fecha os dedos em torno da bengala, sabendo que pode sacar a lâmina se estalar o cabo prateado de imoogi com força o bastante. Não fará isso, é claro, mas a possibilidade é reconfortante.

— Ah, meu jovem — choraminga Samsin Halmoni, com um tom desaprovador. — Não se fala assim com os mais velhos, Seokga.

O deus da trapaça redireciona a fúria para a mulher.

— E não se fala assim com seus *superiores* — esbraveja, estreitando os olhos.

A outra deidade fica pálida e sussurra:

— Seu rapazinho malcriado.

Seokga a mira com um olhar indiferente, mais mordaz do que qualquer palavra.

— *Rá!* — exclama Hasegyeong, o deus do gado, virando-se para Jowangshin, a deusa do lar. — Eu te falei que ela diria isso pelo menos uma vez esta noite.

Jowangshin suspira e entrega algumas cédulas amassadas de dinheiro mortal para o avarento Hasegyeong.

Hwanin não parece nem um pouco incomodado ao se direcionar a Yeomra, na tela. Ao deus do submundo ele pede:

— Vá em frente. Conte a Seokga o que decidimos.

Sentindo que está prestes a ser sentenciado à morte (ou, pior, expulso de Okhwang *de novo*), Seokga volta a atenção a Yeomra. O deus da morte parece estar sentado no próprio escritório, cercado pelos tons suntuosos de preto do papel de parede, estantes de livros elegantes e o respaldo acolchoado de couro da poltrona. Toda essa escuridão é bem adequada a um governante de Jeoseung, mas não se pode dizer o mesmo sobre Yeomra.

Se Seokga o visse na rua (o que, por sorte, é impossível, já que o babaca está preso no submundo), acharia que é um jovem e arrogante CEO. Um chaebol, talvez. Yeomra está bem relaxado na poltrona, com os botões da camisa escura abertos para mostrar um pedacinho do peitoral e estampando um sorriso de puxa-saco no rosto. O cabelo parece bagunçado, mas Seokga já usou esse penteado vezes o bastante para saber que demora uma quantidade *absurda* de tempo para estilizá-lo.

— Seokga. Que bom te ver — cumprimenta o deus da morte, erguendo a mão e acenando com preguiça, os anéis de prata cintilando.

Yeomra dá uma piscadinha, e o deus da trapaça percebe que há pó escuro esfumado nas pálpebras dele. Seokga não está nem um pouco impressionado, e parte dele suspeita que o sujeito é a atual inspiração do jovem Hwanung.

— Não — retruca Seokga, com a voz tão fria quanto os ventos da Antártica que teve que encarar recentemente. — Não tem nada de bom nisso. Como você bem sabe, Yeomra, não gosto de você. Nem um pouco.

O deus na tela estreita os olhos.

— Nós decidimos que...

— Não me interessa qualquer que seja a proposta que seu cerebrozinho defeituoso tenha inventado.

— Seokga! — repreende Samsin Halmoni com uma voz estridente. Em um movimento rápido, cobre a barriga grávida, como se pudesse impedir que o feto ouvisse as palavras cortantes.

Seokga não pede desculpas. Odeia o deus da morte desde que, de alguma maneira, ele deixou um eoduksini escapar do reino do submundo no corpo de um dos jeoseung saja e fez Seokga lidar com o problema — e com as consequências. *Hani.* Mais uma vez, aquela dor familiar.

Yeomra semicerra ainda mais os olhos.

— Certo. Tudo bem. Seu irmão me contou o que está acontecendo. Se precisa de um lugar para relaxar…

— Nem comece — interrompe Seokga, maldoso, contemplando as repercussões de atirar a salsicha empanada na imagem projetada. — Vai cuidar da sua vida, seu cadáver.

— Seokga! — sibila Hwanung, de boca cheia. O sobrinho crava o olhar cheio de ódio nele. — Lembre-se de seu lugar.

— Tem comida no seu queixo — revida friamente o tio.

Hwanung cora, e quase — *quase* — se encolhe, de ombros caídos. Mas então revira os olhos um instante depois, pelo visto tentando reunir coragem do fundo, fundo, *fundo* da almazinha minúscula — e Seokga decide não ter um pingo de remorso.

— Ignore-o — diz Hwanin ao filho, lançando a Seokga um olhar de repreensão. — Continue, Yeomra.

O deus da morte se remexe no assento, parecendo sentir o peso do olhar mortífero de Seokga até mesmo no submundo. O couro da poltrona chia.

— Tenho certeza de que você ouviu falar da minha obra-prima, o CRS.

Yeomra faz uma pausa, como se esperasse receber aplausos e elogios.

Seokga se deleita ao apenas encará-lo com um olhar vazio, embora saiba bem do que se trata o projetinho do deus da morte. Já perdeu a conta de quantas vezes leu sobre ele no *Fuxico Divino.*

Não que esteja lendo a revista. Infelizmente, a sala de espera da dra. Jang está repleta de exemplares.

E eles realmente sabem como prender sua atenção.

CRS. Cruzeiros do Rio Seocheongang. Navios que velejam pelo rio Seocheongang, no submundo, oferecendo uma última festança aos passageiros mortos antes que desembarquem na próxima reencarnação. Seokga tem que admitir que é uma ideia inteligente e lucrativa. Do jeito que Jeoseung funciona, Yeomra se moldou para ser mais um CEO do que um imperador. Ter um reino inteiro à sua disposição e ninguém, a não ser os mortos, com quem compartilhá-lo deve deixar qualquer um entediado. Se, por um lado, um imperador recebe todos os cuidados, um CEO precisa expandir os negócios. Tornar a empresa maior e melhor. Milhares de anos atrás, o primeiro ato de Yeomra enquanto "CEO" foi empregar jeoseung saja, criaturas que guiam almas até a terra dos mortos.

Seokga fica com a barriga embrulhada ao se lembrar da alma de Hani entrando no carro funerário, abandonando-o enquanto a luz do sol da manhã surgia e se derramava sobre Nova Sinsi.

Juro por Hwanung, o deus das leis e promessas cumpridas, que o sol voltará a brilhar sobre nós dois.

Mas que piada cruel.

Hwanin suspira, arrancando Seokga dos próprios pensamentos e olhando exasperado para a expressão indiferente do irmão.

— Você não está sendo muito maduro — resmunga de canto de boca.

— Faço qualquer coisa para ver o egozinho frágil dele tremer — responde Seokga, em um tom baixo e gélido.

O deus da trapaça continua fingindo ignorância enquanto Yeomra range os dentes.

— Estou oferecendo um lugar no meu melhor navio durante o próximo cruzeiro, o CRS *Bateu As Botas* — vocifera, como se as palavras estivessem sendo forçadas para fora de sua boca. De fato, os olhos dele passam rapidamente sobre Hwanin, mostrando nítida relutância.

— Fico mais do que feliz em recusar a oferta — diz Seokga, sorrindo com frieza. — Não poderia estar menos interessado em viajar no seu barquinho.

— Não é um barquinho. O navio tem *dez* conveses…

— Não ligo.

Yeomra inspira ruidosamente, afundando na poltrona, mas lançando um olhar fulminante para Seokga. O deus da trapaça se alegra ao perceber que seu sorriso de *não se mete comigo* parece afetar tanto mortais quanto deidades da morte. Convencido, ele ajeita o colarinho levemente amassado do sobretudo e se parabeniza por mais um trabalho bem-feito.

Mas, do outro lado, Hwanin chama sua atenção, e a expressão dele faz o coração de Seokga afundar antes mesmo que qualquer palavra seja dita.

— Que pena — começa o imperador dos deuses, sem um pingo de compaixão. — Já comprei três passagens. Viajamos amanhã.

— Eu preferia que me esfolassem vivo — sibila Seokga por instinto, mas se detém um instante depois, franzindo a testa. — Espera aí. *Três?*

CAPÍTULO TRÊS

KISA

Yoo Kisa achava que sabia o que é sofrer.

Mas isso foi antes do primeiro dia de troca de funções.

A bordo do CRS *Bateu As Botas*, Kisa dispara pelo "I-95" do navio, um longo corredor que abrange o Convés 0 e serve como principal ponto de embarque e desembarque de cargas. Cerrando os dentes, ela empurra o carrinho de bagagem pelo saguão úmido, onde até as paredes brancas escorrem suor. Era de se esperar que os mortos não tivessem muitos pertences, mas azar o dela. Pelo visto, o CEO de Jeoseung insiste que os estimados passageiros do *Bateu As Botas* tragam a bordo todo e qualquer item trivial que possam querer. Roupas de vidas passadas. Livros. Notebooks. Televisões. Uma vez, Kisa teve o prazer de levar uma *adega de vinhos* inteira para dentro do navio.

Bufando, ela chega ao final do corredor e entrega o carrinho para um ceifeiro sério, vestindo um elegante terno preto e um chapéu-coco. Ele abaixa o chapéu de leve em um cumprimento antes de empurrar o carrinho pela porta que dá acesso a uma rampa metálica rebaixada, que deixará ele e as malas na calçada de Porto Jeoseung. Lá, os passageiros poderão recolher seus pertences antes de seguir para seja lá o que os aguarda além do terminal. Kisa fica parada ao lado da porta, ofegante, limpando a testa com o pulso enquanto deixa que o ar gelado do submundo refresque sua pele quente.

A morte não é o que ela esperava. Não chega nem perto. O que viu de Jeoseung até agora lembra qualquer cidade congestionada: arranha-céus, cafeterias abarrotadas, ruas estreitas cobertas de pedaços de jornal e um parque. As únicas diferenças são que os prédios comerciais ostentam letreiros neon com dizeres como DEPARTAMENTO DE REENCARNAÇÃO PÓS-VIDA (o DRPV, que dizem ter filas quilométricas), SALAS DE TRIBUNAL

DA SENTENÇA AO INFERNO, e uma mistura de outros nomes empresariais igualmente aterrorizantes e fascinantes. Os pedaços de jornal não têm coluna de obituário. Em vez disso, são repletos de anúncios de quem reencarnou como o quê (*Parabéns a Shim Himchan por ter reencarnado como um cachorrinho!*) e fofocas deliciosamente sombrias de quem foi sentenciado a qual inferno e o motivo. As árvores do parque são retorcidas e esqueléticas, algumas brancas feito osso e outras pretas feito breu. E, é claro, os cidadãos que visitam as cafeterias e zanzam pelas ruas estão bem, bem mortos. Fantasmas. Gwisin.

Agora ela também é uma gwisin. Parte de Kisa continua deslumbrada com esse fato e, mesmo depois de sete anos, ela sente a necessidade de pesquisar, de procurar saber o *porquê*. Por que, por exemplo, ela ainda tem um corpo? Não é o corpo original, mas poderia ser: dos olhos castanho-vinho exatamente no mesmo tom à marca de nascença em formato de coração logo acima da sobrancelha esquerda. Será que a alma está intrinsecamente conectada à carne? E por que ela ainda respira? Não precisa, mas seu corpo continua puxando o ar do submundo de forma inconsciente. Um coração ainda bate em seu peito, apesar de ela estar bem morta. Sua teoria é de que está existindo no submundo da mesma forma que se *lembra* de existir no reino dos vivos. E ela se lembra do coração batendo, dos pulmões funcionando. Ah, se ao menos tivesse acesso a um laboratório, faria tantos testes...

— Kisa! — exclama uma voz às costas dela.

A fantasma se vira, desviando o olhar do horizonte preto deprimente de Jeoseung e dos ceifeiros trabalhando no porto, e vê a diretora do cruzeiro, Lee Soo-min, parada no meio do I-95 com a mão na cintura, forçando outros membros da tripulação a se espremerem ao passar por ela.

Em vida, Soo-min foi herdeira de uma empresa de tecnologia antes de encontrar seu fadado fim nas mãos do noivo avarento. Ou pelo menos esse é o boato que corre pelo navio; Soo-min, por outro lado, jura de pé junto que morreu salvando um filhotinho de gato de um incêndio em algum lugar de Itaewon — o que é improvável. A mulher é uma samjokgu, uma metamorfa de três pernas que se transforma em cachorro, e samjokgu são conhecidos por odiar gatos. Além disso, entrar de cabeça em um incêndio com certeza não era uma das catorze etapas da rotina de *skincare* dela, cujos detalhes Kisa teve a infelicidade de ouvir por acaso em reuniões de equipe.

No entanto, seja lá como Soo-min partiu, não é exagero dizer que ela devia ser a mais mimada de todos ali — vide o cargo de diretora do cruzeiro, um dos empregos mais exigentes a bordo.

Em suma, o cruzeiro funciona assim: passageiros que deram duro em vida embarcam no CRS *Bateu As Botas* e são muito bem cuidados pela tripulação, formada por aqueles que mal trabalharam um dia inteiro enquanto vivos. Kisa já implorou repetidamente para que o CEO de Jeoseung revogasse sua sentença como funcionária, mas não deu em nada.

— Você estava desocupada — disse um jeoseung saja entediado, segurando uma prancheta, quando a informou da decisão do CEO.

— *Como é que é?* — esbravejou Kisa, certa de que havia entendido mal. Ralou à beça todos os dias de sua vida, sendo consumida até a morte naquele hospital. Não fazia o menor sentido ser tachada de "desocupada".

O ceifeiro revirou os olhos.

— Yoo Kisa. Filha de Volkov, Natalia e Yoo, David. Renda anual aos 22 anos de...

O sujeito arregalou os olhos significativamente.

— Como é que é?! — Kisa se empertigou até ficar ereta, o que não era lá muito impressionante do alto de seus um metro e sessenta, e colocou as mãos na cintura. — Trabalhei até cair morta por esse dinheiro. Por acaso já conheceu *algum* xamã que simplesmente nadou em um mar de rosas a vida toda sem uma única responsabilidade? Se estão decidindo quem era desocupado, sugiro seriamente que repensem o sistema de medição. Na verdade, talvez eu sugira uma nova métrica com foco nos atributos dimensionais do nepotismo e...

— Eu não terminei — interrompeu o ceifeiro, com uma voz arrastada, enquanto olhava a prancheta. — Diz aqui... que você tem carma acumulado da sua *vida passada.* Parece que você foi, abre aspas, "uma das mulheres mais sanguessugas e preguiçosas que já existiu" e "excelente na arte de roubar caixas eletrônicos". Por conta de uma anomalia, pegaram leve com você da última vez... Mas, em algum momento, todas as contas devem ser acertadas. Fique feliz por não ter sido enviada a um dos sete infernos — declarou o jeoseung saja quando o queixo de Kisa caiu. — Você trabalhará neste navio até que o DRPV decida que está pronta para reencarnar.

— E quando vai ser isso? — balbuciou.

O sujeito abriu um sorriso sórdido.

— Quando sua punição cármica acabar.

Kisa sabe muito bem da existência de vidas passadas, é claro, mas não consegue se imaginar como alguém que, pelo visto, roubava caixas eletrônicos. Para ela, regras são a única coisa que impedem que a sociedade vire uma balbúrdia. Segue todas com uma reverência quase religiosa. Então dizer que aquilo era retribuição cármica de sua vida passada é uma enorme baboseira. Será que Kisa foi mesmo tão ruim assim? Francamente, que coisa ridícula.

As palavras seguintes de Soo-min, implorando que Kisa deixe de "ficar de bobeira" e volte ao trabalho, são igualmente ridículas. A xamã cerra os dentes, mas obedece. Se quiser se aposentar do CRS *Bateu As Botas*, precisa se comportar.

Durante as próximas horas, ela sua a camisa como tem feito há anos. Mas a satisfação de um parto tranquilo ou a alegria de ouvir o choro de um bebê nunca chegam. O trabalho só vai se acumulando mais, mais e mais... e aquele vazio eterno dentro do peito continua lá, uma espécie de pontada dolorosa causada por algo que ela *ainda* não consegue identificar.

Sua vida antiga, talvez? Antes do hospital, antes de tudo ir pelos ares... As manhãs enevoadas e chuvosas no DMUNS, que ela passava estudando na biblioteca imensa, mordendo a ponta da caneta e folheando as páginas finas — quase translúcidas — e amareladas dos amados livros didáticos. A cafeteria perto do campus, onde criaturas se aglomeravam e jogavam papo fora com canecas de *macchiato* e frappés. Será que pode ser isso?

Mas uma vozinha lá no fundo pergunta se tem algo *a mais* de que ela sente saudade. Algo completamente diferente de seus amados livros e cafeterias no campus. A voz sussurra, em palavras meio ignoradas, que Kisa resolveria esse quebra-cabeça psicológico em um instante se pelo menos se sentasse e colocasse a mentezinha brilhante para pensar. Mas ela não tem *um mísero instante* para si. Então essa saudade... Bem, o motivo por trás dela ainda é um mistério, assim como no dia em que Kisa morreu. Ela chama a sensação de "saudade do que perdeu" e dá o assunto por encerrado.

Não há tempo para mais nada.

Depois de descarregar o resto da pilha de bagagens, a fantasma passa a contragosto para a próxima tarefa: trocar os lençóis das cabines do Convés 6 com outras garotas, que costumam trabalhar como garçonetes. Não importa qual seja o trabalho rotineiro de alguém: em dias de troca de função, todo mundo faz tudo.

O que Kisa não daria para estar no seu turno habitual na enfermaria do CRS *Bateu As Botas*. Alguns membros da tripulação que morreram de formas particularmente violentas (como, por exemplo, ao despencarem de um arranha-céu) recebem tratamento assim que são designados ao navio para não assustar os passageiros.

Claro, nenhum deles corre o risco de morrer — o tratamento tem propósitos psicológicos. Quando uma alma vê suas feridas sendo tratadas do mesmo jeito que seriam no mundo dos vivos, sua identidade começa a se desvincular do trauma da morte. Assim, pode voltar à forma que tinha antes do tiro, do acidente de carro, da queda, da doença etc. Chamam isso de *Restauração.*

É um trabalho maçante e cansativo... Mas pelo menos é *interessante*, de certa maneira.

Enquanto enfia os lençóis sujos dentro do cesto de rodinhas, Kisa sente uma pontada de dor, e um som que é metade chiado, metade palavrão escapa de seus lábios.

O Fio Vermelho perpetuamente amarrado em volta de seu mindinho está tão apertado que chega a machucar. Kisa ofega e tropeça para trás. Uma das garotas pergunta, preocupada, se está tudo bem.

— Aham — murmura, forçando um sorriso antes de empurrar o cesto agora já cheio pelo corredor, com o coração retumbando e o dedo gritando de agonia.

Conforme espera pelo elevador para ir até o Convés 3, onde fica a lavanderia, ela faz de tudo para não olhar para o nó floral vermelho.

Nesses sete anos desde que morreu, Kisa chegou à conclusão bastante infeliz de que aquilo não é uma alucinação causada por estresse. Em vez disso, passou a considerar outra hipótese: a de que está passando por uma experiência extremamente rara do cânone mitológico, uma manifestação física do destino que, em teoria, a levará até sua alma gêmea. Demorou um tempo até chegar a essa hipótese, já que o Fio Vermelho ainda é visto como uma lenda, até entre os xamãs. E, ainda assim, lá está ele, amarrado ao dedo dela.

Ela desiste e encara a linha, dando cutucadas. Como se fosse uma lagarta ansiosa tentando dizer "oi".

Kisa tem quase certeza de que seu Fio Vermelho do Destino está com defeito, visto que, primeiro, ela está morta (será que alguém já conheceu a alma gêmea *depois* de ter morrido?) e, segundo, nesses sete anos, a linha ficou extremamente embolada. Talvez Gameunjang Aegi, a deusa da sorte, tenha cometido um erro.

Um erro bem fascinante.

A linha escarlate não tem fim, parecendo se estender para todo o sempre como uma bola desgrenhada de fios emaranhados e nós, circundando corredores, encaracolando-se por saguões, enrolando-se em si mesma antes de se esticar por cima do rio Seocheongang até um lugar bem distante.

Kisa já tentou, sem o menor sucesso, estudar o material do fio. Qualquer que seja, é intocável e completamente inquebrável. Não é uma linha comum: não há traços de algodão nem de fibra sintética, que podem ser prontamente cortados por tesouras em vez de passarem por ela como um fantasma. E, como se não bastasse, apenas Kisa consegue vê-la.

Por que será que ficou mais apertada? Desde que existe, o fio nunca cingiu o dedo dela dessa forma. Ainda intrigada, Kisa joga a roupa de cama suja na lavanderia, onde um dokkaebi de rosto rechonchudo e orelhas pontudas logo a aloca para a próxima lavagem. A sala ampla tem cheiro dos litros de sabão que usam toda semana: bétula e lavanda. Kisa se detém por um instante a mais, deixando-se tomar pela agitação ritmada das máquinas de lavar em tamanho industrial. Seu mindinho ainda parece estar prestes a ser decepado a qualquer momento, mas ela não deixa transparecer. Ficou muito boa em esconder a dor, enterrá-la sob recitações mentais de seus livros favoritos, que vão desde romances eróticos a volumes densos sobre o sistema cardiovascular de dokkaebi.

> Dokkaebi possuem dois corações que bombeiam sangue por todo o organismo. O coração direito é responsável pelo fluxo sanguíneo da parte superior do corpo, enquanto o esquerdo é responsável pelo fluxo sanguíneo da parte inferior. Seria de se imaginar uma comparação com o número de corações de um cefalópode. No entanto, os corações de dokkaebi não são branquiais, consistindo em mais de uma câmara. Ao executar a cirurgia de Cox-Maze em um paciente dokkaebi, é essencial lembrar que...

Conforme o dia de troca de função chega ao ápice e novos passageiros se enfileiram para embarcar, Kisa fica mais e mais apreensiva. O fio começou a vibrar e, para o seu mais completo choque, está se desenrolando, formando uma linha reta. Um instante depois, treme furiosamente... quase como um alerta.

Como se alguma coisa estivesse vindo.

Como se alguma coisa estivesse vindo *atrás dela.*

Que interessante, pensa Kisa, animada, antes de perceber que provavelmente deveria estar bastante assustada.

CAPÍTULO QUATRO

SEOKGA

— QUANTA SUTILEZA — COMENTA SEOKGA, OBSERVANDO A ENORmidade do CRS *Bateu As Botas* através do vidro.

Ele coloca os óculos escuros para observar melhor, praticamente encostando o nariz na janela. Não que os óculos sejam lá tão necessários, já que o céu de Jeoseung varia entre tons de preto e cinza e está tão cedo que o sol vermelho escaldante ainda não apareceu. São mais para dar um efeito dramático e soturno. Afinal, Seokga continua emburrado por estar ali.

— Yeomra quis fazer uma piada com a parte de "bater as botas". Ele ficou bem orgulhoso da própria ideia — comenta Hwanin com um suspiro, ao lado do irmão na plataforma que leva até a bocarra do navio. Um fluxo constante de burburinhos passa por eles conforme os gwisin seguem, entusiasmados, para dar início à sua jornada.

Seokga não responde, ainda encarando, de lábios comprimidos, aquela monstruosidade de dez andares, absorvendo o brilho preto que reflete as águas vermelhas de Seocheongang. De fato, está tão focado em examinar o navio com uma admiração relutante que não percebe que o Fio Vermelho do Destino começou a ondular pelo ar, desembaraçando-se conforme finalmente, *finalmente*, depois de sete anos de desorientação, identifica um caminho direto até *ela*.

— Não é tão engraçadinho quanto ele pensa que é — resmunga Seokga, embora esteja de pescoço esticado e olhos atentos para um ponto além da iluminação cintilante no interior das dúzias de janelas: o Convés 9, o segundo de cima para baixo, onde parece haver várias piscinas.

— Eu concordo com Seokga. É uma piada de mau gosto — diz a dra. Jang ao seu lado, apertando nervosamente a ecobag com as mãos enrugadas.

É a primeira vez que o deus da trapaça a vê vestindo algo além das costumeiras blusas: a psicóloga está usando uma camisa havaiana festiva para a ocasião e até chinelos rosa com pequenos flamingos.

— Realmente — murmura Seokga, encarando os flamingos.

Três passagens. Uma para Seokga. Uma para seu insuportável irmão, que deixou o filho no comando temporário de Okhwang enquanto está fora. E uma para sua *psicóloga*. Pelo visto, Seokga tirar "férias" não inclui tirar um tempo das sessões com a dra. Jang. Nas palavras de Hwanin, isso seria *correr um risco muito grande, ainda mais considerando suas* travessuras *do passado, irmão. Lembra da vez que liderou os monstros de Gamangnara para Okhwang?*

Com quase-meio-que-amigos como esses, quem precisa de inimigos?

Hwanin meneia a cabeça. Diferentemente da terapeuta, o imperador dos deuses está com a vestimenta de sempre, o que atrai olhares confusos dos fantasmas conforme embarcam. Seokga revira os olhos. Tem certeza de que o irmão, por mais que negue, *gosta* de ser admirado, de ser o centro das atenções, absorvendo tudo igual uma esponja na pia.

Isso não o surpreende. São irmãos, afinal. É inevitável que tenham *algumas* semelhanças.

A dra. Jang revira a bolsa e retira uma balinha de menta, parecendo meio enjoada. Para criaturas vivas, a viagem até Jeoseung é extremamente nauseante, e a psicóloga é apenas uma xamã. Seokga se compadece dela antes de Hwanin, de mãos unidas, abrir um sorriso tranquilizante para ambos.

— E então, vamos?

— Tá bom — resmunga Seokga.

A doutora o olha com pena, muito mais do que já demonstrou no consultório. Desconfortável de repente, Seokga fica irritado.

— Você pode até tirar a terapeuta do consultório, mas *não deveria* tirar o consultório da terapeuta — esbraveja enquanto segue Hwanin para dentro do navio.

Uma expressão de mágoa cruza o rosto da mulher, e por um momento Seokga se sente como um pedaço enorme de merda trapaceira, mas então ele está sendo rodeado pelo CRS *Bateu As Botas* e a culpa some.

O átrio do navio remete surpreendentemente ao exagerado glamour e pompa dos anos 1920. Os pisos de azulejo são de quartzito preto cintilante com veios acinzentados cobrindo a larga extensão e tão polidos que refletem o maior lustre que Seokga já viu em sua vida extremamente longa, cuja iluminação banha as exuberantes cadeiras de veludo cuidadosamente dispostas. Lances enormes de escadarias caracol sobem, sem dúvidas levando a mais lugares luxuosos. Funcionários de feição estressada andam de lá para cá nos andares no alto, visíveis apenas do peito esbaforido para cima.

— Pelas tetas de Hwanin — sussurra Seokga, retirando os óculos escuros.

A multidão de passageiros parece pensar o mesmo. Ele vê um senhor encarando o lustre enquanto aperta o peito, como se estivesse prestes a ter um ataque cardíaco.

Apesar de estar com 70 e tantos anos, a dra. Jang solta uma risadinha besta como se fosse uma menininha.

— De fato — concorda, já tendo esquecido qualquer que fosse a mágoa que sentia diante de tanto luxo.

Hwanin faz uma cara de decepção para ambos.

— Eu gostaria que não falassem das minhas te… do meu peito desse jeito.

Seokga abre a boca para responder que foi Hani quem o ensinou esse eufemismo em particular, então ele jamais deixaria de falar — mas algo muito, muito peculiar acontece primeiro, e um ruído vergonhosamente parecido com um gritinho deselegante deixa os lábios do deus da trapaça antes que ele consiga se conter.

— Irmão? — Hwanin parece não saber se ri ou se coloca a mão no ombro de Seokga, preocupado. Por fim, faz os dois. O deus da trapaça está tão chocado que sequer se afasta do toque. — Você está…?

Seokga não ouve o resto. O Fio Vermelho do Destino se retesou feito uma jiboia em torno de seu mindinho, com força o bastante para cortar a circulação e fazer com que o coitado do dedo inche. Mas não importa. Nada disso importa porque o fio já não está mais embolado ou emaranhado como esteve durante sete longos anos. Não, ele está… está puxando para o lance de escadas sinuoso, em uma linha perfeita que forma curvas e curvas até desaparecer. O coração de Seokga paralisa no peito por um instante de puro espanto, até que o gelo que o cobria racha e de repente suas batidas disparam tanto que o deus tem certeza de que o órgão quebrará suas costelas, irromperá da carne e dos ossos…

— Hani — diz em um arquejo, as pernas de repente bambas, mas sempre, sempre fortes o bastante para levá-lo até a mulher que ama, a mulher que perdeu, a alegre gumiho com um senso de humor e travessura do tamanho do mundo nos olhos castanho-vinho: a luz do sol para a noite sem fim de Seokga, a felicidade para seu tormento imortal. — Minha Hani — repete, com a visão embaçando quando começa a correr, seguindo o Fio Vermelho do Destino na direção do amor perdido.

Seokga consegue sentir o final da linha.

Alguém está esperando.

Alguém está esperando por ele.

CAPÍTULO CINCO

KISA

Kisa se pergunta como, exatamente, as pessoas esperam pela alma gêmea. Durante um instante ou dois, ela contempla a ideia de posar em uma das camas da enfermaria, com uma das mãos apoiando a cabeça e a outra na cintura. Depois de uma breve tentativa, em que o catre range desconfortavelmente debaixo dela, Kisa deixa a ideia de lado e, em vez disso, decide se recostar de maneira astuta contra o balcão de granito da recepção da clínica, com um sorriso estampado no rosto.

Mesmo com o coração acelerado, ela chegou à conclusão de que não faz sentido fugir de quem quer que esteja à sua procura. Estão unidos por um Fio Vermelho, pelo amor dos deuses — não há para onde fugir nem onde se esconder. Então a coisa mais sensata que pode fazer é passar uma boa impressão. No momento, a fantasma está com o mesmo sorriso que lhe rendeu estágios e empregos: muito profissional e extremamente calculado.

— O que você tá *fazendo*?

O colega de trabalho de Kisa, Kim Hajun, a encara com um horror abjeto enquanto reabastece um dos armários brancos de remédios. O antigo idol de k-pop parece não saber ao certo se deveria rir ou sacudir a fantasma pelos ombros.

Apesar de terem se conhecido há apenas seis meses, Hajun é um dos únicos amigos de Kisa no CRS *Bateu As Botas*. Ele é um dos mais novos membros da tripulação do cruzeiro, tendo morrido em abril. Foi Kisa quem o Restaurou, enfaixando com cuidado os pulsos que sangravam e tratando a perda de sangue do cantor esguio.

Mas o verdadeiro tratamento deveria ter sido mental. Havia muita escuridão dentro de Hajun, de um tipo que ninguém esperaria de um rapaz com um sorriso tão doce e olhos tão brilhantes — nem mesmo o jeoseung saja responsável por recrutar os funcionários do cruzeiro, que deu uma olhada na ficha do garoto, viu ESTRELA DE K-POP em letras vermelhas garrafais e o atirou à servidão sem se importar com o estresse que Hajun devia ter passado quando era vivo. Kisa tentou fervorosamente se educar no campo da psicologia com as limitadas publicações de medicina a bordo, mas era um peixe fora d'água no assunto. É médica do corpo, e morre de medo de danificar o frágil sistema da psique com mãos bruscas. Então, no momento, só consegue oferecer uma única coisa a Hajun: amizade.

E é tão fácil ser amiga dele. O rapaz é uma alma meiga e gentil que tem tornado a estadia dela no cruzeiro muito mais agradável. E aprende rápido: sob a asa de Kisa, Hajun está se transformando em um médico competente. Ela gosta de pensar que ele também está se curando, longe da pressão da indústria do entretenimento. Com certeza o colega ri mais ultimamente.

— Kisa — chama Hajun, ansioso.

— Hajun, eu me encontro em um estado perfeitamente natural de simpatia — responde ela, tomando cuidado para manter o sorriso bem ensaiado no rosto.

— Você parece... estar com prisão de ventre. E seu olho esquerdo tá tremendo. — Ele fecha o armário e se vira para ela, as sobrancelhas erguidas no rosto delicado.

— Essa parte é culpa *sua* — retruca ela, deixando a pose de lado.

Kisa troca o peso de uma perna para a outra, nervosa, enquanto olha para as portas vaivém da enfermaria, que ainda não se abriram. O Fio Vermelho está ficando mais curto, mais rígido. Sem dúvidas, isso significa que quem quer que esteja do outro lado está se aproximando do Convés 3.

— Se quer saber tanto assim, tô esperando minha alma gêmea — informa a gwisin, suspirando para o confuso Hajun.

O rapaz se engasga. É a única pessoa para quem Kisa contou aquele segredo. Hajun encara o mindinho, embora não consiga ver a linha.

— Agora? O fio?

— Pois é. Segundo minhas estimativas, a linha está se encurtando vinte e cinco centímetros a cada trinta segundos. Se cada meio metro representa o espaço atravessado, então...

— Ah, pelo amor dos deuses. Chega desses cálculos — murmura Hajun, mas com um sorriso suave.

Ela fixa o olhar nele. Hajun parece não perceber, já que, enquanto se apressa até a amiga, de repente é tomado por algum tipo de conclusão.

— Kisa — sussurra ele, com urgência. — E se o cara for uma pessoa horrível?

— Obrigada, Hajun, é exatamente isso que eu precisava ouvir agora.

— Não, mas pensa só — insiste o amigo, agarrando-a pelos ombros com os olhos arregalados de preocupação. — E se ele for um dokkaebi? Ou uma imoogi? Kisa, e se ele *se transformar em uma serpente gigante e te comer*? Pior ainda... e se ele for um dos demônios que você me contou? Um eoduksini?

— Não há registros de aparições de eoduksini desde a primavera de 1992 — responde Kisa, citando fatos, embora esteja suando tanto pela nuca que molha o coque cheio de cachos. Afinal, estão no submundo. Embora eoduksini sejam mantidos aprisionados no Departamento de Tortura, algum pode ter escapulido...

Não. Não pode deixar o amigo assustá-la. Hajun tem levado esse papo todo de criaturas-mitológicas-realmente-existem com tanta naturalidade quanto uma baleia encalhada. Kisa é uma xamã de renome... ou costumava ser. De qualquer forma, é perfeitamente capaz de cuidar de si mesma.

— E se ele for uma *inmyunjo*? — geme Hajun, que quase se cagou de medo da primeira vez que se deparou com uma das criaturas aladas a bordo, apesar de praticamente não existirem inmyunjo Indomáveis. — Ou uma gumiho? E se roubar sua alma?

Kisa está bem ciente de que agora há passos ecoando pelo corredor do saguão, de que o Fio Vermelho está praticamente *esganando* seu dedo, de que é bem possível que esteja prestes a passar por algo jamais registrado na literatura acadêmica, algo que dará a ela um conhecimento considerável em relação a fenômenos raros e, possivelmente, prêmios, caso consiga compartilhar informações tão valiosas. E Hajun está estragando tudo.

— Por favor, fique quieto — resmunga para ele. — Você está interrompendo um momento crucial para minha experiência mitológica...

O amigo a ignora. Com a respiração pesada, Hajun olha freneticamente pela salinha de espera do consultório e, antes que Kisa consiga detê-lo, ele se lança sobre o balcão e pega um peso de papel.

— Tá tudo bem, Kisa — diz ele, ofegante. — Eu vou te proteger...

A voz de Hajun parece mergulhar nas profundezas do oceano, ficando abafada e ininteligível enquanto algo no ar — algo muito importante — *muda.* Kisa só passou por coisa parecida uma vez, essa sensação de uma mudança enorme e aterrorizante... No momento antes de cair.

O mundo desacelera de novo, como se as portas não estivessem sendo escancaradas, mas se abrindo aos poucos. Uma figura alta sai das sombras, dando cada passo em uma sequência de câmera lenta que faz Kisa perder o fôlego.

Cabelo preto feito tinta se move com suavidade enquanto as portas se fecham às costas dele, erguendo-se de uma testa tensa onde sobrancelhas grossas e escuras se franzem. O Fio Vermelho entre os dois começa a emitir um brilho escarlate, e Kisa se pergunta por um breve momento se o material possui bioluminescência natural — até que seus pensamentos são interrompidos por aqueles olhos verdes profundos, como se estivesse encarando uma floresta de emoções puras. Nunca viu olhos que se comparassem àqueles. Não é possível que uma cor tão viva e límpida exista. Com uma sensação peculiar crescendo no peito, Kisa percebe que há algo de familiar nele. É um *puxão* insistente que a faz arquejar, depois algo que parece engrenagens mecânicas se encaixando no lugar, se unindo para produzir uma sensação esquisita de... completude?

Talvez eu esteja com azia, pondera vagamente, ainda fascinada por aqueles olhos. O homem abre a boca...

E o tempo já não se arrasta mais. Às costas dela, Hajun está soltando um grito de guerra — e então o peso de papel, um globo de vidro pesado, sai voando pelos ares e atinge a lateral da cabeça do homem antes que qualquer um deles tenha tempo de reagir. Kisa solta uma exclamação quando o sujeito cambaleia para trás, escorrega no piso polido e se espatifa sobre o vidro estilhaçado no chão.

Por um longo momento, a enfermaria inteira fica em silêncio.

O Fio Vermelho deixa aos poucos de brilhar, quase envergonhado, e balança sem jeito no ar.

— *Ergggkgggk* — grunhe o belo homem no chão.

Arrancada de seus devaneios, Kisa se vira para fuzilar Hajun com os olhos.

— Por acaso *parecia* que ele estava prestes a me atacar? Fala sério, Hajun...

O idol passa a mão pelo cabelo castanho-acinzentado.

— *Hã* — faz o rapaz, de repente parecendo extremamente culpado. — Eu, *hã*... eu surtei?

Cerrando os dentes, Kisa obriga o cérebro a entrar no modo doutora. Tentou formular várias teorias para explicar por que os mortos sentem dor e se machucam (adaptação veloz da alma a ambientes hostis?), mas, pelo visto, é simplesmente porque estão *acostumados* e esperam se ferir quando são golpeados. Se conseguissem se livrar dessa expectativa... Ela deixa o pensamento de lado.

Qualquer que seja a razão, esse gostos... esse homem está ferido. Forçando os membros a se mexerem, a dra. Yoo Kisa corre até ele e se inclina sobre seu corpo. A têmpora direita está sangrando, e vidro estilhaçado salpica o cabelo feito neve. Tem alguma coisa errada com a situação, mas Kisa está exausta demais para parar e analisar.

— Hajun — chama, irritada. — Pega um pano. Agora.

Enquanto o rapaz dispara até o armário de materiais, Kisa ergue gentilmente a cabeça do homem. Para a surpresa dela, ele permite que o faça — por algum motivo, ela estava esperando resistência. Talvez dada a intensidade do olhar dele ou a curva exata de sua boca, como se estivesse acostumada a demonstrar uma eterna carranca de desdém. Mas o homem parece estar em um silêncio atordoado conforme a xamã o faz se levantar, espanando o vidro do cabelo e checando se algum caco se alojou na pele. Nada.

— Consegue se sentar? — pergunta Kisa, a voz mal passando de um sussurro.

Ela se apoia sobre os calcanhares e tenta manter a calma. O homem a obedece, encarando-a o tempo todo com tanta intensidade que faz as bochechas dela esquentarem em um tom de índigo pálido.

De repente, Kisa fica ciente da cor e se afasta. Essa parece ser a única coisa que mudou em relação à vida passada de todos eles: ali, todos os mortos têm sangue azul. Talvez seja um lembrete de Yeomra, para garantir que não possam negar a própria condição. Ou talvez Jeoseung não tenha oxigênio e eles respirem uma substância completamente diferente. Não importa. Talvez seja só vaidade, mas Kisa odeia isso.

Para disfarçar a perplexidade momentânea, ela volta a atenção para o cabelo do homem. Ele fecha os olhos por um instante enquanto ela passa a mão por sua cabeça de novo, conferindo se não há nenhum corte. Só então Kisa percebe que ele está tremendo, feito um filhote de passarinho. Quando torna a abrir os olhos, ela não consegue desviar o olhar. É como se fossem polos opostos de um ímã, e ele a puxasse para si, apesar dos esforços dela. O Fio Vermelho se ergue entre os dois, dando voltinhas felizes, formando... coraçõezinhos? Isso basta para que Kisa pisque, sem reação, interrompendo o olhar gentil — mas intenso — do homem.

— Kisa. Aqui, ó. — Hajun volta com um pedaço de pano, e o Fio Vermelho logo se endireita quando a fantasma pega o tecido e o pressiona contra a cabeça do sujeito, dando batidinhas no sangue vermelho...

Sangue vermelho.

Sangue. *Vermelho.*

— Eu vou viver? — pergunta o homem, com a voz vagarosa e rouca. Ele a encara com olhos arregalados e brilhantes.

O pano cai da mão de Kisa. Ela não tinha percebido antes, mas agora vê. Aquilo significa que… significa que…

Ele está *vivo.*

CAPÍTULO SEIS

SEOKGA

KISA. O NOME DELA É *KISA*.

E ela o encara com a boca pequenina entreaberta, o cabelo castanho cacheado bagunçado, escapando do elástico. Tão perto dela, Seokga consegue contar o número exato de sardas em seu narizinho, enquanto o próprio coração martela as costelas. Ela tem uma minúscula marca de nascença em formato de coração acima da sobrancelha esquerda, e ele não consegue desviar o olhar daquilo, fascinado por algo que, em qualquer outra pessoa, seria um detalhe tão ínfimo, tão insignificante, que o deus nem se daria ao trabalho de notar.

É como se Seokga existisse dentro de um sonho. Um sonho em que os olhos castanho-vinho de cílios longos de Hani o observassem, como se ele fosse uma coisa absolutamente impossível.

Trinta e três anos.

Trinta e três anos de uma busca desesperada, e ela enfim está *aqui*. Hani. Sua Hani, sua gumiho, com a língua e a mente afiadas e uma alma vibrante, apaixonada por chocolate quente. Não há nenhuma semelhança visível além da ancestralidade coreana e os olhos castanho-vinho, mas… esta é *Hani*. Sem dúvida nem incerteza alguma, é Hani. Seokga consegue sentir em seu cerne, com tanta força que chega a tremer.

E ela não faz ideia de quem ele é.

O deus da trapaça encontrou Hani — sua melhor amiga, sua alma gêmea — e ela nem sabe quem ele é. Dá para perceber pela forma gentil mas clínica com que o toca, mesmo quando passa os dedos pelo cabelo dele. Aqueles lindos olhos não demonstram um pingo de reconhecimento, apenas uma perplexidade crescente e algo que se parece muito com uma curiosidade insaciável.

Você já esperava por isso, lembra a si mesmo com severidade. Quantas vezes se perguntou quem ela seria, tomado pelo medo de que fosse diferente, diferente demais de quem costumava ser? Nesses trinta e três anos em que a esperou, ele a imaginou como centenas de milhares de pessoas. Houve um pesadelo particularmente horripilante em que a reencarnação de Hani era um idoso que soltava puns no clube de crochê do asilo em que morava. Seokga acordou gritando e coberto de suor, e as paredes do palácio em Okhwang estremeceram com a força de seus berros. A explicação que deu a Hwanin (e ao exército de cinquenta guerreiros que o imperador levou até sua residência) acabou, de alguma maneira, aparecendo no *Fuxico Divino* no dia seguinte.

Que humilhação.

E então Seokga sente uma espécie horrível de senso comum, bem lá no fundo, dizendo que Kisa não o conhece. Que, na verdade, ele também não *a* conhece. Mas, quando as pequenas mãos dela tomam seu rosto, o deus não consegue evitar a esperança de que ela esteja prestes a beijá-lo...

Não. Claro que não.

Seokga engole a decepção quando a mulher simplesmente o encara, de testa franzida, com o lábio inferior entre os dentes.

— Fascinante — murmura ela, inclinando a cabeça de um lado para o outro, observando o corte que logo começa a se fechar por conta própria. — Será que... Hajun — diz de repente, chamando o rapaz que atirou o peso de papel.

Normalmente, Seokga faria com que a pessoa se arrependesse de ter nascido — e com certeza vai fazer isso mais tarde —, mas agora está atordoado demais para agir de qualquer forma além de lançar ao garoto um olhar fulminante. É uma delícia ver como ele empalidece. Uma pontada súbita de inveja atravessa a pele de Seokga. Se os dois forem um casal...

— Você podia ter matado ele. — Kisa entrega o pano para Hajun, que parece prestes a desmaiar.

— Bom... Não achei que ele estivesse *vivo*, pra começo de conversa — justifica o rapaz, desconfortável.

Seokga prende a respiração quando o olhar dela se volta para ele.

— Você realmente está vivo — comenta Kisa, em coreano com sotaque. Britânico, talvez?

— E você está... você está morta — responde, ofegante, antes que a grandiosidade desse fato o atinja em cheio.

Subitamente incapaz de se mexer, Seokga luta para pensar em meio à onda estrondosa de pesar que ameaça consumi-lo. Ela morreu. Antes que ele pudesse encontrá-la, ela morreu. Como? Como isso aconteceu? Como...

Tem uma vaga ciência de que ela está falando mais alguma coisa, mas a interrompe antes que consiga raciocinar direito.

— Quando? — questiona, rouco, e segura a mão direita dela, onde o Fio Vermelho está amarrado. — Quando?

Kisa pisca.

— No dia 24 de março de 2018, às 20h30, em Seul. Causa da morte: queda fatal de um telhado — esclarece.

Seokga quase engasga quando enfim consegue se levantar. O mesmo dia em que o Fio Vermelho do Destino apareceu. Ela *estava* em Seul. Como não a viu? Como não a encontrou? Por que não conseguiu salvá-la? É como se estivesse sendo dilacerado de dentro para fora por lâminas.

Kisa também se levanta.

— Os vivos não costumam ter permissão de entrar neste navio — comenta devagar. — Estou muito curiosa para saber como você conseguiu. Poderia confirmar minha teoria de que Jeoseung é um plano existencial meramente fabricado para armazenar os mortos, quase como um depósito, com uma plataforma de reencarnação, por assim dizer? Você chegou por uma porta? Poderia confirmar se este reino abrigaria organismos vivos? Existe oxigênio de verdade aqui?

A essa altura, a fala dela está muito mais acelerada, e Seokga mal consegue acompanhar. Tudo o que sabe é que ela está usando jondaemal*, com palavras tão *formais* que ele mal consegue respirar.

Tudo se foi mesmo, é só o que consegue pensar; todas as lembranças, todo o amor e amizade que havia desabrochado entre ele e Hani, apagados e substituídos pela merda do jondaemal. Seu coração estremece de dor, se estilhaçando para dar forma a uma angústia aguda e amargurada enquanto Kisa continua a falar, dirigindo-se a ele como a um desconhecido. Seokga aperta a mão trêmula contra o peito em uma tentativa desesperada e fútil de não desmoronar por completo.

— Por acaso é possível manipular a estrutura física e metafísica do reino para sustentar vida formada por carbono, natural e biótica...

Conforme o interrogatório continua, Seokga inspira superficialmente. *Você já esperava por isso*, repete para si mesmo, mas está começando a achar que não esperava, coisa nenhuma.

---

* O jondaemal é o discurso honorífico e formal do coreano, usado para demonstrar respeito ao interlocutor, que pode ser uma pessoa de posição social mais alta, mais velha, com quem não se tem intimidade ou um estranho. O discurso casual é o banmal, normalmente usado entre amigos, familiares ou pessoas íntimas da mesma idade. [N.T.]

Depois de um longo instante, quando ela enfim termina de falar, Seokga responde, rouco:

— Jeoseung não é acessível a mortais vivos comuns, embora criaturas consigam entrar, se souberem onde procurar. — As palavras saem no automático, chegando à língua pela pequena parte do cérebro que não está transtornada pelo choque, pela saudade, pelo luto. — Assim como o panteão. Eu sou um deus.

Hajun solta uma exclamação e aos poucos se retira para uma salinha nos fundos. Mas Kisa... Kisa o observa por um longo instante, e Seokga tem a nítida impressão de que o cérebro dela é como um livro, e ela está folheando as páginas em busca de algo. É quase extraordinário assistir àqueles olhos familiares se estreitarem e se arregalarem, sentir o conhecimento sendo revirado por trás deles.

— Olhos verdes... *Olhos verdes.* Seokga — sussurra ela enfim, e seu nome na boca de Kisa... O deus se esforça para permanecer de pé em vez de cair de joelhos feito um idiota estabanado. — Eu sabia que você era familiar.

O coração atormentado dele para e se recusa a continuar batendo.

— Eu... Eu sou? Você s-sabe quem eu sou? — gagueja. De forma bem deselegante.

Mas Kisa, para a eterna decepção de Seokga, não está se jogando em seus braços e caindo de amores enquanto pétalas de rosas flutuam sobre eles. Em vez disso, a mulher o encara como se ele fosse um espécime muito fascinante de inseto sob uma lupa. Mais uma vez, aquela dor terrível e arrasadora.

— Deus da dissimulação, da trapaça. Tema do livro *A história da dissimulação: uma análise minuciosa do ego frágil do príncipe Seokga ao longo dos anos*, da professora Lee Mi-young. Eu tenho algumas críticas ao livro — pondera ela, tamborilando os dedos no queixo. Depois acrescenta, meneando a cabeça e parecendo incrivelmente indignada: — A professora foi bastante tendenciosa. O irmão dela foi morto pelo eoduksini nos anos 1990... Foi um nítido conflito de interesses. Infelizmente, a professora Lee não parece lidar bem com críticas.

Seokga fica sem reação. Se Kisa teve acesso àquela porcaria de obra, à professora que a escreveu, então significa que... significa que ela é uma xamã. Mas para qual deus? O panteão inteiro sabia, havia anos, que Seokga estava em busca da garota com aqueles inigualáveis olhos castanho-vinho. Quem escondeu a informação? Ele mal consegue respirar conforme os lamentos de seu coração partido são substituídos por fúria, mas sua raiva vacila quando Kisa se detém, desviando o olhar para o Fio Vermelho.

O deus prende a respiração, horrorizado com a ideia de ela não o achar bom o bastante. Com a ideia de que irá rejeitá-lo.

As próximas palavras dela quase o fazem ajoelhar de novo. Aqueles malditos olhos de repente voltam a brilhar enquanto o fitam, e há um leve tom de rubor azul na pele dela.

— Isso é brilhante. Absolutamente brilhante — sussurra ela, sem fôlego, se aproximando dele.

Não chora, porra, avisa Seokga a si mesmo enquanto ela une as mãos e sorri. Lágrimas de felicidade são para os tolos.

Ele nota que Kisa enruga o nariz ao sorrir de volta, e ela questiona:

— Você se importa se eu fizer algumas perguntas?

Cada centímetro de Seokga ainda está trêmulo enquanto ele espera na fila do Café das Criaturas localizado no Convés 8. O CRS *Bateu As Botas* já zarpou faz tempo, e as janelas de vidro da cafeteria dão para as cintilantes águas vermelhas do vasto rio Seocheongang. O cheiro familiar de grãos de café torrado lhe reconforta. Ele sabe que não é real: comidas e bebidas aqui são apenas lembranças — ou até mesmo fantasmas — de comidas e bebidas da vida terrena, geradas por Yeomra. Não há benefícios calóricos de beber o café gelado grande com uma colher de creme e uma de açúcar que Seokga pede no caixa, mas ele não se importa. O gosto é real, e, caso fique com fome, Hwanin e a dra. Jang trouxeram na mala comida o bastante para encher um supermercado.

— E para você? — pergunta o funcionário da cafeteria a Kisa, registrando o pedido de Seokga e parecendo entediado.

O deus da trapaça sente uma pontada de nostalgia ao se lembrar de Hani atrás do balcão, errando seu pedido de propósito.

— Chocolate quente — responde ele antes que consiga pensar direito. A resposta simplesmente sai.

— Na verdade, vou querer um *flat white* pequeno, por favor — corrige Kisa, meneando a cabeça.

Seokga engole em seco, apertando com força a bengala. Hani odiava café. Ela *não suportava.*

Mas ela não é Hani, lembra. *O nome dela é Kisa. Tudo bem se gostar de café. Ela não vai ser a mesma pessoa da vida passada. Você sabe disso.*

Pelo menos ela não é um idoso.

Pelo menos ela não é um idoso.

Pelo menos ela...

— Está tudo bem? — pergunta Kisa, toda educada, e ele percebe que ela está encarando-o de sobrancelhas franzidas.

Seokga muda a expressão para algo que não seja horror abjeto enquanto o barista lhes entrega o café gelado e o... *flat white* de Kisa.

— Estou ótimo. Mais do que ótimo — consegue dizer, ofegante.

Kisa não parece nem um pouco convencida, mas o leva até uma mesa redonda de madeira e se senta toda empertigada em uma das cadeiras.

— Preciso voltar para a enfermaria em vinte minutos — comenta ela, dando um gole na bebida. Seokga fica levemente decepcionado por não ver a careta de nojo que Hani teria feito. — Muitos gwisin irão reclamar de enjoo no primeiro dia do cruzeiro. Nossa mentora terminou a penitência no navio alguns meses atrás, então somos apenas eu e Hajun trabalhando no momento.

Ela descansa a bebida na mesa e se inclina para a frente. Seokga quer tanto, tanto tirar um cacho da frente dos olhos dela, mas se contém com muita dificuldade.

Ela é seu amor e uma completa desconhecida ao mesmo tempo.

Ah, ele está sofrendo, dividido entre sentimentos intensos de distância e de familiaridade.

— Estou presumindo que somos almas gêmeas — afirma Kisa, de maneira prática. — Almas gêmeas Entrelaçadas.

Ele quase cospe o longo gole de café que tomou.

— Bem, eu... Somos — responde, atrapalhado e se engasgando.

Mandou muito bem, pensa. *Quanta sutileza. Muito melhor do que cair no chão e dizer "errrgkkk".*

— *Hmm* — faz Kisa, tomando outro gole calmo. — Por quê?

O café está cheio de gente, com uma música animada de jazz tocando nos alto-falantes. Enquanto isso, Seokga limpa desesperadamente o terno com um lenço de papel, tentando não hiperventilar.

— *Por quê?*

— Isso. Quer dizer, estatisticamente, as aparições de Fios Vermelhos do Destino são raríssimas. Eu estimaria que são menos do que um por cento. O último casal Entrelaçado data de séculos atrás, segundo os boatos, e mesmo assim alegam que se tratava de dois deuses. Presumo que você saiba a quem me refiro?

— Haemosu e Yuhwa — murmura Seokga, lembrando-se daquele fiasco. As coisas entre Haemosu e Habaek, pai de Yuhwa, ainda estão frias, na melhor das hipóteses.

— Deve haver um motivo para estarmos Entrelaçados — continua Kisa, tracejando com o dedo indicador o que parece ser um parágrafo inteiro no tampo da mesa. — Até agora, consegui pensar em algumas hipóteses, mas foquei naquela que faz mais sentido lógico.

— Que seria...? — pergunta o deus, em um suspiro.

A mulher encontra seu olhar e inclina a cabeça, franzindo de leve a testa.

— Você me conhecia na minha vida passada — responde ela, deixando de fazer rabiscos imaginários. — Nós nos apaixonamos e eu morri. Você esteve me procurando. O Fio Vermelho do Destino se manifestou em 24 de março de 2018, que foi, por coincidência, o dia em que eu morri *nesta* vida. Pelo que sei, o fio pode surgir durante uma época emocionalmente desafiadora. Por exemplo, Yuhwa e Haemosu se Entrelaçaram enquanto fugiam do pai dela, Habaek. É por isso que apareceu no dia da minha morte. Estava pressentindo... algo.

Distraída, Kisa toma um gole do café enquanto Seokga se lança à frente na cadeira.

Será que ela se lembra? Será que ela...

— Antes que me pergunte — diz Kisa, afetadamente —, não, não me lembro de nada. Mas aprendi algumas coisas sobre minha vida passada. Você parece o tipo de pessoa que se apaixonaria por uma mulher que é ótima em roubar dinheiro de caixas eletrônicos. Baseei minha teoria nesse fato. No entanto, lamento dizer que nunca roubei nada na minha vida. — Ela hesita. — Aliás, uma vez cheguei a ler uma edição do *Fuxico Divino* sobre você. Quando estava doente. Não que a revista não fosse intelectualmente interessante à sua própria maneira, mas... — Kisa pigarreia. — Você se apaixonou por uma gumiho, não foi? Durante os Dias Sombrios dos anos 1990?

Seokga sabe que está soltando um chiado ofegante, e tenta, com muita dificuldade, parar. Mas infelizmente é impossível.

— É — consegue responder em um sussurro.

Kisa assente, parecendo pensativa.

— Então suponho que eu era ela. Ou ela era eu? Filosofia de renascimento é um campo muito complexo. Imagino que nunca tenha ouvido falar do paradoxo do Navio de Teseu, não é?

Ele nega com a cabeça, tentando se estabilizar. Tentando respirar.

Não está funcionando.

— É um exercício mental. Será que o navio de Teseu, que aos poucos teve todas as partes substituídas por madeira mais resistente, é o mesmo navio? — Kisa morde o lábio inferior. — Alguns filósofos acreditam que não. Como poderia ser? Um navio feito de pinheiro não é o mesmo que um navio de, por exemplo, carvalho. Uma gumiho não é a mesma coisa que uma xamã...

Sem chão, Seokga se agarra à beirada da mesa enquanto Kisa prossegue. *Recomponha-se. Ela tem razão.*

— Mas alguns filósofos acreditam que existam *dois* Navios de Teseu. Um de carvalho e um de pinheiro. Ambos são iguais, mas completamente diferentes. É mesmo muito fascinante. O que você acha?

— Acho que preciso de algo mais forte do que café pra responder a essa pergunta — diz Seokga, rouco.

Ela é tão diferente de Hani. Não há piadinhas ligeiras, nenhum sorriso malicioso, nenhum pãozinho de ovo com morango na mesa à frente deles. Hani sempre foi rápida, mas a mente de Kisa trabalha em uma velocidade que Seokga não tem a menor esperança de conseguir acompanhar. E esse exercício mental... Está fazendo ele entrar em pânico. Será que realmente perdeu Hani por completo, afinal?

Pare, ordena à própria mente descarrilhando quando vê os olhos de Kisa estudarem sua expressão. *Pare...*

Mas é tarde demais. Ela já viu a apreensão arrasada despontando por trás de seu disfarce, a decepção e confusão amargas. A expressão de Kisa também se entristece, e ela cora de azul.

— Sinto muito — diz ela, pigarreando. — Não achei que...

O deus a observa, paralisado por um momento enquanto a mulher arranha, sem jeito, o tampo da mesa, parecendo ter dificuldade de encontrar o que dizer.

— Você usa banmal comigo — continua Kisa por fim.

Seokga sente uma onda escaldante de vergonha. Esteve falando informalmente com ela, e embora isso não seja incomum, já que ele costuma falar banmal com todos por conta de sua idade avançada e superioridade de modo geral, é humilhante saber que o motivo de usar banmal com Kisa seja tão óbvio: uma amizade e um amor que *não existem* para ela.

— Eu não deveria ter mencionado Teseu.

— Não — diz Seokga depois de um longo instante em que vai aos poucos, e a duras penas, se recompondo. — Obrigado por compartilhar isso comigo. É... — Horrendo. Deprimente. Algo que vai lhe causar insônia. — ... relevante. Nunca tinha ouvido falar.

Você pode usar banmal comigo se quiser, quer acrescentar, mas de alguma forma não consegue encontrar a coragem para tal.

Kisa assente, o rubor deixando seu rosto, de volta aos negócios.

— Talvez possamos encontrar uma solução — sugere, e alisa a bata cirúrgica azul-clara. — Estou mesmo muito animada para trabalhar com você nesse desdobramento. Acho que nossa parceria será benéfica para muitas partes.

Seokga fica paralisado, depois se encolhe. A voz dela é tão... profissional. Entusiasmada, mas apenas de uma maneira voraz, científica e forçada, por causa do jondaemal que insiste em usar. Isso o machuca mais do que qualquer arma. *Merda.* Qualquer coisa — até o idoso soltando pum no clube de crochê — seria melhor do que esse distanciamento clínico. Como se o fio entre ambos não passasse de um fenômeno científico frio e morto para ser estudado, não algo tão puro e mágico e *vivo.*

— A ocorrência de fios vermelhos é tão rara que, bem, seria tolice da nossa parte não investigarmos. Uma, *hum*, uma pesquisa em conjunto beneficiaria tantos nas comunidades mágicas... Se registrarmos nossas descobertas, poderão ser cruciais no entendimento das almas gêmeas Entrelaçadas. Há pouquíssimos livros sobre o assunto, sabe, a menos que esteja tudo guardado na Biblioteca Celestial de Okhwang, sobre a qual sempre quis saber mais, diga-se de passagem...

As palavras dela se perdem em um rugido abafado, já que a mente de Seokga está sendo esmagada por uma mágoa profunda e amargurada. Está tudo claro. Para ele, ela é sua melhor amiga, o amor de sua vida reencarnado. Para Kisa, ele é um experimento. *Uma pesquisa científica.*

Para Seokga, é amor.

É como se estivesse sendo dilacerado, mas, de alguma forma, ainda consegue se colocar de pé. Se ficar ali, sabe que desmoronará por completo e não restará nada além de ossos e poeira. E então o que ela vai pensar dele? Kisa ficará assustada e se afastará antes que ele consiga se recuperar.

— Sinto muito. Preciso ir — ouve a si mesmo dizer, com uma voz felizmente calma e serena em vez do caos trêmulo que sente por dentro.

Kisa hesita.

— Ah. Tudo bem — concorda ela, parecendo incerta.

O deus abre a boca para dizer mais alguma coisa, qualquer coisa, mas sabe que a voz embargará com o choro se tentar falar de novo. Depressa, com o coração se partindo ao meio, Seokga se vira e vai embora.

Cada um de seus passos deixa o Fio Vermelho ainda mais comprido.

CAPÍTULO SETE

KISA

O CAFÉ DE KISA JÁ HAVIA ESFRIADO HÁ MUITO TEMPO QUANDO ELA voltou para a enfermaria. Entra de cabeça baixa para esconder de Hajun a decepção. *Eu me deixei levar*, pensa Kisa com amargura, tentando não olhar para o Fio Vermelho. Esse é o problema dela, não é? Fica tão entusiasmada, tão perdida no funcionamento da própria mente, que esquece de ir devagar. Kisa sente a garganta se apertar de vergonha enquanto ignora a curiosidade de Hajun e se dirige ao banheiro para ter alguns minutos de privacidade.

Era nítido, óbvio e claro que Seokga estava chateado. É claro que estava. *Por que eu falei aquelas coisas?* Kisa xinga a si mesma, ensaboando as mãos com um pouco da espuma de perfume doce e esfregando-as sob a água morna. Tecnicamente, esse nível de higiene não é necessário quando já se está no submundo, mas é muito difícil se livrar de hábitos antigos. Uma pesquisa em conjunto? *Trabalhar com ele nesse desdobramento?*

É verdade, claro, que ela está exultante de vivenciar esse tipo de experiência — essa lacuna na literatura é espantosa; se conseguisse escrever algo sobre o assunto, o valor seria *inestimável*. Mas devia ter pegado mais leve. Deve tê-lo assustado.

A coisa certa a se fazer teria sido dizer ao deus que estava animada para conhecê-lo. Com quase toda certeza é isso que uma mulher normal teria feito após a empolgação — a *euforia* — de estar Entrelaçada a um *deus*... e um tão bonito e poderoso quanto Seokga. Não haveria digressões afobadas sobre pesquisa e bibliotecas ou gaguejos constrangedores para preencher o silêncio igualmente constrangedor. É que ela ficou tão entusiasmada...

— Kisa, tá tudo bem? — chama Hajun, batendo de leve na porta enquanto ela seca as mãos.

Não. Não, não está. Ela está um caos. Respirando fundo algumas vezes, Kisa prende o cabelo de novo e volta para a clínica.

— Ah, não... Você estragou tudo, né? — pergunta o amigo, observando-a com aqueles olhos grandes e de cílios fartos que Kisa tanto inveja. Normalmente carregam uma tristeza intensa em suas profundezas, mas, no momento, mostram apenas uma preocupação terna.

O tom dele não é nem um pouco acusatório (é repleto de compaixão, na verdade), mas ainda assim Kisa se retrai.

— Era tão óbvio assim que eu estragaria?

Sua vergonha aumenta. Ela se pergunta, com amargura, por que é incapaz de ser *normal*.

O olhar de Hajun se suaviza ainda mais.

— Acho que qualquer um estragaria tudo. Quer dizer, o fato de você não ter gritado e fugido já é impressionante. Viu o que eu fiz. Atirei um *peso de papel* nele.

Kisa não consegue evitar dar um sorrisinho enquanto vai para trás do balcão e remexe em algumas tabelas. Durante sua ausência, Hajun registrou o tratamento para enjoo de alguns passageiros. Haverá mais nas próximas horas.

— Além disso — continua ele, encostando-se do outro lado —, se vocês forem mesmo almas gêmeas, ele vai te perdoar pelo que você falou. — Hajun dá um sorrisinho hesitante com os lábios rosados e apoia o queixo na mão. — E juro que ele vai amar essa sua cabecinha biruta...

— Hajun — repreende Kisa quase rindo.

— Nunca vou entender como é que você guarda *tanta* coisa aí dentro.

Aos poucos, com as brincadeirinhas leves e gentis de Hajun, o humor de Kisa começa a melhorar. Quando a clínica fica abarrotada de gwisin (que, apesar de já estarem mortos, ainda são capazes de vomitar de enjoo), Kisa já conseguiu ser tomada pelas tarefas, afastando da mente o encontro desastroso com Seokga.

Sempre sufocou suas emoções com trabalho. É por esse motivo que se tornou uma xamã tão brilhante e a Unidade de Maternidade Mágica do Hospital Xamânico (o HX) tinha uma taxa de mortalidade inferior a 0,2%. Pelos deuses, como sente falta de ser xamã. A dádiva de Samsin Halmoni e os poderes que lhe concedeu terminaram no momento em que Kisa morreu. Xamãs mortos não têm qualquer utilidade para a deusa.

No início, a perda desse poder foi debilitante, como aprender a andar de novo com apenas uma perna. Kisa tem aprendido a tropeçar e dar pulinhos, mas há um fosso seco e vazio em seu interior, onde seu poder xamânico costumava se acumular e crescer.

Com gwisin enjoados até o pescoço e determinada a compartimentalizar as emoções em pequenas caixinhas, Kisa mal nota a mulher que chega praticamente desfilando na enfermaria, sorrindo com dentes manchados de sangue azul. Apenas quando Hajun se aproxima dela com a quantidade certa de apreensão e pergunta educadamente como pode ajudá-la é que Kisa fica alerta e sai correndo do pequeno consultório (onde um homem está ameaçando vomitar em um balde) até o saguão.

— O que, *hã*, aconteceu com você? — pergunta Hajun, tão eloquente, com um sorriso horrorizado que de alguma maneira ainda consegue parecer doce e preocupado.

Kisa estreita os olhos.

— Quem você tentou comer? — questiona com dureza, já tendo notado os pequenos caninos brancos da mulher e uma expressão nitidamente perturbada em seus olhos.

Uma gumiho.

Eis um problema do cruzeiro: gumiho Indomáveis na tripulação (colocadas no *Bateu As Botas* como punição por assassinato) vivem tentando roubar almas pelo método habitual: beijos. Mas logo percebem que é impossível — *todo mundo* ali é uma alma. Depois de chegar a essa conclusão, elas se transformam em raposa e tentam comer a vítima diretamente.

Mas a mulher não está de uniforme. Está vestindo um caban preto vintage, tem cabelo cacheado curto em estilo *french bob* e calça sapatos Jimmy Choo. Uma gumiho Indomável… que não faz parte da tripulação? Com cautela, Kisa observa a passageira sorrir.

— Um banqueiro velho — responde a mulher, se encolhendo e levando uma das mãos à barriga. — Ele fugiu. É melhor ficar de olho, logo aparece um paciente com uma marca gigante de mordida. Infelizmente, não me sinto muito bem. Por acaso vocês teriam remédio para dor de barriga?

Hajun dá um passo para trás e sussurra:

— Por favor, não me coma.

A mulher inclina a cabeça e o observa.

— Você é bonito demais pra ser comido — assegura ela e, para o espanto de Kisa, o amigo *cora* antes de sair correndo até um dos outros pacientes doentes.

— Você não pode comer as pessoas a bordo — declara Kisa, cruzando os braços. — Além de não ser permitido, também é bem desconfortável, como está vendo. Você basicamente absorveu parte da essência pura de alguém… O que, sinceramente, é fascinante, mas não vem ao caso… — Passando pela gumiho, Kisa vasculha um dos armários de remédios e coloca algumas pílulas verdes na mão da mulher. — Não existe carne aqui. Somos todos almas, energia pura sob a ilusão de uma forma física, porque estamos *acostumados* a existir em corpos. Mas não é a mesma coisa que no mundo dos vivos. Se absorver parte da alma de alguém, terá sintomas como…

— Dor de barriga — completa a gumiho depois de engolir as pílulas. — Tontura. Uma vontade absurda de gargarejar detergente. — A mulher estremece.

— E calafrios, que devem aparecer logo. Mas as pílulas irão expelir a essência estranha. — Kisa suspira e pega uma prancheta. — Seu nome?

— Nam Somi — responde a mulher, com um sorriso satisfeito.

Aquilo não significa nada para Kisa.

— Você é passageira?

— Sou — diz ela, fazendo um biquinho sarcástico. — Eu dei *tão duro* na vida. A verdade é que é bem difícil ser uma serial killer.

Por mais assustador que seja, Kisa não acha que Somi está mentindo. Ela encara a gumiho, que encontra seu olhar — e, curiosamente, parece vacilar por um momento.

— Por acaso eu… te conheço?

— Receio que não — responde Kisa, indiferente. — Agora, se não se importar de eu fazer uma pergunta…

— Eu sei no que está pensando — interrompe a gumiho, astuta, e qualquer que fosse a confusão que a afligia some de seu rosto. — Que não mereço ser convidada a bordo. É nessas horas que é conveniente ter casinhos tórridos com os jeoseung saja. — Ela funga. Embora ambas tenham a mesma altura, os saltos de Somi a deixam pelo menos doze centímetros mais alta que Kisa. — Eu *acho* que vou parar de tentar comer as pessoas. Mas só se for sempre assim. É pior do que ficar Agitada ou sentir as Vontades que me davam.

Agitada. Vontades. Kisa arqueia uma sobrancelha. Gumiho com hipersensibilidade a absorver almas e fígados são raras, assim como Indomáveis. Muitas raposas de nove caudas evitam comer homens a qualquer custo, já que virou um tabu moderno.

— Se fizer de novo, o resultado será o mesmo — confirma Kisa, nem um pouco impressionada, enquanto termina de preencher a ficha. — Também terei que informar ao haetae a bordo.

O oficial Shin Korain é o comandante da equipe de segurança do navio e pede que qualquer transgressão seja relatada imediatamente.

Somi dá de ombros e limpa a boca.

— Ele já sabe. Estava bem na minha frente na hora. Falei que escorreguei e caí, e foi só coincidência meus dentes se cravarem no banqueiro. Acho que ele acreditou em mim. Só que agora estou proibida de ir ao Convés 6, o que é uma pena. A estufa é tão bonita. Obrigada pelas pílulas.

Hajun volta para o lado de Kisa quando Somi se retira, toda pomposa.

— Essa aí vai ser encrenca — comenta ele, mas está sorrindo um pouquinho.

Kisa comprime os lábios em uma linha fina.

— Pois é. Acho que vai mesmo.

CAPÍTULO OITO

SEOKGA

QUANDO SEOKGA ENTRA AOS TROPEÇOS NA SUÍTE QUE DIVIDIRÁ com Hwanin, o irmão se levanta em um pulo da poltrona de veludo em que estava sentado.

A suíte é tão luxuosa quanto as de hotéis mortais, com dois quartos unidos por uma sala de estar, cuja janela enorme tem vista para o rio Seocheongang. É a Suíte do Rei, a maior de todas. Para o imperador de Okhwang, apenas o melhor. Pinturas que Yeomra provavelmente insistiria que são "abstratas", mas que na verdade são só manchas feias de tinta, estão penduradas com orgulho nas paredes acima do carpete preto que Hwanin cruza para chegar até Seokga. Fogo crepita alegremente na lareira — alegre demais. Seokga sente um desejo violento de extingui-lo. Talvez faça isso mesmo.

— Seokga, vou presumir, pela sua expressão, que ou está doente de tanta felicidade ou muito enjoado. — Hwanin hesita. — Você a encontrou?

O deus mais novo se escora no batente. Com as pernas vacilantes, consegue se dirigir até outra poltrona, afundando no tecido macio e passando a mão trêmula pelo rosto.

— Encontrei — confirma, baixinho.

Hwanin franze a testa.

— Não era assim a felicidade que imaginei durante anos. Você não parece bem. O que aconteceu?

Com a garganta seca, Seokga conta tudo em detalhes, desde o peso de papel voando em sua direção até o café. Hwanin o observa com uma expressão cada vez mais séria.

— Eu sei que não devia esperar que fosse Hani — sussurra Seokga. — Tenho dito isso a mim mesmo durante anos. Mas ainda assim…

— Esperou que fosse ela — completa o irmão, de olhos ternos. Mas o humor do deus da trapaça já está mudando.

— Isso nunca teria acontecido — começa, ofegante, a mágoa de repente substituída por fúria flamejante — se você não tivesse proposto aquele acordo, para começo de conversa. E então, foi divertido? — Seokga se levanta da poltrona em um salto, lançando um olhar fulminante para o imperador. — Foi divertido ver isso tudo? Eu me apaixonar por uma mulher que deveria caçar? Dizem que tenho a mesma crueldade de nosso pai, mas a sua... a sua é *incomparável.*

Os olhos de Hwanin lampejam.

— Não me compare ao nosso pai.

Mireuk. O deus da criação original, pai dos dois, que enlouqueceu e deu forma aos sofrimentos do mundo. Enquanto mergulhava mais e mais fundo em malevolência, não restou alternativa a seus filhos a não ser aprisioná-lo nos recônditos de Jeoseung, debaixo do rio em que o CRS *Bateu As Botas* navega.

— Foi você quem fez isso — desdenha Seokga, implacável. — Foi você...

— Eu fiz aquele acordo por você — interrompe Hwanin, de voz enganosamente calma. — Para restabelecer seu status de deus. E, mais tarde, eu o *modifiquei* para salvar sua vida. Fiz tudo para te salvar! Como eu iria saber que se apaixonaria por ela?

— Não — esbraveja Seokga, respirando pesado. — Pare com essas mentiras. Sabe muito bem que fez isso para me trair do mesmo jeito que traí você...

Esse é um antigo conflito entre os irmãos. Um que constantemente atrapalha a nova amizade.

— *Basta* — retruca Hwanin, levantando-se, com uma veia saltada pulsando na têmpora. — Se você quer ficar de joguinho, então agora é minha vez. Hani jamais teria morrido se você não tivesse tentado dar um golpe, se não tivesse sido exilado. Se ela não tivesse se intrometido nos seus assuntos. Se você fosse um detetive melhor e tivesse desmascarado Eodum mais rápido. Se ela não tivesse exaurido a própria pérola de raposa. Se, se, se. Houve tantas variáveis envolvidas na morte de Hani, irmão. Tantos fatores voláteis e, ainda assim, por raiva, você culpa somente a mim. Mas quem orquestrou a reencarnação dela? — Hwanin meneia a cabeça, a boca comprimida em uma linha. — Então ela não é quem, no fundo, você esperava ou queria que fosse. Tudo bem. A garota jamais será Hani, Seokga. Será Kisa. Sei que, racionalmente, você tem ciência disso. Então não crie expectativas impossíveis para a moça. Ela *não te conhece.* Temos um desequilíbrio aqui, não acha? Você quer algo que ela é incapaz de dar. — O rosto dele se suaviza quando Seokga titubeia, a rígida muralha de fúria começando a desabar. — Tempo, irmão. Dê um tempo para ela. Releve sua curiosidade. Não a afaste até *realmente* conhecê-la. E deixe que ela te conheça também.

Cansado. Seokga está tão cansado, parado ali, de ombros caídos. A exaustão pesando em seus ossos é antiga e desajeitada.

— Eu tenho saudade dela. Saudade de Hani — sussurra.

Ele encara o Fio Vermelho, sofrendo com o pior tipo de perda. *O Navio de Teseu*, pensa. *Será que ainda é o mesmo navio? Será que ela ainda é a mulher que amei?*

— Eu sei.

— Eu arrasaria o mundo em chamas se isso significasse vê-la de novo.

— Infelizmente, sei que você está falando sério. — Hwanin suspira. — Olhe, irmão... Vou chamar a dra. Jang para uma sessão emergencial. Mas eu conheço você, Seokga, e sei que deve ter decidido se lamentar dramaticamente pelo futuro incerto, apesar de qualquer intervenção profissional. Então, hoje à noite, nós vamos sair.

Seokga engole a pílula rosa que precisa tomar todos os dias exatamente às sete horas da noite — um antidepressivo receitado pela dra. Jang —, incerto de que esteja ajudando muito. Ele está praticamente se afogando em tristezas.

— Está pronto? — pergunta Hwanin, perto da porta da suíte.

O deus da trapaça lança um olhar fulminante para o irmão.

— Vai ser divertido — insiste o imperador, com uma alegria forçada.

— Duvido muito — retruca Seokga com frieza, mas ainda assim segue Hwanin até o corredor, onde a psicóloga os espera.

Ela se arrumou para a ocasião, trocando a camisa havaiana por um vestido extremamente antiquado com estampa de patinho de borracha que faz Seokga querer morrer de rir. Hwanin dá uma cotovelada nas costelas do irmão antes que ele possa soltar uma risada.

— E então, vamos? — pergunta o imperador, oferecendo o braço à dra. Jang.

A idosa sorri, emanando entusiasmo. Seokga acaba caminhando atrás dos dois enquanto descem um lance de escadas caracol cintilantes e encrustadas de diamantes até o Convés 6. Um punhado de passageiros logo se junta a eles, todos vibrando de empolgação.

A última vez que Seokga esteve em um navio foi durante uma aventura infeliz com alguns piratas, todos dokkaebi Indomáveis que precisava matar. Aquela embarcação era pequena, apertada e imunda — com certeza sem espaço nem robustez suficientes para abrigar uma *estufa*, uma construção enorme de vigas brancas elegantes e vidro polido, contendo um mar verde frondoso e vibrante.

— Imperador Hwanin e príncipe Seokga. Bem-vindos à festa no jardim — cumprimenta a diretora do cruzeiro, uma mulher chamada Soo-min (de acordo com o crachá dourado), que Seokga já decidiu odiar simplesmente por causa de sua natureza ranzinza e desconfiança inata de pessoas sorridentes. Ela encara a dra. Jang e seu vestido ridículo por um instante. — *Hã*... Ela está com vocês?

— Óbvio que está — vocifera Seokga, sentindo-se repentinamente protetor quando a expressão da psicóloga murcha. Agora que o deslumbramento pelo CRS *Bateu As Botas* se acalmou, parte dele se contorce de desconforto pela maneira como falou com a terapeuta de manhã.

— Certo — responde Soo-min, ainda observando o vestido. — Bom, por favor, aproveitem a noite.

— É falta de educação ficar encarando — sussurra Seokga quando passa pela dokkaebi.

A diretora do cruzeiro dá um salto. Ele sorri.

— *Bu!*

Seokga praticamente solta uma gargalhada antes de seguir os companheiros até a estufa. Por dentro, o lugar é ainda maior. Seus ouvidos se enchem com o murmúrio suave de uma grande lagoa de pedra artificial, onde nenúfares flutuam sobre a água cor de terra. O lugar realmente parece uma floresta. Paralelepípedos escorregadios pela umidade estalam sob os sapatos de um pequeno grupo reunido e diversas plantas exóticas se erguem até o teto bem elevado: samambaias altas, limoeiros curvados, até mesmo palmeiras assomam sobre os aglomerados de flores vibrantes. Seokga quase consegue acreditar que estão em terra firme, dentro de um jardim imenso. O único indício de sua verdadeira localização são as paredes de vidro, que devem se projetar do navio, já que o rio vermelho flui lá embaixo.

Garçons oferecem travessas de aperitivos ao longo do caminho sinuoso. Nenhum deles é Kisa. O Fio Vermelho se estende muito além da estufa — ela ainda deve estar trabalhando na clínica do cruzeiro. Sem saber se está decepcionado ou aliviado, Seokga pega uma taça de champanhe, bebe todo o líquido em um só gole e faz uma careta de nojo (café é a única bebida, além de água, que ele realmente tolera) e então a coloca de volta na travessa enquanto uma banda ao vivo — escondida em algum lugar em meio à folhagem — começa a tocar uma música clássica agradável.

A dra. Jang está conversando com um casal de idosos que parece estar elogiando o vestido dela e rindo enquanto ela faz uma voz surpreendentemente parecida com a de uma apresentadora famosa de um programa matutino. Encarando os patinhos de borracha, Seokga torce para que ter um senso de moda horrível não seja uma doença incurável da terceira idade. Afinal de contas, ele é velho. Hwanin tenta, futilmente, fazer com que Seokga converse com alguns outros passageiros — que balbuciam desculpas quando ele lhes lança seu olhar verde penetrante.

— Seokga, você está afugentando-os. Pare com isso — repreende o irmão.

Mas o deus da trapaça não está ouvindo. Não, Seokga está olhando por cima do ombro de Hwanin, sentindo o sangue esquentar quando vê algo, *alguém*, que anda querendo estrangular há algum tempo.

O último desejo de Hani era que Nam Somi fosse livre. Seokga, por outro lado, teria pendurado o couro de Somi em seu palácio há muito, muito tempo. Há trinta e três anos, para ser mais exato.

Ela parece diferente. Os anos a endureceram. O deus se dá conta, com uma repulsa crescente, de que as roupas dela imitam as que Hani usava. Perfeitas, refinadas, na moda dos anos 1990, mas talvez um pouco antiquadas agora, deslocadas entre as vestimentas mais modernas da festa. O jeito que ela flerta e ri... Somi está imitando Hani. Imitando a antiga melhor amiga, sua mentora, a mais infame gumiho que já existiu.

A barriga dele se embrulha.

Mas, ah, Somi não chega nem aos pés de Hani. Aquele ar de alegria e confiança é tão calculado. Tão forçado e falso. Durante anos, Somi aterrorizou país após país, devorando a população masculina — quase como se seguisse os passos da Raposa Escarlate, mas algumas patinhas são pequenas demais para trilhar esse caminho.

Ela é só uma imitação barata.

Seokga sente um arrependimento amargo por não ter sido ele a acabar com a vida dela ou colocá-la naquele navio.

Mas agora que ela já morreu...

Um sorriso cruel se forma em seus lábios. É o mesmo que surgiu quando liberou sua horda de monstros de Gamangnara em Okhwang. O mesmo sorriso torto que Hwanin viu quando Seokga chegou montado em um jangsan beom Indomável na sala do trono, a enorme criatura tigre metamorfa se lançando ao imperador.

Agora que ela está morta, ele pode atormentá-la *de verdade.*

Ah, como Seokga ama se aproveitar de brechas.

— Com licença — pede ele e, com aquele mesmo sorriso maléfico, vai se aproximando de Somi.

A gumiho ergue o rosto e arregala os olhos quando registra o deus da trapaça de um metro e noventa vindo em sua direção.

E *pronto.* Ela paralisa de tanto medo, feito uma presa se encolhendo diante do predador. Seokga consegue praticamente sentir o cheiro de pavor emanando do corpo, enquanto aqueles grandes olhos castanhos se arregalam ainda mais. Somi tenta sorrir, mas, ah, ele não se engana com esse truquezinho. A gumiho continua tão covarde quanto sempre foi. Aquela garçonete de cafeteria nervosa e trêmula não está tão bem escondida assim. É só uma adolescente estabanada na pele de uma mulher.

— Olá, Somi — cumprimenta Seokga com sarcasmo, empurrando para longe quem quer que estivesse conversando com ela.

A gumiho se esforça para demonstrar coragem. Que tentativa ridícula.

— Seokga — responde ela, endireitando os ombros.

O deus tem a sensação de que seu nome deveria sair carregado de desdém, mas tudo o que ouve é pânico. Ótimo.

— Espero que sua morte tenha sido dolorosa e horrível — comenta ele, arrastado.

Somi engole em seco, e o deus sente um rompante de triunfo quando ela se encolhe. Se tivesse que apostar, diria que acertou em cheio. Não se importa. Talvez um homem mais maduro parasse por ali. Mas Seokga nunca foi maduro. A única coisa que sempre foi é um deus muito, muito cruel. Inclinando a cabeça, ele sussurra:

— E eu espero que não tenha sido nada comparado a isso.

Com um estalo ágil, Seokga transforma a bengala na longa espada prateada que carrega há milhares de anos. Os convidados da festa soltam gritos estridentes, e o deus ri de deboche. Nunca entendeu direito como Jeoseung funciona — não se deu ao trabalho de entender, de qualquer forma —, mas de uma coisa ele sabe.

Mesmo que não possa matar quem já morreu, pode *machucar.*

— Seokga! — A voz é a de sua terapeuta, que vem correndo até eles tão rápido quanto o corpo já de idade permite, com os patinhos de borracha se agitando. — Seokga, por favor, você *não pode* sacar a espada durante uma festa no jardim, não pode *apunhalar* ninguém…

— O que você está fazendo?

Agora a voz é de seu irmão, rugindo de indignação no tom celestial de imperador. A música cessa subitamente.

O sangue de Seokga ferve cada vez mais. Todas as frustrações daquele dia, seu *coração partido*, o levaram ao limite. Sabe o que a dra. Jang dirá. Ele está projetando o ódio que sente por si mesmo em Somi, que, falando sério, teve um papel bem pequeno nos Dias Sombrios. Está perdendo o controle sobre os próprios problemas, se entregando às partes sombrias de sua natureza, imitando inconscientemente a fúria que seu pai mostrou quando ficou doente. Está tentando compensar por sua completa falta de controle ao controlar por completo a dor de outra pessoa.

Ah, bem.

Ele sorri de uma maneira que faz a gumiho paralisada empalidecer...

— Seokga.

O deus da trapaça se detém. Devagar, muito devagar, ele vira a cabeça por cima do ombro.

Kisa está parada atrás dele, respirando com dificuldade, o cabelo cacheado bagunçado de agitação. Seus olhos brilhantes pulam dele para a espada, depois para Somi e, por fim, de volta a Seokga. O rosto dela está estático de espanto — e de decepção. Entre os dois, o Fio Vermelho se *contrai* e, mais uma vez, por um momento, emana um brilho escarlate. O próximo pensamento de Seokga não vem da própria cabeça.

...machucaria... ela não quis... comer o banqueiro... é por isso que...

O choque é tão grande que ele larga a espada, que cai retinindo no chão. Tem vaga ciência de Somi sibilando em sua direção, da dra. Jang tomando-o por um dos ombros, de Hwanin partindo para lhe dar uma bronca enfurecida... Mas nada disso importa. Em meio ao caos, Seokga e Kisa se encaram, com o destino brilhando entre ambos.

Ele consegue ouvir os pensamentos dela.

Ele consegue *ouvir os pensamentos de Kisa.*

E, a julgar por como os olhos dela vão se arregalando, ela também consegue ouvir os dele.

CAPÍTULO NOVE

KISA

O QUE LEVOU KISA ATÉ A FESTA NA ESTUFA FOI PURA ANSIEDADE E desespero. Estava andando de um lado para o outro na enfermaria, para a perplexidade de Hajun, que tentava cochilar em um dos catres antes que a próxima onda de pacientes enjoados chegasse. Sempre piorava depois do jantar. Mas em meio à calmaria, com nada para distraí-la de pensar no que Seokga achava dela, Kisa estava morrendo de vergonha e com uma vontade visceral de se redimir.

— É só você *ir falar com ele* — reclamou Hajun para seu travesseiro amassado. — Quanto mais fica aí remoendo, mais eu me preocupo com você, e quanto mais me preocupo com você, mais a minha cabeça dói…

Ela hesitou e mordeu uma unha, um hábito de nervosismo do qual não conseguia se livrar.

— Não sei o que dizer.

O amigo se virou até ficar de costas e fixou os olhos escuros nela.

— É só pedir desculpas…

Kisa meneou a cabeça.

— …por falar usando só o seu cérebro enorme, e não o seu coração…

Ela atirou uma caneta no amigo e ele se sentou, rindo, com os olhos se enrugando nos cantos. Mas não ria dela. Não, Hajun estava rindo *com* ela. Era uma das coisas que Kisa mais amava nele.

— Acha mesmo que eu deveria ir até ele? — Kisa remexeu um cacho, ansiosa. — Vai ficar bem se eu não estiver aqui? Vai se lembrar de usar os baldes e…

Hajun torceu o nariz.

— É meio que senso comum usar um balde se alguém está vomitando, Kisa — debochou.

— Certo…

Depois de mais alguns instantes de hesitação, ela concordou com a cabeça e saiu correndo da enfermaria, seguindo o fio até o Convés 6. Por pouco despistou Soo-min, que estava cuidando da entrada da estufa. Segundo suas estimativas, lá dentro devia ser tão grande quanto, no mínimo, um campo de futebol.

Encontrou Seokga com a espada apontada para a garganta de Nam Somi, que estava apavorada. Nada parecido com o cenário que tinha imaginado: em sua mente, teria pegado uma taça de champanhe de um dos garçons, se entremeado pelas plantas agradáveis e perambulado por entre os convidados com um sorriso doce como quem pede desculpas até encontrar o deus.

Sinto muito por ter sido tão insensível, teria dito, com educação o bastante para não parecer desesperada, mas empatia o suficiente para não parecer educada *demais*. Ele a teria perdoado, e eles poderiam tentar mais uma vez. Em vez disso, Kisa está observando Seokga largar a espada, a espada que estava no *pescoço* de Somi, e ouvindo...

Está ouvindo uma voz dentro da própria cabeça.

Está... será possível que está ouvindo os pensamentos *dele*?

...Kisa... Kisa... Kisa...

Kisa o encara, aos poucos começando a compreender que estão passando por uma espécie de... transferência cerebral. Ou pelo menos é a única maneira de explicar os pensamentos que com toda certeza não são os dela ecoando em sua mente, em fragmentos curtos e entrecortados:

...Kisa... aqui... pensamentos... ela... também... ouvir...

Os pensamentos de Seokga são como serpentes, polidos, vigorosos e *rápidos*. Kisa olha devagar para o fio, que deve funcionar como uma conexão, que carrega mensagens de uma mente a outra. Do que será que é feito? Ela está completamente fascinada, e faz um esforço enorme para mudar o foco da atenção e se concentrar no que acontece ao redor.

Em algum momento, um homem de cabelo prateado conteve Seokga enquanto uma mulher idosa usando um interessante vestido com estampa de patinhos de borracha preenchia o ar com um sermão sobre manejo da raiva. Kisa observa o homem de cabelo prateado e percebe, com uma onda de entusiasmo, que a descrição dele, incluindo o hanbok azul-escuro tradicional e régio, corresponde perfeitamente à do imperador de Okhwang, Hwanin.

— *O que eu* falei *sobre matar inocentes?* — questiona o homem.

...não é inocente... matou... Escarlate... como poderia... esquecer...

O caos se instala enquanto Kisa assiste, completamente incerta do que fazer. Somi está gritando algo enquanto aponta o dedo para Seokga, e os demais convidados na estufa observam, paralisados de fascínio. A xamã tropeça quando Soo-min chega correndo, em pânico, e a empurra para o lado.

— O que está acontecendo aqui?! — grita a diretora do cruzeiro.

O oficial Shin Korain vem no encalço. O jovem haetae está com os olhos arregalados, mas se mantém afastado, duvidando que seja uma boa ideia se intrometer em uma briga entre dois deuses, uma gumiho e uma idosa que ama patinhos de borracha.

— Parem! Todos vocês! — berra Soo-min.

— Oi, Kisa — cumprimenta Korain, ofegante, apoiando as mãos nos quadris. Uma mecha de cabelo preto cobre seus olhos dourados.

— Oi, Korain — responde, distraída.

Os dois se conhecem de uma maneira que apenas funcionários que há muito sofrem no CRS *Bateu As Botas* conseguem — uma solidariedade dolorosa, assim como uma ironia amarga pela situação comum nada ideal pela qual estão passando. Embora Hajun seja o único amigo de verdade de Kisa, Korain sempre foi gentil, e ela até gostaria que ele tivesse sido designado para a enfermaria em vez da equipe de segurança. Raramente se veem, exceto pelos breves momentos em que se trombam em corredores ou quando há uma reunião. Mas ele sempre foi um sujeito bacana, ao contrário de alguns outros membros da tripulação, como Soo-min, que observa Kisa como uma águia vinte e quatro horas por dia, sete dias por semana.

— Que turno doido, né?

— Pois é. Sem dúvidas — concorda a xamã, sem convicção, enquanto observa os olhos de Seokga se esbugalharem quando Hwanin o pega em um mata-leão.

Seokga se desvencilha das mãos de Hwanin, os olhos relampejando de triunfo, e, quando o irmão tenta se jogar em cima dele, ele se transforma — com um clarão de névoa esmeralda — em um corvo preto e pequeno e sai voando até o teto de vidro. Hwanin se estatela no chão, soltando xingamentos, e o pássaro mergulha na direção de Somi. A gumiho grita, tentando, sem parar, espantar o deus/corvo, que está puxando o cabelo dela com o bico. Ela cai em um canteiro de flores, e o corvo solta um ruído nitidamente satisfeito que poderia muito bem ser uma risada.

— VOCÊS ESTÃO ESTRAGANDO A FESTA! PAREM! PAREM, TODOS VOCÊS! — lamuria-se Soo-min, retorcendo as mãos. Sua voz, que já costuma ser estridente e esnobe, está tão alta que faz os ouvidos de Kisa doerem.

Somi se põe de pé de novo e, em um golpe de sorte, faz Seokga, a Ave, sair voando até uma garçonete. Ele assume a forma normal no último segundo, e a funcionária cai e derruba taças de champanhe.

Kisa recua quando o vidro se estilhaça e tenta correr até a garota estatelada, mas é puxada para trás por Korain.

— Você não quer se meter nessa encrenca. Esse trabalho é meu, pelo menos me pagam para fazer isso — avisa ele.

Todos os membros da tripulação ganham um pequeno salário em moedas todo mês para gastar nas cafeterias e em outros estabelecimentos do navio.

— Acho que você tem razão — murmura Kisa, mas o sujeito não responde. Os olhos de Korain estão concentrados na garçonete, que empurrou Seokga para o lado. Quando a garota se encolhe de dor, Korain parece encontrar coragem para se embrenhar no caos.

Ele é impedido abruptamente pelo imperador celestial.

— Isto é assunto de família — esbraveja Hwanin, e Kisa observa o rosto de Korain ficar sério. O imperador acrescenta, em tom de alerta: — Não se envolvam.

Depois se vira para o irmão, que está se afastando da garçonete pálida que no momento fuzila os deuses com o olhar.

— Aquela gumiho foi *banida* da estufa — rosna Korain. — Ela nem ao menos deveria estar aqui. Acho que temos jurisdição sobre *esse* assunto...

Hwanin direciona um olhar tão fulminante ao segurança que Kisa enfim consegue ver a semelhança entre ele e o irmão.

Seokga espana o vidro quebrado do terno e arruma o cabelo pouco antes de Somi, que está gritando algo ininteligível, se jogar em cima dele. E então começa *outra* briga, uma em que os dois circundam um ao outro, com um ódio profundo estampado no rosto.

Kisa franze a testa, assistindo. É nítido que se conhecem e se desprezam. Mas por quê?

— Não me importa se é assunto de família — retruca Korain, tentando afastar Hwanin com um empurrão. O imperador nem se mexe. — Vocês estão tumultuando a festa, fazendo mal uso dos talheres...

De fato, Somi agarrou um garfo das mãos de um garçom e está tentando apunhalar Seokga. Garfos *não* foram feitos para serem usados como arma.

— ...e, se não conseguirmos controlá-los, nossas reencarnações serão adiadas por anos! Vamos ser responsabilizados por isso...

Aquelas palavras provocam uma onda violenta de raiva em Kisa quando o haetae a lembra do que exatamente está em jogo. Korain tem toda razão. Yeomra culpará *a tripulação* por esse enorme fiasco. Bem, se Korain não consegue se livrar do imperador mal-encarado, *ela* consegue. O haetae está distraído e não irá impedi-la desta vez.

Determinada, Kisa marcha até Seokga, se mete entre ele e Somi (escapando do garfo por pouco) e estica os braços entre os dois.

— Parem com isso! — exige.

Somi ofega e estreita os olhos para Kisa, uma bola de energia.

— Se não sair do meu caminho, eu vou…

— Você vai o quê? — rosna Seokga. — Trair ela de novo? Entregá-la a um demônio louco?

A indignação de Kisa é substituída por perplexidade. Ela titubeia, olhando do rosto agressivo de Seokga para o de Somi, que pisca muito rápido. Com o cérebro dolorido, a xamã balança a cabeça.

— Eu a conheci hoje de manhã — diz, e então percebe como foi estúpida quando pensa melhor no que as palavras de Seokga significam.

Kisa encara Somi, que ainda está abalada. Será que se conheciam? Na vida passada, quando foi uma mulher que assaltava caixas eletrônicos? Será que Seokga está se referindo a Eodum, o demônio que causou os Dias Sombrios de 1992? Isso tudo é muito, muito interessante…

— Olhe nos olhos dela. Eles são iguais, não são? — vocifera Seokga para Somi, arrancando Kisa de suas reflexões.

Um silêncio recai sobre a estufa.

Para o espanto de Kisa, é Somi quem está tremendo quando encontra seu olhar curioso, de cor castanho-vinho.

— Pelas tetas de Hwanin — sussurra a gumiho, dando um passo para trás. É a mesma expressão daquela manhã na enfermaria: de confusão, descrença e reconhecimento. De repente, ela parece muito jovem e incerta. — H-Hani?

Kisa pisca. *Hani.* Sim, *esse* era o nome da gumiho que ainda aparecia nas manchetes do *Fuxico Divino.* O DEUS SOLITÁRIO CONTINUA SUA BUSCA POR KIM HANI! e SEOKGA CAUSA CONCUSSÃO NA HANI-IMPOSTORA: NÃO SE PASSA A PERNA NO DEUS DA TRAPAÇA!

Ao ouvir esse nome, um fluxo repentino e fragmentado de pensamentos chega de Seokga.

…Hani… sinto saudade… se foi… para sempre… diferente… Kisa…

Kisa engole em seco. Quem quer que Hani tenha sido, sabe que não é… ela. Não mais. Kisa tem a própria resposta para o paradoxo do Navio de Teseu, e isso significa que Seokga desejará para sempre que ela seja alguém que jamais será.

Antes que consiga sentir o gosto amargo de uma decepção confusa, Kisa vê Somi tapar a boca com a mão.

— Ai, meus deuses — sussurra ela. — Hani, unnie*? É você mesmo?

Completamente perdida, Kisa troca o peso de uma perna para a outra.

— *Hã*... eu nasci em 1995. Acho que você é mais velha que eu — fala, meio sem jeito.

É a única coisa que lhe ocorre dizer: corrigir o uso de *unnie*. A mulher parece ter entre 20 e 30 e poucos anos, mas poderia ser bem mais velha, graças à imortalidade das gumiho.

— Certo — diz Somi, baixinho, ainda a encarando. — Certo...

— Seokga! — exclama a senhora com o vestido de patinho de borracha. — O que foi que eu te disse? Da próxima vez que você...

— Da próxima vez que eu sentir vontade de atacar alguém, preciso fechar os olhos e contar até dez — completa o deus, com a voz arrastada, mantendo o olhar fixo em Somi e Kisa. — Não funcionou, dra. Jang.

— Você nem *tentou*.

A voz do imperador Hwanin se junta à confusão, mas Kisa nem percebe. Está observando Somi enquanto ela se afasta aos poucos, os olhos brilhando com... lágrimas?

— Espera — murmura Kisa, com um milhão de perguntas na ponta da língua. Mas a outra a ignora.

Um instante depois, Somi está fugindo, perdendo-se em meio aos convidados horrorizados e sumindo de vista.

— ...uma vergonha — sibila Hwanin, e Kisa se concentra na nova conversa. — Não sei nem como eu deveria estar lidando com você agora.

O imperador mal olha para Kisa, focando toda a fúria em Seokga, que parece relativamente indiferente.

— Foi carma — responde o deus da trapaça. — Está ressentido porque eu trouxe justiça cármica? É um dever divino que levo muito a sério.

— Não — chia Hwanin. — Estou ressentido por você ter feito isso *em público*...

— Ah, por favor, você ama atenção. Lembra daquelas entrevistas exclusivas que você dava pro *Fuxico Divino*, falando sobre nossa relação trágica e ruim?

Os olhos verdes de Seokga saltam para Kisa, e algo que é quase um sorrisinho travesso curva os lábios dele.

Kisa não devolve o sorriso, mirando o vidro estilhaçado no chão, as flores esmagadas, o emaranhado de penas pretas e cabelo preto ondulado onde

* Forma de tratamento, o honorífico significa "irmã ou amiga mais velha". [N.E.]

Seokga, o Corvo, atacou Somi. A garçonete derrubada pelo deus, uma moça de olhar cansado e cabelo preto comprido, está de joelhos, recolhendo os cacos. Ali perto, de maneira muito pouco característica, Soo-min sacrifica a saia impecavelmente engomada, ajoelhada ao lado de Korain, enquanto os dois tentam inutilmente arrumar as flores.

Com o coração pesado, Kisa se agacha para ajudar a garçonete a recolher os cacos cintilantes, os dedos ficando úmidos com o champanhe derramado.

— Obrigada — sussurra a garçonete, por cima da bronca constante de Hwanin em Seokga, com contribuições ocasionais da tal dra. Jang.

— Está tudo bem? — pergunta Kisa, observando a colega. — Eu trabalho na enfermaria. Se precisar de alguma coisa para os machucados ou...

A garota nega com a cabeça.

— Estou bem. Só chateada, porque o CEO vai ficar sabendo disso — diz ela, soltando um leve suspiro. — Estou tão cansada de trabalhar aqui embaixo... e meus pontos por bom comportamento vão pelo ralo por causa de hoje. Yeomra vai ver meu nome na lista de funcionários da estufa.

Kisa sente o olhar de Seokga em suas costas com uma intensidade desconfortável.

— Podemos enviar nosso próprio relatório...

O setor de RH de Jeoseung — ainda mais o do CRS *Bateu As Botas* — é uma piada, mas não custa nada tentar.

— Não. — A garota solta uma risada amarga. — Hwanin e Seokga são deuses. Não podemos simplesmente sair culpando eles. — Com um sorriso triste, a garçonete balança a cabeça enquanto as duas recolhem o resto do vidro e colocam os cacos em uma travessa de metal. — Mas agradeço mesmo assim. Eu me chamo Chaeyeon. Lim Chaeyeon.

— Eu sou Yoo Kisa — responde, e as duas compartilham um sorriso rápido, sem muita convicção, enquanto se levantam.

— Não consigo nem olhar para você — arrebata Hwanin, encarando feio o irmão. — Não consigo nem... — O imperador belisca a ponte do nariz. — Eu vou embora. Por favor, não me siga. Se me seguir, talvez eu tenha que recorrer à violência e te dar o soco na cara que você *tanto* merece.

O sorriso presunçoso de Seokga é fino e afiado.

— Ah, essa não! Estou me sentindo tão ameaçado, irmão.

Hwanin lança uma carranca furiosa de desgosto uma última vez antes de dar meia-volta e caminhar até a saída. Kisa observa a dra. Jang menear a cabeça.

— Estou extremamente decepcionada com você, Seokga. Como já conversamos, tentar apunhalar as pessoas *não* faz parte do seu processo de cura. Espero ter uma conversa com você amanhã de manhã — declara a mulher, em voz baixa.

Kisa observa enquanto a psicóloga solta um último suspiro desapontado e segue Hwanin. Chaeyeon vai atrás dos dois, equilibrando uma travessa com vidro quebrado e cintilante.

A multidão continua paralisada e Seokga segue de pé ali, com os olhos brilhantes de divertimento e sem um pingo de remorso. Em meio às penas, Kisa balança a cabeça e encara o deus. Ele se vira para ela, e o pedido de desculpas que a fantasma planejou no caminho até a estufa desaparece.

— Achou isso engraçado? — murmura.

Seokga se detém de uma maneira que não fez nem quando estava quase levando um soco do irmão. Sua expressão de repente fica incerta.

...será... por ela... por que... me... encara... assim...

— Não. — Kisa nega com a cabeça. — Não. Você não fez isso *por mim*. Seja lá o que Nam Somi fez para mim em uma vida passada, eu não me lembro de nada. Não me lembro dela. Não me lembro de você. — Kisa tenta ignorar o jeito como Seokga se encolhe e continua: — Não teria feito diferença para mim se você tivesse deixado ela em paz. Fez por si mesmo. Mas não será você a pagar o preço.

A multidão prende a respiração enquanto ela se aproxima de Seokga. Enfrentar um deus nunca é aconselhável: Kisa é incapaz de conceber o número de mitos, de fábulas que alertam para evitar fazer exatamente isso... Mas ela não se importa, embora todas as histórias sejam verdade.

— Isso... isso foi incrivelmente inconsequente. — O Fio Vermelho treme quando, em um acesso de raiva crescente, Kisa coloca uma das mãos na cintura e a outra aponta para o nariz arrebitado de Seokga. — Todos na tripulação têm esperado há muito tempo para reencarnar. Mas o CEO colocará a culpa desse *fiasco* nos funcionários que estavam no turno desta noite. Consegue compreender a gravidade disso?

Ela observa a garganta dele se mexer. Uma vez, depois outra. Com crescente preocupação, Seokga fica ligeiramente vesgo e encara o dedo de Kisa, que ameaça cutucá-lo no nariz. Ao redor deles, a multidão paralisada começa a se dispersar aos poucos, murmurando entre si. Em algum lugar escondido, a banda ao vivo recomeça a tocar, meio trêmula.

— O que você quer de mim? — pergunta Seokga, baixinho, e o pior é que ele nem ao menos parece saber.

Suas palavras são hesitantes, suavizadas pelo tom informal e aquele estranho indício de familiaridade que ela notou na cafeteria. Infelizmente, a ideia tentadora de recuar a mão, fechá-la em punho e esmurrá-la naquele nariz perfeito está interferindo na capacidade de Kisa de pensar direito. Ela entende perfeitamente bem como o imperador Hwanin deve se sentir.

O deus da trapaça acrescenta:

— Faço qualquer coisa.

Ela tem uma lista de itens preparada.

— Primeiro: por favor, não ataque as pessoas neste navio! Segundo... vou colocar uma cláusula, caso você *de fato* ataque alguém: arrume a bagunça e não saia se arremessando em funcionários segurando travessas com copos de vidro. Terceiro, informe ao CEO que os funcionários de hoje não tiveram nada a ver com a sua... a sua... — Ela luta para encontrar a palavra certa, antes de enfim se decidir: — *...picuinha.*

Os cantos dos olhos de Seokga se enrugam. Kisa ignora com firmeza como aquela pequena mudança transforma o rosto dele de duro a surpreendentemente terno em apenas um segundo.

— Só isso? — pergunta o deus da trapaça, parecendo achar graça.

— Sim... Quer dizer, não. — Kisa não consegue evitar. Seus olhos se fixam na espada que Seokga pegou do chão, no estranho brilho luminoso do metal prateado. — Quarto, me diga... É verdade que armas divinas são feitas de prata colhida da lua e forjadas em fogo de bulgae?

O panteão é conhecido por ficar de bico fechado quando o assunto são relíquias. Campos de conhecimento inteiros se dedicam a dissecar os poucos artefatos em que os xamãs conseguiram colocar as mãos, tentando descobrir de que minério são as lâminas.

O deus fica de queixo caído.

Kisa franze a testa, impaciente.

— E então?

Ela aponta para o nariz dele de novo, e acaba cutucando sem querer.

Alguém na multidão solta um arquejo brusco, como se esperasse que Kisa fosse levar um soco no mesmo instante. Mas nada acontece, a não ser a mudança de expressão esquisita no rosto de Seokga. Ele parece, de alguma maneira, tanto mortalmente ofendido quanto incrivelmente satisfeito.

— Fogo de dokkaebi — responde um instante depois, a expressão se suavizando para algo parecido com... uma ternura confusa e hesitante. — Fogo de bulgae é muito imprevisível. Os ferreiros de Okhwang usam fogo de dokkaebi. Quanto ao resto...

Seokga hesita antes de se agachar e começar a recolher as penas.

Depois de um momento, Kisa se junta a ele.

CAPÍTULO DEZ

SEOKGA

— Deve ser algum tipo de conduíte que permite transferência cerebral — pondera Kisa.

Ela segura seu café da madrugada, sentada abraçando os joelhos diante de Seokga no Café das Criaturas, que agora é uma rede que opera vinte e quatro horas por dia, sete dias por semana; praticamente um sonho realizado. O estabelecimento está vazio, tirando eles dois e o funcionário cansado atrás do balcão.

— É fascinante, não? Embora eu ache que, se fosse algo constante, nós dois com certeza ficaríamos loucos — continua Kisa. — Os pensamentos parecem ser transmitidos de maneira aleatória. Eu me pergunto qual a função disso. E você está me escutando em coreano?

— Estou — confirma Seokga, o que dá início a um monólogo extenso sobre transferência cerebral traduzida do inglês para o coreano.

Durante os quinze minutos que estão na cafeteria, Kisa tem pensado em voz alta sobre o Fio Vermelho e sobre essa nova revelação de conseguirem escutar os pensamentos um do outro. A contragosto, Seokga ouviu o conselho de Hwanin e tem simplesmente deixado ela falar. Aprendeu que Yoo Kisa é tão inteligente que chega a assustar, com uma mente que funciona pelo menos duas vezes mais rápido que a dele. Os pensamentos dela, que ele escuta em trechos entrecortados, disparam para dentro do cérebro de Seokga com tanta velocidade que o deus mal consegue entender qualquer coisa. São rabiscos frenéticos, marcando os sulcos de sua mente com tinta borrada.

O "fiasco" da estufa, de acordo com as palavras dela, aconteceu há menos de uma hora, mas Kisa já parece ter se reaproximado dele. Mais um detalhe que aprendeu: Yoo Kisa perdoa fácil.

— Intimidade — sugere Seokga, tomando um longo gole do café gelado e saboreando a temperatura. O corpo dele aquece desconfortavelmente sob o olhar de Kisa. São os olhos de Hani.

A mulher pisca, ficando corada de azul.

— Eu, *hã*... Como assim?

— A função dele. Ouvir o pensamento um do outro. Traz um certo ar de intimidade, não acha? — explica o deus, achando certa graça inusitada no rubor dela.

É uma reação tão diferente da que Hani teria (um sorriso inocente acompanhado de uma piadinha sarcástica), mas também... é adorável.

Ele não consegue evitar dar um sorrisinho malicioso e se deleitar um pouquinho quando Kisa se remexe, ainda corada.

— O Fio Vermelho conecta almas gêmeas — continua, enquanto a mulher esconde o rosto com o copo. — Talvez sejam desconhecidos, no início. Mas por acaso existe forma melhor de se tornar *íntimo* de alguém que ouvindo seus pensamentos?

...queria poder... parar de corar... intimidade... intimidade... minhas bochechas estão azuis... feias...

— Suas bochechas não ficam feias quando ficam azuis — diz Seokga, franzindo a testa para esconder o sorriso.

Pela primeira vez, os pensamentos dela não são só uma mistureba calculada e veloz, e isso faz uma pequena pontada de esperança percorrer o corpo do deus. Seokga se dá conta de que ela não é tão fria e sem emoções quanto achava. Na verdade, está tão nervosa quanto ele. O segundo encontro naquela cafeteria já está indo muito melhor do que o primeiro, que aconteceu no início daquela tarde.

Mesmo que ela o veja como um projeto de pesquisa fascinante, talvez os dois ainda possam ser... amigos. Seokga se contentará com o máximo que puder, ou o mínimo que ela lhe permitir. Depois de procurá-la por trinta e três anos, ele enfim a encontrou.

Mas ela está morta, relembra, e algo se contrai no fundo de suas entranhas.

Não. Não pode pensar nisso agora.

Kisa está espiando-o por cima da caneca.

— Obrigada. É mesmo muita gentileza da sua parte — murmura.

Constrangida, ela ergue a mão para as bochechas manchadas de azul antes de logo desviar o olhar.

Seokga dá de ombros, embora por dentro esteja se exibindo todo, feito um pavão.

— Sim. Sou realmente muito gentil — responde, traçando o contorno da tampa do copo de café com o dedo.

É importante para ele que ela saiba disso. Tão importante que Seokga está arriscando fazer, e de fato fazendo, papel de bobo. Ele cerra os dentes e toma um longo, longo gole da bebida.

Kisa ergue a sobrancelha esquerda, que quase toca aquele coraçãozinho bem no topo.

— Centenas de livros de história, além do que aconteceu hoje à noite, diriam o contrário — retruca ela. — Você é infame por ser, bem, uma pessoa um pouco desagradável.

— Sou muito gentil… com as pessoas de quem gosto — acrescenta Seokga.

— E com as pessoas de quem não gosta? Você costuma se transformar em corvo para atacá-las? — pergunta Kisa, talvez, e só talvez, escondendo um sorriso.

— Prefiro me transformar em pantera para dilacerá-las, mas a estufa era pequena demais pra isso — responde, sem emoção na voz.

Um instante depois, ele se arrepende. Hani até entendia seu senso de humor, mas Kisa…

Ela o encara, e Seokga fecha bem a boca, envergonhado de uma maneira que um deus com certeza não deveria estar. Seokga, o grande trapaceiro, o príncipe de Okhwang, está *encabulado*. É uma emoção horrível, e ele queria poder imediatamente arrancá-la do corpo e atear fogo.

Mas então algo peculiar acontece. Os cantos dos olhos de Kisa se enrugam, e ela deixa escapar uma risada contida e quieta. Seokga fica paralisado. Ela tapa a boca com a mão, mas é tarde demais. Ele já foi tomado por uma sensação interna de vitória e não consegue evitar sorrir de canto quando Kisa esconde o rosto.

— Que coisa terrível — diz ela em um sussurro, parecendo horrorizada. — E eu não deveria estar rindo. Na verdade, não sei nem por que estou rindo.

…dá para ver… ele falou sério… também… uma pantera…

Seokga volta a se acomodar na cadeira, o sorriso se abrindo devagar no rosto.

— Além de ser gentil, sou extremamente engraçado. Talvez você queira levar isso em consideração. — Ela dá um aceno de mão indolente para o Fio Vermelho do Destino. — Dizem que tenho muitas outras qualidades. Posso compilar tudo e organizar uma lista, se quiser.

Parece o tipo de coisa de que Yoo Kisa gostaria.

— Claramente, humildade não é uma delas — responde ela, antes de arregalar os olhos e erguer a caneca às pressas até a boca, sabiamente escondendo o rosto, que Seokga já viu estar de um azul ardente.

...não consigo acreditar... falei isso... é como se eu... já o conhecesse... não deveria me sentir tão à vontade...

Uma risada perplexa irrompe dos lábios de Seokga. O barista cansado atrás do balcão fica praticamente de queixo caído pelo deus da trapaça estar rindo com a mão na barriga. Aquela frase tinha tanto do jeitinho de Hani.

— Por favor, não me incinere — murmura Kisa para a caneca, mas já está sorrindo de novo.

— Incinerar as pessoas requer muita energia.

...“incinerar”... isso me faz lembrar... preciso perguntar... não posso não *perguntar...*

— Por falar em açoitar — inicia ela, e Seokga está começando a entender que o quê de curiosidade impaciente na voz dela é uma sede insaciável de conhecimento. — Você se lembra do número exato de Indomáveis que matou durante sua penitência em Iseung? Ouço tantas especulações...

— Perdi a conta por volta dos trinta mil. — Seokga cruza os braços e tenta ao máximo parecer Bem Maneiro e extremamente merecedor do Fio Vermelho que no momento está tremendo (como se risse dele) em torno do mindinho de ambos.

Kisa franze a testa.

— Pensei que você só precisasse matar vinte mil.

Merda.

Agora Seokga se vê diante da vontade de sair correndo para onde quer que possa sofrer a humilhação em paz. Ele dá de ombros, um pouco sem jeito, e termina o café. Kisa está quieta, de rosto pensativo, enquanto escreve com o dedo no tampo de madeira da mesa. Ainda há um indício de sorriso em seu rosto, mas um sarcástico, dessa vez.

— Te vejo amanhã? — pergunta Seokga ao se levantar, não querendo forçar a barra ou parecer um stalker esquisitão e obcecado, embora precise admitir que é exatamente assim que se sente.

Kisa hesita.

— Você vai entrar em contato com o CEO, não vai?

— Vou. — Ele sente uma pontada de culpa. — Vou, sim. Juro por Hwanung. Vou fazer isso agora mesmo...

Seokga pega o celular e, com certa dificuldade (já que ele é bem ruim em digitar em telas), envia ao deus uma rápida mensagem.

Ela também fica de pé.

— Então, *hã*, se você quiser… — hesita Kisa, desviando os olhos para o fio entre os dois. — Se você olhar para o rio à noite, dos Conveses 9 e 10, consegue ver ineo nadando ao lado do navio. Bem, ineo mortas — corrige-se. — Ineo gwisin. Mas eu gosto de subir à noite para olhar. Se quiser vir comigo, não vou me importar.

Seokga sente as próprias sobrancelhas se erguerem. Ineo, sereias, são bem raras no mundo superior, já que foram caçadas por marinheiros atrás de suas escamas. Faz sentido que haja um monte delas ali… Mas não é por causa das sereias que ele contém um sorriso. Kisa quer passar mais tempo com ele.

— Eu adoraria — responde com sinceridade, e quando os olhos dela se iluminam, Seokga quase cai de joelhos.

O Convés 10 é o ponto mais alto do cruzeiro, um terraço amplo logo acima das piscinas do Convés 9. Enquanto Seokga se inclina sobre o guarda-corpo de metal com Kisa, uma brisa noturna açoita seu rosto, carregando consigo o perfume melancólico do rio Seocheongang, que flui violentamente. No momento, as águas estão ladeadas por cordilheiras enormes e sombrias, o terreno natural do submundo que Yeomra ainda não desenvolveu. Sons estranhos ecoam das montanhas, e de vez em quando ouvem-se asas batendo lá em cima. Seokga não está preocupado. Quaisquer que sejam os demônios que espreitam este reino, eles sabem que não devem provocar a ira de Yeomra, a menos que queiram que suas terras sejam afligidas por prédios comerciais e depois poluídas pela neblina de fumaça invisível mas densa da desgraça dos trabalhadores corporativos.

Os cachos de Kisa estão se agitando no ar, e ela sorri — sorri tanto e com tanta felicidade que o coração de Seokga dá cambalhotas — enquanto aponta para algo nas águas lá embaixo.

— Ali! — exclama e, para a alegria de Seokga, puxa a manga dele. De repente, o jondaemal não parece mais tão frio. Não quando ela está quase dando pulinhos, com os cachos soltos quicando de entusiasmo. — Está vendo ela?

…sempre quis… aprender… sobre elas… quase extintas… os esforços para preservá-las nem de longe…

Ele não se dá ao trabalho de olhar para o rio. Está olhando para Kisa, para a maneira como ela vira uma bolinha de euforia quando está aprendendo algo novo.

…espero que ele… perceba… que isto… é maravilhoso…

Kisa olha de canto para o deus e franze um pouco a testa. O nariz dela se enruga.

— Seokga — diz, sem fôlego —, você *precisa* ver… Ela é esplêndida…

Ela avista algo por cima do ombro dele e, por um breve instante, parece sentir pena, mas logo se volta para o rio. Seokga mal percebe, diante dos pedidos urgentes de Kisa para que ele se incline e observe a correnteza lá embaixo.

Torcendo o canto da boca, cede ao pedido e encara as profundezas escarlates, onde uma ineo acompanha o ritmo do CRS *Bateu As Botas*. É comprida e esguia, mergulhando e reaparecendo na superfície com uma cauda escura que corta o ar. O cabelo longo e preto feito tinta está encrustado de cracas. Como se sentisse estar sendo observada, a sereia ergue a cabeça para os dois por meio segundo, de rosto pálido e olhos pretos cintilantes. Ela afasta os lábios finos, revelando dentes afiados, e mergulha de volta no rio.

Seokga aperta a bengala com mais força, sentindo uma estranha apreensão. Se for sincero e deixar de lado o ego enorme, aquele sorriso foi bem horripilante.

Kisa está boquiaberta.

— Elas nunca tinham olhado para mim — confessa, arfando. — Isso foi…

— …nojento — sugere Seokga. Na época em que ineo eram comuns em Iseung, não costumavam ser tão assustadoras. As águas do submundo devem ter feito alguma coisa.

— …*fantástico* — completa Kisa, olhando feio para ele.

— A higiene bucal dela deixou muito a desejar — resmunga Seokga.

Kisa revira os olhos, e ele se detém. *Isso…* isso também era a cara de Hani, até a exata maneira com que seus cílios tremiam. Seokga quase sente vontade de morrer. *Talvez*, pensa ele, com o coração acelerado, *talvez o navio Teseu não seja completamente diferente.*

Kisa se afasta do guarda-corpo, olhando para ele de forma curiosa — e ele sabe que ela o escutou.

A garganta fica seca.

— Não fiz aquela pergunta para te atormentar — diz Kisa com hesitação enquanto os dois se dirigem ao lance de escadas, os pés afundando no carpete de veludo. — Minha intenção não era… Eu não estava pensando… — Ela se interrompe um instante depois, cambaleando contra ele, soltando um arquejo tão abrupto que Seokga a segura, gira seu pequeno corpo e procura freneticamente por qualquer sinal de ferimento, qualquer… qualquer…

Acontece tudo tão rápido que o deus não tem tempo de perceber que é o cabo de uma adaga — uma adaga escarlate — antes de Hani agarrar a mão dele e levar a ponta da lâmina na direção do próprio peito.

Hani guia a adaga que ambos seguram e a crava no próprio coração.

— Hani. Hani... — sussurra ele, nauseado, sem conseguir se conter.

Kisa estremece, mas ele não percebe, já que está enfim examinando o rosto dela. Ela está tão pálida, com os olhos repletos de lágrimas e pânico.

— Seokga — diz, trêmula. — Seokga, eu-eu estou bem, mas ele... *ele*...

Aos poucos, o deus é tomado por uma conclusão lenta e fria. Com o coração afundando no peito, Seokga gentilmente afasta Kisa para o lado, sem saber se quer mesmo ver, ciente de que isto mudará *tudo*...

Nos degraus abaixo, o imperador Hwanin está caído de bruços. O hanbok caro está encharcado de sangue, sangue espesso, quente e de um vermelho profundo que impregna as escadas com um fedor horrível. Ouve-se uma lamúria, um gemido baixo, e, sem perceber que o som está saindo da própria boca, Seokga corre até o irmão, vira o corpo dele...

E se afasta, com ânsia de vômito, com lágrimas escorrendo pelas bochechas.

O coração de Hwanin foi arrancado do peito.

Seu irmão morreu.

CAPÍTULO ONZE

SEOKGA

Seu irmão, com quem dividiu risadas e brigas. Seu irmão de sangue e também de armas, antes do favoritismo do pai deles e do ciúme de Seokga, antes do golpe. Hwanin, que Seokga admirava, que *idolatrava* nos primeiros anos de vida. Seokga só conseguiu andar porque Hwanin andou, e se Hwanin conseguia, então isso significava que ele também poderia. Seokga aprendeu os xingamentos favoritos com o irmão mais velho, durante as horas que passaram rindo juntos atrás do trono do pai. Foi Hwanin quem ensinou Seokga a acariciar bulgae selvagens, os cães de poeira estelar e luz solar. *Precisa deixar que te cheirem primeiro*, sussurrou o mais velho, encorajando-o. *Vai lá, estica a mão.*

Seu irmão, que o amou mesmo durante os anos de inveja amargurada, que ainda estendia a mão para quem cuspiu no prato em que comeu, repetidas vezes.

— Por quê? — indagou Seokga certa noite, quando Hwanin se arriscou a entrar em seu quarto no Palácio Cheonha.

Foi logo depois de Seokga ter raspado as sobrancelhas dele, na esperança de que, se o irmão parecesse ridículo, a atenção do pai deles se voltaria para o caçula. Mas isso foi antes de Hwanin tornar sobrancelhas raspadas a última moda em Okhwang. Seokga sabia que o irmão estava magoado e bravo, mas ainda assim Hwanin se manteve no batente da porta, segurando com incerteza uma bandeja de comida. Arroz branco e macio e sokkoritang. Seokga havia faltado ao jantar para ficar encolhido na cama, dominado por um misto humilhante de vergonha, raiva, ódio por si mesmo e, acima de tudo, uma inveja terrível.

— *Por que* você continua *me perdoando*?

A voz dele estava dura de raiva, mas fraca pelo ressentimento amargurado ao não conseguir encontrar e se agarrar a um defeito ruim o bastante em Hwanin.

O príncipe herdeiro tentava exibir uma expressão sábia. Sem as sobrancelhas, não deu muito certo. Na verdade, era bem perturbador, e atormentou os pesadelos de Seokga pelos anos seguintes.

— Porque você é meu irmão. Se não apoiarmos um ao outro, quem é que teremos ao nosso lado? — devolveu ele, com delicadeza.

Agora Seokga sabe a resposta.

Ninguém. Eles não têm ninguém.

— Desculpa, Hwanin — lamenta Seokga. — Eu sinto muito...

Algo no ar se altera. Uma força oculta que se revolta e envolve o pequeno patamar, roça nas paredes e traz consigo um cheiro indescritível de *mudança.*

Um instante depois, os céus cantam e um bebê pelado cai nos braços de Seokga.

O bebê, de olhos azul-escuros salpicados de estrelas e com um tufo de cabelo preto ainda não pintado de prata, abre um sorriso gorgolejante e cheio de si ao olhar para o deus.

O pranto de Seokga para abruptamente.

Ele encara o bebê.

O bebê o encara de volta.

— Ah, *mas que caralho.* Você só pode estar de brincadeira comigo — xinga.

— *Grrmurgrrmur! Brrrbrrrmmbrrrm!* — balbucia o bebê ainda sem dentes, se remexendo nos braços de Seokga para poder agarrar e observar o próprio pezinho minúsculo com uma espantosa alegria.

Porcaria de reencarnação divina. Seokga pisca para afastar as lágrimas e solta um suspiro de profunda irritação.

— Seokga...

Ele se vira para Kisa, que ainda está encarando o corpo de Hwanin com os olhos marejados. Seokga fuzila o cadáver com o olhar enquanto o bebê dá um tapa em sua bochecha com a mão rechonchuda.

— Toma aqui — diz, passando o bebê para os braços da mulher.

Ela fica boquiaberta, mas lida habilmente com a criança conforme Seokga, ignorando a pontada de dor na perna direita, se agacha ao lado do corpo do irmão.

— Seu *idiota.* Você precisava mesmo acabar morto, não é? Você precisava *mesmo* me fazer de babá pelo resto da eternidade? Eu te odeio. Eu te odeio *pra caralho* — rosna, e qualquer indício de luto desaparece.

O bebê faz sons bobinhos enquanto Kisa o aninha e solta um arquejo suave. Voltando-se para ela, Seokga observa sua expressão de horror mudar para uma curiosidade voraz, uma conclusão abrupta e, por fim, algo que quase parece prazer. Mas logo some quando ela, parecendo sentir alguma culpa, rapidamente volta a demonstrar tristeza.

Em qualquer outra situação, Seokga estaria gargalhando.

— Reencarnação divina — sussurra ela, como se recitasse um livro. — Apenas um eoduksini pode matar um deus de verdade. Se um deus é assassinado por quaisquer outros meios, ou se chegou na idade de necessitar de um novo corpo, a alma dele encontrará o caminho até jeolmeojineunsaemmul, a fonte da juventude eterna. O deus reencarnará na forma de um bebê…

— …e voltará ao lugar onde esteve por último — resmunga Seokga, bastante envergonhado por ter dado um show para depois ser lembrado de que jamais se livrará de fato do irmão. Diz a si mesmo, com severidade, que o que está sentindo no peito com certeza não é alívio. Nem um pouquinho. — Neste exato momento, você está segurando o bebê Hwanin, Kisa.

O bebê Hwanin solta um arroto e bate palminhas, todo feliz.

— Por que alguém iria querer matá-lo? — sussurra Kisa, enquanto Seokga analisa o buraco desordenado onde ficava o coração do irmão.

Ela está acalentando a criança, balançando-a no quadril com tanta naturalidade que Seokga desconfia, enciumado, que ela *já teve* filhos. O bebê Hwanin, aquela coisinha cheia de cólica, se aconchega no peito dela e solta um enorme bocejo.

— *Mmmmahhhhh* — faz o bebê, que é seu irmão, mas nem tanto, já que perdeu todas as lembranças e o pouco intelecto que tinha.

— Hwanin tinha a capacidade singular de irritar muitas pessoas — murmura Seokga.

Faz anos desde que foi detetive, mas ele parece estar reassumindo o papel. A irritação que sente em relação ao irmão se esvai, dando lugar a uma raiva fria e crescente.

Alguém neste navio assassinou seu irmão e obrigou Seokga a virar babá.

O deus não está *nem um pouco* contente.

— Trouxeram o corpo dele para cá — diz, ficando de pé com a ajuda da bengala. — Alguém trouxe o corpo dele para cá para que o encontrássemos.

Não há qualquer sinal de luta, e o chão está relativamente limpo. Deveria ter muito mais sangue ao redor dele.

Seokga encara a carnificina, o corpo arruinado. Hwanin era poderoso e fisicamente forte. Apenas um monstro conseguiria derrotá-lo.

— Sem um médico-legista ou um patologista forense... — Com uma pontada familiar de culpa, Seokga pensa em Lee Dok-hyun. — ...não consigo precisar a hora da morte...

— ...mas está bem claro que foi aproximadamente entre 19h30 e 20h45 — completa Kisa, estreitando os olhos pensativos e checando um fino relógio de prata no pulso. — Depois de ele sair da festa na estufa e em algum momento antes de agora. Há uma janela de mais de uma hora...

— ...em um barco extremamente grande, com um número extremamente grande de passageiros — completa Seokga e sorri de desdém. — Mas não importa. Eu tenho uma suspeita bem confiável de quem fez isso.

Com um último olhar para o corpo do irmão, ele continua a descer as escadas.

— Espera... — chama Kisa, que ofega. — Você não vai simplesmente deixar ele aqui, vai? Não deveríamos fazer alguma coisa? Um... Um funeral? Um... *alguma coisa*?

...o irmão dele... não deveria simplesmente... o corpo dele... todo esse sangue...

— Você está segurando ele — retruca Seokga, com os dentes cerrados. — Hwanin está bem. É um bebê, mas está bem. Na verdade, ele ser uma criança talvez seja uma mudança boa pra cacete. Chega daquela pose de santinho, já que ele não consegue nem *falar*. E o corpo dele vai se desintegrar em alguns minutos. Provavelmente em meio a uma nuvem de glitter maldita — resmunga.

— *Gnggblahberp* — cantarola o bebê (em um tom zombeteiro, Seokga acha).

— Fique quieto! — esbraveja o deus.

O bebê Hwanin bota a língua para fora e faz barulhinho de pum com a boca.

— Eu realmente acho que você não está dando a devida importância à situação. Alguém assassinou o imperador dos deuses. Isso... isso é a pior coisa que se pode fazer. É um sacrilégio — insiste Kisa.

— Já tentei fazer isso mais de uma vez. Um passatempo maravilhoso. Sempre tive um talento natural — comenta Seokga.

Quando chega ao patamar do Convés 8, empurra uma porta e vai entrando a passos largos. Kisa solta um pequeno ruído de engasgo. O deus tem quarenta por cento de certeza de que isso é outro sinal secreto e discreto de que ela está achando graça. Os outros sessenta por cento têm certeza de que, na verdade, ela está horrorizada. Talvez ele esteja cem por cento certo de que ela está sentindo um misto de ambos.

— O peito dele foi rasgado por garras — continua Seokga, apoiando-se com força na bengala enquanto acelera o passo. — Já vi ferimentos demais causados pelas porcarias dos Indomáveis pra saber. Garras não são tão precisas quanto uma lâmina. Os gumes são muito irregulares. E que criatura possui garras?

...raposas... de nove caudas...

— Você acha que foi Nam Somi quem fez isso. A gumiho — sugere Kisa, apertando o passo para acompanhá-lo enquanto segura o bebê Hwanin com firmeza.

...que acusação... precipitada...

— Porra, e quem mais seria? — vocifera o deus, e quando a mulher recua, ele também se encolhe. Não deveria perder a paciência assim. Precisa recobrar o controle de si. Imediatamente.

— Não — retruca Kisa, decidida, pelo visto tendo ouvido os pensamentos dele. — Não, tudo bem. Seu irmão acabou de, *hã*, virar um bebê. De ser assassinado. Mas... por que motivo?

— Nam Somi é uma assassina — responde Seokga, de dentes cerrados. — Eu sei de todas as coisas horríveis que fez...

Somi foi a gumiho que descobriu como roubar almas mais facilmente, a gumiho mais rápida a se tornar uma assassina em série, durante os Dias Sombrios.

— Não estou dizendo que não é verdade — admite Kisa, e a mente de Seokga é inundada pelas ponderações velozes dela, tão rápidas que ele mal consegue acompanhar o raciocínio. Por sorte, esses fragmentos são reunidos e organizados com eficiência até ficarem coerentes na frase seguinte: — Ela passou na enfermaria hoje mais cedo e literalmente admitiu ser uma serial killer, mas o alvo dela parecia ser, bem, *você*. E... historicamente, o assassinato de líderes tende a ter um objetivo político. Lincoln. Doumer. Rabin. Até se voltarmos muito mais no tempo, na época de Rimus da Acádia. Precisamos levar isso em consideração.

Seokga não faz a menor ideia de quem são essas pessoas. Para ser bem sincero, nem ao menos se importa.

Kisa o segue enquanto ele passa pisando duro pela estufa, onde a festa recomeçou com certa hesitação. O oficial Korain está próximo à janela, observando o deus da trapaça de braços cruzados e uma expressão furiosa. Kisa dá um aceno nervoso para o homem.

— Seokga, deveríamos mesmo contar para a equipe de segurança. Precisamos checar as câmeras, descobrir onde o assassinato ocorreu, e quem o cometeu, antes de chegarmos a conclusões precipitadas.

— E deixar o panteão saber que Hwanin foi morto em um navio onde, por coincidência, *eu* também estava presente? Não. — Seokga faz uma curva brusca para o corredor das suítes. — Assim que a notícia da morte de Hwanin se espalhar, o filho dele, Hwanung, oficialmente ascenderá ao trono como imperador regente até que o pai cresça. Hwanung não gosta de mim, e provavelmente vai me expulsar de Okhwang de novo. Eu seria o suspeito número um entre o panteão. Então não podemos *de jeito nenhum* contar a eles até que tenhamos descoberto o culpado.

Ele se dirige a uma porta.

— Esse é o quarto de Somi? — pergunta Kisa, sibilando. — Seokga...

— Não. Mas pretendo bater de porta em porta até encontrá-la — responde o deus.

Seokga recua a mão, mais do que pronto para causar um tumulto até que a gumiho dê as caras.

— Não precisa — retruca uma voz familiar, rindo sarcasticamente. — Estou bem atrás de você.

CAPÍTULO DOZE

KISA

Nam Somi olha entediada entre Kisa, Seokga e Hwanin, que está balbuciando.

— Ora, ora. Vejo que vocês dois se meteram em encrenca bem, bem rápido. — Ela se aproxima de Kisa e encara o bebê. — Ai, *que bonitinho.* Ele tem o seu nariz e o sorriso dela — diz para Seokga.

Kisa engole em seco. Embora tenha insistido que a gumiho não teria motivos para matar Hwanin, precisa admitir que Somi talvez seja a assassina. Dá um passo para trás, protegendo a criança com os braços enquanto Seokga se coloca ao seu lado.

— Eu não o matei — esclarece Somi um instante depois, sob o olhar fulminante do deus da trapaça. A intensidade da expressão dele é assustadora. Ele nunca olhou para *Kisa* desse jeito, e tomara que nunca olhe. — Mas tudo bem, eu andei seguindo vocês dois desde que subiram até o Convés 10, onde eu estava… — Somi estremece. — Onde eu estava, *hã*… onde eu estava.

— E é pra gente acreditar em você? Acho que não — sibila Seokga, e com um estalo transforma a bengala em uma espada.

— Pare, Seokga. Eu acho que a vi — declara Kisa, lembrando-se do que chamou sua atenção quando olhou por cima do ombro dele. Uma mulher encolhida em uma espreguiçadeira, aos prantos. — Onde exatamente você estava no convés?

— Em uma cadeira perto da piscina. No canto — resmunga Somi.

— E o que estava fazendo?

— Estava sentada.

Kisa aguarda.

Somi suspira.

— Estava chorando — admite ela. — Assim.

Olhando feio para Seokga, a gumiho se senta no chão, ergue os joelhos até o queixo, abaixa a cabeça e começa a fungar. Todos os detalhes, até mesmo os ombros trêmulos, são precisos.

Kisa se vira para Seokga, que nitidamente não está muito impressionado.

— Ela está dizendo a verdade — informa enquanto Hwanin, sonolento, tenta agarrar a blusa dela. — Eu vi uma mulher atrás de você, escondida nas sombras. Somi bate com a descrição dela. Mas por que nos seguiu?

Desconfiada, Kisa se volta para a raposa.

Somi fica de pé com tanta dignidade quanto possível para alguém que estava fingindo chorar no chão para provar que não é a assassina. Kisa observa com cuidado o rosto dela, procurando por narinas se inflando, uma mordida de lábio, excesso de piscadas ou suor de nervosismo. É sabido, afinal, que até excelentes mentirosos dão bandeira — por mais sutis que sejam os sinais. Somi a encara de volta e sua expressão se contorce por um instante. (De angústia? De culpa? As duas coisas, misturado a algo mais, como um amor que azedou?)

— Fui até o Convés 10 depois de sair da estufa porque queria ficar sozinha — explica Somi. Kisa registra a voz dela na mente: firme, mas com um quê de hesitação, aparentemente por estar emocionada. — Não gosto de ser vista chorando. Quando vocês estavam subindo até lá, eu os segui porque queria ter a chance de conversar com você… a sós — acrescenta, fuzilando Seokga com o olhar. — Eu te conheci na sua vida passada, como tenho certeza de que já deve ter percebido. Nós éramos… Trabalhávamos na… Você era minha… Enfim, a questão não é essa. Não sei do quanto você se lembra, mas há coisas pelas quais queria, *hã*, me desculpar. — A gumiho fica de olhos marejados. — Mas é claro que acabei não conseguindo, por causa do *cadáver* de alguém que *eu não matei.* Falando nisso… — Somi cruza os braços. — Não recomendo que se envolva nessa investigação com Seokga. Primeiro que ele é um detetive de merda. Da última vez, ele sequer suspeitou de mim, ou de Hyun-tae, antes de os Dias Sombrios começarem.

— Quem? — pergunta Kisa, franzindo a testa.

Será que Hyun-tae é o nome da pessoa apossada pelo eoduksini? Seu anonimato tem sido mantido há anos. Como será que Nam Somi esteve envolvida nos Dias Sombrios?

A gumiho continua:

— Além do mais, da última vez que você se envolveu com ele em um caso, acabou sendo assassinada.

— Eu… já estou morta.

— E aliás… — Somi pigarreia, ignorando o comentário realista. Talvez ela deixe de se incomodar com o fato se Kisa o disser mais vezes. — Não tem como ter sido eu, de qualquer maneira. Não tenho garras. Não são longas o bastante para assassinar alguém — confessa, muito baixinho.

Desviando os olhos, a gumiho ergue as mãos. *Shiik.* O coração de Kisa para quando as protuberâncias escuras e de contornos irregulares se projetam dos nós dos dedos dela, como se alguém tivesse pegado uma lâmina e…

Um longo silêncio transcorre.

Seokga baixa a espada aos poucos e a transforma de volta em bengala. Kisa olha para ele e percebe que, embora esteja inexpressivo, seus pensamentos quase demonstram uma pena resignada.

…parece… doloroso… não… arrancou… coração… não… pode ser… suspeita… como ela… morreu… não devia ter dito… na estufa… ainda… odeio ela…

Kisa se aproxima de Somi com cuidado depois de gentilmente colocar Hwanin nos braços de Seokga, que o aceita, relutante. Para a indignação dela, ele não parece muito animado e segura o bebê longe do corpo.

— Posso dar uma olhada? — pergunta, delicada. Quando vê Somi hesitar, acrescenta: — Eu sou médica.

Depois de um longo instante, a gumiho estende as mãos para Kisa com uma expressão de completa vergonha.

— Como isso aconteceu?

Somi balança a cabeça.

— Não quero tocar no assunto.

Kisa respeita a decisão.

— Tudo bem — murmura, e se inclina para ficar mais perto das garras destroçadas.

Anatomia de gumiho. Ela revira as estantes na própria mente antes de encontrar a informação de que precisa, guardada durante o primeiro semestre no DMUNS.

> Garras de gumiho são ligeiramente diferentes das garras de uma raposa normal, tanto em comprimento quanto no corte. Entretanto, assim como uma típica *Vulpes vulpes*, garras de gumiho são modificações de queratina da epiderme e, em caso de fratura traumática ou remoção, levarão um longo tempo para crescer novamente. Para uma gumiho de garras quebradas, o médico poderá administrar uma pomada niveladora que arredondará

as pontas irregulares, diminuindo as chances de uma gumiho se ferir por acidente com as próprias garras. Não há muito o que ser feito além de aguardar que as garras sarem sozinhas...

As mãos de Somi tremem quando Kisa ergue o olhar.

— Posso preparar uma pomada que arredonde as pontas, para que você não se machuque — sugere, soltando as palmas da gumiho.

— Pra quê? Estamos todos mortos de qualquer jeito.

As garras desaparecem, e Somi nega com a cabeça quando Kisa tenta explicar que, sim, estão mortos, mas a gumiho trouxe feridas para o pós-vida e é essencial tratá-las pela saúde de sua alma.

— Vou ajudar vocês a descobrir quem matou Hwanin — interrompe Somi. — Como eu falei, Seokga é um *péssimo* detetive. E... é o mínimo que posso fazer. — Ela olha de relance para Kisa, depois desvia o rosto.

— Não mesmo — responde Seokga, sarcástico.

Kisa se vira para ele com uma carranca acentuada, implorando que o deus da trapaça perceba, assim como ela, que aquilo poderia ser muito benéfico para o caso. Afinal, Somi é uma antiga serial killer. Existe alguém melhor a quem consultar? Ela observa, satisfeita, enquanto o deus se detém, dá uma boa olhada na expressão determinada da alma gêmea e solta um suspiro.

— Está bem — resmunga, inflando as narinas. — Mas qualquer passo em falso, Somi, e eu vou...

Ele para quando Kisa estreita ainda mais os olhos, reforçando o aviso.

Satisfeita com o silêncio, ela se vira para Somi. Kisa não sabe bem o que a outra fez para ela na vida passada, mas, do que pôde deduzir, eram amigas — e então ocorreu uma traição que, de alguma maneira, influenciou os Dias Sombrios.

Quando ainda era novata na academia, Kisa nutriu um fascínio mórbido pelos Dias Sombrios de 1992, passando horas na biblioteca assombrada, debruçada sobre artigos e romances densos, enquanto a gwisin residente lia por cima de seu ombro.

Deuses, o que Kisa não daria para ser uma bibliotecária fantasma.

O público geral não sabia ao certo o que exatamente havia acontecido. Seokga era infame por sempre se recusar a dar entrevistas. Tudo o que se sabia era que o deus da dissimulação e sua companheira gumiho haviam derrotado um eoduksini. Nam Somi não era mencionada em lugar algum. Talvez Somi esperasse que Kisa a desprezasse. Seokga com certeza desprezava. Mas o sentimento da traição é atrelado tão intrinsecamente a lembranças… E, quando Kisa procura por Somi nos arquivos muito bem organizados da própria mente, não encontra nada. Uma ausência notável de toda e qualquer informação. Tentar odiá-la é como tentar segurar o vento: um lampejo tênue e frio de absolutamente nada.

Kisa não conhece Somi além do que aprendeu sobre ela hoje, a bordo do CRS *Bateu As Botas*. Não tem muita certeza do que Hani diria, mas Kisa *não* é Hani — e desconfia que Seokga tem ficado cada vez mais decepcionado por esse fato.

Uma sensação esquisita se espalha em seu âmago, mas ela a ignora e sorri para a gumiho.

— Obrigada — diz, e Somi engole em seco antes de assentir de volta.

Depois de trocar uma fralda (que por sorte a enfermaria, agora vazia, possui em estoque), Kisa está mais do que pronta para seguir o plano bem sorrateiro de Seokga de se esgueirar para a sala da equipe de segurança no Convés 2 e vasculhar as gravações (casos de assassinato podem ser bastante divertidos quando já se está morto e não pode ser assassinado de novo).

— Vamos lá? — pergunta, mas as portas da clínica se abrem com um estrondo e o CEO de Jeoseung entra a passos largos.

Os olhos pretos feito carvão do homem faíscam de fúria enquanto passam de Seokga para Hwanin, e por fim param em Kisa.

O sujeito é implacável. Possui uma péssima reputação. Kisa nunca o tinha visto antes, mas ouviu relatos horrorizados dos outros funcionários. Ele é um magnata dos negócios em Jeoseung, um feito que só perde para o título de deus da morte em pessoa.

A fantasma cambaleia apavorada para trás, apertando Hwanin contra o peito enquanto Seokga dá um passo à frente para protegê-la. Já Somi… não parece nem um pouco impressionada. Suor escorre do pescoço de Kisa quando Yeomra atira algo em Seokga.

Um presente azul-claro. Kisa espia ao redor, apreensiva, enquanto Seokga, cheio de desdém, retira dali um conjunto de roupas de bebê e Yeomra cruza os braços. A gwisin se obriga a se acalmar, a compartimentalizar o medo em uma caixa e empurrá-la para um canto escuro da mente. O deus da morte não está ali para atirá-la aos sete infernos. Ela é uma cidadã exemplar, por mais que tenha roubado de caixas eletrônicos na vida passada.

— Que porra é essa, Seokga? — dispara, por fim, o CEO. — Eu literalmente não consigo acreditar. Primeiro você me manda uma mensagem sobre seja lá o que tenha feito na estufa, e agora conseguiu fazer com que nosso sagrado e divino imperador voltasse a ser um bebê no *meu* cruzeiro de dez conveses top de linha. — Ele aponta um dedo pálido para Hwanin, que se remexe alegremente nos braços de Kisa. Yeomra saca um celular Samsung elegante. — Pois é, aposto que o panteão vai adorar saber dessa sua merda estratosférica. Quanto tempo acha que vai levar até que seu sobrinho te atire de volta a Iseung? Meu palpite é cinco minutos...

Somi está pegando as roupinhas de bebê, inclinando as peças minúsculas para a esquerda e para a direita.

— São bonitinhas — comenta para Kisa, ignorando o bate-boca entre os deuses. Mas Kisa não consegue desviar a atenção.

Em um piscar de olhos, Seokga jogou as roupas de bebê para o lado, se lançou à frente e arrancou o telefone da mão de Yeomra. O deus atira o aparelho no chão e o esmaga com o sapato. Com uma voz similar ao rosnado de um lobo, diz:

— Se fosse ligar para eles, já teria feito isso. Por que está aqui, seu *cadáver*? Deixe eu adivinhar. A notícia pode se espalhar e estragar os negócios. Seus investidores e o resto do panteão vão pular fora. Ninguém quer ser associado ao reino em que o imperador foi assassinado.

Somi está tentando colocar uma touquinha cinza com orelhas de gato na cabeça de Hwanin. Kisa se segura para não estremecer — gatos sempre a fizeram espirrar à beça.

— Ai, olha só pra esse sorrisinho! — cantarola a gumiho.

A gwisin se vira para continuar observando os dois deuses, cada vez mais apreensiva. O deus da trapaça versus o deus da morte. É fascinante, mas ela não gosta de como os olhos de Yeomra estão ardendo feito carvão.

— Quem o matou? — questiona Seokga, em voz baixa. — Você sabe que não fui eu. Se já viu que agora Hwanin... — Ele olha por cima do ombro, indicando com a cabeça o bebê risonho e encontrando o olhar de Kisa. — ... está deste tamanho, com certeza você viu quem o matou. Não viu? Ou por acaso vai dizer que não sabe de nada de novo? Do mesmo jeito que deixou passar *completamente despercebido* que a merda de um eoduksini adentrou a pele de um jeoseung saja trinta e três anos atrás?

Arrepios percorrem a coluna de Kisa. A fantasma já notou que o deus da trapaça fala com todos em um tom frio o bastante para formar pingentes de gelo, menos com ela.

Yeomra faz uma careta e empurra Seokga para longe. Kisa tem a impressão de que ele se deixou ser empurrado. É muito mais alto do que o deus da morte e, apesar de ser esguio, tem ombros largos, braços musculosos e pernas que Kisa desconfia serem torneadas por baixo da calça, além de uma palpável aura violenta. Não que ela esteja promovendo violência, mas… A boca dela seca, e na mesma hora a fantasma fica envergonhada por perceber que está observando a bunda de Seokga. Estudou anatomia por anos, e tem que admitir que as nádegas do deus têm um formato espetacular.

Pare de encarar a bunda dele, diz a si mesma. *Pare com isso. Há coisas mais importantes acontecendo e, além disso, vocês acabaram de se conhecer.*

— *Rá, rá.* Ora, que engraçado você mencionar isso — diz Yeomra.

— Pelas *tetas* de Hwanin, Yeomra — vocifera Seokga, antes de fazer uma careta. — Quer dizer…

— Você não pode mais falar isso — comenta Somi com uma risadinha, fazendo cócegas na barriga de Hwanin, que solta um gritinho e chuta os pezinhos.

O deus da morte suspira e observa o imperador. Kisa dá um passo para trás, protegendo o bebê, e o CEO revira os olhos.

— Tá, tudo bem. Sim. Me distraí. Costumo estar ciente de todos os acontecimentos graves que acontecem em meu reino, e a fuga do eoduksini foi um *golpe de sorte*, Seokga, mas eu me distraí. Com uma belíssima demônia, diga-se de passagem.

— Que engraçado. Essa desculpa é igualzinha à que você deu da última vez — desdenha Seokga, e é mesmo chocante como ele tem sido tão gentil com Kisa nesta noite e tão grosseiro com todas as outras pessoas.

… inútil… do caralho… não consegue… fazer o próprio trabalho… quero… dar um tapa…

Kisa estremece com a torrente de pensamentos acalorados do deus, como se fossem víboras furiosas ameaçando dar o bote.

— Ela é muito exigente. — Yeomra esfrega a nuca. — Isso vai pegar mal. Pra mim, pra ser mais exato. Já aconteceu coisa parecida duas vezes sob a minha supervisão. Então, *hã*, o negócio é o seguinte.

— Ah, que ótimo — resmunga arrastado o deus da dissimulação. — Mais uma merda de acordo. É sempre assim que começa, não é?

A outra deidade o ignora.

— Disfarce a situação. Quer dizer… — Yeomra murcha diante da encarada de Seokga. Kisa fica admirada com todo o poder contido naquele único olhar mortífero. Será que todos os deuses o temem? — Encontre o assassino. E logo, antes que o cruzeiro acabe. Não deixe nenhum funcionário ficar sabendo.

Com certeza ela deve ter entendido mal.

— Por quê? Eles não deveriam... *nós* não deveríamos informar tudo a você? — questiona Kisa, de alguma maneira encontrando a própria voz em meio a toda aquela estupidez.

Yeomra não se dá ao trabalho de olhar para ela, fechando a cara, mas ainda assim a fantasma estremece e logo se arrepende de ter se intrometido.

— Porque os procedimentos padrão não se aplicam a esta situação — responde o CEO, como se ela fosse uma criança burra. (O que a ofende. Kisa engole muito sapo, mas fica profundamente magoada quando menosprezam sua inteligência.) — O imperador foi assassinado. Acha mesmo que vão me chamar sendo que existe um botão de emergência para falar diretamente com Okhwang? Porcaria de cláusula. Eu não queria esse botão, mas Hwanin insistiu — acrescenta. — Assim que encontrarem o assassino, me informem e vou aparecer bem dramaticamente, como se esse tivesse sido o plano desde o início, e farei valer a justiça divina. Enquanto isso, serei discreto.

Só então Yeomra olha para Kisa de verdade desde que entrou com tudo na enfermaria. Ele chega a se espantar, e algo estranho cruza sua expressão. Parece estar encarando, cada vez mais confuso, os olhos dela.

— Você trabalha aqui?

Kisa cerra os dentes.

— Trabalho há sete anos — informa ao próprio chefe, resistindo ao impulso de sair andando com força e dar um pisão no pé dele, feito uma criança imatura.

O deus da morte inclina a cabeça, examinando a funcionária. Ele olha para Seokga, depois de volta para Kisa.

— Essa é...

Yeomra gesticula para os olhos dela.

— É — responde Seokga, impaciente.

— Merda. — Yeomra titubeia. — Eu não sabia. Eu teria te ligado.

O deus da trapaça solta um ruído que é metade uma bufada de desdém, metade um grunhido.

— Olha, Seokga. — Yeomra está esfregando a parte de trás da cabeça, levemente arrependido. — Eu vou, *hã*, dar uma bela recompensa para ela. Uma demonstração de boa-fé. — A gwisin observa com atenção conforme o CEO se volta para o deus carrancudo. — Resolva a situação e ela será liberada dos deveres neste cruzeiro. Vou escrever o nome dela na fila de espera para reencarnar.

Kisa solta um arquejo suave e seu coração começa a martelar. *Fila de espera para reencarnar.* Tem esperado há quase uma década por essas palavras, e ouvi-las a deixou em um estado exultante de choque. Distraída pela euforia e pela esperança, não vê quando Seokga se enrijece, os nós dos dedos dele ficando repentinamente brancos em torno do cabo da bengala.

— E o nome de Hajun? — Ela deixa escapar antes que consiga se conter.

Yeomra olha para Kisa, totalmente incrédulo.

— O quê?

Ela se força a encará-lo, sem vacilar.

— Meu amigo. Se resolvermos esse mistério, eu gostaria que o nome dele também fosse colocado na lista — responde baixinho.

O chefe franze o lábio superior de desdém.

— Está mesmo tentando *negociar* comigo?

— Eu, *hã*... Estou. Sim, eu estou — consegue dizer com uma certeza categórica.

Yeomra a encara por um longo período. Teimosa, Kisa o encara de volta. Ela consegue passar muito tempo sem piscar, e se recusa a ceder até que os olhos dele tremam.

Por fim, o deus da morte franze a testa.

— Está bem — cede. Ele olha de volta para Seokga. — Mas, se você falhar, pode ter certeza de que vou ligar rapidinho para Hwanung e tentar colocar a culpa toda em você. Estamos entendidos? Ótimo. Use seu poder de ler mentes. Tenho certeza de que o mistério logo estará resolvido.

Yeomra se aproxima da saída, sorrindo com apreensão.

Kisa solta um suspiro de alívio. É claro. Por ser a divindade da trapaça, Seokga tem um leque de poderes sorrateiros que incluem teletransporte, criação de ilusões, transmutação e leitura de mentes. Ela sempre se perguntou como seria ter um patrono divino além de Samsin Halmoni — não que não amasse sua deusa, é claro, assim como amava os poderes curativos que vinham com as bênçãos quando era viva. Mas assistir aos xamãs de Seokga sempre foi muito divertido. Pareciam ter uma afinidade por se transformar em pássaros e, bem, cagar na cabeça dos xamãs de Hwanin.

Quando Kisa vê a expressão contraída de Seokga, porém, o alívio vira ansiedade.

— Seokga. Você *consegue* ler mentes, não consegue? — pergunta, com uma urgência silenciosa.

— Ando tendo problemas com isso — resmunga ele.

Yeomra fica paralisado perto das portas.

— Desculpa. Como assim?

Seokga sorri com desdém, mas não para Kisa.

— De acordo com as sábias palavras da dra. Jang, eu ando extremamente estressado. — A boca dele se retorce. — E isso tem afetado esse poder. Não consigo usá-lo. Pare de fazer essa cara, Yeomra. Você parece um peixe morto.

O deus da morte fica de queixo caído, depois fecha a boca abruptamente.

— Vou embora antes que eu tenha um colapso mental — anuncia Yeomra, devagar. — Quando eu voltar, ao final do cruzeiro, acho bom que você já tenha encontrado o assassino. Com ou sem o poder de ler mentes. E mantenha nosso estimado imperador celestial protegido, por favor. Eu até faria isso, mas devo ser ainda pior com bebês do que você. E pode ser que um demônio o devore.

Em uma explosão de fumaça preta, Yeomra desaparece.

As portas de repente se abrem, e Hajun fica parado no lugar do chefe, abanando a mão para afastar a fumaça do rosto. Kisa estremece quando o amigo olha direto para o bebê e vira a cabeça bruscamente para Seokga.

— Eu... quem... como... quando? — Hajun está ofegante. — Kisa. O bebê? Por acaso vocês...

— Meus parabéns. Você agora é padrinho — fala Seokga, sarcasticamente.

Pelo amor dos deuses... Hajun parece prestes a desmaiar.

— Não, eu não dei à luz desde a última vez que você me viu — responde Kisa com firmeza.

Então guia Hwanin até um catre ali perto e veste com dificuldade a camisa e a calça pequeninas no bebê agitado. Ao que parece, Hwanin não quer usar nada além da touca de gatinho e da fralda. Depois que enfim consegue vesti-lo, Kisa se vira para Hajun, que está desnorteado, e começa a contar as novidades para o amigo em um tom entusiasmado. Talvez se vejam livres do *Bateu As Botas* mais cedo do que achavam que seria possível.

— O que acha de nos ajudar a prender um assassino?

CAPÍTULO TREZE

SEOKGA

— FAÇA ELE PARAR COM ESSES BALBUCIOS RIDÍCULOS. ESTA MISSÃO precisa ser discreta — sibila Seokga.

Os quatro — um deus, uma xamã, uma gumiho e um suposto idol de k-pop cujo cabelo rivaliza o de Seokga (essas merdas de idols basicamente substituíram o panteão, roubando seus fiéis) — se esgueiram pelo segundo andar sombrio do CRS *Bateu As Botas*. No final de um dos corredores, ao canto, se encontra a sala de monitoramento.

Kisa prometeu que, a essa hora da noite, o oficial Shin Korain estaria na ponte do Convés 8 com os guardas para se assegurar de que as correntes continuem estáveis e nenhum demônio chegue com um ataque surpresa enquanto o capitão está dormindo. Ao que parece, Korain é o segurança mais competente a bordo. Os outros nem ao menos são haetae, apenas almas entediadas que foram largadas na equipe de segurança por serem terríveis em limpar as cabines.

— *Eeeegreeek!* — gorgoleja o bebê Hwanin, nos braços de Kisa.

Seokga mal pode esperar para que o irmão recupere tanto o corpo adulto quanto as próprias lembranças, para que assim possa *meter a porrada* nele. Como, *como* um imperador todo-poderoso consegue acabar assassinado? Os poderes naturais dele, exceto um, são ainda mais impressionantes do que os de Seokga: controlar os céus (Hwanin adorava estragar o bom humor do irmão tornando um tempo tempestuoso em ensolarado); gerar uma luz celestial que ele insistia em usar para entradas dramáticas; voar; e, o mais desconcertante de todos, se transformar em uma nuvem ou uma estrela. E, assim como todos os deuses, Hwanin também podia se teletransportar.

Mas o *verdadeiro* poder do irmão vinha do trono em que se sentava. O trono no Palácio Cheonha agraciava Hwanin com habilidades que nenhuma outra deidade possuía, e exercia tamanha influência sobre elas que chegava a ser profano. A questão era, é claro, que Hwanin precisava estar sentado, ou ao menos perto do trono para fazer coisas como se intrometer na jurisdição de outros deuses (por exemplo, reencarnando Hani da primeira vez), manipular o tempo, conceder imortalidade, fazer projeção astral... E assim segue a lista *indefinidamente.*

A porta de ferro da sala de monitoramento aparece quando o grupo contorna o corredor, mas a janelinha quadrada nela não revela nada. A iluminação do Convés 2 não se compara nem um pouco ao brilho expansivo emanando lá de cima: é ofuscante e delineia bruscamente qualquer um que tenha o azar de estar ali embaixo. Olhando para os companheiros atrás de si, Seokga começa a gesticular uma série de sinais silenciosos e rápidos. Acredita que faz isso com maestria, e que os gestos ágeis e competentes dos dias de caça aos Indomáveis com certeza impressionarão Kisa.

Ela assente com uma expressão sábia, como se soubesse exatamente o que ele quer dizer, mas no instante seguinte é traída pelos próprios pensamentos.

...por que... agitando as mãos... que nem... pombos...

O Fio Vermelho, que contorna Hajun, treme como se estivesse rindo pra caralho. Diante da expressão ofendida mas divertida do deus da trapaça, Kisa fica corada de azul.

— Aqui — sussurra Somi, ao final da fileira. — Vou criar uma distração. Quando eles saírem correndo, vocês entram.

Seokga estreita os olhos. A gumiho mudou muito desde a época em que era uma menina tímida... e, apesar de tudo que falou, ainda assim ele não confia nela.

Somi aponta para Hajun.

— Vou precisar pegar ele emprestado — murmura.

O rapaz arregala os olhos.

— Eu? — sussurra, as bochechas ruborizando de um azul-claro que parece tanto satisfeito quanto apavorado.

— É, você. A menos que esteja *assustado demais* — responde Somi, agarrando um punhado da camisa dele.

— Eu, *hã*, eu, *hã*... — Hajun se empertiga, olhando para a gumiho, que sorri. — Não estou nem um pouco assustado.

Sentindo que o melhor a fazer é se afastar, Seokga recua para a esquina do corredor, puxando Kisa com gentileza. O coração dispara com o toque e a proximidade dela, que fica de costas, rente a ele. A respiração dela falha e, um instante depois, Kisa se vira para encará-lo diretamente. O deus sente o estômago embrulhar ao perceber que ela empalideceu um pouco.

Será que não quer ser tocada por ele? Se for o caso, ele não vai tocá-la, mas ainda assim dói.

— Não… — murmura ela, enquanto, do outro corredor, Somi sussurra algo para Hajun. — Não é… isso. Eu só prefiro não ter ninguém atrás de mim, se puder evitar. É uma mania esquisita, eu acho.

Seokga até desviaria o olhar de vergonha, mas ela está mordendo o lábio inferior, o que o deixa hipnotizado.

O som inconfundível de uma porta se abrindo violentamente o atinge com tudo. Ouvem-se alguns gritos roucos de surpresa, e então a voz de Somi, falando um pouco arrastado.

— Ai, *descuuuulpaaaaaa*. Pensei que fosse nosso *quaaaaartooo*! — cantarola.

Depois, outro som inconfundível: o de um beijo desleixado.

Kisa arregala os olhos e fica boquiaberta. Seokga não consegue segurar o próprio riso quando ela começa a rir. Hwanin sorri para o deus da trapaça em meio à gargalhada e, relutante, Seokga olha para o bebê sem fazer cara feia. O irmão está encantado, segurando e balançando o próprio pé com entusiasmo enquanto Seokga revira os olhos. Kisa ajusta Hwanin nos braços, com o sorriso se alargando. Ela realmente lida com o bebê com muita naturalidade, e o deus mais uma vez se pergunta como.

— Ah! — exclama Hajun, rouco, parecendo incrivelmente atordoado e, portanto, completamente bêbado também. — Ah, nossa… Isso foi… Eu nunca… *Hã*…

— Eu *seeeeempre* quis fazer isso em público! — É a resposta de Somi, e Kisa perde tudo. Seokga mal consegue respirar enquanto ela cobre a boca com a mão e ri, os olhos espremidos nos cantos pelo esforço de abafar a gargalhada delicada. E dá para perceber, apesar de Kisa estar reprimindo os tinidos cintilantes, que a risada dela é a mesma de *Hani*, assim como o revirar dos olhos. — Você se *importaaa* se a *genteee* pegar sua *cadeiraaa*? Por *favoooor*?

— Não! Saiam daqui!

Assim começa um conflito físico, e em menos de trinta segundos há passos duros saindo da sala de monitoramento e seguindo pelo corredor, ecoando pelo espaço praticamente vazio.

— Vamos lá — sussurra Seokga (embora parte dele queira ficar ali e ouvir Kisa rir para sempre), e, juntos, os dois se esgueiram para dentro da sala agora abandonada, fecham a porta e a trancam. O cômodo é grande e simples, mas repleto de dezenas de monitores, mostrando gravações de dezenas de lugares no CRS *Bateu As Botas*.

Seokga encara, perplexo, os muitos teclados dispostos nas longas mesas brancas. O máximo de experiência que tem com tecnologia inclui 1) usar o celular (que hoje em dia não possui botões o suficiente. Os dedos de Seokga deslizam o tempo todo sobre as telas que não param de aumentar); e 2) usar os dispositivos de Nova Sinsi dos anos 1990, com uma razoável competência (mas hoje em dia eles já não existem mais, e teclados não foram feitos para serem assim tão *planos*). Onde estão os cabos? Onde estão os consoles volumosos e as telas granuladas? Nos trinta e três anos desde que Seokga deixou o distrito haetae de Nova Sinsi para trás, a tecnologia se transformou em algo que ele não faz ideia de como operar.

Ciente de que Kisa está aguardando às costas dele, cheia de expectativas, o deus tenta esconder o completo espanto com uma expressão de absoluta destreza e mente afiada. Com sorte, ela acreditará na atuação, e ele conseguirá descobrir como rebobinar todos os monitores para gravações antigas sem se atrapalhar muito.

— Eu ouvi isso — comenta Kisa, com uma risadinha. As bochechas dele ardem enquanto ela se acomoda em uma cadeira de rodinhas e flexiona os dedos, tendo aninhado Hwanin com cuidado no colo. — Acho que eu consigo. Poderia ficar de olho na porta?

— Pelo visto, posso — resmunga Seokga, desejando ter conseguido impressioná-la hackeando o computador central, ou qualquer que seja a porra do nome daquela coisa.

Com relutância e um senso profundo de derrota, ele se vira para encarar a porta.

Kisa move os dedos sobre o teclado antes de clicar em algo com o mouse e sussurrar um palavrão.

— O sistema de segurança está pedindo uma senha. Infelizmente, não faço ideia de qual poderia ser — informa por cima do ombro.

Ainda não há qualquer sinal de Somi ou Hajun, nem dos funcionários da equipe de segurança, mas Seokga não se deixa enganar. Eles não têm muito tempo. O deus imagina o que um babaca como Yeomra escolheria como senha do sistema de segurança.

— Tente Y-e-o-m-r-a. Ou m-o-r-t-e — instrui.

Seokga não respeita Yeomra o suficiente para acreditar que o deus da morte teria senhas criativas.

— Não funcionou.

Ele faz uma careta.

— Não tem como você perguntar para ele? — questiona Kisa.

Pessoalmente, Seokga preferia evitar qualquer interação com o sujeito, mas, diante do olhar veemente de Kisa, ele retira o celular do bolso, contrariado.

— Seokga. O que foi que ele disse? — indaga Kisa um instante depois, impaciente e balançando a perna de nervosismo.

— Ainda estou digitando — resmunga ele de volta.

O deus da trapaça consegue praticamente *ouvir* ela se encolhendo, e ele se vira com um olhar fulminante para a fantasma antes que consiga se conter. Ela o surpreende ao devolver o olhar, com as bochechas azuis de pânico constrangido.

— Por favor, se apresse — sibila Kisa, os olhos disparando de aflição até a porta.

— Estou indo o mais rápido que consigo — grunhe ele.

Seokga: qual a srnnah

Seokga: não trmine de. escrve

E então, com uma lentidão minuciosa, envia:

Seokga: qual é a senhaa do sisten de segrança

Seokga: responde agor

Um instante depois, o celular vibra e Seokga quase o derruba no chão.

— Melhorcruzeirodefériasdomundo2235 — lê antes de enfiar a porcaria do aparelho no bolso.

Kisa assente e digita a senha mais rápido do que ele achava ser possível.

— Botão de voltar… — pondera a gwisin, olhando fixamente para um monitor acima. — Botão de voltar… aqui.

Ouve-se um clique rápido, e então as telas começam a se alterar, e as pessoas caminhando nelas andam para trás. Um segundo depois, alguém bate com firmeza na porta.

— Somos nós! — exclama Hajun, parecendo ofegante.

Sem vontade, Seokga os deixa entrar. Somi está sorrindo.

— Eu fiz eles ficarem dando voltas — comenta. O cabelo dela, normalmente impecável, está bagunçado, e os olhos da gumiho vibram. — Estão em algum lugar nos conveses superiores, convencidos de que estamos nos escondendo em algum canto. Não é mesmo, *meu amor*?

Ela pisca para o idol, que cora de azul e sorri enquanto esfrega a nuca, arrependido.

— Fez muito bem — admite Seokga, a contragosto.

— Aprendi com a melhor. — Somi olha de relance para Kisa, mas o sorriso desaparece quando a outra não retribui o gesto. Em vez disso, a xamã está encarando os monitores.

— Percorremos todo o navio. E foi *todo o navio* mesmo. Encontramos um bar com karaokê... Nem sabia que tínhamos um — diz Hajun, sem fôlego, mas com a voz risonha.

— E uma loja de doces — acrescenta Somi, dando uma cotovelada conspiratória em Hajun.

O rapaz bufa uma risada e enfia a mão no bolso da calça, retirando um punhado de balas. A fonte branca em fundo vermelho na embalagem diz KOPIKO.

— Aqui. Ela disse que você vai gostar — diz Hajun, jogando algumas para Seokga.

— Duvido muito — desdenha o deus, segurando as balas.

Seokga odeia doces mortais e está pronto para jogá-los no lixo.

— São de café — conta Hajun, com um sorriso sabichão.

O idol se aproxima e para atrás de Kisa, tocando o ombro dela de maneira casual e gentil. A amiga fica visivelmente tensa e ele se retrai, culpado, se afastando às pressas para o lado.

Seokga guarda os doces no bolso e vai até a gwisin. Os monitores estão rebobinando rapidamente as gravações, tão rápido que o deus quase deixa passar o detalhe — mas os olhos aguçados de Kisa captam o lampejo branco na tela superior à esquerda. Ela logo pausa as outras telas, volta a fita e pressiona alguns botões que parecem fazer a gravação prosseguir normalmente, em uma velocidade estável.

Hwanin, do alto de sua chatice de adulto, anda de lá para cá no corredor com o celular na orelha. Os lábios dele estão se movendo em silêncio, talvez até com raiva. Seokga se inclina para a frente, lembrando a si mesmo de não ficar parado logo atrás de Kisa, mas ao lado dela.

— Eu sei onde isso fica. É parte do I-95 do Convés 0 — diz a gwisin, devagar.

— Parte? — pergunta Seokga, com cuidado.

— O restante do corredor não fica visível, pois é enorme. Hwanin está perto do meio.

Kisa está tão concentrada que fala distraidamente, atendo-se aos fatos. Seokga queria ter tempo de admirar como ela franze as sobrancelhas e retorce os lábios quando está focada, mas, infelizmente, ele está prestes a ver o irmão sendo assassinado.

Por um breve e amargo momento, o deus se pergunta se quer *mesmo* resolver esse mistério. Se resolvê-lo significa ter que abrir mão de Kisa mais rápido, talvez nem valha a pena. Para continuar próximo dela, Seokga talvez *prefira* que Hwanung surte e possivelmente arranque a divindade do tio mais uma vez...

Mas Kisa não é uma borboleta a ser presa em um jarro para manter o deus da trapaça entretido. Seokga tenta se lembrar disso. Parte dele está enojada por sequer ter considerado sabotar o acordo. Deseja, por um instante, que não fosse tão intrinsicamente dissimulado, que não pensasse em coisas assim. A dra. Jang tem *tentado* arrancar esse mal pela raiz, mas, assim como o DNA, faz parte dele. É disso que ele é feito.

E, por mais que negue, está profundamente *furioso* com quem quer que tenha machucado Hwanin. Ninguém tem a permissão de fazer isso — a não ser ele. Não importa que esteja ocupado com um bebê babão de bochechas rechonchudas e nariz de batata. Alguém feriu o irmão mais velho de Seokga. E esse alguém não foi ele.

Alguém matou um deus.

E esse alguém deve ser punido.

Seokga chega mais perto e observa a linha dura da boca de Hwanin, o jeito como ele esfrega o rosto com a mão — do mesmo jeito que Seokga faz quando está cansado e irritado.

— Ele está falando com Hwanung — nota o deus.

O irmão e o sobrinho brigam com frequência. Seokga acorda todos os meses no próprio palácio por causa dos gritos enfurecidos que literalmente abalam os céus e o fazem cair da cama e bater a cabeça no piso duro. Que humilhação. E nas horas que antecedem o conflito entre pai e filho, as expressões faciais de Hwanin ficam exatamente assim. Tensas, com um certo ar de *Por que mesmo fui ter um filho?*

O bebê Hwanin gorgoleja em meio ao sono, como se concordasse.

— Eles estão discutindo — pondera Kisa, em tom analítico. — Hwanin está agitado. Está completamente focado no que quer que esteja dizendo ao telefone. Como era a relação entre eles?

— Hwanung é um merdinha. Tinha se conformado por um tempo, mas agora se recusa a aceitar que o papel dele é ser o deus das leis e das promessas cumpridas. Ele quer ser o deus do sexo, das drogas e do rock and roll — responde Seokga, revirando os olhos com enorme repulsa.

Em outras palavras, o menino é o equivalente divino de um adolescente revoltado. Não faz sentido como aquele trombadinha pode ter sido o fundador da Sinsi original no Monte Taebaek e o *prefeito* de Nova Sinsi quando mal consegue se lembrar de colocar as próprias roupas para lavar. Hwanung só age feito o deus das leis quando, convenientemente, está na cola de Seokga, tentando pegá-lo em flagrante cometendo alguma transgressão. Lá se foram os dias em que Hwanung imitava o pai, vestindo hanboks deslumbrantes até mesmo para as ocasiões mais informais. Agora o deus prefere, para a indignação tanto do pai quanto do tio, camisetas surradas de bandas mortais que não fazem nada além de gritar ao microfone.

É terrível.

Hajun parece surpreso.

— Os deuses podem mudar de emprego? — pergunta.

— Não — debocham Seokga e Kisa ao mesmo tempo.

Há uma exceção, é claro, mas nem todo mundo pode se tornar o imperador celestial.

Mesmo se tentarem ao máximo, dando um golpe, por exemplo.

Conforme o Hwanin da gravação continua falando furioso ao telefone, Kisa hesita e pega um caderno que estava largado na mesa. Depois, segura uma caneta, encontra uma página em branco e escreve *Hwanung* com uma caligrafia apressada e borrada, seguida de um ponto de interrogação quase frenético, que por pouco não perfura o papel. Seokga se lembra, brevemente, da letra caprichada de Hani enquanto ela fazia anotações no sofá dele, quebrando a cabeça por conta da dica frustrante de tão obscura obtida com Suk Aeri na excursãozinha até Daegeumsan. Ele percebe, com uma pontada de culpa e decepção na barriga, que a escrita de Kisa é bem mais descuidada. Como se a mão dela estivesse tentando, em vão, acompanhar a correnteza da mente.

— Interessante — comenta Somi, o que tira a atenção do deus dos rabiscos de Kisa. — Acham que foi o príncipe herdeiro que o matou?

Seokga franze a testa, mas na mesma hora é atraído de volta para a tela. Com uma carranca proeminente, Hwanin guarda o celular nas dobras do hanbok e respira fundo. O próprio Seokga prende a respiração enquanto observa o irmão encarar algum lugar mais à frente do corredor… e arregalar de pânico os olhos azuis e salpicados de estrelas.

É tão raro vê-lo assim.

No monitor, Hwanin abre os braços. O relógio diz que são 20h32.

Essa não. Seokga sabe muito bem o que se segue àquela pose tão dramática e xinga o irmão um instante depois, quando um forte clarão preenche a tela. O deus da trapaça estremece e se afasta, perguntando-se por que exatamente Hwanin decidiu se proteger contra o que quer que estivesse se aproximando com uma demonstração tão inofensiva de luz. *Pânico*, Seokga pensa com raiva. O idiota do Hwanin *entrou em pânico.* E, por reflexo, emitiu a espalhafatosa luz divina em vez de acessar um de seus poderes mais *úteis.*

O que teria feito um imperador celestial como Hwanin entrar em pânico?

— P-puta *merda* — murmura Hajun, perdendo o ar.

A luz aos poucos se retrai e... não se vê mais nada.

Ninguém mais no andar. Nenhum sinal de luta. Nenhum assassino ofegante, coberto de sangue.

Apenas... nada.

A câmera reluz em preto e branco antes de se apagar por completo.

— Como antiga assassina em massa, se matasse um homem bem alto com poderes divinos e não quisesse ser vista arrastando o corpo dele pelo navio, como você procederia? — pergunta Kisa para Somi. Depois acrescenta, dando uma olhada rápida para Seokga, que está espumando de raiva: — Falando hipoteticamente, é claro. É tudo apenas uma *hipótese.*

Os cinco estão no úmido corredor I-95, nas entranhas do cruzeiro, depois de terem exaurido a vista procurando por pistas que pudessem ter passado despercebidas nos monitores. Vasculharam todas as outras gravações, e nenhuma imagem nova de Hwanin surgiu. Mas ele teria que ter sido arrastado pelo navio, passando por dezenas de câmeras de segurança. Não faz o menor sentido.

Nada está fazendo o menor sentido.

Somi contém um bocejo. Cansada, a gumiho se recostou em Hajun, que parece estar tanto desconfiado quanto secretamente satisfeito. Já ela parece considerá-lo um conveniente batente de porta em que se escorar.

— Eu o deixaria em pedacinhos e o colocaria nos bolsos — responde a raposa.

— Mas que caralho. Responda à pergunta — exige Seokga, sem saco para aqueles joguinhos.

Kisa começa a andar de um lado para o outro. A luz forte ressalta a carranca em seu pequeno rosto em formato de coração e acentua o punhado sutil de sardas que cobrem o nariz franzido.

— Está ficando tarde. Estamos todos exaustos — comenta Hajun com uma careta, remexendo o braço como se quisesse passá-lo em torno de Somi para protegê-la, mas ainda sem coragem o suficiente para fazer isso.

Com um aperto no peito, Seokga bate a bengala no chão. O baque ecoa por todo o corredor.

— Ainda não terminamos.

E não terão terminado até que encontrem o assassino. De preferência até o amanhecer.

— Hajun tem razão — argumenta Kisa, baixinho, um instante depois. — Hwanin precisa dormir. E acho que você também. Não vamos solucionar nada estando cansados.

Seokga olha de relance para o minúsculo irmão, que está dormindo aninhado em Kisa, o rosto encostado na curva do pescoço dela, choramingando um pouquinho. Uma breve pontada de culpa atravessa o deus. *Ah, irmão, a gente não tem um minuto de paz*, pensa, com o corpo repentinamente pesado de fadiga.

Afagando as costas do bebê, Kisa sugere:

— Vamos nos reencontrar amanhã de manhã e dividir tarefas. Procuramos por testemunhas, voltamos às escadarias. Descobrimos uma motivação. Conseguimos álibis. Eu e Hajun temos que cumprir turnos na enfermaria, podem nos encontrar lá. — Ela hesita. — Precisamos ser cuidadosos até termos certeza de que Hwanin era o único alvo. Alguém a bordo é um assassino e matou um deus. Não baixem a guarda, nem por um segundo. Podem até não conseguir *nos* matar, mas você... você tem muito a perder — diz para Seokga, que cerra os dentes.

— Espero que o assassino venha atrás de mim. Nos pouparia muito tempo e trabalho de investigação — diz o deus, quase rosnando.

Isso faz Somi rir e sair andando pelo corredor.

— Com todo esse seu azar, tenho certeza de que não vão voltar a atacar hoje — comenta por cima do ombro. Então acrescenta em um tom mais gentil, mais hesitante, talvez até tímido, para Kisa: — Boa noite.

Pouco depois, Hajun se despede silenciosamente da amiga e também se retira. Logo restam apenas os três no corredor abandonado debaixo do navio imenso.

— Você leva jeito com crianças — observa Seokga, cuidadoso, enquanto ele e Kisa se demoram ali, com o Fio Vermelho girando ao redor deles e o bebê roncando no ombro dela.

Mais uma vez, surgem perguntas. Ele sabe tão pouco sobre Yoo Kisa.

O sorriso tímido dela é pequeno e quase triste.

— Quando estava viva, minha deusa era Samsin Halmoni. O lado paterno de minha família era xamã há séculos. Já o de minha mãe não era envolvido com o panteão coreano. Mas às vezes eu me perguntava se outros panteões existiam, se ela tinha alguma conexão com o anglo-saxão... Por acaso já conheceu Woden? Ou...

— Samsin Halmoni? — interrompe Seokga, de dentes cerrados. — Por acaso você falou *Samsin Halmoni*?

Kisa fica confusa. Balançando o corpo suavemente para ninar Hwanin, responde:

— Isso. A bênção dela me permitia curar mães e fazer partos, contanto que fossem criaturas. — Uma expressão esquisita cruza o rosto dela, e sua voz fica contraída. — Apenas criaturas. Eu queria... queria poder ajudar humanos também. A minha própria mãe, bem, ela morreu quando me teve. Um pouco irônico, não acha?

— Sinto muito — diz Seokga em voz baixa, furioso pela deusa ter se aproveitado da vulnerabilidade hesitante de Kisa.

Ele conhece bem a dor de perder a mãe. Mago, embora esteja viva, tem dormido há quase uma eternidade, fora do alcance dos filhos.

Kisa dá de ombros de maneira cômica e pigarreia.

— Eu fiquei tão de saco cheio... do trabalho, quer dizer. Mas às vezes sinto falta dele. Não, sinto falta da minha *vida*. Tem uma... saudade aguda no meu peito. Uma dor que não vai embora. — Ela afasta o cabelo de Hwanin do rosto adormecido dele, franzindo de leve a testa. — Mas... acho que ela diminuiu, na verdade. Com tudo o que vem acontecendo, é difícil ficar me lamentando...

Kisa deixa a frase morrer, dando um sorrisinho sarcástico. Mas o deus não o retribui, já que, em meio ao silêncio crescente de Kisa, a raiva dele por Samsin Halmoni retorna, correndo pelas veias feito um calor escaldante mortífero. Seokga respira superficialmente pela boca, esforçando-se ao máximo para manter a compostura e não assustar a fantasma.

Mas *puta que pariu.*

Samsin Halmoni, aquela bruaca. Foi *ela.* Ela quem manteve Kisa longe dele durante todos esses anos, até que ele a encontrasse tarde demais, já morta. Uma fúria assassina tinge tudo de vermelho. Controlar a própria ira agora é um exercício fútil.

...parece... chateado... por que...

— Seokga.

Ele vai entrar marchando em Okhwang e fazer a deusa ouvir umas poucas e boas. Vai mandar os próprios xamãs travarem uma guerra contra os dela. Vai *explodir* por causa da pressão que continua a subir, e subir, e *subir*...

Com a visão turva, ele vê o rosto de Kisa ondular.

— Vamos te levar de volta pro quarto — murmura a gwisin, preocupada.

Seokga está bem ciente do modo como ela envolve o braço dele com a mão livre e o guia até o Convés 7 — depois que ele consegue resmungar o número do próprio quarto, 7345.

Kisa faz uma parada rápida na enfermaria, enche uma bolsa com frascos do armário de remédios e a coloca na mão de Seokga. Ele provavelmente deveria segurar o próprio irmão, mas está sobrecarregado demais para ficar carregando um bebê. E se deixar ele *cair*? O deus já teve milhares de filhos durante a longa vida, claro, mas eles envelheciam tão rápido em relação ao pai que Seokga se esquecia de fazer uma visita até já estarem com pelo menos 25 anos (ou 47, talvez até 62).

Bebês são uma entidade desconhecida para Seokga.

Ele não gosta deles.

Nem um pouco.

No quarto, Kisa coloca Hwanin em um sofá na sala adjacente entre as suítes. Seokga se joga em uma poltrona, completamente exausto.

Deixando a criança, a fantasma observa o deus com curiosidade por cima do ombro.

— Alguma coisa fez barulho quando você se sentou.

— Ah. Isso aqui — resmunga Seokga, enfiando a mão no bolso da calça escura. Ele pega os doces que ganhou de Hajun e torce o nariz.

Kisa ergue as sobrancelhas.

— Já experimentou?

— Não, e nem vou. Não gosto de doces — responde, bastante teimoso.

— Você parece gostar de café — observa Kisa. Ela se senta diante da lareira e revira a própria ecobag. — Essas balas têm o mesmo sabor do seu *americano*.

Com um suspiro, Seokga desembrulha uma bala e cheira o doce com hesitação enquanto Kisa o assiste, achando graça. Relutante, o deus coloca a bala na boca.

— Viu? Eu falei... — comenta ela, satisfeita quando Seokga passa por um momento de completa e total euforia ao sentir o gosto de café explodir nas papilas gustativas.

O deus decide que precisa encontrar a loja de doces do CRS *Bateu As Botas* imediatamente e revirar o lugar atrás de mais daquela poção mágica. Brincando com o papel de bala, ele percebe que está se acalmando da exaustão e da raiva que sentia. Na lareira, o fogo estala e crepita, iluminando os fios de cabelo ondulado que emolduram o rosto de Kisa enquanto ela retira os frascos da bolsa e olha de relance para Seokga, da outra extremidade do fio.

A perplexidade cansada dele deve estar estampada no rosto.

— Ele vai precisar comer em breve — explica ela, e Seokga xinga a si mesmo.

Merda. É verdade. Esqueceu que bebês sentem fome e que, agora que Hwanin é um deles, precisa comer com mais frequência do que quando era um deus. Kisa pega da bolsa um almofariz e um pilão, depois joga algumas pétalas de flores secas na tigela de barro.

— Salsarikkot — comenta Seokga, reconhecendo o dourado pálido das flores.

É uma das muitas plantas no jardim de Hallakkungi e tem propriedades impressionantes, como fazer a carne se regenerar. É a flor que alimenta deuses reencarnados, aquela que auxilia no desenvolvimento. Se misturada a bbyeosagrikkot, a flor que revigora ossos, ajuda deuses bebês a crescerem com vitalidade e saúde mais uma vez. As flores da reencarnação são um tesouro valioso. Seokga observa, cheio de interesse, Kisa moer as pétalas até se tornarem uma fina pasta.

— Como sabe de tudo isso? — pergunta ele.

Seokga jamais conheceu uma mortal que sabia com tanta intimidade os segredos dos deuses.

Kisa olha para ele, entretida, enquanto coloca um pouco de água na tigela para diluir a pasta até virar um líquido cintilante. Depois, coloca o pilão para aquecer próximo à lareira e começa a misturar em sentido anti-horário.

— Samsin Halmoni — diz a fantasma, e o deus tensiona a mandíbula. — Você não vai me contar por que a odeia tanto, não é?

— Não. Tenho certeza de que você vai descobrir — responde Seokga, emburrado, não querendo se demorar no assunto. Ele termina de chupar a primeira bala e parte para a próxima.

Hwanin gorgoleja, e o deus se volta para o irmão, que está segurando um dos pés com a mãozinha e observando, espantado.

Kisa tira uma pequena mamadeira da bolsa e derrama o líquido lá dentro.

— Não sabia se teríamos as flores — murmura, quase para si mesma. — Mas o estoque da enfermaria é *tão cheio*…

— Que ironia — resmunga Seokga, imaginando se deveria tirar o pé de Hwanin da boca dele.

— Elas são usadas apenas para Restaurações — explica a gwisin, com um suspiro, antes de entregar a mamadeira para Seokga. — Não que seja lá tão gratificante, mas, bem, não dá para salvar alguém se a pessoa já está morta. Nem mesmo as flores conseguem mudar esse fato. A essa altura, Restaurações têm efeito apenas cosmético. Você precisa segurá-lo para amamentar — acrescenta Kisa de repente, enquanto Seokga encara a mamadeira, perceptivelmente confuso. Ela arqueia as sobrancelhas, sem a menor paciência. — Seokga, é sério.

...está agindo como se... Hwanin... tivesse... pulgas... ou coisa assim...

— Preferia não fazer isso — diz ele, e é imediatamente bombardeado por mais pensamentos impacientes de Kisa enquanto o Fio Vermelho estremece entre ambos. — Tá bom — grunhe e, completamente humilhado, coloca Hwanin no colo e dá de mamar enquanto Kisa o observa. O bebê mama com vontade e baba por todo canto. Que nojento. — Eca. Por favor, pega ele de volta.

Claramente achando graça, a fantasma responde:

— Não.

Seokga faz uma cara de enorme repulsa para a mancha de baba em seu suéter preto de casimira. Kisa se senta sobre os calcanhares, como se estivesse assistindo a um programa muito divertido.

— Vocês dois... Imagino que não eram muito próximos — fala a gwisin, subitamente, enquanto Hwanin mama fazendo barulhinhos nojentos.

Seokga suspira e encara a bolinha rechonchuda em seus braços.

— Nós éramos, e depois não éramos mais. E aí... estávamos tentando ser. Até ele ir lá e ter o próprio coração arrancado do peito.

— É. Foi um grande azar — concorda Kisa, parecendo ligeiramente enjoada. Ela hesita. — Bem, não quero cansá-lo ainda mais...

O deus ergue o olhar para ela e pensa que se cansaria de bom grado por ela. Infernos, ele foi até a *Antártica* por ela e se meteu entre os pinguins e as focas gordas e hostis. Kisa cora, e ele sabe que o Fio Vermelho transmitiu esse pensamento em específico para o outro lado.

— É só que... — continua a xamã, e então franze a testa. — Você foi à *Antártica?*

— Fui. Estava frio lá — resmunga. Frio demais, até para ele. — E tinha pinguins. — *Será que você daria nomes pra eles se os visse?*, é o que quer perguntar, mas se contém e faz um gesto lânguido com a mão. — Continue.

Kisa pisca, confusa, e então pigarreia.

— Eu só queria voltar ao que falei sobre a maioria dos assassinatos de líderes ter motivações políticas.

Seokga olha exasperado para ela enquanto Hwanin continua babando em todo lugar.

— Sei que tenho uma certa reputação, mas prometo que, se quisesse matar meu irmão, teria feito de uma forma que *eu* não tivesse que ficar de babá. Essa é a última coisa que eu sonharia em fazer — fala arrastado, ignorando a leve pontada no peito.

— Não… — Kisa não parece nem um pouco impressionada. Na verdade, parece até meio irritada. — Eu não ia apontar o dedo para você. Só ia perguntar se Hwanin passou alguma legislação controversa recentemente. Isso poderia ser nosso ponto de partida.

— Ah. Bem… — começa Seokga, tentando parecer despreocupado e nem um pouquinho radiante por Kisa confiar nele até certo ponto.

O deus revira as próprias lembranças. A maioria das leis recentes de Okhwang é resultado das próprias ações *de Seokga*. Há, por exemplo, uma lei que proíbe certos deuses de convencer outras divindades a entrar em um esquema de pirâmide extremamente elaborado. E também são proibidas "pegadinhas de teor malicioso, especificamente reencenações teatrais de golpes, por mais que as intenções sejam 'inocentes'". O último decreto proíbe Seokga explicitamente de se transformar no irmão e forçar o panteão a preparar festas surpresa para um certo deus da trapaça. Infelizmente.

Algumas deidades simplesmente não sabem se divertir.

Kisa o observa com desconfiança.

…ele… com toda certeza… está escondendo… alguma coisa…

Seokga franze os lábios e faz questão de fingir estar pensando com muito afinco. Aquelas leis recentes eram controversas *para ele*, mas todas as outras divindades achavam que eram necessárias.

— Na verdade, não — conclui ele. — Várias das novas leis se referem a coisas muito pequenas…

…deve significar… que se referem… a ele…

O deus tenta parecer profundamente ofendido pela linha de raciocínio dela, mas Hwanin solta um arroto um instante depois e Seokga deixa a mamadeira de lado. Enquanto Kisa inclina a cabeça, pensativa, Seokga ergue o irmão até ficarem cara a cara.

— O que eu vou fazer com você? Fala sério, irmão. Que vergonha. Pra você — acrescenta quando Hwanin dá um sorriso banguela e pisca, todo inocente. Seokga revira os olhos.

— Nunca solucionei um mistério na minha vida. Não tenho certeza se serei boa nisso — balbucia Kisa.

Ela mordisca o lábio inferior, ansiosa. O deus amolece. Está começando a se dar conta de que Kisa é mais dura consigo mesma do que com os outros.

— Você tem razão. Está tarde — declara Seokga, deixando Hwanin de lado para limpar a baba com a manga do suéter (um enorme e terrível sacrifício).

— Sim. É verdade. Passe lá na enfermaria de manhã. Aí poderemos continuar — pede a gwisin, se levantando e colocando a ecobag no ombro. Os frascos lá dentro chacoalham.

Kisa hesita e, quando torna a falar, está com a voz levemente trêmula.

...parece que... devo a ele... uma explicação...

— Eu estou neste navio desde 2018. Estava tão cansada quando morri, e estou cansada agora... Tudo o que eu quero, de verdade, é descansar. Só um pouquinho.

Seokga olha para a fantasma, para os olhos ligeiramente turvos de lágrimas dela, para as linhas de cansaço no rosto. Ele engole em seco, de repente sentindo a garganta apertar e o gosto de café ficar amargo. Uma dor pesada repuxa algo lá no fundo. Ele vai ter que deixar ela partir. E é isso que fará. Deuses, é isso que fará. Por ela. Por Hani, pela mulher que ela se tornou. Por Kisa.

Assim que solucionarem o mistério, Kisa vai embora. E ele não sabe se conseguirá encontrá-la outra vez.

Será que Seokga a encontrou depois de trinta e três anos só para ter que abrir mão dela?

As brincadeiras cruéis do destino nunca deixam de doer.

Os pensamentos dele devem estar se infiltrando na mente de Kisa, já que ela pisca bem rápido.

— Boa noite — sussurra a gwisin, e antes que Seokga possa esticar a mão em sua direção, ela foge. A porta se fecha quando Kisa sai.

Seokga encara a lareira e aninha o bebê ao peito.

CAPÍTULO CATORZE

KISA

ENCOLHIDA NA CAMA NA CABINE MINÚSCULA E SEM JANELAS QUE divide com Hajun, que está cochilando, Kisa usa uma lanterna fraca para fazer anotações no caderno que surrupiou da sala de monitoramento. Os parágrafos são uma confusão de palavras rabiscadas. Há, é claro, a lista de suspeitos. Mas até agora apenas o nome de Hwanung está escrito em tinta azul.

Ela não está trabalhando na lista agora. Em vez disso, em uma página diferente, Kisa está escrevendo fervorosamente em inglês, sua língua materna, aquela que falava na Inglaterra quando era criança, depois da morte da mãe e do luto do pai. O pai lamentou a perda da esposa ficando em Londres, a cidade natal da mulher, até que as lembranças tivessem esvanecido o bastante para que pudesse voltar com a filha para Nova Sinsi, que foi onde nasceu, sem que a culpa o esmagasse. A nova esposa ajudou.

Kisa se pergunta se a família sente falta dela — ou se o pai atenuou a perda da filha mimando os filhos que teve com a madrasta. Ela se pergunta se ele a substituiu, assim como fez com a mãe.

Não importava o quanto Kisa se esforçasse, quantas grandes conquistas tivesse, a madrasta sequer olhava para ela. Kisa quis muito amá-la, tentou gostar dela, e por fim se contentou em tolerar a mulher de nariz aquilino. Não era como se Eunjeong a odiasse — era só que não estava nem um pouco interessada na filha do marido.

Kisa se pergunta, pela enésima vez, o que disseram sobre ela durante o funeral. Será que o pai chorou? Será que os meios-irmãos lamentaram a morte da irmã que vivia enfurnada na faculdade ou no hospital? De uma forma um pouco deprimente, ela queria ter estado lá para ver.

Ela arfa. Acabou se distraindo.

Em inglês, Kisa faz anotações. Sobre o Fio Vermelho e como se comporta. Observações sobre a transferência cerebral. De vez em quando, o fio até parece possuir alguma consciência. Discorre em detalhes como a linha se contorceu em coraçõezinhos entre ela e Seokga. Como às vezes treme, como se estivesse dando risada.

As mãos de Kisa ficam manchadas de tinta conforme registram o desequilíbrio emocional entre ela e o deus: como Seokga parece apaixonado por quem ela foi na vida passada, uma mulher de quem Kisa não consegue se lembrar. Titubeando, ela escreve sobre a atração que sente por ele, por menor e mais hesitante que seja — antes de rasurar tudo às pressas. Que ridículo. Os dois acabaram de se conhecer. Kisa passou vinte e dois anos sem criar qualquer tipo de apego romântico. Se fosse para ter um… *crush*, com certeza não seria assim tão de repente. Yoo Kisa *não* é uma pessoa espontânea nem uma personagem de um de seus romances favoritos. Mesmo que às vezes desejasse ser.

Seokga é bonito, é claro, e existe um certo… senso persistente de familiaridade, que ela não sentiu de início, mas que agora talvez sinta. Ele a faz rir, algo que poucos — além de Hajun — conseguem fazer. É o tipo de familiaridade que faz com que as pessoas digam coisas como "Parece que nos conhecemos a vida toda, mesmo que tenhamos acabado de nos apresentar", que nem naqueles empolgantes livros com capas em que os personagens estão abraçados. Kisa estremece ao sentir uma pontada no fundo do coração e afaga o peito, distraída.

E de onde você acha que essa familiaridade vem?, pergunta sarcasticamente uma vozinha em sua cabeça.

Kisa a ignora. Ela *não* vai se distrair. *Não vai* ter um crush.

Eles têm um acordo com Yeomra. Se encontrarem o assassino, Kisa deixará este navio de uma vez por todas. Vai poder *viver* de novo. Já cansou de estar morta.

Depois de anotar tudo o que observou até então, ela vira a página e cataloga minuciosamente todos os detalhes que têm sobre a morte do imperador celestial. Escrever assim tão freneticamente é um resquício dos dias no DMUNS, onde sua mente estressada e agitada se acalmava apenas quando estava desbravando as pilhas de tarefas. Kisa lista todos os convidados que viu saindo assim que Hwanin deixou a festa. Depois de assistir às gravações pela primeira vez, o grupo seguiu os passos do imperador ao longo do navio. Da festa, ele foi diretamente para o corredor I-95, o que significa que talvez estivesse sendo seguido logo após o desastre na estufa. Só que ninguém nas câmeras parecia estar atrás dele.

Havia a psicóloga. Com cuidado, Kisa escreve o nome da dra. Jang e se lembra da mulher com o vestido de patinhos de borracha. E também havia Lim Chaeyeon, que levava uma bandeja de vidro quebrado. Kisa mordisca a caneta enquanto Hajun ronca suavemente em meio ao sono e vira de lado.

— Não mexe no meu cabelo — balbucia o amigo, sem fazer qualquer sentido.

Se a vítima do ataque fosse Seokga, ela até suspeitaria mais de Chaeyeon. Mas o próprio Hwanin, até onde Kisa sabe, não fez nada para irritar a garçonete. Será que a moça realmente mataria o imperador para deixar o irmão dele com raiva? É pouco provável. Ainda assim, vale a pena investigar. Talvez Chaeyeon seja uma criatura com garras. A diretora do cruzeiro, Soo-min, também esteve lá — e ficou muito aborrecida com a reviravolta daquela noite, embora tenha se retirado bem depois de Hwanin. Soo-min também é uma samjokgu, com quatro garras em cada uma das três patas de cachorro. Mas, por mais que tente, Kisa literalmente não consegue imaginar a afobada diretora tendo coragem de matar um deus.

Cada vez mais frustrada, a fantasma faz outra lista: esta de criaturas com a habilidade de invocar membros que se pareçam com garras. Gumiho. Yong. Inmyunjo (embora não haja qualquer evidência de já ter existido *qualquer* inmyunjo Indomável). Samjokgu. Bulgae…

Haetae.

Apontando a caneta para a lista de suspeitos da festa na estufa, Kisa hesita em escrever o nome de Shin Korain enquanto se lembra do breve desentendimento entre os dois homens. Korain tentou se intrometer entre Seokga e Somi, e Hwanin o impediu. Kisa viu ressentimento no rosto do haetae. Mas será que isso basta para motivar um assassinato? Não.

— Na sala de ensaio, não — resmunga Hajun. — Não pode Yakult na sala de ensaio… melequento…

A menos que Hwanung, que, até onde Kisa sabe, não possui garras, tenha decidido se livrar do pai e contratado alguém no navio para dar um fim nele. Afinal, se Hwanin morrer (ou, melhor dizendo, regredir à forma de bebê), Hwanung fica em posse do trono por um extenso período de tempo. Em vez de ser o deus das leis, passará anos sendo o imperador celestial. Não é bem ser "o deus do sexo, das drogas e do rock and roll", mas chega perto o suficiente para que ela sublinhe o nome dele mais uma vez e acrescente um ponto de exclamação.

Ainda assim, tem alguma coisa *errada*. Kisa não é nenhum Sherlock Holmes ou Hercule Poirot — fato impossível de esquecer depois que vê, desanimada, o caos em seu caderno. Admitir que está completamente fora da própria zona de conforto é quase revoltante, mas os maiores pensadores não sentem medo de admitir quando *não sabem* algo. E Kisa, com certeza absoluta, não sabe de nada.

Todos os nomes devem ser investigados, é claro, mas ela tem a sensação frustrante de que não está chegando a lugar algum.

Essa sensação dura até a manhã seguinte, enquanto a xamã veste a bata cirúrgica azul-claro e guarda o caderninho na bolsa, com uma caneta. Conforme ela e Hajun dão início ao turno na enfermaria, a mente de Kisa continua a trombar com o mistério.

Como é que ninguém apareceu nas câmeras, indo atrás de Hwanin e depois movendo o corpo? Ela logo anota "teletransporte" no caderno, mas são poucas, quase inexistentes, as criaturas que têm garras e conseguem atravessar os limites do espaço-tempo.

— A Somi vem? — pergunta Hajun, nervoso, enquanto Kisa escreve.

De trás do balcão de recepção da enfermaria, a fantasma olha para o amigo, achando graça.

— Não consigo dizer se você tá morrendo de medo ou de vontade de ver ela, sabia?

O idol faz careta e esfrega a nuca. As orelhas dele ficaram azuis.

— Na verdade, nem eu — admite, com pesar. — Mas eu poderia dizer o mesmo sobre você e o Seokga.

Kisa se sobressalta e deixa a caneta cair no piso de ladrilho. Corando furiosamente, ela se abaixa para pegá-la e some de vista. Quando aos poucos se endireita e fica de pé, vê que Hajun roubou seu caderno e está folheando. O amigo estreita os olhos para uma página caótica e ela é tomada pela humilhação.

— Kisa — chama ele, como se estivesse segurando o riso ao máximo. — Não leio inglês tão bem quanto coreano, mas... por acaso você escreveu que "ele tem belas nádegas" antes de rasurar?

Ela fecha os olhos e deseja ser engolida pelo chão.

— Não — responde, esperando ter soado categoricamente severa. Infelizmente, sua voz falha um pouco no final.

— Tem certeza?

Kisa abre os olhos e cruza os braços, ignorando o sorriso entretido de Hajun.

— Certeza absoluta. E, mesmo se tivesse, hipoteticamente, escrito algo sobre a… posterior dele… não teria importância. Vamos deixar este navio, Hajun, e e-eu me recuso a ficar distraída com *nádegas*.

Além disso, ela nunca foi de ficar secando homens, e tem certeza de que está um pouco maluca. Não existe um único bom motivo para ter admirado as nádegas de Seokga enquanto ele falava com Yeomra ou enquanto eles iam da enfermaria até o I-95. Que ideia ridícula.

O sorriso de Hajun some enquanto ele empurra o caderno de volta para a amiga.

— Tudo bem se gostar dele — diz, devagar. — Quer dizer… Eu sei que você não se lembra dele, mas você o amou numa vida passada. E está bem na cara que ele te amou de volta. Isso deve significar alguma coisa, não é?

Kisa engole em seco, e quando fala novamente, está com a voz tensa — quase frágil, prestes a falhar.

— Eu não sou feita de pinheiro. Sou feita de carvalho. — Ela encara o caderno surrado enquanto o idol, confuso, faz um pequeno ruído de incompreensão que a irrita. Será que ele não entende? Será que *ninguém* entende? Ela nunca se sentiu tão pouco ouvida, tão… tão *invisível*. — E eu quero… quero viver de novo. Quero ler meus livros favoritos enquanto troveja do lado de fora, e sentir o calor do sol na pele, e fazer tudo que eu estava ocupada demais para fazer da última vez…

— Você sentiu alguma coisa! — Hajun encara a amiga, parecendo tanto triunfante quanto preocupado. — Você já sentiu. Está tendo sentimentos por ele e ficou com medo. Kisa, você está se afastando… mas por que, exatamente? Acha que não vai sair do *Bateu As Botas* se ficar olhando a bunda dele?

— Acho — retruca ela, por fim desistindo de fingir. — Acho, Hajun. É exatamente isso que me dá medo. Muito perspicaz da sua parte.

— Ah, Kisa. — Hajun está soltando uma risadinha sarcástica, pressionando a têmpora como se estivesse com dor de cabeça. E pode ser que esteja. Kisa com certeza está. — Nunca te vi assim antes. Tão ansiosa por causa do traseiro de alguém.

— É uma bela bunda — sussurra Kisa, desolada, a raiva vacilando até se tornar uma espécie patética de saudade. Ela massageia o peito, onde o sentimento se alojou, dando pontadas de desespero desolado.

— Por favor, Kisa, pela minha sanidade… — O idol passa a mão pelo rosto, repuxando um dos olhos, e lança um olhar tão angustiado para a amiga que chega a ser grotesco. — Aproveita para se divertir um pouco com ele enquanto espera a reencarnação. Você precisa se divertir, e acho que iria gostar...

Ela balança a cabeça.

— Não sei como — interrompe. É a verdade nua e crua.

— Você não precisa *saber*. Não é como a medicina, em que você precisa de um livro didático imenso e tempo para estudar. Não precisa fazer nada a não ser viver o presente.

Hajun franze a testa, claramente preocupado.

— Não importa. — Kisa volta a balançar a cabeça, teimosa, evitando o olhar de Hajun. — Precisamos lidar com o CEO, e não faz sentido ficar se distraindo por... por nada.

E ela *não* vai se deixar distrair por um certo deus da trapaça de olhos verdes.

O amigo hesita, como se quisesse dizer mais alguma coisa, mas claramente muda de ideia. Durante a próxima meia hora, os dois esperam pelos outros e voltam à velha rotina diária. No segundo dia no cruzeiro, praticamente não recebem pacientes, já que muitos já trataram o enjoo.

A rotina de limpar a enfermaria e checar o estoque de remédio só é interrompida quando Kisa levanta a cabeça bruscamente da prateleira sobre a qual estava debruçada e, com um humor bem melhor, exclama:

— Plantas arquitetônicas!

— *Hã*... Quê? — questiona Hajun, perplexo.

Kisa se vira para ele, com os cachos escapando do elástico e esvoaçando ao redor do rosto.

— Eu já volto — anuncia, animada, antes de se esquivar pela porta e sair correndo pelo corredor, descendo as escadas que a levarão até a sala de monitoramento no convés abaixo.

A porta está entreaberta, e Kisa espia lá dentro, recuando às pressas quando vê Korain encostado na mesa e bebendo, cansado, uma xícara de café fumegante. Ela paira a mão sobre o bolso da calça, onde o caderninho está guardado, com o nome do haetae escrito dentro. Em silêncio, Kisa se afasta para poder observar o segurança, que toma outro longo gole da bebida.

Ele parece exausto. A boca está marcada por rugas de cansaço, e a camisa branca está amassada. Kisa estreita os olhos enquanto Korain deixa o café de lado e tira o celular do bolso. Ele disca um número e espera.

— Oi — diz enfim, em uma voz áspera feito cascalho, rouca pela falta de uso. Seja lá com quem esteja conversando, está falando no tom informal.

Kisa faz uma careta; não consegue ouvir nada do outro lado da linha. — Sim. Já cuidei disso.

Cuidou... do quê? A xamã hesita antes de se aproximar mais. Korain baixa a voz, embora seja a única pessoa na sala.

— Não vai ficar nenhum vestígio... sim. Assim como o combinado.

Ele começa a ir até a porta, e Kisa dá uma guinada para trás e se esconde em uma esquina. Conforme os passos se aproximam, ela tenta ouvir os sussurros.

— Você prometeu que falaria bem... *Aham*. Ótimo. Obrigado. Tchau.

Os passos se afastam pelo corredor. Com a mente girando pelo que acabou de escutar, Kisa não perde tempo. Ela se esgueira para dentro da sala de monitoramento e, com os dedos ligeiramente trêmulos, surrupia o que precisa de um dos arquivos desbloqueados.

Quando ela volta à enfermaria, Hwanin a cumprimenta balbuciando no colo de Seokga. O deus parece imensamente descontente com o peso agitado que carrega nos braços, mas seus olhos verdes se suavizam quando avistam a fantasma.

— Bom dia — diz ele, quase hesitante.

...está... linda... quero... dói...

Kisa pisca e sente as bochechas esquentando. *Não. Não. Pare.* Sem distrações.

— Bom dia — consegue responder enquanto se esforça para devolver o olhar do deus, que parece ouro derretido, quente e cintilante. Ela engole em seco e ergue as plantas baixas do navio, que roubou. — Eu, *hã*, tenho algumas atualizações.

A expressão de Seokga se fecha e uma pontada de arrependimento atravessa Kisa, mas ela se recompõe um instante depois. Carvalho, não pinheiro. Kisa, não Hani. Não é ela que ele quer. Kisa está fazendo um favor aos dois, na verdade, reprimindo esse possível *crush*. Poupando Seokga da inevitável decepção, e poupando a si mesma de perder a chance de escapar daquele cruzeiro horroroso.

É melhor assim.

— Vamos ouvir — diz uma nova voz às costas dela.

Somi entra desfilando, parecendo uma nova pessoa, e vai para o lado de Hajun, cujos lábios tremem e formam o que pode ser ou um sorriso, ou uma careta. Kisa não tem certeza.

A xamã respira fundo e dispõe os documentos roubados sobre o balcão antes de abrir, com cuidado, o caderno na página da lista de suspeitos.

Ela explica rapidamente por que escolheu aqueles nomes antes de se virar para as plantas.

— Passei a noite me perguntando como o assassino conseguiu evitar as câmeras de segurança do navio e largar o corpo onde Seokga pudesse encontrá-lo. Não consegui entender. Teletransporte foi uma das possibilidades, mas nenhuma criatura com garras, até onde sei, também possui essa habilidade, que é reservada às divindades. Pensei que talvez o sumiço nas gravações fosse um ato mundano, realizado sem magia. E o único jeito que isso poderia acontecer é, bem...

Ela hesita, de repente ficando ciente de como vai soar ridícula. Os olhos de Seokga encontram os dela, e a expressão dele é reconfortante de alguma forma.

— Passagens secretas — conclui a gwisin, logo desviando o olhar. — Pode parecer absurdo, mas alguns navios têm isso, para que assim os funcionários se locomovam mais rápido. Como o I-95, mas abrangendo a embarcação inteira. Então entrei de fininho na sala de monitoramento e peguei algumas plantas, só para checar se existe mesmo essa possibilidade. Shin Korain estava lá.

Somi emite um som pensativo, batucando com a unha pintada o nome do sujeito.

— Ele é um haetae.

— E estava na festa ontem à noite. Ele e Hwanin tiveram um breve desentendimento enquanto você e Seokga estavam...

— Metendo a porrada um no outro — finaliza a gumiho.

O deus revira os olhos. Hwanin dá risadinhas para ele.

— Certo. Bem... Korain fez uma ligação de seu celular pessoal. — Kisa hesita, com uma sensação estranha. Uma sensação que explica *por que* uma simples ligação a incomoda tanto. — *Nenhum* de nós tem celular. Ninguém da tripulação, quer dizer. Todos que temos a permissão de contatar já estão no navio.

— Então como Korain tem um? Com quem ele estava falando? — murmura Hajun.

A amiga logo explica a conversa.

— Não consegui ouvir quem estava do outro lado da linha. Mas ele estava sendo tão furtivo que chamou minha atenção. Ontem à noite, pensei que... — Ela bufa, frustrada e cansada. — Temos tão pouco em que nos basear, tão poucas pistas, e eu sei que hipóteses precisam pelo menos de algum tipo de fundamento empírico sólido... Mas, bem, nunca fiz isso antes e não consegui pensar... Achei que talvez... ou se for cedo demais e seja melhor irmos no escuro mesmo, eu...

— Kisa. Está tudo bem. Conta a sua ideia pra gente — diz Seokga, gentil.

As digressões ansiosas vão esmaecendo, e um grãozinho de tranquilidade brota em Kisa quando ela vê a expectativa no rosto do deus. Mas não quer se perguntar *por que* isso acontece.

— E se Hwanung *contratou* alguém para ir atrás de Hwanin? Considerando o que você falou, ele poderia ter um motivo. Com Hwanin sendo um bebê, Hwanung conseguiria o trono e um descanso do papel de deus das leis. Ele pode ter contratado alguém no navio para matar o pai sem deixar qualquer rastro que o apontasse como suspeito. As garras mostram que Hwanung chamou uma criatura, mas não veio até o barco por conta própria. Distraiu o pai com um telefonema e deu ao assassino o elemento surpresa.

Seokga está quieto, ponderando o que ela disse.

— É uma boa ideia — responde devagar. Com um sorriso cruel, acrescenta: — É uma *ótima* ideia. Se eu mesmo tivesse pensado nisso naquela época...

Exasperada — e antes que consiga se conter —, Kisa olha para ele como quem diz: *Isso não tem graça, e você sabe.*

Seokga sorri, presunçoso. A fantasma faz uma careta e se pergunta, pela centésima vez, por que conversar com ele parece tão *natural. Pare com isso imediatamente*, repreende-se, e a recompensa (ou punição, na verdade) é a expressão entretida que se forma no rosto do deus.

— *Hã*... Precisamos nos concentrar em Korain — consegue dizer Kisa, desviando o olhar de Seokga. — Alguém deveria vir comigo para obtermos, discretamente, um álibi e bater com as gravações das câmeras de segurança.

— Eu vou. — Somi e Seokga oferecem ao mesmo tempo.

Os dois fuzilam um ao outro com o olhar.

— Nós estamos Entrelaçados — argumenta Seokga, com desdém.

— Eu era a melhor amiga dela — esbraveja Somi.

— Até que você a traiu — sibila o deus, e é nítido que acertou a gumiho em cheio quando Somi se afasta.

Trocando um olhar cansado com Hajun, Kisa balança a cabeça em uma mistura de lisonja relutante, exasperação e fadiga profunda. Em algum lugar no meio disso, também há uma curiosidade persistente, que ela decide ignorar por enquanto.

— Não importa quem vem comigo — interrompe, embora uma parte secreta dela queira escolher Somi e se distanciar o máximo possível de

Seokga e seus sorrisos reconfortantes e olhos cintilantes. — Mas temos mais o que fazer.

Ela encara as plantas arquitetônicas, nas quais a embarcação monstruosa está esboçada em linhas brancas concisas. Com o dedo, toca o Convés 10 antes de passar para as escadarias onde o corpo foi encontrado.

— Este lance de escadas não possui câmeras — murmura, lembrando o grupo da descoberta que fizeram ontem à noite. — Se estiver conectado a uma passagem…

Entretanto, não há qualquer indício disso na planta. O coração dela murcha.

— Podemos sempre checar pessoalmente — sugere Seokga, desconfortável enquanto ajeita Hwanin nos braços.

Kisa suspira e gentilmente reposiciona o imperador bebê no colo tenso do irmão.

— Não é para segurar uma criança como se temesse ser mordido. Ele nem ao menos tem *dentes*, Seokga — diz a fantasma.

Sinceramente, chega a ser engraçado o quanto Seokga parece ter medo do pequeno deus. Isso *deveria* auxiliar Kisa a acabar com os próprios sentimentos, mas infelizmente está tendo o efeito oposto. Porcaria.

— *Greeeeeh!* — concorda Hwanin, com os grandes olhos azuis brilhando de satisfação.

A boca de Seokga treme, e Kisa espera que seja com uma risada.

— Então vamos atrás do Korain? — pergunta o deus, mas, um segundo depois, Somi está disparando até Kisa, entrelaçando o braço no dela e a arrastando para fora da enfermaria.

— *Nós* vamos atrás do Korain — avisa a gumiho por cima do ombro. — Vocês, meninos, podem ir bisbilhotar as escadarias. Valeu!

Quando as duas estão sozinhas, a máscara de Somi parece começar a se desfazer. Kisa observa com um interesse discreto a gumiho, que vai de confiante e barulhenta a introspectiva que de vez em quando espia a xamã com grandes olhos castanhos repletos de culpa. É como se, de uma hora para a outra, a raposa ficasse muito jovem e insegura. Enquanto descem as escadas que levam até o Convés 2, Somi de repente segura Kisa pelo pulso esguio, fazendo ela parar.

Cautelosa, Kisa espera para ouvir as palavras que parecem estar se embolando na boca da gumiho.

— Você não se lembra de nada mesmo? — pergunta Somi por fim, aos sussurros, segurando o pulso com firmeza.

— Não — responde a gwisin, baixinho, desvencilhando-se de Somi. — A única vida que conheço é esta, a que vivi como Yoo Kisa.

São as lembranças que constituem uma pessoa. Isso está na literatura que compara natureza e criação, na questão do Navio de Teseu.

Para Kisa, *não* se trata do mesmo navio.

O navio é fisicamente *incapaz* de ser o mesmo.

Os dois navios são embarcações diferentes. E se os marinheiros não estiverem satisfeitos com isso, talvez devessem diminuir a porcaria das expectativas em relação ao novo navio. Aqueles feitos de carvalho são tão bons quanto os de pinheiro — e até daria para se argumentar que os de carvalho são mais duráveis do que os de pinheiro, que estragam com facilidade. Além disso, navios de carvalho *jamais* assaltariam caixas eletrônicos...

Kisa quer atirar as mãos para cima, indignada. O que não daria para que a mente ficasse quieta às vezes. *E de que isso importa?*, repreende a si mesma. *De nada. Pode parar.*

Deve haver uma maneira de impedir que esse *crush* se infiltre nela, algum tipo de... de bebida que possa fazer essa coisinha inconveniente murchar e morrer.

— Não me lembro de nada da vida de Hani — continua Kisa, sentindo uma dor latente na têmpora direita enquanto tenta, com muita dificuldade, não ficar ruminando o próprio dilema.

Algo que quase parece alívio cruza o rosto de Somi, antes de ser substituído por tristeza.

— Presumo que você já saiba de algumas coisas.

Kisa não consegue deixar de dar um sorrisinho irônico.

— Pelo que você e Seokga discutiram, eu sei, pelo menos, que nós éramos amigas. Que meu nome era Hani e que você a traiu... *me* traiu... de alguma maneira, durante os Dias Sombrios.

Somi morde o lábio inferior.

— Eu diria que a maior parte disso é verdade... — Mas a gumiho não vai atrás de Kisa, que desce mais alguns degraus. — Eu poderia contar, se você quisesse. Sobre você e eu. Sobre você e Seokga.

A oferta de Somi paira no ar. Kisa contrai os dedos imperceptivelmente ao lado do corpo, como se fosse agarrar a oportunidade. Por algum motivo misterioso, pensa nos olhos verdes de Seokga e como eles se iluminariam se ela se lembrasse... Se os dois navios não precisassem ser tão diferentes assim afinal...

Aos poucos, a xamã se vira.

— Pode me contar sobre você e Han… *eu*. Mas prefiro não saber sobre Seokga e eu — responde com dificuldade.

Kisa é tomada por uma apreensão ansiosa ao pensar no que o deus esperaria dela caso ela soubesse o passado que tiveram juntos.

Ao pensar no que *ela* pode… vir a sentir por ele.

E uma partezinha minúscula de Kisa decidiu que, se em algum momento, por qualquer motivo que não consegue imaginar neste instante, ela quiser ouvir sobre a história deles (com propósitos meramente científicos, é claro, e nada mais), quer que seja da boca de *Seokga*.

Se Somi fica confusa por Kisa se recusar a saber mais sobre o parceiro Entrelaçado, não demonstra. Algo que a fantasma está começando a gostar nela. Apesar de já ter sido uma gumiho serial killer Indomável (Kisa precisa admitir que ainda está tentando entender como aquela mulher mirrada com um corte french bob e unhas feitas poderia ter cometido assassinatos em massa), Somi é… bem, educada. Até certo ponto.

Corrigindo: ela é educada com Kisa, pelo menos. Afinal, a raposa tentou abocanhar um pedação de um passageiro.

Enquanto as duas mulheres se esgueiram para a sala de monitoramento, Somi começa a contar uma história em voz baixa, sobre duas gumiho que costumavam trabalhar juntas em uma cafeteria. Somi e Hani. A imagem que Somi pinta da outra gumiho é vibrante: uma mulher cheia de vida e travessura, uma irmã mais velha, de muitas formas, para a jovem Somi.

Conforme seguem Korain cautelosamente, da sala de monitoramento até os conveses superiores, Somi conta em um sussurro como Hani matou dois homens da UNS e levou os fígados para a amiga. Como Somi começou a perder o pé da realidade, a ficar Agitada, a sentir a mente e o corpo instáveis. Como ficou assustada.

Elas tomam o cuidado de se misturar à multidão da manhã enquanto continuam seguindo o haetae, na esperança de que ele esteja indo a uma cafeteria ou algum outro lugar casual, onde Somi pode, de acordo com suas próprias palavras, jogar um charme para conseguir arrancar um álibi dele. Tentando não ser descoberta nem perder o alvo de vista, Kisa mantém os olhos nas costas do oficial conforme Somi continua a história.

Hyun-tae era o nome do jeoseung saja que foi possuído. Somi fala dele com um pesar genuíno: quando o conheceu, na cafeteria, o rapaz era completamente ele mesmo, e talvez até estivesse encantado por ela. No dia seguinte, Eodum, o eoduksini, havia se apossado do corpo do ceifeiro.

O que veio a seguir foi uma saga de manipulação, em que Somi foi feita de peão... Embora ela nunca use essas palavras. Em vez disso, quando começa a contar sobre os Dias Sombrios e sua onda de assassinatos, a voz dela está carregada de arrependimento. Kisa tem a impressão de que Somi não está muito chateada com os crimes em si, mas com a própria decisão de se voltar contra Hani.

— Você me deixou escapar. Eu fugi de você, e você permitiu — sussurra a gumiho, envergonhada, enquanto as duas sobem uma escada caracol atrás de Korain, a mais ou menos três metros dele, escondidas pela aglomeração dos passageiros famintos por café da manhã. Com um sorriso amargurado, Somi acrescenta: — Eu teria perdido aquela luta. Você era a Raposa Escarlate...

Kisa engasga com a própria saliva.

— *O quê?*

— Você ainda tem os mesmos olhos, sabia? Os mesmos olhos de Hani. Sempre achei eles tão lindos...

Já tinha sido um choque e tanto saber que Somi foi uma gumiho *Indomável.*

Ouvir que na vida passada, Yoo Kisa, a cidadã exemplar, foi, assim como Somi, uma serial killer centenária e infame — uma lenda urbana assustadora que lhe dava arrepios quando criança — é o suficiente para fazer os joelhos dela fraquejarem. Os dois navios com certeza não são o mesmo. A essa altura, Kisa não é nem um navio. Ela é um *avião* muito respeitável, obrigada.

Aprendeu na academia xamã, e mais tarde no DMUNS, quem foi a Raposa Escarlate. O tópico de autópsia na aula de anatomia com os veteranos focava em assassinatos por Indomáveis, e diagramas das vítimas da Raposa Escarlate foram trazidos dos arquivos.

Ela tinha sido bárbara.

Kisa... foi *bárbara.*

A visão dela fica turva. Somi faz uma careta e a segura pelo ombro antes que a mulher caia.

— Estou vendo que deixei passar essa trama secundária em particular. Mas, Ha... Kisa, eu... eu não deveria ter ficado tão brava com você naquela época. Você me deu o maior presente de todos — balbucia a gumiho, enquanto a xamã tem uma crise existencial bem ali na escada caracol, debaixo do lustre gigantesco do cruzeiro.

De modo geral, é um lugar bem agradável para se ter uma crise de meia-idade. Ou uma crise de pós-vida, no caso de Kisa.

Pelos deuses.

Kisa é capacitadora de serial killers.

Extremamente enjoada, ela sobe cambaleando pelos últimos degraus até o Convés 7, onde Korain está virando em um corredor de suítes.

— Você me apresentou à minha verdadeira natureza — continua Somi, fazendo círculos tranquilizadores com a mão pelas costas de Kisa. — Disse que estava tudo bem eu ser quem realmente sou...

A mão nas costas é a gota d'água. Kisa se solta com um solavanco, *odiando* aquela sensação e detestando como o suor cobre seu pescoço. Finge não ver a expressão brevemente magoada de Somi e desvia dela. *Não é nada pessoal*, é o que quer dizer, mas não é verdade, é? A incapacidade de deixar que fiquem atrás dela, que toquem suas costas, é profundamente, *profundamente*, pessoal.

Ela se arrepende do fundo do coração de ter deixado Somi contar a história delas. Aquilo tudo é, em resumo, uma bela porcaria.

— ...e, graças a você, eu adquiri meus poderes — acrescenta a gumiho, titubeando só um pouquinho. — Eu atingi meu... meu potencial. Quando ouvi falar que você morreu naquele galpão, fiquei de luto. Eu voltei para Nova Sinsi para... para me desculpar. — A voz dela falha nessa última palavra. Os olhos de Somi estão marejados. — Mas você não estava lá. Procurei por todo lugar. Seul, Itaewon, Jeju. Geoje. Aeri, a yojeong de Daegeumsan, me contou que você tinha falecido. Você esgotou sua pérola de raposa para salvar a Coreia. Não, para salvar todo o reino mortal. Eodum queria transformar Iseung no Mundo das Sombras.

Quanto mais Kisa ouve sobre a própria vida passada, mais convencida fica de que está tendo alucinações auditivas.

— Gamangnara. O reino trancafiado — murmura a fantasma, rouca, apoiando-se na parede, incapaz de continuar andando ou até de seguir Korain.

Trancafiado por Hwanin e pelo resto do panteão após a infame (e, na opinião sincera de Kisa, patética) tentativa de golpe de Seokga.

— Como Iseung poderia se transformar em Gamangnara?

Somi hesita, e uma expressão de culpa cruza seu rosto, mas a mente afiada de Kisa logo está trabalhando e compondo uma explicação. Já leu sobre Gamangnara, é claro — no auge, o reino tinha a péssima reputação de ser um ninho de Indomáveis, uma fossa de caos e maldade. Depois do golpe de Seokga, o lugar foi desativado, e as criaturas de lá foram expulsas. Algumas, como o eoduksini, foram enviadas para Jeoseung. Mas, um dia

— se é que dá para acreditar em Somi —, Gamangnara pode ter sido um lugar como Iseung. Até que os demônios da escuridão surgiram.

— Ah — grunhe Kisa conforme vai compreendendo. — *Ah.*

O mundo não faz ideia de como escapou *por um triz* com os Dias Sombrios. Mesmo agora, enquanto ela mesma se dá conta, Kisa precisa respirar fundo para se acalmar.

Gamangnara sempre foi um tópico de debate nas comunidades de criaturas. As políticas envolvidas são tão complexas quanto a teia de uma aranha. Alguns acreditam que o lugar deveria ser reaberto (por mais que isso seja *impossível*) e que todas as criaturas Indomáveis deveriam ser agrupadas ali, deixando, assim, o reino mortal em paz. Outros estão perfeitamente contentes em manter o local trancafiado e argumentam que dar aos Indomáveis um reino próprio é uma *péssima* deia — todas as guerras que podem começar, o poder que podem exercer. Além disso, a magia das trevas de Gamangnara está impregnada de um mal ancestral. Dizem que Mireuk, o deus louco, outrora amou o reino antes de ser aprisionado. E é melhor temer qualquer coisa que o deus louco ame.

— Kisa — chama Somi.

— Vou ficar bem em um minuto — consegue responder, ofegante, afastando-se da parede e limpando a camada de suor frio da testa. — Para onde Korain foi?

Kisa tem noção de que voltar a se concentrar no haetae abruptamente é um mecanismo de enfrentamento — o mesmo que a faz mergulhar de cabeça em pilhas de trabalho em vez de olhar para as próprias emoções. Mesmo assim, já se demoraram demais e perderam o rastro do oficial. Somi se encolhe e, concordando em silêncio em deixar a conversa para mais tarde, as duas mulheres disparam pelo corredor.

— Ele está hospedado aqui? — pergunta a gumiho enquanto passam pelo quarto 7340.

A porta está entreaberta, e há um carrinho de serviço a alguns metros dali com uma pilha enorme de toalhas.

— Não deveria estar — responde Kisa, apreensiva.

Todos os funcionários dormem no Convés 1, em cabines pequenas e sem janelas como a que Kisa divide com Hajun. Olhando à frente, a fantasma se assusta e puxa Somi para baixo às pressas, para que fiquem agachadas atrás do carrinho, lado a lado. Korain está saindo de uma suíte logo à frente — e não está sozinho. Com o coração na boca, Kisa conta as portas e gela quando chega naquela pela qual o haetae saiu. Quarto 7346.

O quarto adjacente ao 7345. O de Seokga. O que significa que o 7346 é...

— Por que ele está saindo do quarto de Hwanin? — questiona Kisa em um sibilo, e, embora esteja começando a ficar com dor nos joelhos pela posição desconfortável, se agacha ainda mais e espia além do carrinho. Korain está acompanhado de uma jovem mulher de cabelo longo e preto feito tinta.

Lim Chaeyeon. A garçonete da festa na estufa.

— Ora, ora, ora. As coisas acabaram de ficar muito interessantes — sussurra Somi.

CAPÍTULO QUINZE

SEOKGA

Seokga odeia admitir que Hajun parece vagamente familiar, e que ele *talvez* saiba exatamente de qual boy band famosa o rapaz fazia parte e que até goste de algumas músicas. Talvez até tenha tentado aprender sozinho uma das coreografias complexas (e fracassado que é uma beleza). Isso porque Seokga decidiu, em um de seus vários momentos de birra, que não gosta de Hajun, uma escolha que é reforçada quando o garoto menciona que *divide uma cabine* com Kisa.

Uma *cabine.*

A raiva só aumenta quando o deus se dá conta de que é difícil odiar Hajun. O rapaz é tão *bonzinho* que chega a dar nojo. Ele se oferece para segurar Hwanin e, ao contrário de Seokga, não segura o bebê como se ele fosse um gato sarnento com pulgas. Antes de irem até a escadaria do Convés 10, Hajun chega até a comprar um café gelado grande para Seokga no abarrotado Café das Criaturas do Convés 8.

— Para levantar os ânimos — explica o idol em meio ao burburinho, dando um sorriso gentil que faz Seokga fechar a cara.

O deus *gostaria* de estar mais revoltado com essa gentileza, mas a verdade é que, depois do desastre que foi o dia anterior, ele já não consegue mais manter o espetacular rancor de costume.

— Obrigado — resmunga com relutância antes de tomar um longo gole de café com uma colher de creme e uma de açúcar.

Hajun sorri e pede um *matcha* gelado para si mesmo. Seokga observa, cada vez mais mal-humorado, o rapaz jogar conversa fora com facilidade com o caixa antes de pagar em moedas de Jeoseung — moedas pretas gravadas com a cara sorridente de Yeomra dando uma piscadinha. De alguma maneira, Hajun consegue segurar Hwanin, que está adormecido, com uma das mãos e a bebida pequena com a outra.

O segundo dia no CRS *Bateu As Botas* é tão cheio quanto o primeiro. Sapatos estalam nos corredores encerados enquanto passageiros animados se apressam para chegar às várias atrações do dia, alegres apesar de estarem muito, muito mortos. Mas é uma surpresa que alguns gwisin carregam as cicatrizes da própria morte, mesmo sendo tão jovens (o que, conclui Seokga, significa que morreram de maneira sangrenta e repugnante). Hajun flagra o deus encarando um menininho sorridente, de no máximo 10 anos, segurando um ursinho de pelúcia enorme — que provavelmente ganhou no cassino e fliperama barulhento no convés de baixo.

— É um cliente regular. Ainda não está pronto para reencarnar, então o CEO vai deixar ele ficar por mais um cruzeiro, ou dois. Kisa deu um jeito no menino com um pouco de Restauração quando ele chegou aqui. Nem dá para perceber que sofreu um acidente de trânsito. Estar aqui, inteiro, tem ajudado. Com o tempo, vai conseguir seguir em frente — explica Hajun, em voz baixa.

Seokga olha de soslaio para o idol, que também não tem ferimentos, mas, se o deus se lembra direito do que viu nos jornais sobre o amado maknae do grupo ST4RL1GHT, Kim Hajun… Seokga desvia o olhar para os pulsos do rapaz.

— Kisa também deu um jeito em mim — comenta Hajun, e Seokga sente uma pontada peculiar de vergonha por seu discreto escrutínio não ter sido tão discreto assim, afinal.

Mas o idol sorri, como se estivesse se lembrando de algo agradável, e não horrendo, enquanto os dois atravessam a multidão do cruzeiro.

— Ela é maravilhosa. Eu estava me cagando de medo quando cheguei aqui, mas Kisa me ajudou muito. — Ele remexe os ombros, ajustando Hwanin nos braços. — Se a gente tivesse se conhecido em vida, nossas histórias poderiam ter sido bem diferentes. Quem sabe não tivessem acabado tão cedo. Ela é uma ótima amiga.

Seokga dá um pequeno gole no café para acalmar o estômago. Depois de um tempo, consegue dizer:

— Kisa disse que caiu de um telhado…

O sorriso no rosto de Hajun some.

— Foi só isso que ela te contou? — pergunta em voz baixa.

Um arrepio gélido de mau presságio desce pelas costas de Seokga, e ele aperta a bengala com força. Os olhos de Hajun estão tristes.

— Foi. Por quê? — indaga Seokga, irritado, sentindo o coração se apertar de medo. Não pode ser…

O idol hesita quando eles chegam ao caos do Convés 9, que é um espaço aberto, com um emaranhado de piscinas cintilantes e tobogãs sinuosos. Uma banda ao vivo está tocando uma música animada no canto, e o ar cheira a uma mistura estranha de rio Seocheongang e limonada. Os passageiros se jogam nas piscinas, saltando para as profundezas e voando pelos ares, direto dos escorregadores. Com uma cara de desgosto profundo, Seokga desvia de um grupo de mulheres soltando risadinhas enquanto o espiam, bastante interessadas. Lá embaixo, o rio Seocheongang se agita e corre de um vermelho sangue enquanto o cruzeiro corta suas águas.

— Eu e Kisa temos mais em comum do que você pensa — diz Hajun por fim, indo para uma das escadarias que se conectam ao Convés 10, a mesma onde Seokga encontrou o cadáver do irmão.

A essa altura, o corpo já sumiu, não podendo permanecer no mundo ao mesmo tempo que a forma de bebê.

— Ela te contou isso?

O deus tem dificuldade em aceitar. Não vai. Não consegue. Seokga não irá aceitar que Kisa se sentiu tão solitária a ponto de…

— Ela não precisou. Algumas feridas estão além da pele — responde Hajun enquanto abre a porta das escadarias, indo para o lado para que um grupo de homens em trajes de banho e cabelo ralo possa sair, com passos atrapalhados. — E… Não sei, é só que… é difícil alguém simplesmente cair de um arranha-céu. Por que ela estava lá em cima, para começo de conversa? Kisa não é uma pessoa imprudente. Sempre pensa muito bem em tudo. — Hajun balança a cabeça, um pouco culpado por estar especulando sobre a vida da amiga.

Depois que o último cara de sunga passa espalhafatosamente pela porta, os dois entram. Hajun se vira, bloqueando o caminho do deus por um instante e estreitando os olhos castanhos, que costumam ser gentis.

— Estou te contando isso para que você seja cuidadoso com ela — avisa, com um brilho protetor feroz no olhar. — Ela já está apreensiva com você, mas, ainda assim, existe o Fio Vermelho. Qualquer coisa pode acontecer. Não quero que ela crie coragem de se entregar só para acabar magoada no final. Tá bom?

Hajun parece quase aterrorizado por Kisa, e Seokga fecha os olhos para se firmar.

— Eu acho que você deveria avisá-la para ser cuidadosa *comigo.* — O deus se ouve dizendo.

O outro homem ri, e Hwanin acorda da soneca com um bocejo.

— Vocês dois estão morrendo de medo um do outro. Aliás... Não entendo muito de mitologia, mas sei que isso está aí por um bom motivo.

Quando Seokga volta a abrir os olhos, vê Hajun gesticulando, com um sorrisinho, para o Fio Vermelho amarrado no mindinho esquerdo do deus como um anel de flor. O fio é invisível para qualquer um além de Seokga e Kisa, mas ela deve ter contado para o amigo.

— Pois é — resmunga Seokga, desconfortável diante de toda a gentileza de Hajun. Odeia pessoas boazinhas, mas mesmo assim acrescenta outro agradecimento constrangido e brusco.

Depois, bebe mais café e tenta, em vão, encontrar uma passagem secreta durante o que parecem ser horas, mas que acabam sendo apenas quinze minutos — até que uma mão enrugada pega no ombro dele.

Enrijecendo, Seokga se vira para longe da parede em que esteve dando batidinhas (as passagens secretas podiam pelo menos facilitar a vida dele e *soar* ocas...) e faz contato visual com uma Jang Heejin bem ranzinza. A mulher já não está usando o vestido de patinhos de borracha, e Seokga se vê murmurando "Graças aos deuses, já é alguma coisa". Alguns metros à frente, Hajun congela, segurando o bebê Hwanin com uma expressão incerta.

Por sorte, a dra. Jang não parece ver a criança. O deus da trapaça tem a impressão de que ela está olhando feio para ele por trás dos óculos de sol rosa flamingo, encarando até os recônditos da alma.

— Seokga, você está me evitando — acusa a terapeuta, em tom de reprimenda.

— *Hã...* — começa o deus, tentando transmitir uma mensagem a Hajun com os olhos. *Vai. Corre.*

Se a psicóloga vir o bebê, cujos olhos são suspeitamente parecidos com os de Hwanin, a coisa toda vai pelos ares. Ela irá, como foi obrigada a jurar fazer, entrar em contato com Okhwang em caso de emergências que envolvam Seokga, e isso, sem sombra de dúvidas, conta como uma emergência. Ao menos Hajun entende a súplica sutil e se afasta correndo com Hwanin. Ignorando a pontada irritante de ansiedade ao perder o irmão de vista, Seokga tenta exibir um sorriso casual, que não parece enganar a terapeuta nem um pouco.

— Esqueci da nossa sessão — confessa o deus, o que é verdade. Deixou passar completamente a sessão que a dra. Jang tinha exigido depois do desastre na estufa.

A mulher suspira e ergue os óculos de sol.

— Ora, então vamos — resmunga e, com uma das mãos na parede, começa a subir as escadas.

Seokga sente uma onda de culpa ao perceber que ela está sendo extremamente cautelosa com os movimentos, apoiando-se na parede ou no corrimão antes de dar o próximo passo. A dra. Jang é uma mulher idosa, e correr de lá para cá procurando por ele no navio não deve ter feito bem aos seus ossos; ela chegou a reclamar, durante a viagem até Jeoseung, que sofre de uma artrite tenebrosa.

A culpa de Seokga se esvai quando ele se senta na poltrona acolchoada de frente para a terapeuta na cabine dela e a observa pegar um caderno. O deus considera mencionar que ela ainda está usando os óculos de sol, mas muda de ideia. É engraçado o quanto o acessório combina com a camisa havaiana neon dela.

— Então — diz a dra. Jang Heejin.

— Então — repete Seokga, cruzando as pernas, determinado a parecer o mais casual possível.

Não há nada para ver ali. Nenhum assassinato ou irmão-mais-velho-que-virou-bebê.

— A confusão na estufa. Você ficou chateado — relembra a mulher, e Seokga quase solta uma risada sarcástica. Com tudo o que está acontecendo, a briguinha com Somi na noite passada é a *menor* das preocupações dele.

Com um suspiro derrotado, Seokga permite que a terapeuta o ajude a explorar os próprios *sentimentos.* Sentimentos são tão inconvenientes. É em momentos como aquele que ele desejava não sentir nada. Quando Jang sugere que o desgosto de Seokga ao ver Somi imitando Hani está enraizado em sua atração inconsciente por uma criatura *tão parecida* com seu antigo amor, o deus desiste de ser educado e começa a causar dificuldades desnecessárias à mulher com o maior prazer — assim como fazia na época antes de ela, *de alguma maneira,* conseguir se *aproximar* dele.

Seokga nega a afirmação enfaticamente e, então, com um sorriso fino que denuncia à psicóloga que ele tem plena consciência do que está fazendo, responde a cada sugestão/pergunta com uma resposta enrolada que não faz o menor sentido para ninguém. Ele se comunica por charadas, faz pausas longas para beber (ruidosamente) o café, incomoda a dra. Jang querendo saber quem é o patrono divino dela (o que ela sempre se recusa a responder, embora Seokga tenha certeza de que é Hwanin) e fica atiçando a mulher quando desconversa. Seokga pega uma Kopiko de dentro do bolso e faz questão de abrir a embalagem com muito barulho, dando-se até ao trabalho de fingir que a balinha de café é grande demais para que ele fale de boca cheia. Mas a dra. Jang é uma oponente formidável, e Seokga faz uma careta quando percebe que *ele* é quem está ficando cansado.

Não ajuda o fato de Hwanin ter chorado a noite inteira, ou de que, quando Seokga enfim conseguiu dormir, foi acordado pelo barulho estranho de algo sendo *arrastado* no corredor. Ele escancarou a porta, mas não havia nada lá. Talvez a mente exausta dele estivesse pregando peças com alucinações auditivas.

— Seokga — chama a dra. Jang, deixando a caneta de lado. O deus se dá conta, satisfeito, de que a mulher não fez tantas anotações durante a sessão. — Eu te acompanho há tempo o bastante para entender os seus sinais. Quando você se esquiva, como está fazendo agora, é para esconder uma ansiedade, uma raiva ou um medo profundo... ou tudo isso. Então. — A mulher se inclina para a frente, de mãos entrelaçadas. — Quero conversar sobre Kisa. Falamos um pouco sobre ela ontem, durante nossa sessão emergencial, mas temo que não tenhamos tido a oportunidade de ir mais a fundo, ainda mais considerando o que aconteceu na estufa. — Ela hesita. — Presumo que você ainda esteja se acostumando a tê-la encontrado... e às diferenças gritantes entre ela e Hani.

Seokga morde a bala com força.

— Já falamos disso ontem — retruca, de dentes cerrados, enquanto mastiga ruidosamente.

A dra. Jang se recosta na poltrona, provavelmente ainda analisando o paciente por trás daqueles óculos de sol ridículos. E faz o que Seokga mais odeia: ela espera. Em silêncio.

Ah, como ele odeia o silêncio. Começa a mastigar ainda mais alto. Isso o deixa constrangido, e Seokga *nunca* fica constrangido (exceto quando o assunto envolve Kisa, pelo visto). Quatro minutos e vinte segundos se passam (o máximo que conseguiu aguentar foram dez minutos) antes de esbravejar:

— Está bem! Eu sabia que não deveria esperar que fosse Hani, mas... — Ele tensiona o maxilar. — Acho que esperei que fosse, sim. E é desconcertante. Uma hora ela ri ou revira os olhos igual a Hani, mas na outra... Na outra, passa a ser alguém que não conheço.

A expressão da terapeuta, ou pelo menos o que Seokga consegue ver dela, se suaviza.

— Tenho uma pergunta para você, Seokga. E quero me adiantar e dizer que sei que talvez provoque sentimentos complexos — anuncia ela, com gentileza.

O corpo inteiro de Seokga enrijece. Já teve *sentimentos complexos* o bastante nessa vida.

— Não, obrigado — responde, sem emoção, e o assunto deveria se encerrar aí, mas é claro que isso não acontece.

Jang, a tirana, está tranquilíssima.

— Por acaso já se perguntou por que o Fio Vermelho está conectando você e Kisa? Não você e Hani?

Seokga franze as sobrancelhas, sem conseguir evitar.

— O fio nos conectou porque ela costumava ser a Hani — responde de imediato, as palavras chegando à ponta da língua em um reflexo automático. — E a Hani era... Ela era...

Tudo para mim. Com a garganta apertada, o deus deixa de falar para tentar se recompor.

— *Hmm* — faz a psicóloga, arqueando uma fina sobrancelha acima daqueles óculos ridículos.

— Parece que você tem outra teoria — comenta Seokga, com a voz arrastada, querendo que o *hmm* da mulher não estivesse tão carregado de ceticismo, já que faz um impulso bem violento surgir dentro dele.

A terapeuta suspira e une as mãos.

— Sim, eu tenho. Seokga, gostaria que você considerasse a ideia de que o destino escolheu apostar em *você e Kisa.* Que mesmo se nunca tivesse conhecido Hani... por favor, não faça essa cara e me escute... você ainda teria, *de alguma maneira*, conhecido Kisa. Sua Entrelaçada. O fato de ter conhecido ela em uma vida passada foi apenas uma coincidência...

Seokga está ficando com dor de cabeça de tanto ranger os dentes.

— Uma *coincidência*? — questiona, em uma voz que já fez muitos exércitos baterem em retirada, mas que a velha terapeuta acha engraçada.

— E uma coincidência maravilhosa. Mas suas expectativas estão te impedindo de conhecer Kisa de verdade — comenta, chegando para a frente e dando tapinhas no joelho dele, como se ele fosse uma criança pequena e não um deus infame. Seokga fica de cara com a audácia da mulher.

A boca dele está tão seca que não tem como ser saudável. Durante o longo silêncio que corre entre os dois, o deus da trapaça tem um colapso nervoso total, que habilmente esconde por trás de uma máscara entediada de indiferença.

— Seokga. Está tudo bem? — pergunta a doutora, quando chegam a ficar cinco minutos em silêncio.

— Não — tenta dizer com uma certa frieza mordaz, mas a palavra sai como um arquejo vergonhoso, e a máscara enfim começa a cair.

— É só uma teoria...

Mas e se não for? E se os momentos que passou com Hani não significaram *nada*? Seokga sente o estômago se revirar e acha que está passando mal. *Não é verdade*, diz a si mesmo. Hani é — *era?* — o amor de sua vida. Isso não pode ser *nada*. Não é possível. Mesmo que a ideia da dra. Jang seja verdade, tudo o que o deus compartilhou com Hani foi especial e tão sincero que chegava a doer, com ou sem o Fio Vermelho. E Kisa...

Ela costumava ser Hani.

— Eu *quero* conhecê-la... É só que não tenho certeza se ela quer *me* conhecer — responde, rouco, e então faz uma careta ao admitir a própria insegurança.

Por um instante, Seokga deseja poder contar à dra. Jang sobre o acordo de Yeomra... contar que Kisa vai reencarnar se conseguirem pegar o assassino, que o rosto dela se iluminou feito a bunda da merda de um vagalume quando o desgraçado do CEO fez a oferta (*completamente* ciente do que estava fazendo, aquele filho da puta do Yeomra).

A dra. Jang assente.

— Durante toda a sua vida você teve questões relacionadas à rejeição — comenta a terapeuta, sem qualquer porra de tato, na opinião de Seokga. De repente, o deus sente uma vontade enorme de se jogar do cruzeiro e entregar o próprio destino nas mãos das ineo. — Em especial com seu pai...

Seokga fica ainda mais tenso, se é que isso é possível.

— Não quero falar sobre Mireuk. Você já me torturou o bastante por hoje.

Ele está praticamente implorando por misericórdia.

A terapeuta apenas inclina a cabeça.

— É crucial falarmos sobre Mireuk, Seokga. O favoritismo dele por Hwanin te afeta profundamente até hoje. Consigo ver uma conexão entre os problemas que tem com seu pai e sua situação com Kisa.

Isso não é nada que Seokga já não tenha ouvido antes, mas toda vez que Jang oferece aquela teoria da conspiração de bandeja, ele sente vontade de arrancá-la das mãos dela. Para a psicóloga, a diferença de respeito que o pai mostrava a Hwanin e Seokga incutiu no deus da trapaça um senso inconsciente de "inutilidade", que ele tenta compensar através de coisas como golpes sangrentos. Pelo visto, também tem influência no longo histórico de Seokga com as mulheres, mas com uma lista curta de parceiras que de fato amou (sendo que Hani é a única que faz parte dessa lista em particular). Ele morre de medo de ser rejeitado, de ser amado para no final esse amor passar a algo — alguém — diferente.

Mesmo antes de enlouquecer, Mireuk já era um pai não-tão-ideal... para Seokga, pelo menos. Mireuk não odiava o segundo filho (pelo menos, não naquela época), mas foi por Hwanin que ele de fato zelou, foi *Hwanin* quem Mireuk encheu de elogios e afeto enquanto Seokga assistia a tudo das sombras, com o coração apodrecendo de ciúmes. Sendo o caçula, o deus da trapaça foi bastante ignorado. Como o primogênito e príncipe herdeiro do trono, Hwanin recebeu absolutamente tudo que poderia desejar de mão beijada.

Foi durante o show de talentos anual de Okhwang que a relação entre Seokga e Mireuk realmente começou a se deteriorar. Na época, de acordo com os padrões divinos, Seokga era apenas um adolescente: desesperado pela aprovação e pelo apreço do pai, desesperado por uma migalha da afeição que o tão perfeito irmão recebia. Para a apresentação, Seokga declarou que desafiaria Mireuk a uma competição de cultivo de flores — um talento aleatório, e completamente inútil, que o caçula herdou de Mago, sua mãe e deusa da terra. Em meio às risadinhas da plateia, Mireuk aceitou com relutância.

O jovem deus da trapaça acreditou que ganharia. Andava praticando, e tinha escolhido aquele desafio de propósito como forma de homenagear Mago, que o amava com fervor, embora ele fosse apenas o segundo filho. Confiante de que venceria, o jovem Seokga sorriu para a mãe, que devolveu o sorriso.

Mas, quando a competição começou, o pai logo ultrapassou o progresso dele. Seokga começou a corar com a humilhação iminente, e se deparar com a expressão decepcionada de Mago na plateia foi como levar um tapa. Então ele recorreu àquilo que sempre fez parte de sua natureza: a trapaça. Com um dos truques de mão que fazia tão bem, Seokga arruinou as flores de Mireuk e venceu a competição injustamente.

O pai não se deixou enganar.

Até aquele momento, Seokga nunca havia visto o imperador tão furioso. Foi então que teve início a loucura de Mireuk, por causa de algo tão simples quanto uma competição de cultivo de flores. Mesmo agora, existe uma parte de Seokga que sussurra que a culpa é dele: pela perda da sanidade do pai, pelo que quase aconteceu depois. O deus da criação começou a fabricar sofrimentos e enviá-los para atormentar o mundo mortal. Os anos que se seguiram foram repletos de angústia e horror. Mireuk torturou Seokga em todas as oportunidades que teve. O orgulho e o ego frágeis do pai haviam sido dramaticamente (e *disparatadamente*) feridos pelo resultado do show de talentos, e ele sentia um prazer sádico em depreciar o filho sempre que podia. Okhwang se tornou um lugar de horror, e Seokga começou a escapulir para se esconder nas sombras e no caos de Gamangnara.

Quando os irmãos se tornaram jovens adultos, não tiveram outra escolha a não ser aprisionar o pai sob o rio Seocheongang, por onde agora passeiam a cruzeiro. Mireuk havia se tornado o deus louco. Hwanin assumiu o trono, e Mago, atormentada pelo luto e pelo arrependimento, esgotada pelo passar dos anos e por "todas essas brigas movidas a testosterona", adormeceu. E não acordou mais desde então.

Seokga esteve determinado a tentar não pensar em como o pai está encarcerado a léguas e léguas debaixo do CRS *Bateu As Botas*.

Até agora, tem feito um bom trabalho.

A dra. Jang ainda está falando, mas ele não está prestando atenção. O deus se arrepende da competição de cultivo de flores todos os dias de sua vida. Uma parte dele, por mais repugnante que seja, ainda anseia por ser vista e amada pelo pai assim como Hwanin era.

Porcaria de pai ausente.

— O que você faria para que seu pai se orgulhasse de você? — pergunta a terapeuta, arrancando Seokga dos devaneios.

De maxilar tenso, ele estreita os olhos para a psicóloga. *Essa* pergunta é nova.

A verdade é que, sinceramente, ele daria qualquer um dos órgãos para voltar no tempo e impedir a si mesmo de trapacear na competição de cultivo de flores. Mas Seokga nunca, jamais admitirá isso. É uma linha de questionamento perigosa, e a dra. Jang tem ciência disso. Ela foi instruída a informar Okhwang de imediato se Seokga der qualquer sinal de que está planejando uma traição.

— Não quero chegar nem perto dele — responde o deus, com dureza.

— Ótimo — declara a doutora, empurrando os óculos de sol no nariz. — E você ainda está tomando sua medicação?

— Todos os dias, às sete horas da noite — resmunga de volta.

E é isso.

CAPÍTULO DEZESSEIS

KISA

— Conseguiu? — pergunta Korain.

Kisa e Somi trocam olhares arregalados atrás do carrinho de serviço de quarto enquanto Chaeyeon dá de ombros e tira uma mecha de cabelo do rosto.

— Você vai me *prender* se não tiver conseguido? — questiona ela, com um sorriso irônico.

O homem não parece achar graça.

— Isso é sério, Chaeyeon. Você encontrou ou não?

A mulher deixa escapar um longo suspiro e olha furtivamente em torno do corredor vazio. Quando um aspirador de pó é ligado em algum dos quartos ali perto, Kisa se esforça para ouvir o que os dois estão dizendo por cima do rugido abafado.

— Não tem praticamente nada lá. A cama ainda está feita. Vasculhei as malas dele, mas só tinham os itens padrão de viagem. Por outro lado, descobri que ele é o tipo de cara que prefere usar cueca slip…

Completamente perplexa diante do que quer que essa conversa seja, Kisa fica de queixo caído quando Chaeyeon tira algo do bolso de trás. Roupa íntima. A roupa íntima de *Hwanin*.

Por que raios…?

— Também encontrei outra coisa… — A voz dela se perde em meio ao som do aspirador.

As cuecas. Qual poderia ser a razão para…?

Ao lado de Kisa, Somi solta uma risadinha pelo nariz, mas logo cobre o rosto com a mão. Mordendo o lábio de nervosismo, a xamã se pergunta — com preocupação crescente — qual exatamente é a trama se desenrolando bem na frente delas. Korain diz alguma coisa, mas é difícil entender com o rugido ao fundo. Com a testa franzida de determinação, Kisa se ergue um tantinho e segura o metal frio da barra do carrinho.

— Precisamos chegar mais perto — sussurra para Somi.

Se Korain ou Chaeyeon percebem o carrinho de serviço se arrastando até eles bem aos pouquinhos, nenhum dos dois deixa transparecer. Quando conseguem se aproximar o suficiente para ouvir as próximas palavras, Kisa e Somi se abaixam e trocam olhares satisfeitos.

— ...ter o que ele merece — diz o haetae em voz baixa e dura. — Quando você avisar o chefe de que demos um jeito nele, *a gente* vai ter o que merece.

Ah. As mãos de Kisa de repente ficam suadas em torno da barra. Aquilo é excepcionalmente incriminador. A ansiedade dela se intensifica, e ela faz o possível para guardá-la com muito cuidado em uma caixinha e enfiá-la no fundo da mente. Afinal, precisa se concentrar ao máximo. A menos que sua interpretação do contexto dessa conversa esteja muito errada, parece que Somi e Kisa conseguiram encontrar os assassinos.

Porém, mesmo quando recebe um cutucão animado da gumiho, Kisa obriga a mente a desacelerar. Não vai ajudar em nada perder a cabeça por causa de uma pista ou outra — mesmo que sejam tão incriminadoras quanto aquela ali. Ainda precisa pensar com clareza.

Espiando os dois, ela faz uma lista mental. Motivos: ambos se irritaram com Hwanin, ou com alguém próximo dele, na festa da estufa. Evidência: Chaeyeon falou em alto e bom som que estava furiosa com o imperador e o deus da trapaça.

... o CEO vai ficar sabendo disso. Estou tão cansada de trabalhar aqui embaixo... e meus pontos por bom comportamento vão pelo ralo por causa de hoje. Yeomra vai ver meu nome na lista de funcionários da estufa.

A mulher saiu na mesma hora que Hwanin. No momento, está parada do lado de fora do quarto dele, segurando sua cueca. Durante a conversa, mencionaram um "chefe" — alguém teria mandado eles se livrarem de Hwanin? —, que talvez seja Hwanung, caso a teoria de Kisa esteja certa.

Mas ainda parece ter algo *errado.*

— Ouviu isso? — sussurra Somi, tão baixo que Kisa quase não escuta. — Ele "teve o que merecia", eles "deram um jeito nele"...

Espera aí, faz Kisa apenas com os lábios, determinada a ouvir mais. Se elas emboscarem a dupla agora... Korain é um haetae incrivelmente robusto — é bem possível que tenha arrancado o coração do imperador celestial com as próprias garras. Somi e Kisa são imunes à morte, mas há outros riscos que não podem ignorar. Talvez Korain escape. Chaeyeon também. E algo naquela mulher preocupa Kisa... além do fato de ela estar segurando a cueca de Hwanin. Um pressentimento, vindo lá do fundo, lhe diz que agora seria a hora errada de agir.

O haetae retira o celular do bolso.

— Posso ligar para o chefe agora mesmo...

Chaeyeon se retesa e ergue a mão. Com os olhos repentinamente aguçados, e tão parecidos com os de um pássaro que chega a assustar, ela inspeciona o corredor. Sua atenção para no carrinho, e Kisa prende a respiração, sentindo o coração retumbando contra as costelas. Somi está rosnando em silêncio, de prontidão. Quando invoca as garras e elas surgem arruinadas, a gumiho empalidece — como se tivesse se esquecido.

A garçonete enfim desvia o olhar do carrinho.

— Agora não. Vamos para um lugar mais reservado — diz para o haetae.

Ela gira os ombros, se vira... e Kisa sente um frio na barriga quando vê os contornos tênues de penas nos braços e pescoço de Chaeyeon, à mostra por baixo da camisa de colarinho branca. Como se tivessem sido desenhados na pele a lápis, tornando-se mais escuros e realistas a cada segundo. Alarmes soam na cabeça de Kisa, e ela revira a memória em um frenesi para confirmar se adivinhou corretamente que Chaeyeon é...

> O corpo dessa criatura, quando está em alerta ou passando por situações de tensão, começará inconscientemente a se transformar em sua forma animalesca, poderosa e grandiosa. Anatomicamente, é impossível dizer onde a forma animal fica armazenada quando a forma humana está ativa, mas a crença geral é de que o processo de transformação ocorra "de dentro para fora" (Lee *et al.*, 2004). É fascinante notar, ao assistir à metamorfose desses indivíduos, como as penas parecem despontar de baixo da pele para dar início ao processo — logo a forma humana será completamente substituída pelo corpo de um pássaro gigante (ou, em casos mais raros, yong), com exceção do rosto, que permanece humano...

Um suor de nervosismo surge na nuca de Kisa. Chaeyeon hesita e dá uma última olhada no corredor antes de enfim se virar e seguir Korain, com as penas se dissolvendo mais uma vez sob a pele. Quando os dois desaparecem, Kisa se volta bruscamente para Somi, cuja expressão está excepcionalmente soturna.

— As penas — diz a gumiho Indomável, e há até um indício de medo nos olhos dela. — Aquela mulher é uma inmyunjo. E eu nunca, *nunca* conheci uma inmyunjo Indomável.

— Não pode ser ela — afirma Kisa, encarando o *flat white.* — Inmyunjo são as maiores defensoras da paz e da harmonia…

A cabeça dela está girando.

Tentaram localizar Chaeyeon e Korain, mas não adiantou. Agora, estão aguardando Hajun, Seokga e Hwanin no movimentado Café das Criaturas, sentadas em um canto, mal escutando a agradável música de jazz que toca nem saboreando as bebidas.

— São eles — comenta Somi, pensativa, enquanto mexe no *bubble tea* com o canudo, que está manchado de batom vermelho. — Também não sei explicar, mas tem que ser aqueles dois…

Kisa balança a cabeça. Fatos. É com base neles que rege a própria vida, são o que sempre a fizeram ter sucesso. Ela vive e respira fatos — a racionalidade fria e firme. A rigidez imutável dos fatos é reconfortante, e são eles que garantem que há tantas chances de inmyunjo serem Indomáveis quanto há de um rato atacar um lince.

— Não acho que sejam Chaeyeon e Korain. As coisas *não se encaixam* — afirma enquanto pega o caderno e abre na página de *suspeitos*, mordiscando a caneta.

— E qual seria o outro contexto daquela conversa?

Kisa titubeia.

— Não sei *qual* contexto seria. A cueca…

— Não, aquilo foi *muito* estranho. — Somi suspira, mastigando uma bolinha de tapioca. Ela deixa Kisa escrever em silêncio por um tempo antes de perguntar abruptamente: — Você… você ainda gosta de livros de romance?

A escrita vacila pela mudança súbita e aleatória de assunto. Deixando a caneta de lado, Kisa pisca.

— Eu, bem, sim, gosto — admite devagar. — A Hani… gostava?

Poderia uma serial killer gostar de algo tão maravilhoso quanto uma história de amor arrebatadora? Com certeza não.

Certo?

À frente dela, Somi sorri, um pouco acanhada, muito diferente de quando dá os costumeiros sorrisos confiantes, e enfia a mão na bolsa preta vintage da YSL.

— Trouxe algumas coisinhas pra cá comigo — comenta, e Kisa faz uma careta ao lembrar do inferno que é o dia da troca de funções. — Uma delas foi esse livrinho.

De dentro das profundezas do couro ela retira um livro que está no pior estado possível. Kisa, que conserva os próprios livros meticulosamente inteiros e tem taquicardia toda vez que sem querer quebra a lombada de um deles, não consegue evitar soltar uma exclamação ofendida diante da aparência decrépita da edição: páginas amareladas que parecem ter sido encharcadas em algum momento, uma capa que está meio que se desfazendo e o cheiro característico de mofo.

— *Minha nossa senhora* — sibila Kisa, encarando Somi com uma afronta profunda e uma acusação ofendida. — Você que fez isso?

Somi fica confusa, depois dá um sorrisinho e empurra o livro na direção da xamã.

— Guardei da melhor forma que consegui, na verdade. Isso foi obra sua, unn… Kisa.

Essa é a pior coisa que alguém poderia lhe dizer.

— Que sacrilégio — resmunga, sentindo a pressão cair, e delicadamente alisa a capa para ver melhor a ilustração e o título.

Sequestrada pelo rei pirata das Terras Altas e viajante do tempo está escrito, em inglês, em letras brilhantes na capa brega. Há um homem sem camisa no cesto da gávea de um navio pirata, apoiando uma das mãos no mastro de madeira enquanto o cabelo e a saia escocesa esvoaçam ao vento. Com o outro braço, segura uma mulher loira robusta desmaiada.

Parece uma delícia. O tipo de delícia *safada* que Kisa esconderia de Yuna no dormitório, lendo apenas de noite sob as cobertas com uma lanterna e o coração disparado. Faz tanto tempo desde que segurou um livro desses nas mãos. Sete anos. Dá praticamente água na boca.

— Esse era o seu… o favorito da Hani — conta Somi, com um sorriso hesitante. — Peguei lá no meu quarto hoje de manhã porque pensei que você iria gostar.

— Você já leu? — pergunta Kisa, curiosa, delicadamente folheando até a página quarenta e cinco.

As letras pretas estão estouradas pelas manchas de água, mas ainda está perfeitamente legível. Kisa cora enquanto lê algumas frases *bem interessantes* no capítulo catorze. Ah, sim. Esse livro parece mesmo muito bom.

— E se eu te dissesse… — De repente, Somi começa a dar risadinhas, e então tosse para disfarçar o barulhinho de menina entusiasmada. — E se eu te dissesse que aprendi inglês só pra ler esse livro?

— Mentira! — exclama Kisa, se engasgando, sem saber se acha graça ou fica chocada. — É sério?

— *É* — afirma a gumiho, sorrindo, e Kisa decide naquele instante que talvez esteja até feliz de ter conhecido Nam Somi, mesmo que isso tenha acontecido porque a raposa tentou devorar alguém. — Tenho uma mala cheia de livros no meu quarto se você quiser mais. Tem um que eu li treze vezes...

— O que é *isso*?

Nenhuma das mulheres tinha notado que Hajun se esgueirou furtivamente para a mesa delas, mas lá está ele, segurando um Hwanin de olhos sonolentos. O idol está encarando horrorizado o *Sequestrada pelo rei pirata das Terras Altas e viajante do tempo.*

— *Hã*, nada — diz Kisa às pressas, enfiando o livro de capa mole no bolso mais fundo da calça.

Somi sorri para Hajun com um pouco de malícia.

— Um livro de romance bem, *bem* safado.

Hajun fica azul.

— *Hã* — diz, com tanta eloquência, claramente perdendo o jeito com as palavras. — É um clube de leitura? Posso participar? Eu sei ler e...

— Sabemos que você sabe ler, Hajun — diz Kisa, logo se levantando para o amigo não passar ainda mais vergonha. Seu rosto está com uma expressão que diz *obrigado* e *ai, meu Deus, por que eu fui falar isso?*

Kisa pega o bebê e pergunta:

— Como vai o Hwanin?

— Acabei de dar a mamadeira com a receita que você deixou — responde Hajun, pigarreando e olhando de canto, para Somi, nervoso. Ela observa a cena com visível diversão.

— Ah, que bom — comenta Kisa, suspirando, antes de franzir a testa. — Cadê o Seokga? Vocês não estavam trabalhando juntos?

O Fio Vermelho se estende para fora da cafeteria, e o deus ligado a ele não está em lugar nenhum. Kisa leva uma das mãos ao peito, distraída, e sente uma pontada pequena, mas insistente, lá no fundo.

Hajun se senta de frente para Somi.

— Uma senhora com uns óculos de sol enormes arrastou ele pra longe, na verdade.

— É a terapeuta dele — conclui Kisa, tirando o cabelo do rostinho de Hwanin. — Encontrou alguma passagem secreta?

Ela sabe que as chances são mínimas — as passagens nem aparecem nas plantas —, mas ainda assim sente um tantinho de esperança.

— *Hã*, infelizmente não… Mas foi uma ótima ideia, Kisa. Uma das várias que sairão do seu cérebro gigante, aposto. Além do, *hã*, livro… o que mais vocês descobriram?

Somi abre a boca para explicar, mas, um instante depois, Seokga se aproxima da mesa a passos largos e batendo a bengala no chão como se quisesse partir o CRS *Bateu As Botas* ao meio. O Fio Vermelho começa a tremer, e Kisa tira a mão do peito, resistindo à vontade de ir até a página com suas anotações sobre a conexão Entrelaçada e escrever que o *próprio fio* parece ter medo do humor de Seokga. Mas ela se contém, deixa o caderno aberto na lista de suspeitos e registra o que descobriram enquanto Somi faz um resumo rápido para os dois homens. Kisa espia o assento à sua frente, onde Seokga está sentado, encarando o *flat white* dela como se fosse engolir o café de bom grado, mesmo sem estar gelado — como ela sabe que ele prefere.

Não faça isso, diz a si mesma. *Nem pense nisso. Segura a onda.*

Mas então Seokga ergue o olhar para ela, com as sobrancelhas franzidas, e fica claro que ele ouviu seus pensamentos. O infame deus parece tão… cansado. Tão vulnerável. Ela se lembra de como observaram as sereias juntos — Seokga sorria, com a brisa noturna bagunçando o cabelo escuro, e dava corda para as digressões entusiasmadas dela com uma paciência que às vezes nem Hajun conseguia ter.

Ah, droga.

Isso não ajuda *em nada* a missão de Kisa de botar tudo para dentro.

Hesitante, e com um grande senso de derrota, ela empurra a xícara na direção dele. Seokga arregala os olhos, surpreso.

A fantasma tenta com todas as forças não corar ao voltar a atenção para o caderno, mas sabe que o deus está levando a caneca aos lábios e dando um gole, com cautela.

…precisava… disso… porra… de terapia… pai ausente… Mireuk… droga… quero… Kisa… café…

Os pensamentos dele são um emaranhado de reclamações, e Kisa é tomada por um desejo intenso de desfazê-lo. E então, no Café das Criaturas, no meio de uma investigação de assassinato, acontece algo — algo incrivelmente fascinante do ponto de vista acadêmico, e maravilhoso da perspectiva… bem… de Kisa. O laço entre o deus e a fantasma começa a brilhar na ponta conectada a Kisa — não de vermelho, mas de um prateado sereno. A luz percorre seu mindinho até alcançar Seokga, onde parece se infiltrar na pele… E, um instante depois, as linhas de expressão na testa dele se suavizam.

Mas que diabos...?, pensa, com uma perplexidade confusa.

Um segundo depois, Somi conclui, inabalável, que há 99,99% de chance de que Shin Korain e Lim Chaeyeon sejam os criminosos que estão procurando.

Kisa balança a cabeça para clarear a mente, desvia o olhar de Seokga — com uma dificuldade que a surpreende — e se concentra na gumiho.

— Não podemos ignorar o 0,1% — diz a gwisin, afagando, distraída, a cabeça de Hwanin, que está dormindo. — Inmyunjo Indomáveis...

— ...praticamente não existem — corrige o deus dela.

Não, não o deus *dela*. Seokga. Seokga. As bochechas da fantasma ficam coradas. Inferno.

— Foi meu trabalho, graças a esse aí, capturar vinte mil monstros Indomáveis. — Seokga lança ao irmãozinho um olhar fulminante, mas amolece, contrariado, quando Hwanin dá um bocejo banguela. — Em todos os dez mil e tantos anos em que atuei, nunca me deparei com uma inmyunjo. Nem mesmo em Gamangnara.

— Dez, e não trinta mil? — diz Kisa, com um sorriso irônico, antes que consiga se conter.

Seokga faz uma careta e resmunga algo contra a caneca. Kisa tenta tirar o sorriso do rosto e fracassa miseravelmente.

— Sempre há exceções — retruca Somi, encarando Seokga, que devolve a carranca de ódio. — Existem haetae Indomáveis. Por que não teriam inmyunjo?

— Inmyunjo defendem a paz muito mais do que qualquer outra criatura. Está enraizado em sua cultura... Além disso, seria muito fácil — esbraveja Seokga. — E qualquer coisa fácil demais está errada. Aprendi isso da pior maneira.

Ele olha de relance para Kisa, com uma expressão pesada e triste. A mão dela se contrai em cima do colo, e Kisa reprime o impulso de tocar o deus.

— Mas não podemos simplesmente ignorar isso — argumenta Hajun, tamborilando os dedos na mesa.

— Não — admite Kisa. — Não, claro que não. Só estou dizendo que ainda não deveríamos dar o caso como encerrado. Temos provas suficientes para concentrar a atenção neles dois, mas não podemos desconsiderar outras possibilidades... Embora eu não entenda por que estavam bisbilhotando o quarto de Hwanin, ou por que disseram aquelas coisas... — É difícil escrever com Hwanin no colo, mas Kisa dá um jeito. — Seokga, existe alguma maneira de você falar com Hwanung sem revelar o que aconteceu? Se ele for mesmo o tal "chefe" de quem estavam falando, talvez deixe escapar alguma coisa.

Seokga assente, depois solta um palavrão.

— Eu devia ter pegado o celular do Hwanin — sibila. — Poderia ter provas nele. Mensagens, ligações... Merda. *Merda!*

— O pior detetive do mundo — cantarola Somi em voz baixa, cutucando Kisa com um sorriso bem convencido. — Não está feliz de *me* ter por perto?

Um feixe verde atravessa o Fio Vermelho, de Seokga para Kisa, e ela é abruptamente atingida por um sentimento intenso de ciúme, que com toda certeza não veio dela.

— *Hã...* — consegue dizer, muito eloquente, enquanto a mão coça para virar até a página do caderno sobre a conexão. — *Hã...*

A mente dela está girando. Primeiro uma luz prateada, agora verde. Não pode ser coincidência. Transferência emocional? Kisa decide que sim: o vínculo entre eles é uma espécie de condutor, capaz de transmitir pensamentos e, agora, emoções. Será que essa novidade significa que o fio está ficando mais forte?

A linha estremece, e Kisa solta um arquejo quando vê o traço se *contorcer* em letras escarlates — *TÁ MORRENDO DE VONTADE DE SABER, NÉ?* —, mas tudo se endireita tão rápido que, quando ela dá um chute em Seokga por debaixo da mesa, assustada, o Fio Vermelho do Destino já voltou ao estado normal. Vai entender.

Seokga franze a testa para ela e estica a mão para esfregar a própria canela.

...por que... me chutou...

Talvez ela tenha delirado. Kisa pigarreia.

— Você consegue pegar o celular dele agora? — pergunta a Seokga com muito esforço.

— Já deve ter desintegrado com o corpo. Simplesmente evaporou — responde o deus da trapaça, espumando de raiva. — Mas, sim, posso ligar para Hwanung do meu telefone. Da última vez que liguei, foi para ler um artigo inteiro do *Fuxico Divino* sobre como o senso estético dele vem piorando nos últimos anos.

Hajun se contrai.

— Acho que distribuem o *Fuxico Divino* aqui embaixo também. É uma revista, né? — comenta o amigo, e Kisa tem quase certeza de que Somi está roçando o pé nele embaixo da mesa (a julgar pela expressão meio satisfeita, meio aterrorizada que Hajun sempre exibe quando a gumiho está por perto... e pelos barulhos suspeitos lá de baixo).

— Pelas tetas de Hwani... *Hwanung.* — Seokga fecha a cara. — Até aqui? Será que não tem como escapar?

— Na verdade, isso me lembra...

Kisa fica alarmada ao ver o rosto de Hajun murchar conforme ele para de falar. A brincadeirinha com os pés acaba de repente, e Somi arregala os olhos, quase imperceptivelmente, de preocupação.

— Por acaso eu te chutei com muita força? — pergunta a gumiho, nervosa, mas Kisa sabe que não é por isso.

— Hajun... — Kisa se debruça sobre a mesa para tocar o amigo. Ele segura a mão dela com os dedos levemente trêmulos.

De tempos em tempos, acontece: o doce e gentil amigo de Kisa é atormentado pelos próprios demônios. Nas semanas que se seguiram à chegada de Kim Hajun, fragmentos e pedaços de sua história foram se juntando. Nos últimos anos de vida, Hajun foi perseguido por paparazzi. Seu nome apareceu em todos os tabloides, ligado a boatos cruéis, depois que ele almoçou com uma garota de quem gostava em um pequeno restaurante de ramyeon. Era só isso que ela era: uma garota de quem ele gostava muito mesmo. Mas ela também era uma figura pública, e o encontro inocente e cheio de esperanças deu início a uma reação em cadeia que culminou em uma torrente de malícia envolvendo os dois idols. A agência de Hajun o proibiu de sair do prédio em que morava com outros membros da banda até que a poeira baixasse. Mas, para ele, aquela tempestade de areia já tinha começado havia muito, muito tempo.

Quando chegou ao CRS *Bateu As Botas*, Hajun estava muito abaixo do peso para um homem de sua idade e altura. Durante a Restauração, Kisa quase o diagnosticou de imediato com anorexia nervosa — mais especificamente o subtipo com compulsão alimentar e purgação, diferente da bulimia. As exigências da vida de famoso haviam cobrado um preço alto desde sua estreia com o ST4RL1GHT. Hajun comia pratos que *pareciam* nutritivos e saciáveis, até excessivamente saudáveis — mas logo se livrava de tudo, alternando exercícios extremos e obsessivos com, às vezes, episódios de vômito. O cabelo impecavelmente arrumado era quebradiço, e a pele, ressecada.

Aquilo partia o coração dela. Kim Hajun era conhecido como "o sol" da indústria do k-pop. Era considerado um dos idols mais felizes e gentis — cada vídeo dele rindo durante *fansigns* somava pelo menos meio milhão de visualizações no YouTube. Kisa não tinha dúvida de que, depois que ele tirou a própria vida, os mesmos tabloides que o atormentavam tenham publicado artigos longos e oportunistas lamentando sua morte. Segundo Hajun, sua agência, a SPOTL1GHT, só piorava tudo e era a principal responsável por sua doença: os funcionários policiavam o que ele comia, como se vestia, esquadrinhavam cada sorriso, cada palavra que falava ou cantava. Parte dos fãs dele também não era melhor. Em uma noite calma no *Bateu As Botas*, o amigo sussurrou para Kisa alguns dos comentários que havia recebido em vida — e eram horríveis. Horríveis mesmo. Kisa sentiu o horror se alastrando devagar quando percebeu que Hajun os havia memorizado tão bem que conseguia recitá-los palavra por palavra.

Foi a mão de Hajun que cortou seus pulsos, mas Kisa sente uma onda de raiva contra o mundo por ter entregado a lâmina a ele. Ela aperta os dedos do amigo com força, sustentando o olhar dele — que de repente se enche de lágrimas. O amor que sente por Hajun é tão profundo que a dor dele agora é a dor dela. Ele é o irmão que ela nunca teve, e Kisa *odeia* vê-lo revisitando memórias tão sombrias.

— Eles não estão aqui — diz, com firmeza. — Não podem te pegar. O *Fuxico Divino* vai atrás do panteão, nunca de idols mortais. Você está seguro aqui, Hajun. Prometo.

Uma lágrima cintilante escorre pela bochecha de Hajun, e ele a enxuga depressa, encolhendo-se na cadeira, visivelmente constrangido e envergonhado. Kisa sente a garganta apertar. Se Somi fizer piada porque ele está chorando, ela vai... ela vai... Bem, na verdade, Kisa não tem ideia do que fará — mas não será nem um pouquinho agradável.

Mas, para a surpresa dela, a gumiho se levanta de súbito e vai abrindo caminho até o começo da fila do Café das Criaturas. Um minuto ou dois depois, volta segurando um *bubble tea* grande, que coloca na frente de Hajun junto com um canudo grosso.

— Fura a tampa de plástico — instrui Somi ao se sentar novamente. — Fura *com tudo* e aí dá um golão.

Kisa solta a mão de Hajun, que encara Somi com um misto de confusão e curiosidade.

— Por quê?

— Ajuda. Furar coisas pode ser libertador — explica Nam Somi, com a voz trêmula.

Kisa é tomada por uma onda de remorso, não pela primeira vez, ao pensar em como a morte da gumiho deve ter sido horrível.

Um brilho minúsculo volta aos olhos de Hajun enquanto ele abre a embalagem do canudo e, com um movimento ágil, quase violento, faz exatamente o que Somi sugeriu. A ponta atravessa a fina tampa de plástico, e Hajun *solta uma risada* antes de dar um gole. As bolinhas escuras de tapioca sobem em um borrão pelo canudo rosa ligeiramente translúcido.

Kisa sente uma pontada de surpresa, alívio e orgulho. A comida no submundo não passa de uma bela ilusão, sem valor calórico — tirando doces como Kopiko, contrabandeados do mundo dos vivos —, mas, alguns meses atrás, Hajun jamais teria tomado uma bebida tão açucarada. Agora, ele dá outro gole e, então, abre um sorrisinho hesitante.

— Eu... gostei bastante — murmura. — Na verdade, eu amei.

— É abóbora-d'água com mel, bolinhas de tapioca e gelatina de grama — responde Somi, sorrindo com o próprio canudo na boca. — O meu é de chá de jasmim com leite e lichia, se quiser experimentar.

Kisa lança um olhar para Seokga, se perguntando se é a única com a sensação de estar testemunhando algo inesperadamente profundo e delicado. Por incrível que pareça, o deus observa os dois trocarem as bebidas com uma expressão suave. Somi prova o *bubble tea* de Hajun e ri, soltando um gritinho inesperadamente juvenil, inocente e vivaz. Quando Kisa conheceu a gumiho na enfermaria, jamais teria imaginado que a risada dela pudesse soar assim: como o tilintar de sinos.

— É tão doce! — balbucia Somi, quase perdendo o ar. — Não achava que seria tão doce!

Os lábios de Hajun se erguem.

— Pois é — murmura. — Nem eu.

Mas ele não está olhando para a bebida.

Está olhando para Somi.

CAPÍTULO DEZESSETE

SEOKGA

SEOKGA TENTA, COM TREMENDA DIFICULDADE, IGNORAR O FATO DE que Kisa está sentada ao lado dele na cama.

É só uma cama, diz a si mesmo, apertando o celular com tanta força que teme quebrá-lo. *É só uma cama. E você é um baita de um tarado.*

Hwanin, empoleirado no outro joelho, solta um gorgolejo.

Pelo tom azulado das bochechas de Kisa, o deus percebe que ela teve o infortúnio de ouvir parte daquele pensamento.

— Desculpa — diz ele, desejando, pela enésima vez, se jogar do navio e deixar que as ineo arranquem alguns pedaços dele.

Seokga espera que Kisa se levante toda rígida e vá embora, mas, para seu espanto, ela continua exatamente onde está: sentada na beirada da cama, com os cabelos em um turbilhão de cachos macios até a cintura, enquanto brinca com o elástico entre os dedos.

Ele descobriu que gosta bastante do cabelo dela: uma juba de leão indomada, com tantos tons de castanho… como café, percebe Seokga, sentindo o coração se encher de algo estranho. Há mechas de *mocha* misturadas a um *macchiato* quente. E as raízes são um pouco mais claras do que as pontas cor de café irlandês, o que quase lembra um frappé…

O deus volta a si com um sobressalto quando percebe que Kisa está dizendo… não, *pensando* em alguma coisa.

…segura… só… segura… segura…

Não é a primeira vez que ouve esse mantra peculiar. Ele provoca:

— Só por curiosidade, eu fiquei aqui me perguntando se você poderia me explicar essa sua obsessão por *segurar coisas*.

Kisa pisca. Freneticamente.

— É que… é só…

— *Uhum* — diz Seokga. — Mas segurar o quê, exatamente?

— É *um método* — esclarece por fim, deslizando para fora da cama (*ah, olha aí*, pensa ele), mudando o peso de uma perna para a outra. — Para... bem... manter a concentração. No mistério. E não em, *hã*, outras coisas.

O deus sente um sorriso lento e perigoso se abrindo em seus lábios.

— Por acaso eu sou uma dessas coisas?

— Não...

Mas a careta dolorida — de irritação e *algo mais* — no rosto dela diz o contrário. Ele pisca. Será que Kisa está... *atraída* por ele? Seokga muda sutilmente de posição, posando para que ela possa admirá-lo.

Infelizmente, Kisa não parece reparar. A decepção dele irrompe pelo vínculo entre os dois em um tom sombrio e humilhante de azul-acinzentado.

Na mesma hora, os olhos de Kisa brilham enquanto seguem a trajetória da cor, e Seokga tem certeza de que ela está prestes a dar uma explicação detalhada sobre a nova habilidade do Fio Vermelho de transmitir emoções. E acerta em cheio.

— Primeiro, transferência cerebral, e agora emocional! — exclama ela, animada, o constrangimento anterior já esquecido. — Que descoberta incrível...

Ele gostaria muito, muito mesmo, de acreditar que Kisa está empolgada por conseguir sentir os sentimentos caóticos dele através do vínculo. Mas desconfia que o entusiasmo venha mais pela descoberta em si. Enquanto ela continua o monólogo a todo vapor, andando de um lado para o outro, Seokga encara o celular, se pergunta o que, pelos sete infernos, vai dizer a Hwanung — desejando que Yoo Kisa não tivesse a habilidade singular de fazê-lo sentir que está em um experimento científico.

A voz dela vai diminuindo aos poucos, e Seokga sente uma pontada de culpa ao perceber que ela deve ter notado que ele não estava prestando atenção. Kisa para diante dele, com as bochechas azuis, e quando murmura um pedido de desculpas, ele é engolido por uma onda de raiva contra si mesmo.

— *Nunca* peça desculpas por se empolgar com alguma coisa — diz, a voz mais dura do que pretendia.

...preciso parar... de fazer isso... com ele...

Os olhos dela — aqueles malditos olhos — se arregalam e suavizam antes de se desviarem para o chão.

— Não, neste caso, eu realmente deveria parar. Às vezes esqueço como deve ser estar no seu lugar — murmura ela.

Seokga prende a respiração. Kisa volta a encará-lo, com a expressão pesarosa. E, droga, ele sente o próprio coração se partindo ao meio, a rachadura se espalhando, abrindo caminho por aquele órgão inútil. Faria qualquer coisa para sair *desse lugar.*

Que sorte a dele: o Fio Vermelho apareceu justamente no dia em que Kisa morreu. No mesmo dia — se é que pode confiar em Hajun — em que ela teria perdido as esperanças.

Seokga, gostaria que você considerasse a ideia de que o destino escolheu apostar em você e Kisa.

Como o destino pôde ter sido tão cruel?, ele se pergunta, amargo. Nunca fez nada que pudesse incomodar Gameunjang Aegi, a tímida deusa da sorte, do destino e do acaso.

(Bem, exceto naquela vez em que se inscreveu em segredo para o programa de namoro mais famoso de Okhwang em nome dela e, com um exímio trabalho de desonestidade de sua parte, fez a deusa aparecer no set de filmagens em uma fantasia de vaca para duas pessoas. Samsin Halmoni, muito perplexa, ficou na traseira. Naquele dia, em um raro ato de solidariedade, Seokga e o *Fuxico Divino* se esbaldaram.)

Agora, as extremidades do Fio Vermelho brilham de um azul-escuro profundo. A cor atravessa a linha e chega ao outro lado, e o deus e a fantasma provam da tristeza interminável um do outro.

— Não é mamão com açúcar — consegue responder Seokga por fim. — Na verdade, até é... mas é um mamão verde com adoçante.

O olhar de Kisa se suaviza.

...deve ser... o maior eufemismo...

Apesar de tudo, Seokga solta uma risada irônica.

— Pois é — diz. — Também acho que seja um eufemismo.

Ela arregala os olhos.

— Ah, não... você ouviu...?

— Ouvi.

Kisa encara o fio, com uma expressão de quem acaba de ser traída. O fio parece se retorcer, formando letrinhas azuis antes de se esticar de novo, todo inocente. É tudo tão rápido que Seokga quase não vê.

— Você viu...? — pergunta Kisa, se engasgando. — Ele fez isso na cafeteria. Pensei que eu estava delirando...

— Estava escrito HAHAHA — responde Seokga, semicerrando os olhos para o vínculo. — Eu acho.

— Isso é... — Kisa balança a cabeça. — Tenho *muita* certeza de que essa coisa está viva, de alguma maneira.

Ela estica o dedo, como se fosse cutucar a linha, mas a mão atravessa direto. Tenta de novo, e nada. Kisa ergue o mindinho até o rosto e encara o nó com uma intensidade ardente.

— *O que* você está fazendo? — questiona Seokga, achando graça, apesar de si mesmo. O fio sai do azul e volta a ser vermelho. — Pedindo com jeitinho pra ver se ele fala? Acho que isso é forçar um pouco a barra.

— Se alguém pode conseguir, esse alguém é você — retruca ela, franzindo o nariz em uma mistura de concentração e confusão. — Vai lá, tenta.

— O quê?

— Tente fazê-lo admitir que é uma criatura senciente. — Kisa lança um olhar repleto de esperança para ele e acrescenta: — *Por favor.*

Seokga suspira e deixa o celular de lado. Parece que Hwanung vai ter que esperar. De alguma forma, Kisa domina tanto a arte da carinha de cachorro abandonado que ele está mais do que disposto a fazer papel de trouxa por ela.

Encara o fio, que parece estar fazendo um esforço considerável para fingir que é só um barbante vermelho comum.

— Fio — diz Seokga, com uma aura muito ameaçadora e autoritária. — Revele-se!

Nada acontece.

— Foi uma boa tentativa — consola Kisa. — Tente de novo. Faça algumas ameaças, talvez. Você tem um talento histórico pra isso.

Ele estufa o peito diante do elogio. Quanta gentileza da parte dela ter reparado.

— Sim, realmente.

Seokga pigarreia e, então, começa a descrever ao Fio Vermelho do Destino, em detalhes minuciosos e sórdidos, como é perfeitamente capaz de encontrar uma tesoura escolar e cortá-lo em pedacinhos bem pequenininhos. Se não estiver enganado, o fio estremece. Mas, além disso, nada.

Exceto o riso de Kisa. Ela sacode os ombros, a mão tapando a boca. Um sorriso repuxa o canto dos lábios de Seokga enquanto ela balança a cabeça. No colo dele, Hwanin também começa a rir, embora seja óbvio que não faz a menor ideia do motivo.

— Isso é preocupante — diz Kisa, ofegante. — Eu *dou risada* quando você fala as coisas mais horripilantes.

...segura... segura...

Seja lá o que ela esteja tentando *segurar*, Seokga pretende impedi-la. Ele dá de ombros, tentando parecer despreocupado; mas é dedurado quando o fio transmite para Kisa um senso vibrante e dourado de triunfo. O deus fulmina o fio com o olhar, só para descobrir que Kisa o observa com aqueles malditos olhos brilhantes dela.

— Acho que está na hora de usar algumas das suas ameaças contra Hwanung.

Ah. É mesmo. Com um sobressalto, ele arranca o celular das mãozinhas grudentas do irmão e faz uma cara de nojo ao limpar a baba na calça. Kisa ri e se aproxima para pegar o bebê com um sorriso compreensivo, e uma partezinha de Seokga sente que está prestes a reencontrar algo que havia perdido.

A ligação chama uma, duas vezes. Seokga faz uma careta enquanto observa as correntezas do rio lá embaixo, parado ao lado de uma das janelas enormes da suíte. Kisa está no banheiro, trocando a fralda de Hwanin — e até *isso* parece mais agradável do que fazer essa merda de telefonema. Quando Hwanung não atende, Seokga liga de novo. E de novo. Na quinta tentativa, o sobrinho enfim responde.

— *Que foi?* — esbraveja Hwanung. — Mais uma matéria do *Fuxico Divino* que você quer ler pra mim?

Quem me dera, ele gostaria de dizer. Hajun e Somi estão tentando se infiltrar na sala de monitoramento *de novo* para descobrir a localização de Korain e de Chaeyeon no horário aproximado do assassinato. Mesmo que isso se confirme, não significa que Hwanung não esteja envolvido de alguma forma. Kisa tem razão: ele tem um motivo.

— Você finalmente atendeu — comenta Seokga com naturalidade, e quase consegue ouvir o sobrinho revirando os olhos.

— Não é como se você tivesse me dado escolha — retruca Hwanung, azedo. — Eu estava tentando jogar CookieRun, e não dá pra fazer isso com as suas ligações pipocando na tela inteira. O que você quer, *tio*?

Ele cospe essa última palavra como se fosse algo nojento.

Seokga tinha planejado como sondar se Hwanung tem alguma noção do que está acontecendo, e, graças à sua natureza trapaceira, está convencido de que vai conseguir.

— Hwanin quer saber se você quer alguma coisa da…

— *UAHHHH!*

Seokga arregala os olhos de susto quando o irmão solta um berro no banheiro.

— ...da lojinha de lembranças — conclui, logo se afastando da porta fechada do banheiro.

— E por que meu pai não me liga ele mesmo?

— *ERRRRGREEEEEEE!*

— Ele está... ocupado. — É o que Seokga consegue responder. Mas logo uma mentira surge fácil, por conta de sua infame boa lábia. Ele acrescenta: — Ouvi dizer que vocês brigaram ontem à noite. Realmente achou que ele iria querer conversar?

Hwanung fica em silêncio. Seokga escuta com atenção, sentindo falta de quando conseguia ler mentes. É claro que não funcionaria com Hwanung, de qualquer maneira — em teoria, deuses não são *criaturas* —, mas pelo menos poderia arrancar os segredos de Chaeyeon e Korain. Sua cabeça lateja com uma dor insistente: ele passou a manhã tentando acessar esse poder, mas é como se houvesse um bloqueio. Estresse, provavelmente. Os Infernos sabem o quanto ele anda *estressado.*

— Você estava escutando? — questiona Hwanung por fim, a voz consideravelmente mais tensa. Quando Seokga confirma, o sobrinho se cala por mais um instante antes de sibilar: — Sua *cobra* sem-vergonha.

Melhor ser uma cobra do que um rato traidor.

— Está se divertindo comandando Okhwang? — pergunta Seokga, mudando abruptamente de assunto para desorientar o outro deus.

— Está com inveja?

Uma risada irônica e seca.

— A discussão afetou profundamente o seu pai — continua Seokga, arrancando um fio solto do suéter preto de gola alta. — Não me surpreenderia se você já estivesse sentadinho no trono, todo metidinho.

Do outro lado da linha, Hwanung se detém.

— Como assim? — pergunta com cuidado.

— Ele anda chorando muito — informa o deus da trapaça — e tirando sonecas constantes. Saberia me dizer alguma coisa sobre isso?

Dessa vez, o silêncio é mais longo. Seokga lambe os lábios, inclina a cabeça e parte para o ataque.

— Dá até pra dizer que ele está irreconhecível. O que foi que você fez com ele?

— Ele mereceu — responde Hwanung, por fim, com uma voz tão fria que poderia formar cristais de gelo.

Esse merdinha. Seokga torce para que ele esteja de fato envolvido, só para poder finalmente dar um soco bem merecido na cara insuportável desse cuzão.

— E o que *você* acha que merece? — rebate, tão ágil quanto uma víbora, mas ainda despretensioso, com um tom cortante por baixo. É fácil imaginar o motivo da briga. — Uma nova afinidade divina? Ainda bravinho com o negócio de "sexo, drogas e rock and roll"? Ou está querendo alguma coisa um pouquinho... diferente? Algo maior?

— Ora — rosna Hwanung. — Estou sentado no trono neste exato momento, e ele não. Eu *tenho* algo diferente e estou gostando. Talvez... — Aqui sua voz incendeia de ressentimento. — Talvez eu não pretenda abrir mão disso tão cedo. Aproveite o cruzeiro. Adeus, tio.

O garoto desliga.

A audácia desses jovens de hoje...

Seokga encara o celular, incrédulo e ofendido, bem no momento em que Kisa retorna para seu lado, com Hwanin nos braços. Quando ele a olha de relance, percebe, surpreso, que a bata cirúrgica azul-claro está manchada de água com sabão — e que Hwanin, com a cara amarrada, parece bem limpinho.

— E então? — pergunta Kisa, ignorando como o bebê a encara feio, como se quisesse atirá-la aos leões.

— Hwanung está envolvido — resmunga Seokga.

Kisa ergue o olhar, franzindo as sobrancelhas.

— Tem certeza? Você gravou a ligação como eu te mostrei? Com o aplicativo?

— Provavelmente — responde o deus (embora, na real, ele não faça a menor ideia de como o aplicativo funciona), e a contragosto pega o irmão para que Kisa possa se entender com o aparelho dos infernos.

Um instante depois, a conversa começa a tocar no celular, e ela escuta com atenção. Reproduz a gravação mais uma vez e tira o caderno do bolso para escrever quase meia página de anotações. Quando enfim termina, parece apreensiva.

— Isso com certeza não está com uma cara boa — admite, e ele vê que ela transcreveu a conversa inteira na folha.

— Vou mandar mensagem para Yeomra — anuncia Seokga, doido para se livrar do irmão babão. Ele tenta trocar o bebê pelo celular, mas Kisa balança a cabeça, impedindo.

— Espera. Quero escutar mais uma vez.

Ela é tão cuidadosa, tão meticulosa. Seokga a observa, admirando o jeito como o nariz dela se enruga em concentração. Não consegue evitar lembrar como ele e Hani mergulharam de cabeça na investigação, deixando a cautela completamente de lado, prontos para uma aventura eletrizante. Uma pontada de tristeza atinge seu coração, mas também há *algo mais*.

Um anseio.

Kisa esfrega o rosto e para a gravação quando Hwanung diz "cruzeiro". Os pensamentos dela disparam para a mente de Seokga, mas tão rápido que ele mal consegue compreendê-los. Parecem carros de corrida, fazendo curvas em U em uma velocidade desnorteante. Por fim, ela lhe devolve o celular e pega o bebê de volta.

— Envie a gravação para o CEO enquanto esperamos Hajun e Somi voltarem.

— Como eu faço isso? — pergunta Seokga na cara de pau, e a isso se segue outra troca de bebê/celular em que Kisa encaminha a gravação e Hwanin espirra no ombro do irmão. Quando recupera o aparelho, Seokga lê a resposta de Yeomra com as sobrancelhas arqueadas e um nível de irritação preocupante.

Yeomra: Talvez eu esteja sendo cético, mas isso não é prova suficiente pra que eu exploda em fúria e acuse o príncipe herdeiro de assassinar o próprio pai. O contexto é essencial, e você estava sendo deliberadamente sutil... O que é bom, mas preciso de mais.

Yeomra: Hwanung sequer *estava* no navio? Eu saberia se ele tivesse dado um pulinho no meu reino.

Kisa suspira, lendo a mensagem por cima do ombro de Seokga.

— Explique que ele enviou dois lacaios — pede ela, e está ainda mais difícil do que o normal para Seokga tocar a tela do celular.

Se estiverem certos, ele vai perder Kisa. Com uma lentidão dolorosa, envia uma explicação repleta de erros de digitação e espera pela resposta do outro deus.

Yeomra: Pelos sete infernos, Seokga. Aprende a escrever uma mensagem. Por favor. Não dá pra entender seja lá o que caralhos você tentou me dizer.

Quando Kisa solta uma risadinha (claramente tentando se segurar), ainda debruçada sobre o ombro dele, Seokga acha que está sentindo palpitações. O cabelo dela tem cheiro de canela e sabonete e faz cócegas em seu nariz. Com os dedos levemente trêmulos, ele digita uma nova explicação, torcendo para que seus pensamentos desastrados e ansiosos não cheguem até a mente de Kisa. Deve parecer tão desajeitado ao lado dela. Seokga tem quase certeza de que Yoo Kisa é algum tipo de gênio.

— Você é horrível mandando mensagem — informa ela um minuto depois.

...na verdade, o pior... que eu... já vi...

— Eu ouvi isso — resmunga Seokga, antes de apertar ENVIAR na segunda tentativa.

Yeomra: Melhorou um pouquinho. E bem POUQUINHO mesmo.

Yeomra: Quando tiverem provas concretas desses tais "lacaios", mandem pra mim. Até lá, esse caso continua aberto.

Yeomra: P.S. Seokga... O cruzeiro termina em cinco dias. Então se apresse, ou sua nova reputação estará arruinada e a garota não vai reencarnar.

Kisa prende a respiração. Furioso, Seokga esmurra as letrinhas na tela no que, para ele, é uma maneira elegante de defender sua... de defender Kisa.

Seokga: vais e fuder deixa el a FORA dissso!

Satisfeito e um pouco orgulhoso de si por ter melhorado nas mensagens, Seokga desliga o celular e o enfia no bolso. Uma luz amarela hesitante se espalha pelo fio a partir de Kisa, e quando chega até ele, Seokga fica surpreso de sentir tamanha gratidão vinda dela.

— Sua escrita é horrenda — comenta ela depressa e envergonhada.

Seokga sorri de canto. Um longo instante depois Kisa acrescenta, quase tímida:

— Enquanto esperamos por Hajun e Kisa, talvez possamos levar Hwanin para o terraço. Bebês precisam tomar um ar, sabe, mesmo que o daqui não seja exatamente... bem, *puro*...

Seokga hesita. O sol vermelho escaldante e abominável de Jeoseung estará no céu, e Hwanin sempre foi incrivelmente sensível ao calor, mesmo quando era adulto.

— Não quero que ele fique com brotoejas — explica Seokga depois de uma pausa, estranhamente protetor em relação à criança.

Kisa sorri e garante:

— É fácil evitar isso.

Dez minutos depois, estão em uma das muitas lojinhas do CRS *Bateu As Botas*, dando uma olhada em minúsculos pares de óculos de sol e um pequeno chapéu para o antigo imperador celestial.

— Este aqui — sugere Kisa, mostrando uma monstruosidade rosa berrante coberta com florzinhas.

Seokga sente ânsia de vômito.

— Isso aí é muito *colorido* — reclama antes que consiga se conter, e logo se encolhe.

Mas, para sua agradável surpresa, Kisa ri um pouco.

— Você gosta de moda — pondera ela, devolvendo o chapéu à prateleira e pegando outro, um verde-escuro de que Seokga gosta de cara. — Você sempre parece... Você está sempre bem-arrumado. Nunca usou uma camiseta?

— Eu preferiria morrer.

Ele carrega Hwanin nos braços, desconfortável, e poderia jurar que o bebê dá uma risada sarcástica para suas palavras dramáticas.

A dokkaebi no balcão da butique dá uma risadinha. Quando Seokga a fuzila com os olhos, a mulher volta a atenção para a revista que está folheando. É uma edição da merda do *Fuxico Divino*. A manchete diz o GALÃ HWANUNG SEGUE OS PASSOS DO PAI! CONHEÇA O IMPERADOR REGENTE! Na capa, Hwanung está dando uma piscadinha de um jeito que faz o deus da trapaça querer atear fogo na página. Talvez faça isso mesmo.

Seokga retesa o maxilar e reprime o impulso. Com muita dificuldade.

A dra. Jang ficaria orgulhosa.

— Nem esta aqui? — pergunta Kisa, segurando uma camiseta tie-dye horrorosa. Seokga não consegue evitar e contrai o rosto de nojo.

— Pelas tetas de *Hwanung*...

No medonho tecido manchado está escrito em letras garrafais: VAMO BOTAR PRA AFUNDAR!

— Yoo Kisa!

Seokga fica tenso quando um par de saltos estala no piso de azulejos da pequena butique. Uma mulher vagamente familiar passa pelas fileiras de roupas de banho e bugigangas antes de parar, bufando, diante dos dois. Os olhos dela estão semicerrados, e a boca pintada de batom está comprimida em uma linha fina. LEE SOO-MIN, diz o crachá dourado.

A dokkaebi no balcão faz um *ooooh* e ergue o rosto do *Fuxico Divino*, mas encara o chão às pressas quando a mulher volta o olhar fulminante para *ela*.

Com as mãos na saia bem passada e os olhos estreitados, Soo-min encara Kisa, que logo enfia a camiseta de volta no lugar.

— E por que você não está na enfermaria? Por que está incomodando esse passageiro?

Kisa cora e abre a boca para responder, mas Seokga fala primeiro.

— Ela não está me incomodando — retruca com uma frieza cortante, e Soo-min se vira subitamente para ele.

— Você! — sibila a haetae, fechando as mãos ao lado do corpo. Ela sai pisando duro com os saltos no piso lustroso. — Você *arruinou* o baile na estufa! Pisoteou as flores, quebrou o vidro…

Seokga a olha de cima com indiferença. A mulher fala poucas e boas por um longo tempo antes de recobrar a compostura desajeitadamente.

— Kisa — diz em tom de alerta, se voltando para ela —, se continuar fugindo de suas obrigações na enfermaria, serei forçada a notificar o CEO. Você tem cinco segundos para ir embora.

— Tudo bem — resmunga Kisa, de saco cheio.

Nenhum deles pode explicar que o CEO deixou a funcionária fugir das obrigações sem mencionar o fato bastante irrelevante de que Hwanin foi assassinado. Kisa olha para Seokga — incrivelmente frustrado por terem interrompido seu passeio de meio da manhã no terraço — antes de sair da pequena butique às pressas. O Fio Vermelho se estica mais e mais conforme ela se afasta.

— Agradeço se puder não se misturar com os funcionários do navio — declara Soo-min, rispidamente. — Aquela garota é uma sem-noção. Isso é uma violação direta da regra número cinco do manual do CRS *Bateu As Botas*.

A mão direita de Seokga, a que não está segurando Hwanin, aperta com força o cabo da bengala.

— E eu agradeço se *você* não ficar se metendo nos meus assuntos — retruca ele, com desdém.

O rosto da mulher começa a ficar azul de raiva.

— Como diretora do cruzeiro, tudo que acontece neste navio é assunto *meu*…

O sorriso dele é pequeno e cortante. Como uma adaga. Se Soo-min soubesse o que é bom para tosse, sairia correndo. Bem rápido.

— Meros mortais ranhentos não têm que se meter nos assuntos dos deuses. Vou ficar com Kisa por quanto tempo eu quiser e, se você interferir, seu trabalho como diretora do cruzeiro vai ser um inferno maior do que já é, literal e figurativamente. Agora, se me der licença…

Seokga dá um passo ameaçador para perto dela. A haetae hesita na sombra dele, e ele a encara com olhos escuros e gélidos.

— Eu tenho uma touca para comprar.

CAPÍTULO DEZOITO

SEOKGA

SEOKGA NÃO SABE O QUE ODEIA MAIS: O HWANIN ADULTO OU O Hwanin bebê. Ambos são excepcionalmente irritantes, mas só um chora tão alto que o deus teme a queda de suas orelhas. Sentado em uma espreguiçadeira no Convés 10 com o irmão no colo, Seokga fecha os olhos e deseja, com todas as forças, que aquilo acabe. Já tentou de tudo para calar a choradeira incessante de Hwanin, mas a criança parece determinada a tornar cada segundo de sua vida insuportável, berrando até perder a voz...

Mireuk vivia dizendo que *Seokga* tinha sido o mais difícil de criar. Mas, com Hwanin berrando alto o bastante para afugentar alguns dos passageiros do terraço, ele discorda com todas as letras. Hwanin é um pesadelo. Um pesadelo possesso na forma de uma pessoinha.

— Por favor, fica quieto — implora ao irmão.

A resposta de Hwanin é uma careta.

Seokga faz uma de volta e, para seu mais completo e absoluto choque, o bebê sorri. E, de repente, para de chorar.

Uma sombra cobre o rosto do deus. Ele puxa o irmão para mais perto de forma protetora. O homem bigodudo que se inclina sobre ele, de cabelo grisalho e óculos, parece inofensivo à primeira vista. Mas seria mentira dizer que cada segundo vivido nessa porcaria de cruzeiro não está começando a pesar sobre o deus da trapaça. Por motivos ainda desconhecidos, seu irmão foi assassinado. Seokga está bem ciente de que pode ser o próximo, e não tem a menor vontade de virar um bebê; por isso, antes de se deitar, transformou a bengala em espada e dormiu com ela na mão, acordando a cada dez minutos para se certificar de que ele — e o bebê — estavam a salvo. A essa altura, Seokga está sendo movido a raiva e cafeína. Já que, além de acordar o tempo todo, Hwanin parece sentir uma alegria danada em abrir o berreiro aletoriamente durante a noite.

Um método de tortura bem eficaz. Seokga está tomando nota.

Então, nem precisa dizer que está naturalmente desconfiado do homem, mesmo quando repara no terno branco e nas faixas no ombro, típicas de capitão de navio. De fato, o crachá dourado diz: CAPITÃO LEE.

— Tá querendo alguma coisa? — vocifera Seokga, grosseiro.

O capitão balança a cabeça e se agacha para dar uma olhada em Hwanin.

— É sempre uma pena quando tem bebês a bordo — murmura ele, esticando o dedo para cutucar o nariz do pequeno.

Seokga range os dentes e puxa o irmão para si. Não deu permissão para o homem tocá-lo e está considerando dar um tapa naquela mão dele. Mas o capitão Lee parece entender o recado e leva o braço para trás das costas.

— Como aconteceu?

— Como *o quê* aconteceu?

Exausto e sentindo falta de Kisa, Seokga nem tenta ser educado.

As sobrancelhas grossas do homem se arqueiam.

— Estou presumindo que vocês dois morreram juntos.

Seokga se sobressalta ao perceber que não foi reconhecido. Sorri devagar, da maneira mais desagradável possível.

— Pois é.

— Como?

Será que esse homem não vai embora nunca?

— Um vulcão enorme explodiu — responde Seokga, mordaz. — Em cima da gente.

Hwanin faz barulho de pum com a boca, provavelmente achando graça da mentira, ou, o que é mais provável, do bigode do capitão, no qual passa a mão.

— Uma pena — repete o sujeito, soltando um suspiro. — Morrer assim, tão jovem... Sinto muito mesmo.

Seokga continua sorrindo desagradavelmente e vê as bochechas do capitão Lee ficarem rosadas. Constrangido, o homem esfrega o bigode entre os dedos.

Rosadas?

— Você está vivo — conclui Seokga, pego de surpresa.

Tinha achado que o sujeito estivesse morto, como os outros passageiros. E, pelo que observou, o capitão Lee parece bem humano. Que tipo de mortal aceita pilotar um navio no submundo enquanto ainda está vivo? Por que raios Yeomra contratou esse cara?

A expressão do homem é tomada por culpa e hesitação — talvez com medo de fazer inveja em Seokga.

— Bem... estou — admite, e logo acrescenta: — Mas em algum momento vou morrer. Que nem vocês dois.

O capitão tenta cutucar o nariz de Hwanin de novo. Seokga o fuzila com um olhar gélido, e ele desiste.

— O que você está fazendo aqui? — questiona o deus, ainda em choque. — Yeomra não contrata vivos.

— Ah. O CEO. — O capitão Lee suspira. — Ele ouviu falar da minha antiga embarcação, o *Desfile de Seul*. Ao que parece, achava que era uma concorrente do CRS *Bateu As Botas*, embora estejam em reinos completamente diferentes... literal e figurativamente. Ele, *hã*, me fez uma proposta irrecusável.

Seokga é um chantagista de mão cheia, então logo imagina o que Yeomra deve ter feito: mandou um jeoseung saja atrás do capitão com uma bela propina (*O que acha de escapar dos sete infernos no pós-vida?*) e recorreu a outras táticas (sequestro) quando o mortal se recusou ou demonstrou não acreditar no submundo coreano. Para seu enorme desgosto, sente uma pontadazinha de respeito pelo rei de Jeoseung.

Foi um trabalho muito bem-feito. Seokga está pegando várias dicas.

— Ah — diz o deus.

— Não é tão ruim assim. Eu tenho folga no Seollal. Às vezes, no meu aniversário também — acrescenta o capitão, suando de nervoso.

Ansioso, o sujeito olha ao redor do convés, como se temesse que Yeomra estivesse ouvindo. Talvez esteja mesmo.

— Bem, espero que aproveitem o cruzeiro juntos. — Ele se levanta. — Vim só esticar as pernas rapidinho. Navegar nestas águas pode ser bem cansativo... Se você e seu filho algum dia quiserem saber como um navio é pilotado, a ponte fica no Convés 8, logo depois do spa. Ficaríamos mais do que felizes em recebê-los.

Seokga só relaxa depois que o capitão vai embora. Está aninhando Hwanin de um jeito protetor e, naquele instante, percebe que o irmão está quieto, encarando ele com aqueles olhos ridículos e repletos de estrelas.

— O que você quer? — resmunga o deus, irritado, mas logo ajusta com delicadeza o pequeno chapéu e os óculos escuros no irmão.

Ali, no terraço, o sol de Jeoseung está terrivelmente quente, e Seokga checa os braços e pés descobertos de Hwanin para ter certeza de que não estão se queimando. Ele relaxa um pouco quando vê que está tudo bem.

Então comenta para o irmão:

— Você tá ridículo. Deveria ver esse chapéu. Um show de horrores. Uma desonra para o panteão.

Ele sente uma dor no peito quando o bebê o encara, sem entender nada. Hwanin vai recuperar as lembranças em algum momento, ele sabe disso, mas a barriga de Seokga se embrulha ao pensar que aquela criança não faz a menor ideia de sua antiga traição nem dos anos de ressentimento entre os dois.

Por um instante, Seokga sente falta do Hwanin adulto. Sente falta de *brigar* com ele. Jamais voltariam a ser irmãos que se abraçam e riem juntos, mas haviam desenvolvido uma nova forma de fraternidade — baseada em insultos. Durante breves trinta e três anos, foi uma irmandade quase maravilhosa.

Mas Seokga só se dá conta disso agora.

E não dá para insultar um bebê, ou culpá-lo por tramar uma série de acontecimentos que levou à morte de Hani. Parte de sua amargura começa a se dissipar, e ele se lembra da pergunta de Kisa sobre o Navio de Teseu. Será que esse é o mesmo Hwanin? Será que um dia voltará a ser, mesmo quando as lembranças retornarem?

Talvez seja uma oportunidade para começarem do zero.

Com hesitação, Seokga sorri para o bebê. Poderia ser uma história formidável e magnífica de redenção, em que ele cria Hwanin como se fosse seu próprio filho e, quando o irmão recobra a memória, está em dívida com ele... talvez até proponha dividirem o trono...

O sorriso de Seokga desaparece de repente, quando Hwanin mostra a língua e começa a flutuar no ar.

CAPÍTULO DEZENOVE

KISA

A CULPA VIBRA NO SANGUE DE KISA ENQUANTO ELA ENTRA NA enfermaria e vê o pequeno Kun-woo esperando ansiosamente por ela no balcão da recepção. A cabeça do menino de 10 anos mal alcança o tampo. Ele está segurando um ursinho de pelúcia, que abraça com força quando Kisa se aproxima.

— Doutora Yoo — diz Kun-woo, fungando, e ela nota um rastro de sangue azul escorrendo de algum lugar sob o cabelo desgrenhado. — Tô sangrando de novo. Pode me ajudar, por favor?

Com pesar, Kisa lembra que esse é o problema das Restaurações. Conduz o menino para a sala de atendimento, acomoda-o na maca e rapidamente veste as luvas de látex antes de começar, com gentileza, o trabalho. Dependendo do grau de trauma emocional do paciente, as Restaurações podem se desfazer caso o gwisin esteja muito angustiado. E Kun-woo, morto em um engavetamento envolvendo sete carros, quase sempre está. Ao longo das oito semanas — e oito cruzeiros — em que esteve a bordo do CRS *Bateu As Botas*, Kisa já o Restaurou seis vezes.

Uma tristeza familiar faz sua garganta fechar. O menino já passou da idade dos pequenos recém-nascidos na Unidade de Maternidade Mágica, mas uma antiga culpa faz seu estômago revirar. Se ao menos os poderes que Samsin Halmoni lhe concedeu se aplicassem a mães humanas, bebês humanos. Se ao menos tivesse conseguido salvar *mais* vidas, ajudar *mais* pessoas...

Como sua própria mãe. Mas nem mesmo as intervenções dos xamãs de Samsin, por parte de pai, foram suficientes para salvá-la.

As mãos de Kisa tremem. Com os lábios franzidos, ela força a mente a se esvaziar e se concentrar com afinco na tarefa de costurar a carne de volta.

Leva quase uma hora para consertar os pontos e, quando enfim termina, instrui o menino grogue a comprar uma tigela de miyeok-guk de um dos restaurantes do navio (ordens médicas). Está exausta e furiosa consigo mesma. Kun-woo disse que não esperou muito tempo, mas, se Soo-min não a tivesse encontrado, vai saber como o garotinho teria ficado. Talvez todos os pontos tivessem se desfeito e ele virasse uma massa sangrenta, o que o mergulharia mais uma vez em desespero. Kisa xinga a si mesma por ter se distraído demais com Seokga.

Nunca precisou equilibrar a vida pessoal e a profissional — nunca teve ninguém além de conhecidos para conciliar com os deveres no hospital. Jura a si mesma que vai melhorar nisso.

Ao sair do banheiro, de mãos limpas e cheirando a sabonete de limão, é recebida por Hajun e Somi. Os dois estão escorados no balcão, esperando por ela.

— E aí? — cumprimenta Hajun, os olhos se voltando para a testa franzida de Kisa. Ele ainda está bebendo o *bubble tea*. — Tá tudo bem?

— Kun-woo — diz simplesmente, dando um resumo cansado.

O rosto do idol é tomado por pena.

— A última Restauração se desfez de novo?

— Tinha acabado de começar. — Kisa esfrega o rosto, cansada. — Mas ele está bem, na medida do possível. Um pouco zonzo pelo sedativo, mas vai voltar ao normal em até uma hora. Mandei ele tomar uma sopa. Descobriram onde Chaeyeon e Korain estavam na hora do assassinato?

— Então, falando nisso... — começa Somi, e então pausa. Franzindo o cenho, pergunta: — Cadê o bebê?

— Bem aqui.

O Fio Vermelho dá um puxão fraco ao redor do dedo de Kisa, e ela ergue o rosto a tempo de ver Seokga entrando a passos largos pela porta, com Hwanin apoiado no quadril. Para seu espanto, a criança está usando o chapéu que ela amou — e que Seokga odiou com todas as forças —, além de um minúsculo par de óculos de sol. O deus parece acabado, e Hwanin, arrogante de uma maneira suspeita. O olhar verdejante de Seokga encontra o dela de repente e se suaviza.

— Kisa, é normal bebês flutuarem três metros no ar? — pergunta o deus da trapaça.

Como se quisesse dar um exemplo, Hwanin sorri e começa a se erguer do braço do irmão. Seokga o puxa de volta para baixo pelo pezinho rechonchudo, extremamente apavorado.

— Ele está voando? — questiona Kisa, arregalando os olhos. — Ah, isso... isso é *incrível*!

O deus parece profundamente infeliz.

— São raríssimos os livros que falam sobre a infância dos deuses, e as informações são muito limitadas até para os xamãs de Samsin Halmoni — explica ela, tentando conter a empolgação e fracassando de maneira espetacular. Está praticamente tremendo de entusiasmo. — É possível que a Biblioteca Celestial de Okhwang possua vários volumes, mas, bem, só o panteão consegue acessar. Então é amplamente *especulado* que os poderes se manifestem na primeira infância, talvez aos 3 ou 4 anos. Mas, segundo minhas estimativas, Hwanin não deve ter mais do que 1 ano. Já para os semideuses, os poderes só aparecem aos 6 ou 7 anos, e nunca vi uma criança tão jovem *voar*... Será que isso alterou a densidade dele de alguma maneira? Ou seu centro de gravidade...

Ela se interrompe quando um lampejo violeta intenso — muito mais vibrante do que o tom escuro e nobre de vergonha de mais cedo — dispara pelo fio. A sensação é quente e aguda, como centenas de agulhas espetando sua pele. Pânico... é o pânico e a preocupação de Seokga. O rosto dele está tão... pálido.

— Kisa — chama ele, em uma voz que a xamã suspeita estar no limite do controle. — Isso tudo é muito interessante. Mas por acaso é *normal?* Ou tem alguma coisa errada com ele?

Mais uma vez, aquele pânico.

Certo. Kisa comprime os lábios. Acabou se deixando levar de novo.

— Deuses bebês têm poderes, só não o mesmo nível de controle que os adultos. Ele vai ficar bem, Seokga.

Ela se pergunta por que o deus parece saber menos sobre divindades jovens do que ela, mas já está claro que Seokga não gosta muito de crianças. Não se surpreenderia se ele as evitasse a qualquer custo.

O rosto dele se suaviza em alívio, e logo cede lugar a uma expressão de irritação profunda quando a mãozinha de Hwanin dá um tapa em sua boca. Achando graça, Kisa observa os olhos de Seokga encontrarem os seus, em um pedido silencioso de socorro.

Você está por conta própria, pensa, torcendo para que o fio conduza o pensamento até ele.

Pelo jeito como os olhos verdes dele se estreitam, ela sabe que sim.

...Kisa... por favor... ele é... insuportável...

Ela o ignora. Afinal, relacionamentos fraternais são importantes. Hwanin precisa ter um apego seguro em alguém, e, já que ela vai reencarnar em breve (se tudo der certo — tanto o mistério quanto o "segura a onda"), é melhor deixá-lo exatamente onde está: nos braços de Seokga.

Algo no peito de Kisa se contrai, e ela estremece quando uma luz azul-claro sai de seu lado do fio e vai até Seokga. O deus titubeia e a encara de volta. Seus pensamentos estão um completo caos.

...por que... triste... Kisa... Hani... quero... desejo... espero...

Pigarreando, Kisa se vira para Hajun, que a observa com preocupação — próximo o bastante para entender os sinais.

— E então? — pergunta, antes que o amigo diga qualquer coisa. — Onde os dois estavam por volta das oito e meia de ontem à noite?

O rapaz hesita, deixa o chá de lado e olha para Somi.

— Chaeyeon saiu da estufa na mesma hora que Hwanin — informa a gumiho, entrelaçando as mãos e encontrando o olhar de Kisa, como se repassasse um relatório oficial. — Hwanin foi até o corredor I-95 e, por um tempinho, ela não estava tão longe assim dele.

Kisa prende a respiração.

— Estava seguindo ele?

Hajun meneia a cabeça de leve e gesticula para que ela continue ouvindo.

— Mas, enquanto Hwanin foi até o Convés 0, Chaeyeon parou no Convés 2, onde jogou fora o vidro quebrado no compactador de lixo. Depois, se dirigiu até o Convés 1, entrou em uma cabine e ficou lá pelo resto da noite. Enquanto isso, Korain saiu da estufa por volta das oito e quinze...

— Com Lee Soo-min — acrescenta Hajun.

Kisa morde o lábio inferior.

— Para onde ele foi?

— As câmeras mostraram Korain subindo até o Convés 8, indo para a ponte fazer a ronda noturna.

O coração dela está afundando no peito.

— E ele ficou lá?

— Até meia-noite, quando outro homem trocou de lugar com ele — confirma Somi.

— Mas isso já é bem depois do horário do assassinato... — Kisa solta um suspiro de decepção e confusão crescentes enquanto folheia o caderno. — Têm certeza... têm certeza *absoluta* de que essa era a gravação correta? Por que Chaeyeon estava vasculhando o quarto de Hwanin? Quem poderia ser o tal "chefe", se não Hwanung?

Ela entrega a transcrição da ligação de Seokga para Hajun e aguarda, ansiosa, enquanto ele lê. Somi espia por cima do ombro do rapaz.

A gumiho ergue as sobrancelhas.

— Eu não diria que isso é uma prova irrefutável. Mas, quanto ao motivo para os dois estarem revirando o quarto de Hwanin… — Kisa vê Somi lançar um olhar cauteloso a Seokga. — Ele não vai gostar de saber. Nem um pouquinho.

— Vamos ver — rosna o deus da trapaça, apanhando Hwanin do ar como se a criança fosse um balão solto.

Somi hesita, parecendo incrivelmente nervosa. Ela lambe os lábios e alisa a blusa de seda cara. Com a bolsa preta de sempre no ombro, enfia os dedos trêmulos lá dentro e retira, com todo cuidado, um celular Samsung rosa-claro lustroso. Liga a tela e o entrega para Kisa, que fica de queixo caído ao encarar a postagem no blog.

INÉDITO! AS PARTES ÍNTIMAS DO GALÃ HWANIN DE PERTINHO!, diz o texto em letras rosa rodopiantes, seguido de:

> Nós, do *Fuxico Divino*, recebemos informações *muito* íntimas sobre o maravilhoso GALÃ HWANIN! Atenção, leitores: vem furos *quentíssimos por aí*!
>
> Uma das maiores dúvidas que há séculos atormentam os fãs do panteão é se o deslumbrante imperador prefere cueca samba-canção ou slip… E, graças à nossa fonte anônima, agora temos uma resposta! Debaixo daqueles majestosos hanboks, os tesouros da realeza celestial costumam estar cobertos por (que rufem os tambores!): *slips!*
>
> (Mais especificamente, da marca Calvin Klein, modelo 1996 Micro Hip Briefs, branca, tamanho M. "É o único modelo que ele tem", diz nossa fonte, que também informa: ele possui um par de calças de pijama de seda.)
>
> O antigo mistério enfim foi solucionado! Agora, só nos resta perguntar: o que SEOKGA, O SENSUAL, prefere? Algo nos diz aqui no *Fuxico Divino* que ele prefere boxers (mais especificamente os da Lacoste, tamanho M, nas cores preto e verde-escuro)… Mas o irresistível trapaceiro sempre tem uma ou duas cartinhas na manga! Façam suas apostas, porque estamos muito confiantes de que logo teremos essa resposta!

— Vai sair na edição impressa de amanhã — esclarece Somi, se afastando quando Seokga arranca o celular das mãos de Kisa e encara o texto, perplexo. Kisa tem certeza de que está com a mesma cara de horror dele.

— O "chefe" deles deve ser alguém do *Fuxico Divino.* Talvez o editor-chefe tenha prometido falar bem deles para Yeomra se conseguissem essa informação — continua a gumiho.

— Se eu descobrir quem é esse editor, vou arruinar a vida da pessoa — rosna Seokga. — Vou atear fogo na casa e no escritório. Vou despedaçá-la bem devagar, para causar o máximo de dor, e...

Somi abre um sorriso presunçoso.

— Espera aí. Não me diga que não sabe quem comanda o *Fuxico Divino.*

Seokga parece ter acabado de morder um limão azedo.

— *Claro que não.*

Os ombros de Somi tremem com uma risadinha silenciosa. Seokga a encara com desconfiança.

— Quem...

— Isso explica a cueca — resmunga Kisa, cada vez mais derrotada, enquanto pega o caderno de volta e risca *Chaeyeon* e *Korain* da lista de suspeitos. Seu peito dói de decepção. Por um instante, chegou tão perto de vencer, de reencarnar.

— Ei, Kisa — sussurra Hajun. — Está tudo bem?

Ela sente o peso do olhar preocupado do amigo e tenta se recompor. Lembra a si mesma de que um mistério desses não se resolve em apenas um dia e meio. E só porque os dois não estão envolvidos no assassinato não quer dizer que Hwanung não enviou outra pessoa. A questão é: *quem?*

Os pensamentos do deus estão furiosos.

...se metendo... Fuxico Divino... *porra... de cueca... minhas... boxers... agora... merda... infernos...*

— Segura o bebê — pede ele, praticamente jogando Hwanin nos braços de Kisa antes de se virar e sair da enfermaria em um rompante. As portas vêm e vão por um bom tempo depois da saída violenta.

Nervosa, Kisa olha para o topo da cabeça de Hwanin. Se há informantes do *Fuxico Divino* ali, o risco de a notícia sobre a morte do imperador celestial vazar aumenta estratosfericamente.

— Bem... Pelo menos agora sabemos que precisamos passar bem longe de Korain e Chaeyeon.

Somi faz uma careta.

— Já é meio tarde demais pra isso — comenta, irônica. — Aonde acha que o Seokga foi? Ele está no encalço de um certo haetae e uma inmyunjo. Quase sinto pena deles.

Um palavrão nada característico escapa da boca de Kisa, e ela empurra Hwanin nos braços de Hajun como se estivessem jogando batata quente.

— Segura ele! — exclama, antes de sair correndo atrás de Seokga, seguindo o Fio Vermelho com o coração disparado.

— *Seokga!* — grita Kisa, finalmente se aproximando do deus apressado.

A perseguição a levou até o Convés 4, um piso apinhado de restaurantes e lojas. É o convés que mais se assemelha a um shopping, inclusive pela multidão de gente. Sem querer, ela pisa em vários pés enquanto se esforça para alcançar o deus, e, quando enfim consegue, agarra a mão dele, desesperada para não o perder de vista de novo. Seu coração tropeça (*de surpresa*, é o que diz a si mesma, *pura surpresa*) quando Seokga se vira. O Fio Vermelho rodopia com o movimento, e Kisa está tão concentrada na maneira como o polegar dele toca sua pele que se esquece completamente de segurar a onda de sentimentos.

Ou talvez tenha decidido não fazer isso.

Enquanto os olhos oscilantes dele analisam seu rosto, Seokga parece relaxar... e não solta sua mão. Os dedos dele, apesar de parecerem delicados à primeira vista, são calejados. Consequência de anos caçando Indomáveis, ela supõe.

— Kisa — diz ele, com a voz mais rouca do que o normal. — Não tente me impedir.

— O que você estava *planejando* fazer? — retruca ela, irritada de repente, colocando a outra mão na cintura. — Nós temos problemas bem maiores do que o mundo descobrir que cueca o seu irmão prefere... E é *justamente* porque agora sabemos que os dois trabalham para o *Fuxico Divino* que precisamos manter distância! Se descobrirem... — Nervosa, Kisa dá uma olhada ao redor do convés lotado antes de baixar a voz. — Se descobrirem sobre *você-sabe-o-quê*, pode haver consequências sérias. Imagine se for noticiado em todos os tabloides?! O CEO vai ficar furioso.

Com muita eloquência, Seokga sugere em detalhes o que o CEO pode fazer consigo mesmo.

— Já adianto que isso é anatomicamente impossível — retruca Kisa, toda meticulosa. Aproveitando que ainda segura a mão do deus, ela lhe dá um grande puxão. — Vamos. Vamos embora antes que você encontre Korain ou Chaeyeon e cause problemas.

Relutante, o deus permite que Kisa o arraste até o Convés 8. Quando espia com interesse o corredor que leva até a ponte, onde o haetae deve estar, Kisa aperta sua mão com mais força, em um aviso.

— Nem pense nisso — adverte, ouvindo os pensamentos dele, que descrevem minuciosamente o quanto Seokga deseja derrubar o homem no chão.

Seokga faz uma carranca.

Além disso, o destino deles não é a ponte — é *aqui*. Kisa empurra com gentileza as portas de vidro do spa e adentra a elegante e perfumada sala de espera. A bengala de Seokga estala no piso frio de mármore enquanto caminham por baixo de uma versão em miniatura do lustre gigante do Convés 5 e inspiram o odor de uma mistura de óleos essenciais com notas de coco e baunilha.

A mulher na recepção ergue o olhar quando os dois se aproximam.

— Como posso ajudá-los? Spa molhado para duas pessoas?

Ela estica a mão debaixo do balcão para pegar duas toalhinhas.

— *Hã*...

Com um sobressalto, Kisa se dá conta de que não planejou isso direito. Tudo o que queria era um lugar para apaziguar a ira de Seokga, para fazê-lo criar algum juízo antes de sabotar a missão deles. Esqueceu, por um momento, que spas coreanos são muito diferentes dos ocidentais. Enquanto em Londres as pessoas recebem roupões macios, na Coreia se ganha apenas uma toalhinha minúscula que, em algum momento, será retirada no spa molhado.

Sob o olhar curioso de Seokga, Kisa sente as bochechas esquentarem.

— Ah, *hã*, então... Poderíamos ficar no spa seco, por favor?

Os spas secos são comunais, mistos e, o mais importante, com roupas *obrigatórias*.

E roupas são bem importantes.

Ainda mais em Seokga. Para o bem de Kisa, ele deve ficar muito bem e completamente *vestido*.

— Claro — responde a mulher, substituindo as toalhas por duas camisas e shorts que lembram pijamas cinza macios, além de duas toalhinhas e chaves. Antes de voltar os olhos para o computador, ela acrescenta: — Os armários ficam virando ali.

Kisa pega as roupas enquanto Seokga pega as toalhas e as chaves. Há uma espécie de divertimento confuso irradiando pelo vínculo entre os dois enquanto passam pela mesa da recepção e entram em um pequeno corredor que leva aos vestiários, um feminino e outro masculino.

— Bem… que inusitado — comenta Seokga, entregando-lhe uma chave enquanto ela lhe passa as roupas.

— Você precisa relaxar. Pensei que pudesse ajudar, só isso. — As bochechas dela estão quentes de novo. — É só um spa seco. Encontro você aqui em um minuto.

Escapulindo às pressas para o vestiário feminino, Kisa balança a cabeça para limpar a mente. Ela tira os sapatos e troca a bata cirúrgica pelo conjunto do spa. Depois, deixa as roupas bem dobradas no armário de madeira, tranca e pausa por um momento para respirar.

Não é um bom sinal, pensa ela, o fato de que já ficou tão atordoada só de imaginar Seokga nu. Com esforço, Kisa se impede de pensar nas nádegas dele. Em vez disso, tenta reunir esses pensamentos e jogá-los sem o menor cuidado em um arquivo bem no fundo da mente. Infelizmente, alguns escapam pela frestinha da gaveta.

Ela fecha os olhos e conta até dez. Depois vinte. Depois quarenta e quatro. Depois sessenta e sete.

Tendo se acalmado o suficiente (e torcendo para que o Fio Vermelho mantenha esses pensamentos privados), Kisa encontra Seokga no corredor. O piso de pedra sob seus pés está gelado. É estranho vê-lo sem as roupas escuras de grife… Quase como se o visse nu. O rosto de Kisa parece estar pegando fogo.

Pare com isso.

Ela recita mentalmente trechos chatos de livros didáticos enquanto leva o deus para dentro do spa. O piso de mármore dá lugar a um de madeira aquecida, e o teto se amplia, abrindo espaço para vários andares e escadas de madeira que levam até eles. Nessa primeira grande área comunal há pequenas piscinas que borbulham suavemente e são rodeadas por vasos de plantas. Perto delas, há uma formação rochosa que parece uma enorme cebola de pedra branca. Kisa vai direto até lá, seguida de perto por Seokga. As áreas molhadas ficam mais para dentro do spa — ali é só uma sauna simples. Quando Kisa entra, fica feliz ao ver que estão sozinhos.

Seus pés afundam nos montes de sal cobrindo o chão enquanto ela vai até um banco de madeira. Seokga se senta diante dela e recosta a cabeça na parede levemente úmida. *Está realmente quente aqui*, pensa Kisa, tentando não olhar para a extensão forte e exposta do pescoço dele. Ela prende os cachos em um coque no topo da cabeça e deixa a própria nuca respirar.

Por um tempo, o deus e a fantasma ficam em silêncio. Os olhos de Seokga estão fechados, e os ombros, sempre tensos, parecem relaxados.

Quando ele fala de repente, a alma de Kisa quase sai do corpo (por motivos que ela mesma desconhece, estava observando uma gota de suor escorrer do pescoço dele até a clavícula).

— Isso aqui é… ótimo — comenta o deus, abrindo os olhos enquanto Kisa desvia os seus. — Obrigado.

Ela sorri e se abana. Está mesmo muito quente ali dentro.

— Por acaso está se sentindo menos homicida?

Ele abre um sorriso presunçoso e torto, quase sonolento.

— Talvez.

— Então fiz um bom trabalho.

Kisa ergue os joelhos até o peito e levanta a mão para examinar o Fio Vermelho amarrado ao seu mindinho esquerdo. Estreita os olhos quando a linha estremece — como se estivesse *rindo* — e se enrola em pequenos coraçõezinhos.

— Ele está fazendo aquilo de novo!

— *Hmm*?

As pálpebras do deus estão pesadas.

— O fio… — Kisa suspira, exasperada, quando a linha se endireita e gira com inocência no ar. *QUEM, EU?*, soletra. Ela lança um olhar fulminante para as letras. Isso *não pode* ser uma alucinação. Ou pode? — Esquece.

Seokga pisca algumas vezes.

— Por que não quis ir no spa molhado? — pergunta, e o rosto inteiro de Kisa fica em chamas.

— *Hã*… o spa molhado…

Ela se atrapalha com as palavras, mas a vergonha vira frustração quando vê um sorrisinho se curvando no canto dos lábios dele.

— Ah, fala sério! Você sabe, não sabe?

— Sei — responde Seokga, dando uma risadinha enquanto Kisa o encara feio. — Só queria ver você sem jeito.

— Sinceramente, você é terrível — resmunga ela.

De repente, um clarão amarelo percorre o fio, da ponta dele até a dela. A felicidade dele é vibrante e plena. Kisa arqueia as sobrancelhas, e Seokga faz uma careta antes de encarar o fio.

— Não sei por que isso aconteceu.

…feliz… me… pentelhando… como… amigos…

Kisa franze a testa, e dessa vez é Seokga quem fica corado. O imortal deus da trapaça *corando*. Ela reprime um sorriso enquanto ele dá um tapa no fio imaterial, quase de brincadeira. Incapaz de segurar a risada, ela ri pelo nariz e cobre o rosto, morrendo de vergonha.

Seokga fica boquiaberto.

— Isso foi *você*?

— Não — insiste ela, tentando conter outro ruído deselegante. — Deve haver um porco em algum lugar por aqui... Contribui para a experiência imersiva, sabe...

Ela é tomada por uma alegria inesperada quando o deus da trapaça solta uma gargalhada.

— Pelas tetas de Hwanung — exclama ele, sem ar, enquanto limpa o canto dos olhos, que começaram a lacrimejar. — Pensei que você risse que nem ela, mas isso... Isso foi completamente único...

Kisa sente o sorriso vacilar. *Pensei que você risse que nem ela.* Enquanto tenta afastar uma sensação inexplicável de inadequação, ela é traída pelo Fio Vermelho do Destino, que brilha verde do seu lado até o de Seokga. Sua inveja. A cor se desmancha no dedo dele, que para de rir. Kisa resiste a uma onda de constrangimento enquanto o deus a observa, preocupado.

...não devia... ter comparado... Hani... Kisa... ela... parece tão... chateada... merda... a Jang disse... teoria...

— Está tudo bem — consegue dizer Kisa, encarando o piso de sal. — Era de se esperar, na verdade.

Ela odeia essa inveja e queria que o sentimento fosse tão ridículo quanto parece: inveja de si mesma em uma vida passada. Mas Kisa sabe qual é sua resposta para o problema do Navio de Teseu. E, apesar da nova sensação de familiaridade amigável que sente com Seokga, ela *não é* Hani, não é uma gumiho assassina que rouba caixas eletrônicos. Se Seokga se apaixonou por alguém assim, o que deve estar achando dela agora? Na disputa entre natureza e criação, a criação venceu. E ela sabe o quanto isso deve decepcioná-lo.

Mas isso não deveria importar. E não importa.

— Kisa — diz Seokga... sem jeito. O príncipe divino está *sem jeito* diante dela. Há algo de comovente em vê-lo tropeçar nas palavras que costumam ser tão frias e rápidas com os outros. — Sinto muito. Eu não quis...

— Tudo bem — responde ela, rápido até demais. A expressão de Seokga se contorce por um segundo antes de logo se neutralizar. — De verdade. Eu entendo. Não sou ela. Você a procurou por tanto tempo, e eu não sou... ela.

— Com um leve tremor nos dedos, Kisa retira uma mecha solta de cabelo do rosto. — Acho que sinto muito também por isso.

Ela não pretendia dizer aquilo, e agora deseja que tivesse ficado quieta.

Os olhos de Seokga se alarmam.

— *Não* peça desculpas...

Kisa odeia essa conversa. Detesta. Detesta a si mesma pela inveja, por ter admirado o pescoço dele, por ter *pensado* nas *nádegas* dele mais cedo. Hora de seguir em frente... e rápido.

— Deveríamos bolar um plano — declara. — Agora que sabemos que Korain e Chaeyeon não são exatamente inocentes... mas também não são culpados do assassinato... temos muito a fazer.

O maxilar de Seokga estremece de uma maneira que indica que ele não terminou de dizer o que queria, mas ele passa a mão pelo rosto.

— Porra — resmunga o deus.

— As câmeras não detectaram nenhuma testemunha no corredor I-95, ou perto da escadaria, mas talvez alguém tenha ouvido alguma coisa. Se houver um jeito de perguntarmos por aí discretamente... Seokga.

O deus está jogado contra a parede, e pela primeira vez Kisa nota suas olheiras escuras.

— Você está...

— Exausto — completa ele, rouco. — Hwanin me deixou acordado a noite inteira, chorando. Eu não tinha ideia de como fazê-lo parar. Ficava pensando o tempo todo que o assassino tinha entrado de fininho. Mal consegui dormir. Não sei como vou sobreviver a esta noite, quem dirá a mais cinco dias assim.

Ela observa, cada vez mais preocupada, ele bater a cabeça de leve na parede.

— Estou cansado, Kisa. Tão cansado.

Um cinza-escuro se arrasta pelo fio, e Kisa quase dobra o corpo ao sentir a exaustão dele. De tantas maneiras, se parece tanto com a dela. Talvez seja por isso que vá fazer a oferta, ou talvez seja por ele parecer tão desalinhado naqueles pijamas — e tão jovem, nem um pouco parecido com um deus poderoso.

É uma péssima ideia, diz a si mesma. *Uma ideia realmente péssima. Nem pense em se oferecer. Isso não vai te ajudar nem um pouco a segurar a onda. Por que está abrindo a boca? Não diga nada...*

— Eu poderia ajudar — murmura, hesitante. — Com... Hwanin. À noite.

Seokga a encara. Sinceramente, para onde foi o autocontrole dela? Pelo visto, ralo abaixo.

Kisa fecha a boca com força, mas não sente o menor arrependimento — mesmo que sua parte lógica esteja chiando de frustração e enterrando o rosto nas mãos.

O deus continua boquiaberto.

Talvez ela precise explicar por que se ofereceu de um ponto de vista completamente factual (embora agora tenha certeza de que não foi motivada por seus amados fatos nem pela lógica). Depressa, ela acrescenta:

— Eu era uma das xamãs de Samsin Halmoni, lembra? Trabalhei como médica na UMM, a Unidade de Maternidade Mágica. Posso ajudar com Hwanin durante a noite... Mostrar o que fazer, como descobrir do que ele precisa...

O rosto de Seokga se contorce ao ouvir o nome da deusa, e mais uma vez Kisa se pergunta o que ele poderia ter contra ela. Mas então a expressão dele se suaviza, e as sobrancelhas se arqueiam. Devagar, o deus diz:

— Você sabe que teria que...

— Dormir no seu quarto. Sim.

Soo-min vai arrancar a cabeça dela se descobrir, mas Kisa — cidadã exemplar, que teme qualquer autoridade — não está nem aí. Isso não é nada típico de seu comportamento, e ela decide não ruminar muito sobre o *porquê*. Talvez seja isso o que Hajun tentou bravamente lhe explicar como sendo "diversão". Talvez se divertir não seja nada ruim. Tudo bem se divertir. Como uma parada temporária a caminho do DRPV, é claro.

— Se isso ajudar você a descansar um pouco, ainda mais no meio desta investigação, eu realmente não me importo.

Seokga parece engolir em seco.

— Sim! — exclama, antes de uma torrente de vergonha roxa atravessar o vínculo. Um momento depois, acrescenta mais devagar (como se estivesse tentando muito parecer polido): — Quer dizer... Isso... ajudaria. Sim. Ajudaria.

Kisa comprime os lábios para impedir que abram um sorriso completamente desnecessário.

— Posso perguntar uma coisa?

— Qualquer coisa — responde Seokga, que também parece estar se esforçando para não sorrir.

— Ainda não descobri por que você odeia a minha deusa, Samsin Halmoni — admite. Como esperado, o rosto dele se fecha com a menção do nome. — Por quê, Seokga?

— Por quê? — repete ele, quase com desdém, o que a surpreende. — Porque o panteão inteiro sabia que eu estava te procurando, Kisa. Me matando pra rodar o mundo atrás de um homem ou uma mulher com os seus olhos. Angulares e castanho-vinho, com esses cílios... os olhos de Hani. E Samsin Halmoni claramente te conhecia, e não me disse nada. Durante todo esse tempo, você esteve ao meu alcance. Mas não cheguei a tempo, antes de você...

— Morrer — completa ela, solícita.

Seokga se encolhe.

— É.

Kisa tenta não pensar naquela noite, mas, quando os pelos em sua nuca se eriçam, ela se vira instintivamente. Só há a parede de madeira.

...Hajun... disse... mais em comum... do que...

— Naquela noite, quando você caiu... — começa Seokga, com cuidado.

— Não quero entrar em mais detalhes. Samsin Halmoni é uma deusa bondosa. Talvez ela não soubesse — responde Kisa, no automático.

Quando sua mente ameaça voltar àquele momento, logo antes de cair, quando tudo de repente pareceu aterrorizante e sem saída, se puxa de volta para o presente.

— Ela sabia — cospe o deus da trapaça, e Kisa não consegue evitar ponderar se é verdade.

Só viu a patrona algumas vezes, mas em todas a deusa havia comentado sobre seus olhos. *Que cor mais bonita*, elogiava... Agora, Kisa sente uma pontada aguda de ressentimento por essa lembrança, e uma pontada de pena por Seokga, que passou todos esses anos tentando encontrá-la em vão.

Por quê? Por causa de algum rancor mesquinho?

— Samsin Halmoni me detesta — continua Seokga. — Sempre detestou. Ela é uma das deidades que nunca me perdoaram pelo golpe, que nunca quiseram me ver feliz. Quando eu voltar pra Okhwang... — A voz dele morre por um instante. — Nem sei se ela será punida. Sem Hwanin, eu...

...sozinho...

A garganta de Kisa se fecha. Seokga balança a cabeça e desvia os olhos.

— Me diga uma coisa, Kisa — fala de repente, desesperado. — O que você queria?

Ela pisca, confusa.

— Como assim?

— O que você queria da vida?

Ah. Kisa mordisca o lábio inferior. É uma pergunta delicada, mas ela se sente estranhamente à vontade para responder.

— Muitas coisas — responde, sincera. — E consegui a maioria.

Notoriedade, prêmios, um mundo inteiro de conhecimento muito bem armazenado em sua mente...

— E teve algo que não conseguiu? — pergunta o deus.

A expressão dele está estranhamente vulnerável ao olhar para Kisa. *Faz ele parecer mais jovem*, pensa ela. Muito mais jovem do que seus anos imortais.

— Havia... uma coisa, na verdade. — Com o pé descalço, ela chuta o piso coberto de sal, repentinamente constrangida. — Acho que dá para dizer que era um sonho meu, embora fosse impossível.

Kisa hesita, parte dela temendo que Seokga ache seu sonho *insignificante*, de alguma maneira.

— Me conta — murmura ele.

Kisa engole em seco, nervosa. Nunca compartilhou isso com ninguém. Era seu sonho secreto, em que pensava enquanto encarava o teto, deitada na cama.

— A biblioteca de Okhwang — sussurra, e sabe que contar esse segredo para Seokga significa alguma coisa. Que, talvez, algo mude. Acredita que deveria estar apavorada, mas, por mais estranho que seja, não está.

Seokga ergue as sobrancelhas, mas, diferente do que ela temia, não há qualquer traço de deboche em suas feições delicadas. Encorajada pela ausência de desdém, Kisa continua:

— A Biblioteca Celestial é, para os xamãs, quase como a Biblioteca de Alexandria. Os corredores estão repletos de conhecimento oculto, de segredos sobre... *tudo*. Sei que ninguém além dos deuses pode entrar lá, mas isso nunca me impediu de sonhar...

Kisa deixa a voz morrer, preocupada de ter perdido sua atenção. Mas Seokga a fita com uma expressão atenta, ouvindo *de verdade*, de uma maneira que nem sua família, nem seus conhecidos do DMUNS jamais ouviram. Ela poderia falar sobre a Biblioteca Celestial durante horas — e, se Seokga não a interromper, talvez faça isso mesmo.

— Eu costumava sonhar com o lugar. Com os livros que haveria lá. Com a beleza do ambiente...

— Já estive na Biblioteca Celestial — comenta Seokga, e Kisa chega mais perto, ávida por saber mais. — O lugar é empoeirado e frio — acrescenta, com tanta indiferença que a mulher quase cai do banco. — Bem horripilante, na verdade. Os bibliotecários se demitiram há alguns séculos, e encontrar um livro no meio daquele caos é *impossível*.

— Por favor, me diga que você está mentindo — pede Kisa, com a voz engasgada.

— Infelizmente, não estou.

Ele sorri de canto.

Como pode a grande biblioteca de Okhwang ser empoeirada, fria e *caótica*? Como o panteão consegue menosprezar uma coisa tão maravilhosa?

— Não — diz Kisa. — Com toda certeza, não. Eu simplesmente não acredito.

— Tem morcegos lá dentro. Morcegos e mariposas... — continua Seokga, e ela *sabe* que ele está provocando, mas cai na lábia dele mesmo assim.

— Que *sacrilégio*. — É ainda pior do que o estado esfarrapado do livro de romance que Somi lhe deu, que agora está trancado no armário do spa, implorando para ser lido. Kisa fecha os punhos. — Deveria ser polida, grandiosa e... usar a Classificação Decimal de Dewey! Aqueles livros são um tesouro, são *inestimáveis*, contêm segredos para o universo e *tudo* o mais...

— Você fica tão linda quando está brava — interrompe Seokga, e a surpresa dele dispara pelo Fio Vermelho, como se não tivesse planejado dizer isso em voz alta.

As bochechas de Kisa coram e seu coração bate de uma maneira um pouco peculiar.

Se ele a tivesse encontrado mais cedo... Antes do Fio Vermelho, antes da morte... O que poderiam ter sido?

— Obrigada — murmura, com vergonha.

Seokga sorri, muito satisfeito consigo mesmo. Kisa nota que, a esta altura, ele já está bem suado, a pele bronzeada reluzindo com a transpiração. O calor da sauna é apenas um dos motivos de sua boca ficar seca quando Seokga puxa o tecido fino da camisa, agora úmida.

— Estou começando a achar que, na verdade, você me trouxe aqui pra me punir — comenta ele, quase sem fôlego, em tom meio acusatório.

— Ah, sim — concorda Kisa, encarando fixamente a clavícula dele. — Pensei que talvez você pudesse suar a raiva. Está funcionando?

— Até demais.

Ele fica de pé e tira a camisa. Os olhos de Kisa quase saltam das órbitas enquanto encaram o peitoral firme, os músculos bem definidos do abdômen, o V logo abaixo dos quadris. Pequenas gotas de suor brilham na pele dele, e Kisa de repente sente uma vontade completamente *louca* de lambê-las. De onde… de *onde* saiu isso?

E *ainda* está encarando o peito de Seokga. O que tem de errado com ela?

Recomponha-se. Kisa morde com força o lábio inferior, com dificuldade em descobrir como segurar a onda desses desejos absurdos. Desesperada, ela revira o arquivo da própria mente atrás do capítulo catorze de *Anatomias completas das espécies de Iseung*, lembrando que o velho livro era tão chato quanto assistir à tinta secar…

> Seu sotaque escocês espalhava fogo, feito labaredas, sobre a pele nua de Elsie.
>
> — Meu deus — grunhe Finlay quando ela se arqueia em sua direção, desesperada por sucumbir a ele completamente. — Faz tempo que você sabe que eu estou querendo isso, moça. Que eu estou esperando.
>
> Ela reprime um gemido quando as mãos calejadas dele apertam seu traseiro, e quando a barba áspera roça o interior de sua coxa.
>
> — Por favor — suplica, sem nem se importar por parecer tão descaradamente obscena. — Preciso de você.
>
> Os olhos verde-escuros de Finlay se erguem para encontrar os dela. Um sorriso imprudente se abre naquela boca lasciva.
>
> — Ah, é? — pergunta o capitão do *Escocês Contente*, em uma voz rouca. — Precisa muito? Vai me mostrar, amor?
>
> Um arquejo escapa da boca de Elsie quando os lábios de Finlay enfim encostam onde ela mais precisava. A sensação escorregadia da língua dele, os ruídos carnais…

Kisa dá um solavanco para trás, como se tentasse escapar dos próprios pensamentos, e se engasga tanto que chega a lacrimejar. Isso… isso *com certeza* não foi o capítulo catorze do *Anatomias completas das espécies de Iseung*. Não, esse foi o capítulo catorze de *Sequestrada pelo rei pirata das Terras Altas e viajante do tempo* que ela espiou hoje de manhã.

Está vagamente ciente do espanto de Seokga quando ela inspira, finalmente recuperando o fôlego. Com a certeza de que seu rosto está de um tom obsceno de azul, Kisa o cobre com as mãos e encara a escuridão oferecida pelos dedos trêmulos.

Seu primeiro pensamento coerente é: *Bem. Isso foi extremamente vergonhoso.*

O segundo: *O capitão Finlay tem olhos da mesma cor que os de Seokga.*

O terceiro: *Como seria se...*

Não. Segura a onda. *Segura.*

Agora Kisa tem certeza absoluta de que seu rosto está azul feito a meia-noite. Que maravilha.

...que... porra... é ... essa...

— Kisa — chama Seokga. — Você tá...

— Estou sim — responde ela, rouca. — Estou muito bem, obrigada.

— Ótimo — diz ele, devagar, como se estivesse saboreando esse momento perturbador e também, pelo visto, divertido. Horrível. Ele é simplesmente horrível. — É só que... escutei algumas coisas bem interessantes pelo vínculo.

Não basta estar morta. Kisa deseja ser completamente obliterada até não restar nada. Deixando as mãos caírem no colo, ela encara Seokga com o mais puro e completo horror. O deus parece completamente perplexo, adequadamente preocupado e também incrivelmente entretido, tudo de uma só vez.

Não dá para culpá-lo.

Ah, sim, Kisa perdeu completamente o juízo.

— Eu... — tenta dizer com uma dignidade soberba que, no momento, não possui. — Não faço a menor ideia do que você está falando.

Agora o deus está sorrindo, só um pouquinho. Talvez esteja até tentando não sorrir, para poupar os sentimentos de Kisa, mas falha de uma maneira espetacular.

— Que história é essa de "a sensação escorregadia da língua dele"?

Porcaria.

— É...

Kisa não consegue pensar em nada para responder. Teme que pareça uma vaca mastigando comida regurgitada enquanto sua boca se mexe sem dizer nada.

Seokga inclina a cabeça.

— Certo. Bem. Eu vou pro spa molhado pra... esfriar a cabeça. Talvez você devesse vir comigo.

Ele mostra um sorriso de canto que, de algum jeito, deixa Kisa tanto enfurecida quanto desnorteada.

— *Hã*... — murmura, com o rosto em chamas. — Temos um mistério a resolver, deveríamos voltar...

Deixando a sauna, Seokga sorri por cima do ombro e diz:

— Não vamos demorar.

Kisa fica paralisada no banco.

O deus da trapaça dá uma piscadinha. Uma *piscadinha.* Infelizmente, ela sente vontade de pegar a dica de Elsie e desfalecer.

— Vou para uma das salas privadas.

Enquanto ele some, Kisa fica sentada ali, na sauna, discutindo consigo mesma por quase cinco minutos. Não deveria. Ela realmente *não deveria.* Não existe qualquer motivo para fazer isso. Na verdade, deveria voltar correndo para a cabine e marinar na própria humilhação.

Mas ela contou para Seokga sobre seu sonho. Nunca havia contado para ninguém... E ele escutou. Tirou sarro dela, sim, mas de um jeito... afetuoso. E ela gostou.

Distraída, Kisa repousa a mão sobre o peito, onde uma dor profunda, uma saudade, criou raízes desde que Seokga saiu dali.

Talvez essa coisa toda de segurar a onda dos sentimentos seja um erro. Sim, um... um equívoco científico. Talvez haja algo a mais a ser descoberto. Está vivenciando o *Fio Vermelho do Destino*, afinal. Segurar tudo ali dentro não ajuda nem um pouco a entender um fenômeno tão raro, nem a... a continuar o que tinha planejado fazer a princípio: pesquisar o Fio Vermelho e *todos* os seus efeitos. Na verdade, só está atrasando a pesquisa dela. Fazendo-a recitar *cenas eróticas* através do vínculo deles, *cenas eróticas*...

Aproveita para se divertir um pouco com ele enquanto espera a reencarnação. Você precisa se divertir, e acho que iria gostar...

É em nome da ciência, repete Kisa a si mesma enquanto sai da sauna e segue o fio até Seokga. *Em nome da ciência.*

Mas cada partezinha dela sabe que é mentira.

CAPÍTULO VINTE

SEOKGA

A ÁGUA FRIA DA CAVERNA ISOLADA PARA BANHOS É UMA BÊNÇÃO para a pele quente demais de Seokga. O cômodo privado lembra perfeitamente uma pequena gruta, seja por alguma magia de Yeomra ou, possivelmente, do designer de interiores. Este spa com certeza é mais impressionante do que qualquer versão mortal.

Estalactites se projetam do teto escuro, e as águas poderiam ser facilmente confundidas com um lago subterrâneo, graças à inclinação do terreno rochoso, que cria uma parte rasa e outra mais profunda. A ilusão só se desfaz por conta da porta cinza do lugar, pela qual Kisa *talvez* entre, embora ele saiba que não vai. Sete infernos. Pessoas que se conheceram há apenas dois dias não saem nadando peladas juntas — mesmo que tenham compartilhado vidas passadas.

O deus inclina a cabeça para trás na água e flutua no meio do lago. A sauna foi demais para ele. Seokga não se dá bem com calor. Detesta o verão e mal tolera a primavera. Gosta apenas do frio, e seu corpo se revolta quando é exposto a calor demais. Ele é uma criatura fria, uma estátua de gelo, um deus frígido que murcha sob a luz do sol.

Exceto quando está ao lado dela. De Hani.

Juro por Hwanung, o deus das leis e promessas cumpridas, que o sol voltará a brilhar sobre nós dois.

Seokga se deixa levar pelas águas ao mergulhar, permitindo que a pele nua absorva a frieza do lago. Quando volta à superfície, balançando a cabeça feito um cachorro, ouve alguém prender a respiração.

Piscando para afastar as gotas dos cílios, a visão turva de Seokga enfim entra em foco e revela Kisa, parada à porta, hesitante. Os olhos dela estão fixos na pilha de roupas amassadas.

O choque percorre seu corpo inteiro. Seokga não pensou que ela viria. Estava apenas brincando mais cedo, convencido de que ela preferiria morrer do que nadar com ele… Mas eis que Kisa está *ali*. Algo se contrai no peito dele, e Seokga se lembra, como sempre acontece perto de Kisa, de que ele de fato possui um coração. Ela o surpreendeu.

Yoo Kisa consegue ser *espontânea*.

Talvez ela também precise… esfriar a cabeça, como ele mesmo falou. Seokga não consegue negar que isso lhe agrada, embora ainda esteja completamente desnorteado pelo que passava na mente dela na sauna. *A sensação escorregadia da língua dele*, de fato. (Aquilo inspirou alguns de seus próprios devaneios. Sim, Seokga consegue ser *bem habilidoso* com a língua quando quer.)

— *Hã*… — sussurra Kisa, colocando um cacho atrás da orelha. — Oi.

— Oi — responde ele, rouco, nadando até ela.

Oi. Quando foi que ele disse isso em toda a vida imortal? Que vergonha. Que humilhação. Que absurdo.

E, ainda assim, passaria por todas essas coisas por ela.

Kisa se remexe de nervosismo, parecendo não saber o que está fazendo ali.

…eu deveria mesmo… segurar a onda… o que… eu vou… deveria… ir embora…

— Você não precisa entrar na água — diz Seokga com gentileza, desejando, mais do que qualquer outra coisa, que ela se sinta confortável e queira ficar.

— Eu sei.

Mas Kisa hesita, e o deus fixa o olhar no turbilhão de cachos, mais volumosos pela umidade da sauna. Ela troca o peso de uma perna para a outra, com a testa brilhando de suor.

— Está gelada?

— *Uhum* — diz Seokga, de maneira casual, antes de abrir um sorriso malicioso e esticar o braço para jogar uma onda de água gélida na direção dela.

Kisa se engasga ao ser atingida em cheio, e bem pelo canto do olho, Seokga jura que vê o Fio Vermelho tremendo e soletrando *HAHAHAHA* de novo.

— Tá… congelante… — comenta Kisa, arfando e rindo ao mesmo tempo.

— Tá ótima — promete Seokga, observando a gwisin hesitar e olhar para a pequena placa na parede da caverna que diz: POR FAVOR, NÃO ENTRE DE ROUPA NA ÁGUA.

Kisa reflete por um longo momento, e Seokga fica encantado pelo jeito como ela inclina a cabeça e coça a bochecha. Por fim, a fantasma respira fundo e pede:

— Vira de costas.

Seokga praticamente rodopia. Nunca ficou tão feliz de encontrar alguém que segue as regras com tanto afinco. Será que ela vai entrar? O coração dele martela feito o de um adolescente apaixonado. Ouve-se o farfalhar suave de roupas caindo ao chão, seguido pelo som sutil de respingos. O lago da caverna está turvo com o que Seokga imagina serem baldes de minerais, sais e seja lá o que mais deixe a água com um cheiro de limpeza, quase de sabonete. Nenhum dos dois conseguirá ver qualquer parte do outro que estiver submersa, mas o sangue dele ainda acelera ao saber que Kisa está nua como ele sob a água gelada.

— Pronto — diz Kisa baixinho, e Seokga se vira.

Se estiver tremendo de repente, é só por causa do frio.

...não consigo acreditar... estou... fazendo isso... o que... deu em mim...

Ela está recostada na parede rochosa, a uma distância segura dele, com água até o pescoço. Kisa fecha os olhos.

— Você tem razão — murmura ela, com certa relutância. — Está ótima mesmo.

...o que estou fazendo... o que estou fazendo... o que... estou... fazendo...

Seokga encara a curva do pescoço dela, e seus joelhos fraquejam. Desvia o olhar rapidamente, estampando um sorriso casual no rosto (em vez de uma expressão apaixonada) e tentando não imaginar como seria colocar os lábios ali, se ela se contorceria sob seus beijos gentis.

Kisa abre os olhos e os revira.

— Você está fazendo uma carinha muito satisfeita pro meu gosto — informa ela.

Seokga tenta mais uma vez neutralizar a expressão para algo mais... sutil. Kisa solta uma risada sarcástica e se afasta da parede, começando a nadar. Ela murmura:

— Você é tão óbvio.

— Quê?

— Nada.

Os olhos dela cintilam. O cabelo é uma linda nuvem marrom no lago enquanto ela flutua para cada vez mais perto, e então se afasta um instante depois, como uma maré tranquila.

Aqueles olhos cintilantes.

— No que estava pensando, lá no spa seco? — pergunta o deus, baixinho, arqueando as sobrancelhas e fingindo que seu coração acelerado *não* parece prestes a arrebentar as costelas e saltar para fora do peito.

Aqui, Seokga torce para que o que venha a seguir seja uma grandiosa confissão amorosa. Que ela vá admitir estar caindo de amores por ele, toda curiosa sobre suas habilidades linguais. E então ele dirá que ficaria mais do que feliz de mostrar, e ela se apaixonará por ele, e os dois irão...

Kisa faz uma careta e balbucia:

— Às vezes, quando eu... Às vezes recito trechos de livros na cabeça. O fio decidiu deixar que você escutasse, acredito eu. — Ela lança um olhar fulminante ao dedo mindinho, para o nó vermelho. — É sério, ele tem o pior senso de humor possível...

— Ah — solta Seokga, sem palavras para expressar a decepção. E então ele franze a testa. — Que tipos de livros você anda *lendo*, Kisa?

— Bons livros — responde ela após uma longa pausa, bem azul. — Livros muito bons. Sobre muitas... coisas. Diferentes tipos de... coisas.

Seokga sorri com malícia.

— Tô vendo. Ou melhor, tô *ouvindo*.

Mas a resposta chega tarde, porque ele fraquejou. O lampejo de uma lembrança vívida irrompe em sua mente: uma estante abarrotada em um apartamento em Nova Sinsi. Uma gumiho sorridente se oferecendo para lhe emprestar um daqueles títulos absurdos. Algo sobre um pirata. Ou será que era um escocês? Ou os dois?

Talvez Kisa saiba. Ao que parece, a paixão por livros picantes passou de uma vida para a outra. O peito dele se aquece, e uma felicidade amarela flui pelo vínculo. Antes que Kisa possa lhe lançar um olhar perplexo, Seokga inclina a cabeça para trás e encara as estalactites. Sua alegria suave vacila. A última vez que esteve em uma caverna, estava aprisionando o pai. Apostaria qualquer coisa que Mireuk também está observando as estalactites neste exato momento, como tem feito há milhares de vidas, debaixo do Canal do Deus Cativo, naquele mesmo rio. Este cruzeiro é o mais perto que Seokga chegou do pai em uma eternidade.

— No que *você* tá pensando? — pergunta Kisa, sussurrando.

O coração dele praticamente para.

O deus da trapaça está tão chocado por Kisa ter acabado de usar banmal, o tom informal (por dentro, está gritando de triunfo e dando soquinhos no ar), que nem registra o que ela de fato *disse* até que repete. Em banmal. *Banmal.*

— Seokga — insiste Kisa.

— *Hã*... É... — começa o deus, fisicamente incapaz de dizer qualquer coisa eloquente neste momento. Seu coração começou a bater com tanta força que ele se pergunta se está tendo um infarto.

A preocupação de Kisa escorre pelo vínculo.

...é porque... usei... banmal?... melhor... não usar?... pensei... porque... estamos nus... afinal...

— Não — responde Seokga, ofegante, lutando para atravessar o lago sem parecer um peixe fora d'água. — Por favor, use banmal. *Por favor.*

E lá se vai a tal "onda" dela. O deus tenta conter um grito de vitória.

Ela faz um gesto vago para o fio, erguendo o braço esguio, o que deixa a boca de Seokga pateticamente seca.

— Nada... disso significa que não podemos ser amigos. Poderíamos... quer dizer... vamos fazer isso? Sermos só amigos?

Amigos. O coração dele se despedaça e se recompõe de uma vez só.

— Só amigos — repete ele, em um murmúrio rouco.

— Eu gostaria. De ser sua amiga. — O sorriso dela parece uma tímida lua crescente, quase invisível atrás das nuvens. — Agora, me conta no que estava pensando? Fiquei curiosa com o jeito que você olhava para as estalactites.

Recomponha-se, diz Seokga a si mesmo, embora tenha cada vez mais certeza de que está no meio de um ataque cardíaco.

— O Fio Vermelho está guardando meus segredos agora, é? — resmunga, e sua tentativa de soar agradável e casual falha miseravelmente.

Kisa dá de ombros e sorri de canto.

— Pelo visto, sim.

— Eu só... estava lembrando do meu pai.

Seokga se endireita no lago e balança a cabeça, respingando água em Kisa — uma maneira rápida de mudar de assunto.

Um brilho familiar nos olhos dela diz a Seokga que Kisa sabe exatamente o que ele está fazendo, mas decide relevar mesmo assim. Ela joga a cabeça para trás e, com muita vontade, a lança para a frente de novo, tirando a água dos longos cachos ensopados. Erguendo as mãos para se proteger do ataque, Seokga se pega dando risada.

— Tá bem, você e o seu cabelo venceram — admite a contragosto.

Ele detesta perder, mas, se for para Kisa, não se importa.

Ela sorri de canto, mas estremece um instante depois. Quando ergue o braço da água de novo, o deus vê que a pele dela ficou toda arrepiada.

Mais uma vez, ele se sente como um cavalheiro do século XVI ou algo assim. Seokga não consegue pensar em outro motivo para que se sinta desse jeito só de ver um único braço e pescoço desnudos.

— Acho que preciso sair — diz Kisa, batendo os dentes, enquanto olha para ele. Quando foi que ficaram tão próximos? — Não faço a menor ideia de como você consegue ficar tanto tempo na água. Não sente *nenhum* calafrio?

— Sinto vários. — Seokga vai até a parte rasa, onde se põe de pé e caminha até a água atingir sua lombar. — Nas costas — acrescenta, embora seja óbvio que essa não é a razão de estar flexionando os músculos das costas com tanta concentração.

O deus fica satisfeito ao sentir a água escorrendo pelo corpo (acredita que isso traz um certo efeito à cena) e ainda mais satisfeito quando sente o olhar de Kisa sobre ele. Os calafrios se multiplicam enquanto Seokga sente os olhos dela descerem cada vez mais.

— *Hã…* — Kisa puxa o ar e depois dá uma tossida. — Certo. Sim. Você provou que eu estava errada… Mandou bem.

…não consigo parar… de olhar… ele é… per…

Uma emoção peculiar percorre o Fio Vermelho. Parece quase…

Ouve-se um som súbito e alto de água se agitando.

Seokga se vira e vê que Kisa mergulhou completamente na água gelada.

CAPÍTULO VINTE E UM

SEOKGA

QUE GÊNIO, SÉRIO MESMO.

Seokga dá um tapinha no próprio ombro antes de se transformar na versão adulta do irmão. Enquanto penteia seu mais novo e longo cabelo prateado diante do espelho, o rosto perfeitamente socável de Hwanin o encara de volta, completamente vivo e nem um pouco assassinado.

Kisa está sentada atrás dele, na cama do imperador, de lábios franzidos e segurando o deus que virou bebê. O cabelo dela ainda está úmido por causa do mergulhinho que deram.

— Você vai ter que usar um dos hanboks dele — aponta ela, e o banmal nunca soou tanto como música para seus ouvidos. — Não tenho certeza se Hwanin usaria tudo preto como você. Vai precisar da bengala?

— Não neste corpo — responde Seokga, apoiando a amada bengala na parede, já sentindo falta de segurar o punho de imoogi prateado. — Se eu estivesse só criando a ilusão de ser o Hwanin, precisaria. Mas, com a transmutação, o meu corpo *se torna* o dele.

Seokga vai até a mala do irmão, em cima da ornamentada mesa de madeira do quarto, e a revira até encontrar um hanbok azul embalado a vácuo. *Talvez* ele flexione os músculos das costas de novo quando tirar o suéter escuro, já que seu showzinho no lago foi de um êxito espetacular. Se Kisa acabar olhando — e ele torce muito para que olhe —, quer que ela fique bem impressionada.

Mas então ele se lembra de que está mostrando as costas *do irmão*. Sete infernos.

Seokga faz uma careta.

— Não olha — resmunga por cima do ombro. Se existe alguém capaz de superá-lo, é seu irmão.

— Não vou — responde Kisa, achando graça, mas ele acredita nela. — Por que não criou uma ilusão? Parece mais fácil.

Seokga passou dez longos minutos ajustando os pormenores no rosto de Hwanin e se retraindo enquanto os ossos e a pele se moviam.

— Você acha que ilusões funcionam mesmo? — pergunta, tirando a calça também.

— Não muito — admite Kisa, curiosa. — Os xamãs de Seokga que eu conheci... os *seus* xamãs... saíam atirando elas por aí que nem confete. Ilusões de animais raivosos, monstros horripilantes... Essas eram as mais populares.

...eram... assustadoras...

Seokga não consegue evitar a bufada de desdém.

— Isso aí é brincadeira de criança. Eles só têm uma parte minúscula dos meus poderes. Meus xamãs conseguem criar ilusões, mas não tão bem quanto eu. Quando trabalho com ilusões, elas não só *parecem* reais, você *sente* como se fossem. Se criasse a ilusão de um animal raivoso, também criaria o bafo quente e a sensação exata dos dentes se cravando na pele. O azarado que fosse atacado *acreditaria* estar sendo rasgado em pedacinhos. Seu cérebro processaria a experiência como algo real. Embora o animal não seja, tecnicamente, de verdade, a dor seria. É um processo delicado, e requer treinamento e controle profundos — explica, todo orgulhoso.

Enquanto alisa o tecido azul-escuro do hanbok que acabou de vestir, Seokga se preocupa de ter amedrontado Kisa. Mas, ao se virar, ela está boquiaberta e com os olhos brilhando, encarando-o como se ele fosse a última bolacha do pacote.

É inebriante. Seokga se sente bem bêbado.

A fantasma pergunta:

— Você não criaria uma ilusão pra mim agora, né?

Os lábios dele tremem com malícia, e Kisa pisca de surpresa.

...que estranho... Hwanin jamais... sorriria assim... tão perverso... mas tão gentil... ao mesmo tempo...

— O que você quer ver? — pergunta Seokga, se sentindo um completo idiota enquanto ela sorri para ele.

Ver Kisa tão animada é o vício que escolheu ter.

— O animal raivoso!

— Não mesmo — retruca ele.

— Para fins científicos...

— Não.

Desta vez, aqueles olhos suplicantes não funcionarão nele.

— Tá bom. — Ela bufa, incrivelmente emburrada. — Eu *acho* que uma nuvem de chuva serve.

— Uma nuvem de chuva?

Ele está se deliciando com o rubor dela.

— É só que… eu amo tempestades.

Por algum motivo, essa pequena confissão, esse pequeno detalhe sobre Kisa, é tão valiosa para Seokga que por um momento mal consegue respirar.

— Eu também — sussurra o deus, prontamente e absolutamente humilhado quando a ternura percorre o fio de sua ponta até a dela, em um rosa berrante e ardente.

O fio gira em torno de si e forma um enorme coração, que Seokga fuzila com o olhar, temendo a reação de Kisa.

Só amigos. Só amigos.

Mas ela está sorrindo.

— Se isso aí não for senciente, eu sou um peixe-boi — declara, rindo.

Antes que o Fio Vermelho o obrigue a fazer papel de bobo mais uma vez, Seokga balança as mangas do hanbok e começa a ilusão. Para Kisa, não fará só uma nuvem de chuva — mas uma tempestade inteira.

Alcançando o poço de poder divino dentro de si, Seokga começa a entrelaçar os fios de pensamento. Em sua mente, visualiza um céu cinza turbulento, pesado e prestes a desabar em uma chuva gelada. A barriga inchada de uma nuvem quase azul-marinho, escura e deliciosamente ameaçadora. O ar com um cheiro fresco, denso com toques de ozônio, rico com o perfume do solo úmido, à espera.

O prazer de Kisa o preenche conforme o quarto escurece e o teto é coberto por uma camada de nuvens agitadas de tempestade. O cabelo dela… Seokga deseja vê-lo tremulando à brisa fria salpicada de chuva — e é exatamente o que acontece.

— Brilhante — sussurra ela enquanto o deus invoca o estalo de um relâmpago, que ilumina o rosto erguido de Kisa com um clarão branco.

O trovão vem em seguida, um contralto estrondoso que se avoluma em um crescendo até que gotas gordas de chuva jorram das nuvens, congelantes, salpicando o chão do quarto e formando poças reluzentes.

Kisa ri, e esse é (como sempre) o som mais maravilhoso que Seokga já ouviu. Ela pula da cama e rodopia pela chuva, girando Hwanin, as risadinhas do bebê se misturando à sua alegria. De olhos turvos pela chuva (só pela chuva, nada mais), Seokga observa com um orgulho trêmulo enquanto os três sorriem para sua criação e a acham linda.

Como o irmão, Seokga perambula pelo navio, tentando ao máximo parecer um Hwanin Absolutamente Autêntico. O que significa sorrir para passageiros que passam (que horror), manter uma expressão indulgente de superioridade humilde o tempo todo (muito difícil, já que está acostumado a expressar escárnio abertamente) e parar diversas vezes para cuspir o próprio cabelo da boca (não que Hwanin fizesse isso, mas Seokga *precisa* fazer, já que o cabelo é tão *longo*).

Kisa, Hwanin, Hajun e Somi o seguem de pontos diferentes enquanto ele zanza por aí. A esperança é que sua presença atraia o assassino, convencendo-o de que o imperador, de alguma forma, sobreviveu àquela noite fatal (sem o coração) etc. É uma aposta arriscada, mas é a melhor que têm. E não custa nada manter as aparências e garantir ao mundo que Hwanin está definitivamente vivo e passando bem.

Seokga-de-Hwanin segue até o cassino do Convés 7. O local está bem agitado e barulhento, com as luzes piscantes das máquinas de jogo e vários dados sendo jogados. O deus sente um desejo intenso de ludibriar os passageiros para arrancar-lhes o dinheiro, mas o imperador jamais se aproximaria das mesas de roleta ao fundo. Em vez disso, Hwanin pediria educadamente alguma bebida no bar do balcão de mogno lustroso — e é isso que Seokga faz. Aliviado por saber que três (ou quatro, se o Hwanin verdadeiro contar) pares de olhos o observam discretamente atrás de qualquer sinal do assassino, Seokga tenta aproveitar o rum com Coca-Cola. Está terrivelmente doce, mas ele se força a beber enquanto espera. O cassino, em toda a sua penumbra caótica e barulheira intensa, seria um lugar oportuno para que o criminoso desse uma boa olhada no deus Não Morto. Não há muita gente bebendo a essa hora do dia, mas, pelo canto do olho, Seokga vê uma mulher sentada a algumas cadeiras de distância, aparentemente admirando o cabelo dele. Típico. O deus volta o rosto para ela, e seu humor azeda na hora ao reconhecer Soo-min. A hipócrita.

— Não deveria estar *trabalhando*? — questiona, antes que consiga evitar, ainda emburrado pela interrupção de mais cedo. Mas sua voz é a de Hwanin, e o tom suave habitual do irmão soa bastante estranho fazendo uma pergunta tão brusca. Com uma careta, ele pigarreia. — Quer dizer... olá.

Soo-min se engasga com a bebida, ainda boquiaberta diante dele.

Seokga suspira. Hwanin esticaria a mão e daria tapinhas nas costas dela, então é isso que ele faz.

— Obrigada, Vossa Majestade — diz a mulher, sem fôlego, massageando o pescoço.

Vossa Majestade. Em vez de imitar o assentir cordial de Hwanin, o deus se vê voltando abruptamente à própria bebida. Houve um tempo em que tudo o que queria era ver o irmão mais velho fora de seu caminho. Antes de Hwanung, Seokga era o próximo na linha de sucessão ao trono. Mesmo depois do nascimento do sobrinho, ele tinha o plano grandioso de acabar com pai e filho ao mesmo tempo e roubar o título real para si. Muitos de seus maiores sofrimentos e anseios se resumem a estas duas palavras: *Vossa Majestade.*

Anos atrás, talvez Seokga tivesse se deleitado em ser reconhecido como imperador, mesmo que na pele de Hwanin. Agora, sente uma estranha insatisfação — em vez disso, há algo, *alguém*, que ele quer: uma mulher de olhar vivaz, com cachos desgrenhados e uma mente afiada que o surpreende a cada segundo, seja com seu intelecto feroz, seja dançando na chuva e se juntando a ele para caminhar por águas geladas.

A dra. Jang chamaria isso de *amadurecimento positivo.* Seokga não sabe bem se é realmente *positivo* quando a única coisa que ele deseja decidir deixá-lo — abandoná-lo — mais uma vez. Ele torce para que, quando Kisa partir, ele não mergulhe de novo em uma espiral de vilania... Mas não há como prever qual caminho escolherá. Desta vez, quando ela se for, terá ido de vez.

E tudo isso, esses trinta e três anos de busca, terá sido em vão.

Seokga vira o resto da bebida e gesticula para pedir outra, apesar da nojeira geral do drinque.

— Posso perguntar se o senhor tem gostado do cruzeiro até agora? — fala Soo-min.

— Tenho. Sim. Ótimo — resmunga o deus da trapaça, de repente engolido por uma onda de depressão.

Só percebe que a mulher mudou de lugar e agora está sentada o mais perto possível dele quando ela coloca a mão em seu ombro. Seokga se enrijece.

— Se houver qualquer coisa que eu possa fazer pelo senhor, para tornar a viagem mais agradável, é só dizer. — Soo-min sorri com cordialidade. — Sou eu que cuido do entretenimento dos passageiros. Por acaso estaria interessado em outro baile na estufa? Podemos manter seu irmão afastado desta vez.

Ele se desvencilha do toque dela.

— Meu irmão é *incrível* e provavelmente seria um imperador melhor do que eu — retruca, curto e grosso, torcendo para que a mulher vá embora.

Ela não vai. Em vez disso, Soo-min o encara. De novo. Seokga retesa o maxilar de irritação enquanto ela passa os olhos pelo rosto dele, sem dúvida afetada pela atração superficial que Hwanin de alguma maneira consegue causar em quase qualquer mulher. A diretora do cruzeiro parece quase *sedenta.*

— Desculpe a pergunta, mas estou curiosa. O senhor parece tão... — Soo-min inclina a cabeça e lambe os lábios. — Saudável. Jovem. Inteiro. Qual o segredo?

— Perdão? — pergunta Seokga, de dentes cerrados.

— A sua rotina de *skincare* — esclarece ela rapidamente. — Qual o segredo?

A haetae escuta, em um êxtase irritante, enquanto Seokga inventa a contragosto uma rotina bizarra de dez passos que Hwanin definitivamente nunca fez. Envolve uma série de cremes, cubos de gelo e — mais para o divertimento de Seokga — um procedimento específico que envolve uma batata crua e descascada e uma caneta esferográfica. Quando enfim conclui seu discurso de merda sobre *skincare*, o deus consegue inventar uma desculpa para escapulir, determinado a atrair o assassino para *longe* da diretora do cruzeiro de olhar ávido.

Mas, para sua profunda decepção, o criminoso parece estar ignorando completamente o desfile régio de Hwanin pelo navio — mesmo quando Seokga volta para o exato ponto no corredor I-95 onde o irmão foi morto. Apenas uma pessoa o puxa para um canto isolado, e é Yoo Kisa, que parece bem frustrada.

Seokga fica bem animado com essa mudança de planos repentina, mas a fantasma não faz qualquer menção de puxá-lo para um abraço fervoroso (uma pena).

Em vez disso, ela suspira e meneia a cabeça.

— Isso não está funcionando. Precisamos tentar algo diferente.

Passam o resto do dia na investigação fútil de um mistério que nem ao menos parece querer ser solucionado. Seokga se transforma no tipo mais comum de passageiro do CRS *Bateu As Botas* (um homem velho e pelancudo que trabalhava em banco, empresa ou algum outro lugar chato) e sai para bisbilhotar atrás de testemunhas secretas, sondando furtiva e sutilmente outros passageiros atrás de qualquer indício de que viram qualquer parte do assassinato.

— Bem, ontem à noite eu ouvi um barulhão de água — diz uma mulher, com a voz arrastada, entre um gole e outro do *frozen* de limonada claramente batizado com alguma bebida alcoólica.

— Deve ser porque estamos em um cruzeiro — retruca Seokga, querendo se livrar da barriga velha e pelancuda o quanto antes.

A haetae revira os olhos.

— Mas assim, vai saber, né? — Ela suga o canudo preguiçosamente, os olhos desfocados. — Talvez alguém tenha caído no rio. Não seria triste?

— Não é disso que preciso — resmunga o deus, e se retira antes que a mulher possa irritá-lo ainda mais.

Convencido de que não conseguirá nada de útil, Seokga bamboleia (que ultraje!) para dentro da loja de doces no Convés 6 e sai de lá com um saco enorme de Kopiko.

Além da bala e da experiência humilhante por conta da própria vaidade, Seokga não ganha nada com essa empreitada. A pedido de Somi (que pode ir se foder) e Kisa (que executa a arte de olhinhos de cachorro abandonado contra ele), vai tentar de novo amanhã. Mas, por ora...

Na suíte, Seokga esconde a cueca por precaução, extremamente ciente de que o CRS *Bateu As Botas* abriga não apenas um, mas dois espiões do *Fuxico Divino* — e um assassino. Que baita viagem de férias essa merda está sendo. Fica *muito feliz* de tomar o antidepressivo às sete horas.

No corredor, Kisa bate à porta — uma batida que faz o coração de Seokga retumbar no peito. Antes de deixá-la entrar, ele arruma o cabelo e se certifica de que a cueca enfiada debaixo da cama não está à vista. Será que é errado brincar de casinha no meio de uma investigação de assassinato? Sem dúvida alguma. Mas Seokga simplesmente não dá a mínima.

A fantasma está radiante sob a iluminação tênue do corredor e, ao entrar no quarto, traz consigo um perfume inebriante de canela e... — quem diria que Seokga acharia o cheiro de antisséptico de limão tão sedutor?

— Oi — sussurra Kisa enquanto o deus fecha a porta. Está usando a bata cirúrgica de costume, mas carrega uma ecobag de onde desponta uma calça de pijama rosa. — Cadê o Hwanin?

Seokga gesticula para a cama. O bebê está adormecido no meio dela, uma bolinha rechonchuda minúscula cercada por um mar branco. Como se sentisse o olhar de Kisa, ele abre a boca e solta um grito. Seokga faz uma careta, e a noite começa.

Entre aprender a acalmar uma criança e moer flores de Hallakkungi para a mamadeira, ocorre-lhe que Kisa está preparando-o — para quando ela se for, e ele estiver sozinho com aquele demônio escandaloso. Essa ideia o faz retesar o maxilar e tentar reprimir a dor e o arrependimento antes que sejam revelados pelo fio.

Quando Hwanin enfim cai no sono (e na cama de *Seokga*, que fique claro), os dois se jogam nas poltronas estofadas do quarto, exaustos, mas ainda não prontos para dormir. Depois da performance de Seokga como o irmão nesta noite, pode ser que o assassino volte para tentar de novo. Enquanto o deus esfrega os olhos de cansaço, Kisa tira o caderno da bolsa e começa a escrever.

— O que você está anotando? — sussurra ele, a voz soando rouca até para si mesmo.

Kisa se detém, pega no flagra. Exausto e levemente embriagado pela imagem dela vestindo calça de pijama rosa e uma camisa amassada da loja de lembrancinhas, onde se lê EU GOSTO DE BARCOS GRANDES, NÃO VOU MENTIR, Seokga não consegue evitar abrir um sorriso malicioso.

— Poemas de amor, talvez? Ou algo um pouco mais... explícito? — provoca ele.

Sua recompensa é o rosto dela ficando azul.

— Eu... você... o quê... *não!* — gagueja Kisa. O constrangimento dela dispara pelo fio em um roxo humilhante.

— Meus olhos normalmente são descritos como "perenes" e "verdejantes" — conta Seokga, querendo ajudar. — Também pode mencionar minha altura impressionante uma ou duas vezes. E quem sabe meu belo e definido maxilar, ou minha excelente silhueta...

— Se quer *mesmo* saber — interrompe Kisa, corando intensamente, para a alegria de Seokga —, estou, *hã*, anotando algumas observações. Sobre o vínculo.

E, mais uma vez, ele se sente como um ratinho de laboratório.

A apreensão dela percorre o fio, deve ter ouvido os pensamentos de Seokga. Essa conexão está começando a se tornar inconveniente. Seokga queria poder se lamuriar em paz.

... preciso... explicar...

— Eu não te vejo assim — explica ela, às pressas, retorcendo as mãos de nervosismo enquanto fala. — Não... Não estou te usando de ratinho de laboratório... Embora ser comparado a um rato não seja sempre um insulto, porque alguns são muito inteligentes... Embora isso costume ser, com frequência, um resultado do condicionamento… — Kisa fecha abruptamente a boca, faz uma careta, respira fundo e começa de novo. — Quando eu estava na faculdade, quando escolhi meus projetos de pesquisa, escolhi temas pelos quais eu era… ou poderia ser… apaixonada.

Parte do desolamento dele começa aos poucos a se desgastar.

Ela acrescenta depressa:

— Não que eu esteja, bem, apaixonada por você…

Ele sorri de canto. O fogo crepita na lareira.

— E não estou tentando dizer que você deveria considerar isso um elogio, porque eu *odeio* quando as pessoas dizem isso. É sempre pra poder cometer plágio ou te insultar indiretamente, ou é dito por homens esquisitos pra ficar encarando os seus peitos, mas…

— Mas eu deveria considerar isso um elogio — complementa Seokga, sem poder impedir os lábios de se curvarem para cima em um sorriso provocador. E então ele franze a testa e questiona, não conseguindo evitar que a violência transpareça na voz: — Quem ficou encarando os seus peitos?

— A questão não é essa. — Kisa parece abatida. Ela resmunga: — E, bem… no seu caso, não é bem um *insulto*, exatamente.

— Posso dar uma lida? — Seokga estreita os olhos para o caderno. De repente, ele está intrigado.

Kisa parece horrorizada. O Fio Vermelho treme no que deve ser uma risada. Seokga precisa se esforçar para não rir junto.

— Se não me deixar ler um pouco, vou presumir que está escrevendo aquela poesia… — insiste, incapaz de se conter.

Bufando e corando, ela retruca:

— Ah, tá bom. Aqui. Toma. — Kisa oferece o caderno, mas, quando Seokga tenta puxá-lo, a fantasma não o solta. Os olhos dela se arregalam. *Eu… esqueci… que escrevi… sobre…* — Só ignore… Só ignore o que estiver rabiscado.

Erguendo as sobrancelhas, o deus consegue roubar o caderno. E, contrariando a súplica dela, ele não ignora o que está rabiscado.

— Sua letra é tenebrosa. Por acaso isso aqui tá em inglês?

— Tá — responde Kisa, emburrada. — Consegue ler?

— Por alto.

Pessoalmente, Seokga *odeia* inglês. É uma língua horrível, inconsistente e volátil. Mas chegou a aprender, só para o caso de a reencarnação de Hani morar do outro lado do mundo… Também aprendeu espanhol, francês, italiano, tailandês, chinês, hebraico e swahili. Tinha acabado de começar a estudar árabe e hindi quando foi forçado a tirar férias.

— Talvez você devesse me devolver — diz Kisa, parecendo extremamente ansiosa. — Na verdade, é. Acho mesmo que deveria…

Tarde demais. Os olhos dele já se fixaram em algo muito, *muito* interessante. Um garrancho, e por baixo dele…

— Fascinante — comenta o deus, os lábios se abrindo em um sorriso.

As mãos de Kisa saltam para a boca.

— *Ignora* os rabiscos!

— Também sempre pensei que minhas "nádegas" eram meu melhor atributo físico…

Ela praticamente se joga sobre a cadeira dele, pulando por cima da mesinha de centro e agarrando o caderno de volta. Está respirando pesado enquanto fuzila o deus com o olhar. O coração de Seokga martela pela forma como ela está com metade do corpo sobre a cadeira, com um dos joelhos entre as pernas dele e uma das mãos no descanso de braço…

Seokga pisca vagarosamente para Kisa. O cabelo dela cai feito uma cortina ao redor dos dois. Antes que consiga se conter, o deus estica a mão e enrola um dos lindos cachos castanhos com o dedo. Para sua extrema satisfação, Kisa arregala os olhos e fica boquiaberta.

O olhar dele se fixa naqueles lábios, no contorno perfeito, na cor voluptuosa que o faz pensar em frutas vermelhas esmagadas. Ele dá a Kisa todas as chances de se afastar enquanto move a mão devagar até a boca dela, roçando o polegar no lábio inferior carnudo.

O semblante de Kisa fica sério.

Um calor se agita na barriga de Seokga quando a língua dela surge e encosta com hesitação no dedo dele. Um instante depois, Kisa fica completamente azul, morrendo de vergonha.

…não faço ideia… por que fiz isso… ah… meus deuses…

Ela se afasta, trêmula, de bochechas coradas e olhos reluzentes, com o caderno em mãos.

— Só amigos — sussurra, quase que para si mesma.

— *Mmgmumph* — responde o deus, com o cérebro completamente do avesso.

Quanta eloquência.

Kisa encara o fio com uma expressão acusatória.

— Isso aí tá tramando alguma coisa, eu sei que tá. Tá me deixando…

QUEM, EU?, escreve o fio antes de se endireitar.

Ela aponta, arregalando os olhos.

— Você *viu* isso?

Seokga está escolhendo ignorar a questão da senciência do fio em favor de um assunto mais urgente.

Ele balança a cabeça na tentativa fracassada de clarear os pensamentos.

— Na verdade, talvez você fique intrigada ao saber que, cientificamente falando, é claro, o fio *não* pode te obrigar a sentir nada. — O sorriso parece presunçoso até mesmo em seu próprio rosto. Mais uma expressão afiada de malícia satisfeita do que qualquer outra coisa. — Até onde sei, o compartilhamento de pensamentos, de emoções... Nada disso manipula os *seus* pensamentos e emoções. Pode anotar isso aí no seu caderno — acrescenta com graciosidade, fazendo um gesto indulgente com a mão.

...será que... é verdade... não é... o... fio?

Kisa estreita os olhos para ele, mas, um segundo depois, rascunha algo furiosamente.

...o que... poderia... significar?...

Minutos mais tarde, Seokga arqueia a sobrancelha.

— Você não terminou sua frase.

— Que frase?

A forma como as palavras escapam entre os dentes dela diz a Seokga que Kisa sabe exatamente a que frase está se referindo. Ainda assim, decide dar corda.

— O que você sentiu? — pergunta o deus, eufórico por dentro.

Kisa o fulmina com o olhar.

— Uma *amizade* muito legal e platônica.

— Fiquei curioso... — insiste Seokga, sentindo uma esperança diferente de tudo que já sentiu antes — ...um amigo platônico admira as "nádegas" de outro amigo?

Kisa fecha a cara, mas ele percebe que, por baixo da carranca, ela está tentando não sorrir.

— Vou me deitar — esbraveja ela.

— Não sei se isso é uma boa ideia — comenta Seokga, arqueando a sobrancelha. — Se o assassino vier esta noite, o primeiro lugar que ele vai checar é o quarto de Hwanin...

Kisa hesita.

— A menos que você queira se arriscar, é melhor ficar aqui.

Seokga faz o melhor que pode para parecer extremamente acolhedor e gesticula para a cama onde Hwanin está cochilando. Não tem medo de admitir que gostaria bastante que Kisa passasse a noite com ele.

Infelizmente, parece que ela está plenamente consciente de suas tramoias.

— Tem um sofá na sala que conecta os quartos — informa Kisa, com os lábios tremendo. — Boa noite, Seokga.

O deus solta um grunhido decepcionado, o que faz ela rir.

Incapaz de dormir pelas horas seguintes, certo de que o assassino vai reaparecer, Seokga se levanta para esticar as pernas e pegar um cobertor extra ao pé da cama. Na sala de estar, Kisa está encolhida no sofá, com um livro esfarrapado ao peito.

Curioso, Seokga espia a capa. Ele prende a respiração ao ver o pirata das Terras Altas e a mulher desfalecida. Aquele livro lhe parece *familiar.* Pela segunda vez naquele dia, a estante no apartamento minúsculo de Hani lhe volta à mente — o jeito como ela acumulava livros de romance como um esquilo acumula nozes. Ah, sim, é esse: o livro sobre o escocês que também é pirata, *que também* é viajante do tempo. Desconcertante.

E esse também deve ser o livro abençoado com a "sensação escorregadia" da língua de alguém. Seokga balança cabeça, tentando não rir. Tentando não pensar demais.

Dá errado.

O problema do Navio de Teseu está sempre em sua cabeça. E esse livro caindo aos pedaços causa uma pequena fissura de esperança que atravessa seu coração.

Ele não gosta nem concorda com a teoria (bem deprimente) de Jang, mas talvez... talvez possa formular a própria hipótese. Uma que diga que o Fio Vermelho o conectou a Kisa por causa do que já compartilharam e do que talvez possam voltar a compartilhar. Talvez fosse de Hani que ele precisasse primeiro; Hani, com sua história de espionagem, capaz de se esgueirar por suas defesas e arrombar o cadeado da jaula em torno de seu coração. Para mostrar que ele poderia amar e ser amado. Para mostrar que ele merecia tudo isso.

E talvez agora seja Kisa de quem ele precisa — Kisa, com suas mãos que curam e sua natureza gentil. Deve haver alguma parte intrínseca da alma dela que o atrai, não importa a época — sejam os agitados anos 1990 ou trinta e três anos mais tarde. Não importa o lugar — seja em Nova Sinsi ou em um cruzeiro monstruoso no submundo. Não importa o corpo que seu espírito habite — seja uma gumiho fatal, tão sedutora quanto a própria noite, ou uma médica genial com uma juba de cachos cor de café e o sorriso mais doce e tímido. *Ah, poderia se apaixonar por ela para sempre, em todas as suas formas*, pensa Seokga. Ela não é Hani. É Kisa. E está começando a adorá-la.

Muito.

Kisa não se mexe quando Seokga a cobre com um cobertor e admira o modo como o luar que se infiltra pela janela ilumina os traços suaves de seu rosto, os lábios entreabertos. O jeito como a testa se franze e se suaviza mesmo durante o sono, como se estivesse resolvendo equações complexas nos sonhos.

— Boa noite, Kisa — sussurra.

Quando enfim vai se deitar, um sorriso relutante se alarga em seu rosto quando seu irmãozinho rola sonolento até ele.

De manhã, o cabelo de Kisa parece um ninho de rato.

— Bom dia — cumprimenta Seokga, que passou os últimos quinze minutos arrumando meticulosamente o cabelo para que ficasse de um bagunçado despojado, escovando os dentes e garantindo que parecesse atraente no geral (sem camisa, diga-se de passagem), antes de pular de volta na cama com o bebê adormecido para aguardar, ansiosamente, por Kisa.

Parada à porta, ela pisca para ele.

— Você estava certo — comenta ela, ainda com sono. — Hwanin chora mais que uma criança normal *mesmo*.

Os dois ficaram acordando a noite inteira por causa do bebê e da ansiedade generalizada de se estar em um cruzeiro onde há um assassino à solta. Para a decepção dele, Kisa não está admirando seu peitoral ao se sentar na cama. Em vez disso, está encarando seus… lábios?

Seokga tenta fazer um leve beicinho para acentuá-los. O lip balm que passou deve estar funcionando.

— Tem um pouco de pasta de dente aí no canto — informa Kisa, com um sorrisinho irônico que o faria cair de joelhos se estivesse de pé.

Pelas tetas de Hwanung. Seokga faz uma careta e logo limpa o rosto, antes de congelar quando alguém bate na porta.

— Seokga? — chama uma voz conhecida. — Preciso conversar com você.

Doutora Jang. O deus salta para fora da cama — e então se detém de súbito e olha para Hwanin, mas o irmão continua dormindo tranquilamente, sem qualquer sinal do berreiro de gato briguento.

A terapeuta *não pode* saber que o imperador virou um bebê.

— Merda — sussurra Seokga. — Merda, merda, merda. Kisa…

Mas ela já está um passo à frente, correndo para pegar Hwanin e praticamente saindo em disparada do quarto, cruzando a sala de estar e entrando no quarto do irmão. A porta fecha e depois se tranca. Seokga respira fundo antes de ir até a porta da sala de estar e abri-la para cumprimentar a sorridente psicóloga.

Se ao menos ele tivesse uma câmera para registrar cada um dos visuais da dra. Jang nessas férias. Se pensou (ou *esperou*) que nada pudesse superar o vestido de patinho de borracha, cometeu um grave erro. A mulher idosa está diante dele segurando uma ecobag enorme de estampa floral e vestindo os óculos de sol rosa-choque, um chapéu coberto de margaridas e tão amarelo que chega a doer os olhos e um conjunto de camisa e short havaiano cujas cores vibrantes só perdem para os clogs de plástico verde cheios de furinhos.

— Bom dia, Seokga.

O ruído que escapa da boca dele está entre um espirro e um "oi". O deus fecha a boca com força. Jang sorri.

— Posso entrar?

— Claro — consegue dizer, ofegante.

A terapeuta passa por ele com toda a elegância e, depois de hesitar por um momento, se senta em uma das poltronas. Seokga fecha a porta e se senta a contragosto diante da mulher, torcendo para que Kisa mantenha Hwanin escondido e quieto.

— Onde está seu irmão? — pergunta a psicóloga. — Não o tenho visto recentemente.

— Ele comeu um marisco estragado.

— Ah. — A dra. Jang sorri e então ergue os óculos de sol. — Bem, queria conversar com você sobre Yoo Kisa. Vi que ontem vocês dois foram ao spa. Parece que estão se aproximando... e imagino que algumas emoções complicadas estejam surgindo.

O coração de Seokga dá um solavanco antes de ele se lembrar de que não ficaram cuidando de Hwanin enquanto estavam na sauna.

— Eu... — começa, mas então lembra que Kisa está no quarto ao lado e provavelmente ouvindo cada palavra.

A dra. Jang aguarda enquanto Seokga passa por uma lista de respostas em sua cabeça.

— Somos amigos — conclui enfim.

— Amigos — repete a terapeuta, e sua costumeira voz clínica tem o tom de uma avó cheia de pena. Por um instante, ela se parece tanto com o delegado Shim Him-chan, que morreu alguns anos atrás, que chega a doer. Foi a intromissão paternal dele que levou Hani até o deus, e Seokga sente muita falta do velho. — Deve ser difícil passar de almas gêmeas a simples amigos.

— Não — retruca bruscamente, um reflexo automático diante do olhar de escrutínio e das palavras especulativas da dra. Jang. — Não. Fico feliz de ter conhecido ela. Como amiga.

De fato, esteve bem alegre quanto a isso — até notar a *pena* da terapeuta. Agora se sente extremamente patético.

Jang espera.

— Ela não é Hani — continua Seokga, quando o silêncio começa a ficar quase doloroso. Sua voz parece distante até mesmo para seus próprios ouvidos enquanto se lembra da gumiho animada e sorridente cujo quarto vivia abarrotado de romances eróticos e que dirigia feito um trem desgovernado. — E eu... já aceitei isso. Ela não se lembra de mim. Vou aceitar o que quer que tenha a me oferecer, mesmo que sejam só migalhas.

— É difícil se saciar com migalhas.

Respirando superficialmente pelo nariz, ele resmunga:

— Eu sei. Mas prefiro isso a nada. E ela... — Seokga lança um olhar para o quarto de Hwanin. — Ela... é incrível. Inteligente, gentil e... linda. — Apesar de tudo, ele sorri. — Gosto de passar o tempo com ela, mesmo que sejamos só amigos.

É algo bem vulnerável de se admitir, mas ele *quer* que Kisa escute.

A dra. Jang solta um suspiro baixo, tão quieto que ele mal ouve a exalação triste. Seokga estreita os olhos para ela.

— O que foi?

— Tenho notado um padrão, e sinto que é importante compartilhar isso com você.

O deus tenta manter a expressão impassível quando a mulher começa a falar:

— Quando você ama, se entrega de coração, só para receber de volta menos da metade — afirma a psicóloga. Aquilo o atravessa e machuca bem lá no fundo. — Você amava seu pai. Ainda ama.

— Duvido muito — retruca Seokga, com desdém.

— Ama, sim — continua a dra. Jang, sem se abalar. — Você o ama. Acredito que ainda faria qualquer coisa por ele.

A dor dá lugar a uma sensação indignada de ofensa.

— Com toda certeza *não* faria. Ele é louco. Nós o trancafiamos por um *bom motivo.* — Franzindo a testa, Seokga encara a terapeuta, que não parece perceber nem sentir o calor de sua ira. — Aonde está querendo chegar?

Ela, assim como ele, sabe muito bem que qualquer indício de intenções traiçoeiras deve ser reportado a Okhwang. Imediatamente.

Os lábios da mulher se contraem.

— Tenho certeza de que você já notou, Seokga, mas não estou fazendo minhas anotações de costume durante esta sessão. Venho até aqui como alguém que se importa muito com você e está preocupada. Esta conversa ficará só entre nós. Você tem minha palavra.

Em voz baixa, Seokga questiona:

— Você está ciente de que está violando diversas regras de Hwanin…

— Não me importo — declara a dra. Jang, com firmeza. — Os assuntos de que você mais precisa falar são sobre seus sentimentos por Mireuk, e sei que não estarei qualificada para ajudá-lo se não puder criar um espaço seguro para isso. Quero te ajudar. É tão difícil assim de acreditar?

É, pensa Seokga, mas deixa que ela continue.

— Para você, temo que realmente seja. Toda ajuda que recebeu na vida sempre foi uma faca de dois gumes. Hani, que concordou em ajudá-lo a encontrar o eoduksini com o objetivo de sabotar sua caçada pela Raposa Escarlate…

— Já superei isso faz tempo — vocifera, cerrando os punhos.

— Hwanin, que permitiu que você voltasse a ser um deus, mas só se matasse a mulher que amava…

Seokga morde a língua. *Isso* ele realmente nunca vai superar, mas seu irmão agora é um bebê adormecido que não machucaria nem uma mosca.

— Os monstros de Gamangnara que você liderou até Okhwang. Eles te abandonaram assim que o plano foi por água abaixo. E, é claro, tem o seu pai.

— Não tem pai nenhum — retruca Seokga, de dentes cerrados, agindo de forma propositadamente obtusa. — Nasci de utensílios domésticos antigos, como um dokkaebi. Acho que fui uma faca de churrasco.

A doutora o ignora completamente.

— Tudo volta à questão de Mireuk. Você já conseguiu ter algum tipo de encerramento?

— Trancafiá-lo em uma prisão depois de ele ter inventado assassinatos, estupros, pragas, inundações, serial killers, orfanatos etc. *foi* um encerramento.

Jang balança a cabeça.

— Foi mesmo? Então nenhuma parte sua ainda deseja a aprovação dele? Nunca se pergunta o que teria acontecido se a tivesse recebido?

Seokga hesita.

Sim, ele pensa no velho biruta o tempo inteiro. Pensa se Mireuk se arrepende de seus crimes, se as porções míseras de comida e água que a prisão oferece são suficientes para mantê-lo vivo, mas debilitado, incapaz de exercer qualquer poder. Se os grilhões esqueléticos que restringem magia vão continuar funcionando pelos próximos milênios. Seus sonhos são repletos de lembranças de Mireuk escolhendo Hwanin todas as vezes. Ao acordar, passa as horas tentando não ser como o pai, embora tenha herdado sua rabugice. Quando está particularmente deprimido, ouve músicas tristes e imagina como teria sido a vida se Mireuk não tivesse ficado louco e tivesse amado o segundo filho tanto quanto amou o primeiro.

Depois de cair do reino celestial, Seokga fantasiava em ir até Jeoseung e armar uma fuga espetacular da prisão, repleta de fantástico heroísmo. O pai estaria esperando por ele e sorriria quando Seokga, coberto de suor e salpicado de sangue inimigo, o libertasse. O belo rosto dele, tão parecido com o do deus da trapaça, se iluminaria de orgulho, e ele abriria os braços acorrentados para cumprimentá-lo:

— Meu filho, você é impressionante e estou extremamente orgulhoso de você. Agora prefiro você muito mais do que seu irmão e te perdoo por me aprisionar aqui. Vamos juntos cometer nossa vingança e parar para beber um soju no caminho.

E então ele tomaria a mão de Seokga e os dois passariam um tempo juntos, se aproximando como pai e filho e sitiando Okhwang.

Às vezes, quando Seokga está se sentimento especialmente cruel (uma tendência inata de deuses da trapaça), ele volta a essa pequena fantasia. Mas tem melhorado em se desvencilhar dela e imaginar peças mais inofensivas que pode pregar, como grudar a bunda do irmão no trono ou começar um grande esquema de pirâmide para arrancar dinheiro dos outros deuses. Passou a maior parte dos anos 2000 desenvolvendo essa última. A primeira foi como passou pelo menos metade dos anos 1990.

A dra. Jang espera, cheia de expectativa.

— Não — responde Seokga.

— Não acredito em você — retruca a doutora, com gentileza.

— Por quê?

Ela meneia a cabeça com pesar, com o chapéu amarelo balançando.

— Você, em particular, surpreenderia e frustraria Freud. É como se o seu id inconsciente tomasse conta do que deveria ser do seu ego consciente. E falta ao id um certo código de ética desse ego... Tudo isso, sem dúvidas, por conta da sua natureza de deus da trapaça. Quero que se sinta confortável comigo, Seokga. Pode me contar a verdade, seja ela qual for. Estou aqui para te ajudar.

A voz dela é calorosa e honesta, o que quase o faz lembrar de sua mãe, Mago.

Mas a nuca coça ferozmente, e Seokga se remexe de desconforto na poltrona. Embora o tom da terapeuta seja gentil, ele se esquiva automaticamente das palavras dela. Ninguém quer *mesmo* ouvir o deus da trapaça admitir que não está *tão reabilitado* quanto o mundo acredita. Todos os outros membros do panteão são tão soberbos: deidades de coisas inofensivas, divertidas, como bebês ou portas, chuva ou sorte. Eles o temem, o deus da traição. Seokga não se encaixa. Nunca se encaixou.

E nunca vai se encaixar.

Já tem a nítida sensação de estar pisando em ovos — além de Hwanin ter sido assassinado e tudo o mais —, e um errinho o jogará de cabeça em águas frias, para se afogar na solidão e em um velho ódio amargurado.

— Mal penso no meu pai — mente Seokga, com a voz dura.

— Entendo — responde a terapeuta, e ele sente que, por trás daqueles óculos ridículos, ela realmente enxerga mais do que ele pretendia revelar.

CAPÍTULO VINTE E DOIS

KISA

Kisa agarra Hwanin pelo pé quando ele se ergue no ar em meio ao sono. Faz isso sem perder uma única palavra da conversa abafada do outro lado da porta do quarto. É errado ouvir escondido, ela sabe disso, é *claro* que sabe. É invasão de privacidade, uma coisa horrível de se fazer, bisbilhotar desse jeito... Mas as vozes chegam até lá, e algo na conversa lhe parece estranho.

Não a parte em que Seokga a chamou de linda, embora esse trecho fique constantemente se repetindo em sua mente. *Linda. Linda. Ele me acha linda.* Kisa sabe que é bonita, de uma forma objetiva, mas isso nunca a impediu de pensar demais na curvatura ligeiramente irregular de seu cabelo ou na forma como seus olhos estão sempre contornados por algum tipo de cansaço. Ouvir o que Seokga realmente pensa dela faz seu coração disparar em um ritmo esquisito e descompassado que, caso estivesse viva, a preocuparia.

Só amigos, lembra a si mesma, mas não consegue negar que uma partezinha secreta dela está mais do que aliviada por não precisar mais fingir que está segurando tanto a onda. Afinal, amigos podem... *sentir* coisas que não amigos não deveriam.

Ouvir o deus chamá-la de linda... fez com que um calor se espalhasse em seu peito e suas bochechas. Mas com certeza essa não é a parte da conversa que lhe pareceu estranha.

Talvez seja a maneira como a terapeuta iniciou a discussão de maneira "não oficial". Talvez seja o foco no deus louco, o leve empurrãozinho em direção a... *algo.* Uma manipulação. Kisa morde o lábio inferior e encosta o ouvido na porta.

Quando a dra. Jang vai embora, ela começa a sentir indícios de uma dor de cabeça de tensão. Assim que Seokga abre a porta do quarto de Hwanin com uma expressão exausta de alívio, Kisa não perde tempo.

— Que tipo de criatura é a dra. Jang?

Ela observa o deus piscar uma, depois duas vezes.

— Uma xamã.

— Quem é o patrono divino?

— Desconfio que Hwanin.

— Você não sabe?

Poderia ser Hwanung?

Um jato laranja escorrega pelo fio e Kisa se retesa, sentindo a irritação de Seokga enquanto ele a encara.

— A dra. Jang não está na lista de suspeitos — diz, sem a ternura de sempre, o que basta para Kisa paralisar por um instante sob aquele olhar. — Ela não é uma criatura com garras.

Kisa inspira.

— Não quis dizer que seja ela quem estamos procurando — afirma, embora ambos saibam que é mentira. — Só me passou pela cabeça. Parecia interessada no deus louco de uma maneira inusitada, e quebrou mais de um código de conduta…

Os ombros de Seokga se tensionam.

— O deus louco é meu pai, quer eu goste disso ou não. É tão inusitado assim falar sobre o pai durante a terapia? A dra. Jang tem me acompanhado há trinta e três anos. Se tivesse algum ressentimento contra Hwanin, ou contra mim, teve tempo mais do que suficiente pra dar o bote. Não vamos investigá-la. E *ponto-final*, Kisa.

Ela acredita haver um estranho quê de desespero na voz do deus, e não consegue evitar se agarrar a isso, movida pela preocupação e pela curiosidade. Enquanto o peito dele sobe e desce com uma respiração irregular, Kisa reflete sobre a nítida afeição de Seokga pela terapeuta e sua incapacidade de sequer considerá-la uma suspeita. Será que ele ficou tão solitário assim nas últimas três décadas? Com certeza deve ter feito outros amigos desde a morte de Hani.

Mas será que consegue se abrir com eles como faz com a dra. Jang? Mago, sua mãe, está adormecida há milhares de anos. Sua relação com Hwanin antes do assassinato parecia incerta, na melhor das hipóteses. E então há o pai. Maléfico e aprisionado. Sem mais ninguém a quem recorrer, o deus da trapaça se tornou *dependente* da dra. Jang.

Kisa se pergunta se essa relação é tão inofensiva quanto Seokga pensa. Trinta e três anos *é* bastante tempo para se estar em terapia, afinal, mas algo naquela sessão deixou um gosto amargo na boca de Kisa. Assim como o tom de Seokga.

— Não fale comigo desse jeito — esbraveja ela, se endireitando, e por um instante o deus parece espantado.

— Que jeito?

— Como se... como se eu estivesse *abaixo* de você nessa investigação. — Kisa estreita os olhos por cima da cabeça de Hwanin. — Se eu quiser investigar a dra. Jang, vou investigar. Tenho tanto a perder quanto você nesse mistério, e não vou abrir mão da chance de reencarnar só porque *você* decidiu que "ponto-final". Nem temos outras pistas pra seguir agora, de qualquer maneira...

Seokga passa a mão no cabelo. Ainda está sem camisa, e Kisa se concentra ao máximo para encarar o rosto dele, e não os músculos definidos. O maxilar dele se remexe por um segundo.

— Não foi minha intenção fazer você se sentir assim, me desculpa — diz, em uma voz calma e controlada. — Mas não acho que valha a pena desperdiçar nosso tempo e energia investigando ela. Certa vez, cometi o erro de suspeitar de Dok-hyun, alguém que só estava tentando ajudar, e acabei causando sua morte. Não vou fazer isso com a doutora. Consegue entender o meu lado?

— Consigo... se você conseguir entender por que preciso checar todas as possibilidades. Podemos nos dividir — acrescenta Kisa, embora sinta uma pontada crescente de decepção no estômago. — Não precisa vir comigo nem se envolver.

Seokga tensiona o maxilar.

— Não vou me envolver.

— Tá bom, então.

Kisa desvia o olhar, e um silêncio constrangido se instala, durante o qual ela sente falta das brincadeirinhas fáceis da noite anterior, das provocações sobre poemas de amor e nádegas que ficam muito bem em um certo par de calças de pijama. A ansiedade fervilha em seu interior e, antes que possa reprimi-la, acaba colocando tudo para fora com uma pressa humilhante.

— Eu não... Eu não estou torcendo pra que ela seja a assassina. Torço pra que *não* seja. Eu nunca... nunca tive ajuda quando realmente precisei, e se tivesse tido, talvez não estivesse... bem, morta. E sinto muito, Seokga, eu sei que não devia ter escutado a conversa de vocês, mas se adianta em alguma coisa... se adianta em alguma coisa, saiba que também gosto de passar o tempo com você. Eu, *hã*, quando você falou que eu era... Eu me senti... Também acho você lin... Enfim, esquece. Ai, meus deuses. *Hã*, quer ir tomar café da manhã?

Tudo isso é dito tão rápido que, quando Kisa enfim pausa para respirar bem fundo, sua cabeça está girando. O que está *acontecendo* com ela? Sempre tagarela quando fica nervosa, mas o que acabou de fazer está em outro nível. Passou de uma criatura que seguia fatos e lógica pura a uma palerma desajeitada bem diante do *amigo* exclusivamente platônico.

Ela quer fechar os olhos para não ver o que sem dúvidas será um olhar confuso e consternado de Seokga, mas, quando se força a erguer a cabeça, percebe que há um pequeno — e quase afetuoso — sorriso nos lábios dele, que carrega um olhar terno novamente.

...Hani... também tagarelava... quando... ficava... nervosa...

Pela primeira vez, a comparação carinhosa não causa nenhuma sensação de inveja. Apenas uma estranha espécie de alívio.

— Eu adoraria tomar café — murmura Seokga.

Para evitar os espiões do *Fuxico Divino*, o deus da trapaça se transforma em um homem de olhos escuros enquanto ele e Kisa comem em um dos vários restaurantes do navio e retorna à forma normal ao encontrar a fantasma na enfermaria. É dia de reabastecer o estoque. Ela abre as caixas empilhadas no balcão e organiza os remédios nos respectivos armários. Hajun logo se junta a eles, trazendo notícias surpreendentes.

— Vocês não vão acreditar. Depois de Soo-min falar tanto sobre *relacionamentos inapropriados*... — anuncia enquanto ajuda Kisa a revirar as caixas.

Kisa arqueia a sobrancelha.

— Viu ela com quem?

Um brilho travesso cruza os olhos gentis do amigo.

— O *capitão*.

— Capitão Lee? — pergunta Kisa, incrédula e boquiaberta. — O manual do CRS *Bateu As Botas* diz *explicitamente* que membros da tripulação não podem sair com colegas de trabalho, muito menos namorar alguém de outro nível hierárquico. O capitão Lee está bem acima de Soo-min. E ele... — *Tá vivo*, é o que quer dizer, mas fica em silêncio depois de lançar um olhar ao seu... ao deus. — Enfim, deixa pra lá.

— Que fofoca interessante — comenta Seokga, que está segurando o pé de Hwanin como uma criança segura o barbante de um balão. — Fofocas interessantes como essa são muito boas para fazer chantagem. Da próxima vez que ela tentar te afastar de mim…

— Bom dia! — cantarola uma voz, e Somi chega desfilando e carregando um porta-bebidas de papelão com dois *bubble tea* e dois cafés. Também há um livro enfiado debaixo de seu braço.

Com um sorrisinho, Kisa observa Hajun corar ao aceitar um dos chás e pega o *flat white* que deve ser dela. Seokga pega o *americano* gelado a contragosto e cheira a bebida primeiro, como se pudesse estar envenenada.

— Aqui — diz Somi, entregando o livro a Kisa. — Imagino que você já tenha terminado o que te dei ontem.

A xamã dá uma olhada na capa. *Dormindo com o vampiro bilionário*, dizem as letras vermelhas brilhantes. O homem na ilustração está (como sempre) sem camisa, e uma capa preta esvoaça às suas costas. Está cravando as presas no pescoço de uma mulher enquanto ela sorri para ele.

— Terminei, sim — admite Kisa, pegando o livro e passando o dedo pela lombada pequena e quebrada.

As aventuras de Elsie e Finlay foram bem… divertidas. A dupla se viu diante de diversas situações perigosas: participando de uma caça ao tesouro no século XV, enfrentando soldados ingleses durante o Levante Jacobita de 1745, patinando sob as luzes fluorescentes dos anos 1980… além de *outros* tipos de situações. Hajun está observando com curiosidade, e Seokga parece encarar o vampiro de forma bem competitiva.

— E aí, gostou? — Somi está dando pulinhos. A rapidez com que ela muda de uma assassina sofisticada e fatal, com uma atitude atrevida infinita, para uma mulher animada, com olhos brilhantes e bochechas azuis, é desnorteante.

— *Muito* — admite Kisa, e a gumiho dá uma risadinha.

— Esse foi o que eu li treze vezes.

A mulher sorri de forma conspiratória.

Hajun pega o livro de Kisa e o folheia com curiosidade enquanto o rosto da amiga queima. Ao ver os olhos dele se arregalarem, ela apanha o livro de volta, às pressas.

— E este aqui é pra você, Hajun — diz Somi, quase ronronando, enquanto retira outro livro pequeno de capa mole de dentro da bolsa preta. — Se tava falando sério ontem quando disse que queria entrar em um clube de leitura, esse é seu convite oficial.

Uma risada surge na garganta de Kisa quando o amigo ganha uma cópia de *Beijada pelo caubói mafioso.*

— Estou honrado por me juntar a um clube de tanto renome — declara ele, solene.

— Deveria mesmo. — Somi dá uma piscadinha. — Depois me conta o que achou do capítulo vinte.

Kisa abraça *Dormindo com o vampiro bilionário* e se vira para Seokga com um sorriso. O deus ainda está encarando o modelo sem camisa na capa.

— Quer um livro também, Seokga? — pergunta ela, tentando não rir... e não se lembrar de quando recitou uma cena erótica sem querer no spa.

— Eu trouxe um pra ele, na verdade — comenta Somi, e a expressão de horror no rosto do deus é impagável. E piora conforme a gumiho entrega um livro para Kisa, que solta uma risadinha por conta da capa e do título antes de passá-lo para Seokga.

Ele apoia a bengala no balcão da enfermaria e segura o livro com repulsa entre dois dedos, como se estivesse com medo de ser contaminado por germes.

Casada com o pirata sensual do espaço.

...onde ela... consegue... todos esses... que porra é essa...

Kisa lança um olhar de aviso para o deus, que está prestes a atirar o romance do outro lado do cômodo. Com uma careta, Seokga devolve o exemplar para ela, que vai para trás do balcão e guarda os livros com um respeito gentil dentro da ecobag, para ler mais tarde. Quando ela reaparece, Seokga já se voltou contra Somi.

— Você está felizinha demais para uma detetive sem pistas — resmunga o deus da trapaça, com nojo.

— Você disse sem pistas? — pergunta a gumiho, piscando os olhos com uma falsa inocência. — Vou ter que discordar. Ontem à noite, decidi tomar as rédeas da situação com as minhas próprias patinhas. Voltei pro corredor I-95 e bisbilhotei por aí. Até que alguém apareceu.

— Quem? — indaga Kisa. O coração dela começa a martelar no peito. Ela toma um gole de café, nervosa.

— Chega de suspense — esbraveja Seokga, tão mordaz quanto uma lâmina afiada.

— Eu me escondi no armário de limpeza. Era uma mulher. Não consegui vê-la, mas escutei a voz. Estava no telefone com alguém e disse *explicitamente*: "Eles não sabem que fui eu que matei seu pai. Estão correndo atrás dos próprios rabos feito cachorrinhos".

Kisa quase se engasga com o *flat white*. Se for verdade, explica por que ninguém mordeu o Hwanin-isca de ontem — o assassino já devia saber que na verdade era Seokga sob o cabelo prateado e os olhos estrelados.

— Tem certeza? — pergunta a xamã, rouca. Isso *confirma* que Hwanung está envolvido. A cabeça dela dói de tanto entusiasmo e nervosismo. — Por favor, Somi, diz que você conseguiu gravar essa conversa. Se mandarmos para Yeomra, vai ser a prova irrefutável de que ele precisa…

A gumiho hesita, roendo a unha do dedão.

— A má notícia é que…

— Ah, pronto — resmunga Seokga, ácido.

— Eu… não gravei.

A raposa se encolhe e desvia o olhar. As bochechas dela coram de azul, e de repente Kisa enxerga uma garota ansiosa em vez de uma infame Indomável. É como se visse, o tempo todo, a Somi que Hani devia ter conhecido tantos anos atrás — como se a confiança e a atitude da gumiho fossem pura atuação e *esta* fosse a verdadeira Somi.

— Desculpa.

Kisa se desanima. Hajun coloca uma mão gentil em seu ombro, e ela resiste ao impulso de se desvencilhar feito uma criança birrenta. *Tudo bem*, diz a si mesma. *Temos mais pistas do que tínhamos uma hora atrás. Vai ficar tudo bem.*

— E ela sabia que eu tava ali — continua a gumiho, parecendo se recompor. — Eu estava prestes a ver quem ela era, me atirar em cima dela, mas, quando tentei girar a maçaneta, estava trancada. Me chamou de "raposinha enxerida" e escapou antes de eu conseguir sair. Fui direto pra sala de monitoramento pra pegar as gravações, só que Korain e Chaeyeon estavam lá. — Ela lança um olhar cauteloso a Seokga. — Pelo visto, não tiveram a menor sorte tentando desvendar o mistério da sua cueca-boxer-ou-slip. Vão tentar descobrir hoje, com as energias revigoradas. Pelo que ouvi, já conseguiram uma chave do seu quarto.

— Infernos — grunhe Seokga.

Uma irritação laranja brilha pelo fio. A mente de Kisa é inundada de preocupação, e ela se vira, aflita, para o deus. Ele balança a cabeça.

— Escondi tudo relacionado a esse… — ele dá uma olhada no irmão, e Kisa sabe que não está imaginando o lampejo de carinho que cruza seu rosto antes de ser substituído por uma expressão irritada que lhe parece bem falsa — …demoniozinho antes de sairmos. E embora também tenha escondido minhas boxers…

— *Arrá!* — exclama Somi antes de receber um olhar fulminante do deus.

— Deixei um par que pode ser facilmente encontrado. Quanto mais cedo aquelas duas lesmas patéticas e intrometidas saírem do quarto, melhor. Não quero correr o risco de descobrirem mais alguma coisa… tipo o pacote de fraldas.

Kisa se sente estranhamente tocada.

— Que nobre sacrifício — declara ela, com sabedoria.

As bochechas de Seokga ficam rosadas.

— É, bem, tenho planos bastante elaborados de atear fogo no *Fuxico Divino* dentro de um mês.

Mas ele sorri enquanto olha para ela, e Kisa não consegue impedir o próprio rosto de esquentar também.

— Incêndio proposital é um crime terrível — informa ela, encostando o dorso das mãos nas bochechas azuladas.

— Só se te pegarem.

A expressão dele é, sem dúvida alguma, despreocupada.

Kisa balança a cabeça, dividida entre a indignação e um carinho estranho e crescente. E se o Fio Vermelho realmente não influencia atração ou emoção, como Seokga sugeriu… Bem. Pode ser que em breve ela se veja diante de um problemão. Mas, ao fitar os olhos cintilantes e o sorriso torto dele, Kisa se pega pensando não em reencarnação, mas na pequena covinha que ela nunca tinha reparado.

— Seokga…

Será que Hani se importava em ser pega?

O pensamento é quase intrusivo, e a diversão dela se desfaz. Lá está: a dúvida constante de se algum dia Kisa será quem Seokga quer que ela seja. Mas uma xamã exemplar não se torna uma gumiho criminosa do dia para a noite.

— Por mais fofinho que isso seja… — Somi pigarreia. — Temos um assassinato pra solucionar.

Certo. *Certo.* Kisa se obriga a deixar os devaneios de lado. Tem se distraído demais esses dias.

— Você reconheceu a voz da mulher? Alguma pista da idade dela?

— Aguda e soberba.

— Isso aí descreve metade das passageiras deste navio — comenta Hajun, suspirando.

Somi parece indignada.

— *Hã*, mas você não — emenda o rapaz, às pressas.

O sorriso dela é radiante e mordaz, com as pequenas presas espetando os lábios.

— Que bom — cantarola.

Olhando de um para o outro — o rubor nas bochechas de Hajun, o brilho nos olhos de Somi —, Kisa sente uma estranha pontada de ciúme. Seja lá o que os dois têm, é algo completamente… *novo.* Não há qualquer expectativa de uma vida passada pairando sobre suas cabeças, nenhuma história conturbada que remonta aos Dias Sombrios. Piscando bem rápido, ela respira fundo — mas o fio já começou a carregar sua inveja verde ao longo da extensão até o deus da trapaça.

…por que… ciúme?… talvez… entenda…

Kisa pigarreia e evita o olhar de Seokga.

— Eis o que acho que deveríamos fazer — declara, apertando o café junto ao peito e saboreando o calor. — Assim que tivermos a chance, precisamos, obviamente, acessar a sala de monitoramento de novo. Agora que sabemos que estamos atrás de uma mulher, podemos focar em quem passou pelo corredor I-95 tanto na noite passada quanto na do assassinato. Deveríamos informar Yeomra também e contar que estamos chegando em algum lugar.

Ela hesita, mordiscando o lábio inferior. A voz da dra. Jang não é exatamente aguda e esnobe, mas seu palpite inexplicável se mantém de pé. Em algum momento hoje, vai dar uma escapulida para uma investigação rápida, só para garantir que não é a psicóloga, e voltar. Não pode haver mal algum nisso.

— É um plano — comenta Hajun, e parece animado. — Estamos quase lá. Dá pra sentir.

Algo começa a murchar no peito dela ao ouvir essas palavras, e Kisa xinga a si mesma mentalmente. *O que* está acontecendo com ela? Está a um passo de reencarnar. Então por que se pega encarando o Fio Vermelho, sentindo que está prestes a sofrer uma perda enorme? Há um minuto, estava frustrada pela falta de evidências concretas de Somi. Agora, seu coração está se partindo só de pensar que o mistério está quase no fim.

Sua tristeza azul se propaga pelo fio, e ela vira bruscamente o rosto antes que os olhos de Seokga encontrem os seus.

…ela vai… embora… quer… por que está… triste?… será que… há esperanças…

— Estamos mesmo — concorda Kisa, em voz baixa, e as palavras têm gosto de cinzas na língua.

Ela reprime o impulso de se engasgar com elas, e, quando Seokga se aproxima, preocupado, Kisa age por instinto — algum resquício primitivo de luta ou fuga — e sai em disparada da enfermaria.

Feito um animal assustado, ela empurra as portas vaivém, com a respiração curta. Ouve ao longe Seokga gritar seu nome, nitidamente alarmado, mas ela está correndo, os pés estalando no piso duro do corredor. Seus olhos ficam turvos com lágrimas quentes.

Deuses, ela está tão *confusa* — e confusão nunca foi uma emoção com a qual soube lidar bem. Compreensão plena se tornou, ao longo de anos de estudo e disciplina, o estado normal de Kisa, tão instintivo quanto respirar. Ser lançada de cabeça no completo desconhecido é como se afogar. Não consegue respirar assim.

Seus músculos ardem conforme se apressa, e o suor escorre pela nuca. Kisa mal sente as encaradas irritadas dos amontoados de passageiros que empurra nas escadas, nem ao menos ouve os gritos de *olhe por onde anda!* e *ei!*. Tudo o que escuta é o pulsar do sangue na cabeça e os próprios pensamentos descontrolados. Ela sequer percebe para onde está indo até que irrompe no Convés 10, com as pernas fraquejando e sem ar. Cambaleia até o corrimão do terraço e se inclina sobre ele para que seus olhos marejados possam observar o agitado e vermelho rio Seocheongang lá embaixo. Mesmo ali, o ponto mais alto do CRS *Bateu As Botas*, uma névoa de água gelada respinga em seu rosto.

Antes que consiga se deter, Kisa recai a um hábito antigo e terrível. Passa uma das pernas por cima do corrimão, agarra o ferro frio e encaixa o pé entre as barras mais baixas, trazendo a outra perna para fora. Seu cabelo esvoaça descontroladamente enquanto ela se empoleira no guarda-corpo do Convés 10, a centenas de metros do chão, com uma queda mortal diante de si.

Mas ela já está morta, não está?

E Seokga… ele está tão *vivo*. Tão completa e dolorosamente vivo, com seus sorrisos mordazes e olhos cintilantes. O jeito como joga a cabeça para trás quando ri. O jeito como os olhos se suavizam quando olham para ela, como se Kisa fosse alguém mais do que importante para ele, mais do que a fantasma abatida e ansiosa que acredita ser.

O jeito como o sangue dele é vermelho.

Um deus e uma fantasma.

É impossível dar certo.

Não é?

Uma risada amarga se forma em sua garganta apertada, junto com uma pontada dolorosa no peito, enquanto ela encara as águas abaixo por entre as lágrimas. No hospital, quando tudo ficava pesado demais, sentar-se no terraço do arranha-céu era uma maneira de encarar a morte iminente, recobrando o controle dos pensamentos caóticos. Talvez também fosse uma maneira de se punir por não ser *capaz* de suportar as longas horas e o estresse. Agora, Kisa não sabe o que vai acontecer se cair no rio, mas não vai morrer. Isso já são águas passadas. Uma lágrima escorre por sua bochecha, e ela a limpa com raiva — só para derramar mais.

Está tão consumida pela tristeza que, quando a mão de alguém toca suas costas, seu corpo inteiro se retesa de surpresa e terror. Um grito lhe escapa da garganta antes que ela consiga detê-lo — e só não despenca do navio porque a mesma mão agarra seu braço e a puxa de volta por cima do corrimão. Ofegante, abalada e trêmula, Kisa encara um par de óculos de sol de um rosa escandaloso.

— Não quis assustar você — murmura a dra. Jang. — Mas, na minha experiência, ficar sentada em um corrimão desse jeito raramente significa que a mente está tranquila. Queria perguntar se está tudo bem. Você é a Kisa, não é?

— S-sou — sussurra ela, mal conseguindo ouvir a própria voz. Está tremendo tão forte que teme desmoronar a qualquer segundo.

Quando a psicóloga gentilmente a conduz para uma das muitas espreguiçadeiras brancas de plástico, Kisa está fraca demais para recusar a ajuda. Tenta colocar as mãos debaixo das pernas para deter os tremores enquanto a dra. Jang se senta na cadeira ao lado. Conforme o suor escorre das têmporas e a pele queima sob o céu infernal de Jeoseung, só consegue desejar ter trazido protetor solar.

— Kisa — chama a terapeuta com gentileza. — Quero que inspire fundo pelo nariz, contando até quatro, segure a respiração até sete e expire em oito. Pode fazer isso, meu bem?

Ela se agarra às instruções claras e lógicas como se fossem um bote salva-vidas. Inspirar em quatro. Segurar até sete. Soltar em oito. Kisa segue obedientemente a orientação da psicóloga e, aos poucos, seus batimentos cardíacos começam a se estabilizar. O corpo ainda treme, mas o pânico terrível está recuando. Em algum momento durante a contagem, a dra. Jang pediu um copo de água gelada a um atendente que passava por ali. Grata, Kisa envolve o copo frio com os dedos e bebe com gosto.

— Obrigada — sussurra, limpando a boca com o dorso da mão. — Desculpa...

— Não precisa me agradecer. Nem se desculpar.

Com a mente em frangalhos, Kisa não está se desculpando pelos últimos dez minutos, mas por ter suspeitado que a mulher fosse a assassina. Seokga tem razão: Jang é xamã e não possui garras. Não se encaixa nos pré-requisitos. Arrependida, Kisa encara o copo agora vazio.

Passou tantas noites provocando a morte de cima do hospital, e ninguém, nem os colegas médicos, nem enfermeiras ou assistentes, veio a seu socorro. Significa muito para ela que a psicóloga esteja agindo como alguém que *se importa*. É... bom.

— Não é da minha conta, mas posso perguntar o que a fez sair correndo até o corrimão como se um demônio dos infernos estivesse no seu encalço?

Kisa consegue dar um pequeno sorriso.

— Pode perguntar, sim, mas talvez eu não responda.

A dra. Jang dá uma risada agradável, um som caloroso e silencioso, como o amassar de papel de presente durante o Natal.

— Justo. Justíssimo.

O sol vermelho flamejante de Jeoseung açoita o rosto de Kisa quando ela olha para o guarda-corpo, para o submundo mais além. Em algum lugar em meio à escuridão e aos picos das montanhas, ouve-se um grito horripilante. Apesar do calor, ela sente um calafrio e se vira para a terapeuta, que parece observá-la por trás dos óculos escuros.

— Saí correndo porque eu... não sei mais o que quero. E acho que estou aterrorizada por querer algo que jamais poderei ter.

— Está falando de Seokga — sugere a dra. Jang, com a voz gentil. Kisa hesita, mas assente. — Ah. É bem complicado, não é?

— Amizades não deveriam ser complicadas. Deveriam ser... fáceis. Como Hajun e eu...

— Não estou falando de amizade, Kisa.

— Ah. — Nervosa, ela gole em seco. — Entendi.

Amigos *apenas* platônicos provavelmente não sentem os joelhos bambos de desejo ao ver as costas musculosas um do outro. As bochechas de Kisa esquentam quando lembra como precisou mergulhar debaixo d'água para se recompor e apagar o calor que se espalhava por lugares onde *não* deveria na presença de um só-amigo. Ainda está atônita por ter se juntado a Seokga no spa molhado. Não é de seu feitio fazer coisas tão impulsivas, quase indecentes — mas ele desperta esse lado que ela nem sabia que existia. Como o sol que faz uma flor desabrochar.

— Entendeu mesmo? — A voz da dra. Jang é tão gentil e terna que quase faz Kisa pensar em Samsin Halmoni, que achava que conhecia... antes de Seokga lhe contar sobre a traição da deusa.

Ela relaxa quando a terapeuta sorri.

— Deixe-me perguntar uma coisa, Kisa. Por acaso já esteve apaixonada?

— Não — sussurra ela.

— Por quê? Porque nunca conheceu a pessoa certa?

Ela pausa para refletir. Houve alguns garotos por quem poderia ter se apaixonado... se tivesse tido tempo. Mas seu primeiro amor sempre foi o trabalho. E o trabalho é um amante ciumento, que não deixa ninguém se aproximar demais.

— Porque estava ocupada.

— Por coincidência ou de propósito?

Quando Kisa franze a testa, um pouco ofendida, a psicóloga ergue as mãos em uma súplica.

— Desculpe se passei dos limites. Só estou sugerindo que o trabalho tem sido seu mecanismo de defesa contra o afeto. Mas agora que conheceu Seokga, ele já não funciona mais. E deixe-me contar algo sobre mecanismos de defesa, Kisa: não funcionam quando *não* nos sentimos ameaçados. Eis algo para se pensar.

A mulher fica de pé, levando consigo a ecobag floral. Há um leve baque quando algo cai dali de dentro, mas Kisa mal nota, ainda digerindo as palavras de Jang.

— Foi um prazer conhecê-la, Kisa.

— Sim — responde, distraída. — Você também.

Só quando a terapeuta vai embora é que Kisa vê o que ela deixou cair sem querer: um frasco de creme. Kisa o pega e se levanta, olhando ao redor à procura da mulher de chapéu amarelo, mas não há qualquer sinal dela. O frasco está pegajoso, e Kisa examina o rótulo, analisando se é algum protetor solar que possa pegar emprestado enquanto sua debaixo do sol.

Creme de Colágeno Antienvelhecimento com Raiz de Alcaçuz Pulverizada Fator 50 da Dermatruque.

Só um pouquinho já serve, e aí pode devolver para a dra. Jang quando a vir de novo. De sobrancelhas franzidas, Kisa abre a tampa e espreme um bocado na palma da mão. O cheiro atinge o fundo de sua garganta e ela se engasga, fechando a tampa bruscamente e encarando horrorizada a pequena gosma branca enquanto o fedor pungente a deixa nauseada. Com as mãos tremendo mais uma vez, Kisa guarda o frasco no bolso e esfrega o resto do creme na perna da calça.

É um cheiro comum de cremes, diz a si mesma, embora o fedor seja, para ela, completamente único: o pior perfume do planeta. *Não tem por que ficar enjoada.*

Mas, ainda assim, ela corre até a própria cabine e se troca, vestindo uma bata cirúrgica limpa. Kisa deixa o frasco na estante e o encara, engolindo em seco.

Tem muito a pensar por causa da dra. Jang.

CAPÍTULO VINTE E TRÊS

SEOKGA

— KISA! — GRITA SEOKGA ENQUANTO ELA DISPARA PARA FORA da enfermaria, e a única coisa que o impede de correr atrás dela é a mão firme, mas gentil, de Hajun em seu ombro.

Com a expressão de algum jeito ainda tranquila, mesmo quando Seokga se desvencilha dele, o rapaz diz:

— Ela precisa passar um tempo sozinha. E o seu irmão está… *hã*… — Ele gesticula sem jeito para o alto. — Ali em cima.

Retesando o maxilar, Seokga percebe que Hwanin flutuou até chegar ao teto, onde agora está gorgolejando de alegria para os três adultos que se encolhem. Merda. A criança é pior do que um balão, se é que isso é possível. Seokga odeia essas coisinhas coloridas.

— Você *soltou* ele? — questiona Somi, mas o deus a ignora e encara o irmão, se perguntando como nos sete infernos vai fazê-lo *descer*.

Hwanin abre um sorriso banguela, parecendo extremamente orgulhoso de si mesmo.

Seokga não retribui o sorriso.

— Hwanin, volte aqui pra baixo. *Agora* — esbraveja.

Seus esforços são recompensados com um barulho provocador de pum com a boca enquanto o irmão dá uma cambalhota vagarosa no meio do ar. Frustrado, Seokga agarra um banco ali perto e se livra da caixa de remédios que estava em cima dele. Ele sobe na cadeira e agarra Hwanin pelo tornozelo — meio segundo antes de o banco oscilar e empinar sob seus pés. O deus é tomado por puro terror e, enquanto cai, aninha o irmão ao peito e se vira, para que as costas amorteçam o impacto. Cerrando os dentes por causa da dor, ele fica sem ar, mas não se importa. Seokga se senta, com o coração acelerado, e examina Hwanin freneticamente em busca de qualquer sinal de machucado, passando os dedos trêmulos pelos cabelos finos e macios do irmão, com medo de encontrar sangue ou um galo…

— Ele está bem. — Hajun se agacha diante dos irmãos, mas olha para o bebê. Ele observa Seokga com uma expressão terna. — Seokga, ele está bem. Ele está *bem.*

O alívio faz o corpo de Seokga afundar. Ergue Hwanin para ficar cara a cara com o bebê.

— Você é um pestinha terrível — diz à criança, mas sem muita convicção. — Um verdadeiro malcriado.

Toda vez que Hwanin quase se machuca, Seokga sente como se estivesse sendo esfolado vivo. Os olhos azul-escuros salpicados de estrelas se enrugam quando Seokga, possuído por um impulso bobo, beija o topo da cabeça do irmão. Que ridículo. Sério, ele não sabe o que deu nele.

Somi faz *ownnn,* e Seokga lança um olhar mortífero para a gumiho até ela parar.

A raposa desvia o rosto — e lá está a Somi de que ele se lembra. É tão fácil desmontar a pose dela. Enquanto Hajun pega uma caixa de suprimentos médicos e fala alguma coisa sobre reabastecer o banheiro, Seokga se levanta e encara a mulher.

— Você está tentando imitar ela, né? — pergunta assim que Hajun desaparece.

Não é preciso esclarecer de quem ele está falando. Um borrão de emoções cruza o rosto de Somi: primeiro surpresa, depois indignação e culpa, seguidos por outros sentimentos que ele não tem o menor interesse em tentar distinguir.

— As roupas, a personalidade — desdenha Seokga. — Os *livros.* Eu soube assim que te vi. Está se esforçando tanto, e falhando tão miseravelmente, em ser a mulher que você ajudou a matar.

Somi se encolhe. *É uma criança brincando de usar as roupas da mãe*, pensa Seokga com escárnio, sem conseguir mais aguentar aquilo. Por Kisa, tentou não agir do mesmo modo que na estufa. Mas sempre esteve a um passo de perder a cabeça, e o medo de que Hwanin se machucasse minou o que quer que restava de seu autocontrole.

— Para com isso — sibila a gumiho, com a voz fraca.

Seokga a olha de cima.

— Parar com o quê? — pergunta, arrastando as palavras, o tom tão gélido que congelaria um deserto.

Somi cerra os punhos.

— Pare de agir como se eu também não tivesse perdido ela. — Somi usa a manga do suéter creme de gola alta, exatamente como os que Hani usava nos anos 1990, para secar uma lágrima. — Eu f-fiz algo horrível. Não vou dizer que não sabia de nada, porque eu sabia. Mas perdi o controle. Ainda não conseguia conter a Agitação e a Vontade. Pode me o-odiar se quiser, Seokga, mas nunca vai me odiar tanto quanto eu me odeio. E isso aqui? — Somi puxa a barra do suéter, o rosto se contorcendo em desprezo por si mesma. — Ela não iria querer que as roupas estragassem ou fossem jogadas fora...

O mundo para de repente. O sangue de Seokga fica perigosamente gelado enquanto ele encara Somi.

— Você está... — começa ele, ofegante, agarrando a bengala com tanta força que os nós dos dedos ficam brancos. — Você está mesmo usando as roupas *da Hani*?

Tinha notado a semelhança antes, mas nunca imaginou que...

Aos poucos, Somi solta o tecido, que Seokga observa sob uma nova perspectiva. A lã creme pode já ter tocado a pele de Hani. Pode ter carregado a fragrância do xampu dela, seu perfume de frutas cítricas e baunilha, misturado ao cheiro único de fumaça, como uma fogueira crepitante. Hani sempre brilhava com uma luz ardente.

— Responda — sibila Seokga, mal conseguindo respirar.

Nunca soube o que aconteceu com o minúsculo apartamento de Hani depois que ela morreu. Sinceramente, não fazia ideia de como esses assuntos eram tratados em Iseung.

— Sim — sussurra Somi por fim. — São dela. A bolsa também. Os livros.

Seokga rosna:

— Eu vou te *matar*. — Não importa que Nam Somi já esteja morta. Vai dar um jeito de destruir sua essência, estilhaçá-la até que não seja mais nada... assim que deixar Hwanin em segurança. — Eu vou te *matar*...

— Ela *deu* pra mim! — grita Somi quando Seokga transforma a bengala em espada.

Ele congela.

Ofegante, Somi abraça a si mesma e sussurra:

— Tudo. A Hani me deu tudo. Estava no testamento dela. Eu me esgueirei até Nova Sinsi pra pedir desculpas... e, em vez disso, encontrei o testamento. O apartamento, as roupas, as joias, as armas, os livros... Hani deixou tudo pra mim.

— Porra nenhuma — esbraveja Seokga, mas está abalado. Parte dele não tem tanta certeza assim. — Você era só uma colega de trabalho, uma gumiho mais nova de quem ela sentia pena...

Somi se irrita.

— Eu era a *melhor amiga* dela, até você aparecer. Fodemos a vida uma da outra no fim, mas éramos *amigas*. E pra quem mais ela teria deixado essas coisas? — retruca, apertando o próprio corpo. — E… E ela escreveu o testamento antes de eu es-estragar tudo.

O deus está imóvel, feito uma estátua, incapaz de tirar os olhos do suéter. O suéter de Hani.

Encarando o chão, Somi murmura:

— Cada um lida com o luto de um jeito. Eu uso as roupas dela. Ajo que nem ela, às vezes… porque *sinto saudade* da Hani. Durante muito tempo, isso foi o mais perto que cheguei de estar com ela de novo. — Na defensiva, Somi ergue a cabeça. — Não espero que você entenda, e não ligo. Não é da sua conta.

Seokga aperta tanto os lábios que tem certeza de que estão brancos. A boca está cheia de palavras que ele *poderia* dizer, palavras horríveis, terríveis, mas algo o impede. Talvez seja a lembrança de Hani, usando as últimas palavras para implorar que poupasse a vida da jovem gumiho.

Somi também hesita.

— E por acaso importa tanto assim se eu estou com o suéter ou não? — sussurra. — Você encontrou ela. Kisa.

Importa, sim, é o que ele quer responder, mas os lábios também não deixam.

A gumiho o observa com cautela.

— Não me diga que não *gosta* dela tanto quanto gostava da Hani — vocifera, de repente se recompondo. — Kisa é incrível. É inteligente, gentil e merece alguém que não fique comparando ela com quem foi na vida passada!

Seokga se endireita. Ele se sente um completo babaca toda vez que faz essas comparações. E daí se Kisa prefere café a chocolate quente? Isso não importa. *Não* importa.

— Ela não te deve nada — acrescenta Somi, furiosa. Por um instante, o tom protetor de sua voz lembra o deus de como Hani sempre cuidava da jovem gumiho. — Se ela não gosta de você, deixa ela em paz e dá o espaço que ela precisa.

Seokga fica impressionado ao perceber que seus lábios estão tremendo. Somi continua:

— E a *última* coisa que você devia fazer é esperar que ela fique do seu lado quando o cruzeiro acabar. Ela merece fazer as *próprias* escolhas…

— Eu concordo — interrompe Seokga, de repente mais leve, conforme os últimos resquícios de raiva se esvaem.

A gumiho titubeia.

— Você o quê?

— Eu concordo com tudo o que você disse — repete com naturalidade, voltando a espada a uma bengala com um estalo.

Somi pisca.

— Ah. — Ela assente uma, depois duas vezes, remexendo a barra do suéter de Hani. — Tá. Bom, ótimo. Porque a Kisa vai ser minha melhor amiga de novo, mesmo que ainda não saiba disso.

Seokga dá um sorriso de canto.

— Não vai, não.

A gumiho abre a boca.

— Como é que é?

O deus sorri para ela, mas não é um sorriso cruel. Também não é exatamente gentil, e pode ser que nunca seja. Mas expressa quase uma solidariedade relutante.

Além dele, ela é a única que se lembra de Hani.

E, embora estivessem de lados opostos, Seokga e Somi sobreviveram aos Dias Sombrios. Só os dois sabem o que de fato aconteceu.

Mas aquela época já passou. Agora, estão do mesmo lado.

E precisam trabalhar juntos. Por Kisa.

— Ela vai ser a minha.

— Não vai — retruca Somi, bem competitiva. — Não, não vai, ela…

— …já é a *minha* melhor amiga — corta Hajun, voltando ao saguão da enfermaria com a caixa de suprimentos agora vazia. Ele sorri com timidez enquanto a coloca no balcão. — Desculpa. Vocês estavam falando bem alto.

Somi se retrai, completamente horrorizada, e sussurra:

— Você ouviu tudo?

Hajun dá de ombros com gentileza, como se dissesse *Ouvi, mas não muda muita coisa para mim.*

— Olha, acho maravilhoso que vocês dois gostem tanto da Kisa — comenta, apoiado no balcão. — Mas tudo isso vai deixar ela sobrecarregada.

— Tudo isso o quê? — pergunta Somi, inocente.

O idol lança a ela um olhar divertido.

— Se forem brigar por ela, que não seja na frente dela. E, definitivamente, não conta que você está usando as roupas de grife da vida passada dela enquanto ela só pode usar essa bata cirúrgica piniquenta.

Seokga retesa a boca.

— Eu nunca brigaria com ninguém — responde Somi ao rapaz, que solta uma risadinha incrédula e então fica meio assustado. — A sua bata é tão piniquenta assim? Porque eu poderia te ajudar a tirar...

— Chega — interrompe Seokga antes que Hajun consiga ficar de um tom ainda mais preocupante de azul. — Temos coisas mais importantes em que nos concentrar.

— A oferta vai continuar na mesa — sussurra Somi, dando uma piscadinha para Hajun.

Ele parece estar prestes a desmaiar.

Seokga quase sente falta da Somi que não conseguia olhar para um homem sem corar, mas parte dele fica satisfeita em saber que Hani teve tanto impacto nela. Em Somi. Que Hani continua moldando o mundo e seus habitantes, de uma forma ou de outra... Mesmo que seja por meio de outra gumiho boca suja instaurando o caos no (sub)mundo.

A contragosto, pensa que ela estaria orgulhosa.

— Fique à vontade pra me chamar — acrescenta Somi a Hajun.

Completamente exasperado e um pouco enjoado, Seokga se vira para ir até a sala de monitoramento. Depois de um segundo, o idol e a gumiho vão atrás.

Alguns minutos mais tarde, Seokga está esperando com Hajun em um canto quando Somi volta, depois de averiguar o lugar e decidir se podem entrar. A expressão séria dela dilacera a preocupação do deus feito uma lâmina. Ele tem a nítida impressão de que não quer saber a resposta, pelo bem da própria sanidade, mas pergunta mesmo assim:

— O que aconteceu?

— As telas — responde Somi, em voz baixa. — Foram todas destruídas. Todas.

Ao entrarem na sala de monitoramento arruinada, Seokga sente a porra de um déjà-vu.

Não consegue evitar a lembrança de quando Hani, em uma tentativa desesperada de proteger a jovem gumiho, roubou câmeras, monitores e *corpos* da cena do crime. Se tivesse acesso aos recursos daquela época, Seokga mandaria que procurassem por impressões digitais ou fios de cabelo e enviaria para um teste de DNA. Mas não dispõe mais desses luxos;

em vez disso, o que tem agora é um bebê chorão nos braços, uma gumiho sem garras e um ex-idol de k-pop com um cabelo ridiculamente bonito.

— Sabem que estamos atrás deles — vocifera Seokga, encarando Somi. — Se você tivesse sido mais discreta ontem à noite...

— Eu *fui* discreta! — protesta Somi. Sob o olhar mordaz dele, ela se encolhe dentro do suéter de Hani, como se buscasse algum conforto ali.

— ...talvez ela não tivesse te visto escondida no armário de limpeza e destruído os monitores — arrebata Seokga com um rosnado.

A gumiho arreganha os dentes, mas não tem uma resposta atravessada na ponta da língua. Sabe que ele tem razão.

O chão está coberto de telas quebradas e vidro estilhaçado. Arquivos estão de ponta-cabeça, e há um mar de papéis brancos e amassados. Parece que um animal selvagem e raivoso devastou o lugar. O humor de Seokga só piora quando ele se agacha ao lado da cadeira destroçada. O forro de couro falso está jorrando enchimento, que escapa aos montes. Ele estreita os olhos para os rasgos e, deixando a resposta amargurada de Somi e o berreiro do irmão desaparecerem no fundo da mente, usa dois dedos para medir a largura.

Interessante. As marcas de garras no corpo de Hwanin estavam muito ensanguentadas para serem examinadas direito, ofuscadas pelo buraco no peito do irmão. Mas ali, na cadeira, consegue observar mais de perto.

— O que foi? — pergunta Hajun, espiando por cima de Seokga.

— Essas marcas são grandes demais para serem de uma gumiho — responde devagar. — Sim, foram deixadas por garras... quatro garras. Mas não são de raposa. São muito maiores. — Com os olhos semicerrados, ele entrega Hwanin a Hajun. — O criminoso não é uma gumiho.

Ficando de pé de repente, Seokga vai até um dos arquivos virados de cabeça para baixo, se agacha para revirar os papéis e continua:

— Mas as garras... o número descarta a possibilidade de yong, que têm três. Também exclui inmyunjo, com três, e haetae, com cinco. Só nos restam samjokgu, bulgae ou jangsan beom.

Somi puxa o ar ruidosamente. Seokga a ignora. A maioria das gumiho reage negativamente à menção de samjokgu, cujos poderes superam em muito os delas e que são conhecidos por instigar conflitos com as raposas apenas para torturá-las e matá-las (ainda que tais práticas tenham sido declaradas Muito Ilegais há um tempo). Talvez tenha sido um samjokgu que matou Somi.

— Mas bulgae... — Seokga para, pensando nos cães alegres, balançando o rabo e trabalhando sob as ordens de Dalnim e Haemosu. — Esses cachorros não se transformam. Quem quer que estejamos procurando precisa ter uma forma humana também. E não vejo um jangsan beom há séculos.

Os tigres metamorfos são extremamente raros e estão à beira da extinção, assim como seus equivalentes mundanos, os *Panthera tigris.* É possível que os números cada vez mais baixos se devam à sua parca expectativa de vida. Diferente de criaturas como as gumiho imortais, jangsan beom vivem entre cem e duzentos anos; um período bastante curto para uma criatura tão poderosa. O último que viu foi o que carregou nas costas durante o golpe contra Okhwang. Era um monstro incrivelmente irritante e imitava a voz de Seokga para dar falsas ordens como *Girem o corpo e toquem o nariz!* nos momentos menos oportunos, só para se divertir. Mas as consequências daquele golpe foram tão vergonhosas quanto ver seu exército executar uma coreografia ridícula.

Olhando para trás, não surpreende que o cerco tenha terminado de forma tão patética.

Seokga lembra que havia alguns outros jangsan beom naquele reino, mas eram poucos.

— Falando estatisticamente, acho que estamos atrás de um samjokgu. Em cada uma das três patas, eles têm quatro garras… e sabem muito bem como usá-las.

— Não é impossível que seja um jangsan beom — comenta Somi em voz baixa. O deus nem se dá ao trabalho de olhar para ela enquanto continua procurando algo em meio aos papéis. — Eu… acho que vi um, uma vez.

— É pouco provável — desdenha Seokga.

A gumiho está claramente com medo de samjokgu Indomáveis, mas não faz sentido fingir que é mais provável que um jangsan beom tenha feito isso. Viver em negação amedrontada não resolve nada.

Somi mergulha em um silêncio enfurecido.

— Baseado no que você ouviu, estamos procurando uma samjokgu metamorfa mulher, provavelmente com mais de 30 anos — descreve ele.

É o tom "esnobe" que denuncia Somi: na experiência de Seokga, leva certo tempo para aperfeiçoar um timbre tão impressionável. Criaturas com 20 e tantos anos podem *tentar*, é claro, mas sinais dos ganidos de já-não-mais-adolescentes sempre acabam aparecendo.

— Mas também podemos procurar por uma jangsan beom na lista de passageiros — acrescenta ele a contragosto quando Somi continua a fuzilá-lo com o olhar.

Isso vai ser fácil. Os papéis amontoados naquele armário em específico são listas de passageiros, centenas de páginas repletas de nomes e outras informações pessoais estampadas no fino papel branco. Agora que os suspeitos foram reduzidos, podem facilmente encontrar o crimino...

— Espera aí — diz Hajun tão abruptamente que Seokga levanta o rosto e ergue as sobrancelhas. — Uma samjokgu acima dos trinta... Com uma voz esnobe...

— Vai falar alguma coisa pertinente ou só repetir o que eu disse? — questiona o deus, irritado, voltando à busca.

— Eu *conheço* alguém que se encaixa na descrição — responde o idol, com a voz tensa. — É...

— O que *caralhos* está acontecendo aqui? — esbraveja uma nova voz, e Seokga poderia *estrangular* o oficial Shin Korain quando o haetae entra às pressas e observa a sala destruída com uma expressão furiosa.

Um momento de tensão se passa enquanto Korain absorve os monitores quebrados, as cadeiras rasgadas e a cascata de documentos caindo dos armários de ponta-cabeça.

— Oficial — chama Somi com uma voz doce, piscando os olhos de uma maneira que deve ter aprendido com Hani. — Eu juro que não é o que parece...

A tentativa de fazer charme dá muito errado. O haetae contorce o rosto com um desprezo cruel enquanto encara a gumiho.

— Você. E *você*. — Ele nota Seokga. — Todos vocês... — O homem vê Hwanin, e seu rosto fica ainda mais azul. — Venham comigo.

É um armário de vassouras.

Tudo bem, um dos grandes, mas ainda estão presos em um *armário de vassouras*. Seokga não sabe se um dia sua dignidade conseguirá se recuperar. Korain está sentado em um balde virado para baixo diante deles, de braços cruzados. O pior é que deveria ser fácil para o deus escapar dessa situação, criando uma ilusão de si mesmo sentado obedientemente no chão, transformando-se em uma formiga e batendo em retirada. Mas não pode deixar Hwanin para trás, e não se sente seguro de deixar Somi e Hajun sozinhos com o informante do *Fuxico Divino*, que tem acesso direto à manchete da manhã seguinte.

— É meu bebê. Eu sou... mãe — declara Somi em voz desnecessariamente alta.

Seokga já viu Korain analisando os olhos notáveis do bebê com suspeita. O haetae é esperto. E, neste exato momento, isso o torna perigoso.

Pelos sete infernos, porra. Seokga reprime a vontade de enterrar a cabeça nas mãos.

— Você não tá ajudando — resmunga o deus.

— Quieto! — vocifera Korain. Ele está esperando por alguém.

Seokga torce para que não seja outra deidade.

Hajun fica tenso.

— Não fala com ela assim — retruca o idol, e sua voz, normalmente doce, está ácida de uma maneira que Seokga nunca ouviu antes.

Somi está sentada no chão ao lado do rapaz, que envolve seus ombros com o braço, protetor. A gumiho parece estar se divertindo. O deus concorda que a situação é bastante engraçada: uma serial killer sendo protegida por um garotinho alegre, ex-estrela de uma boy band.

— Meu herói — murmura Somi, com as bochechas azuladas.

— Cadê a Kisa? — pergunta Korain, encarando Hajun. — Vocês dois não costumam andar grudados por aí?

— Ela não tem nada a ver com isso — responde Hajun, depressa. Depressa demais.

O haetae franze a testa.

Enojado, Seokga observa Hajun fechar a boca com força. Como o deus da trapaça, está horrorizado e envergonhado pela incapacidade do rapaz de enganar os outros.

Um instante depois, a porta do armário se abre. Um feixe de luz adentra o armário, junto com a garçonete de cabelo preto que Seokga derrubou. Chaeyeon.

Por um segundo, ele fica tão aliviado por ela não ser um membro do panteão que não percebe o quanto está lascado.

Está preso dentro de um armário de vassouras.

Com informantes do *Fuxico Divino.*

Chaeyeon fica boquiaberta diante de Somi, depois Hajun e, por fim, Hwanin — que está sentado todo alegre no colo do idol — antes de estreitar os olhos cruéis para Seokga. Korain se levanta e sussurra algo no ouvido dela, sem dúvida repassando os acontecimentos que levaram todos até aquele armário de vassouras.

Certo. Seokga já está farto disso. Para conservar as energias (já que mal pregou o olho desde que embarcou nessa porcaria de navio), esteve relevando esse procedimento maluco, mas já chega. Está na hora de usar um pouco de magia.

O deus fica de pé, tentando transparecer dignidade mesmo quando bate a cabeça no teto.

— Vocês nos deixarão ir embora e não contarão a ninguém o que viram. Gavinhas verdes de névoa rodopiam de suas palmas e se enroscam nos membros de Korain e Chaeyeon.

Vocês nos deixarão ir embora. Vocês se esquecerão do que viram. Vocês nos deixarão ir embora. Vocês se esquecerão do que viram.

Só consegue controlar pecadores. Aqueles que são verdadeiramente bons não são persuadidos por suas compulsões. Considerando que os dois são espiões do *Fuxico Divino*, Seokga imagina que será fácil. A maioria das pessoas tem um pouquinho de perversidade por dentro... É raro encontrar alguém que seja de fato "inocente."

Mas a magia não funciona.

Korain e Chaeyeon trocam olhares indiferentes.

— Espera aí — resmunga Seokga. — Desta vez vai funcionar.

Ele cerra os dentes, concentra toda a sua força na dupla, mas... nada. Seokga encara os dois, ofegante.

— Então quer dizer que vocês são pessoas *boas*? — pergunta.

Inacreditável. Primeiro sua habilidade de ler mentes evapora, e agora *isso*...

— Morri salvando órfãos em um incêndio — responde Korain, curto e grosso.

Chaeyeon bufa uma risadinha.

— Mentiroso. — Ela se vira para Seokga. — Você está em Jeoseung. Poderes assim estão restritos ao mundo dos vivos. Aqui embaixo, os mortos podem fazer o que quiserem... sem que coisas vivas como você nos impeçam. — Ela inclina a cabeça. — Mas talvez consideremos fazer o que você quer. Por um preço. O *Fuxico Divino* quer...

— Eu uso boxers — vocifera o deus. — Feliz?

— Ainda não. — Chaeyeon estica a mão, e Korain lhe entrega um Samsung, o celular que a revista deve ter contrabandeado para seus informantes. Sustentando o olhar de Seokga, a mulher abre o aplicativo do gravador e dá play. — Queremos uma entrevista completa e exclusiva para o *Fuxico Divino* em troca de nosso silêncio quanto a... seja lá o que vocês estejam tramando. Uma hora com você, e é obrigatório que responda com sinceridade a cada uma das nossas perguntas.

Pelas tetas de Hwanung.

— Eu preferiria arrancar minha própria língua.

Korain sorri, presunçoso.

— Você não tem escolha.

O filho da puta tem razão.

Seokga não tem qualquer autoridade nesta situação, nenhuma influência para negociar. Essa é a oferta que estão fazendo, então será forçado a aceitar. Ele range os dentes.

Um longo, longuíssimo momento se passa em uma vagareza torturante. Como queria poder açoitar aqueles dois.

— *Tá* — sibila por fim. — Mas *nada* de perguntar sobre o bebê, ou a sala de monitoramento, ou meu irmão... que, diga-se de passagem, está muito bem. Está assistindo televisão no quarto, e não há absolutamente nada de errado com ele. — Mentalmente, ele acrescenta que "sinceridade" não significa nada para um deus da trapaça. Vai responder como bem entender.

— Esse *bebê* pode ser nosso maior furo — argumenta Chaeyeon, apontando para Hwanin. — Vamos perguntar sobre ele se quisermos.

A visão de Seokga fica vermelha.

— Perguntem sobre o bebê e vou arrancar cada um dos membros de vocês. Podem não morrer de novo, mas sentem dor... *bastante* dor.

A garota empalidece.

— Que seja. — Korain dá de ombros, mas tem um brilho malicioso nos olhos. — Vamos começar. Temos muitas perguntas a fazer.

— Certo. — Chaeyeon pigarreia. — Nós, do *Fuxico Divino*, agradecemos por ter aceitado conversar com a gente hoje pra...

— Vai se foder — rosna Seokga, lançando um olhar fulminante para o botão vermelho piscante do gravador digital enfiado em sua cara. — Nós dois sabemos muito bem por que estamos aqui. Vai, pergunta logo. Antes que eu perca a paciência.

— Tá. Primeira pergunta: você usa peruca?

CAPÍTULO VINTE E QUATRO

KISA

Enquanto encara o deus que acabou de entrar no Café das Criaturas, Kisa pensa que talvez tenham um *probleminha*.

Ou talvez isso nem seja um problema. Talvez seja bom. Sim, talvez seja *bom* que Hwanung, filho/provável assassino de Hwanin, esteja pedindo um chá gelado no CRS *Bateu As Botas* e abrindo um sorriso charmoso para a barista encabulada. O cabelo dele está roxo em vez de comprido e prateado, e ele não veste as roupas tradicionais como o pai. Mas a semelhança entre os dois é evidente. Aquele é Hwanung.

Hwanung, que está usando uma camiseta desbotada do Elvis e uma quantidade ridícula de brincos.

Hwanung, que é um de seus principais suspeitos.

Com a mão trêmula, Kisa deixa de lado a caneta que vinha usando para anotar novas teorias, que a fazem suar frio e causam arrepios em sua coluna. Teorias que sugerem que esse plano vem acontecendo há muito mais tempo do que qualquer um deles desconfiava.

Talvez Hwanung esteja ali para se encontrar com o cúmplice de seu próximo crime. Será que vão assassinar Seokga juntos? O pensamento a atormenta, mas Kisa se força a permanecer sentada, observando cuidadosamente o deus pagar e sair enquanto dá goles vagarosos na bebida.

Depois de uma conversinha motivacional e assustada consigo mesma, ela segue Hwanung pelo cruzeiro, tomando o cuidado de permanecer a uma distância segura. Ele chega ao Convés 7 e percorre o corredor de suítes, parecendo contar os números das portas até chegar ao quarto 7346. O quarto do pai.

Kisa prende a respiração. Hwanung pega um cartão de acesso do bolso e entra no quarto enquanto ela assiste atentamente, contando os segundos até o deus reaparecer com o rosto cuidadosamente inexpressivo.

O que será que ele poderia querer da suíte de Hwanin?

Um instante depois, do outro lado do corredor, uma porta se abre, e a dra. Jang sai do quarto. A porta pesada se fecha atrás dela, mas não chega a trancar. Kisa fica tensa ao ver a terapeuta andar lentamente até Hwanung e colocar uma das mãos enrugadas no ombro dele.

O deus se enrijece, mas não parece surpreso ao vê-la. Na verdade, parece *aliviado*, nem um pouco incomodado com os óculos de sol rosa-choque. A mente de Kisa gira enquanto ela tenta, atrapalhada, encontrar peças que se encaixem nesse quebra-cabeça. Será possível que a mulher seja mesmo lacaia do deus? A mão de Kisa desliza até o bolso, onde suas teorias estão guardadas. Se for mesmo verdade…

— Hwanung — chama a dra. Jang, com uma voz gentil. — Recebi sua ligação. Teve alguma sorte?

— Heejin. — Hwanung muda o peso de uma perna para a outra. — Não consigo encontrá-lo. Você sabe onde ele poderia estar?

Kisa franze o cenho. Há certa familiaridade entre os dois, mas não do tipo que esperaria de dois cúmplices. Ao lembrar que Seokga desconhecia o deus ou a deusa de Jang, Kisa se pergunta se a terapeuta poderia ser xamã de Hwanung. Não… não tem como. O protocolo para se encontrar com seu patrono divino é se curvar em um ângulo de noventa graus, e a dra. Jang fez apenas uma mesura casual quando Hwanung se virou. Mordendo o lábio de ansiedade, Kisa aguarda a resposta da psicóloga.

— Seokga me informou que seu pai comeu um marisco estragado recentemente. Talvez esteja na enfermaria. — Jang sorri com empatia. — Como andam as coisas em Okhwang? Espero que não tenha vindo atrás do imperador Hwanin por causa de algum problema.

Algo cruza a expressão do príncipe, mas Kisa está longe demais para identificar o que é.

— Andam… diferentes — conta ele. É curioso como seu tom não está frio ou duro como naquela ligação com Seokga. Ele parece… arrependido? Exausto? O deus bebe o chá gelado. — E como vai o meu *tio?* — Há um certo desdém nas palavras, o que provoca uma pontada de raiva ofendida em Kisa.

— Seokga está bem. — A dra. Jang ajusta os óculos de sol. — As férias têm feito bem para ele.

O rosto de Hwanung se contorce de desprezo.

— E você sabe onde *ele* está?

Suor escorre da nuca de Kisa enquanto ela aguarda a resposta da psicóloga. A mulher idosa está em silêncio, como se ponderasse alguma coisa... e Kisa tem a horrível impressão de que, de algum modo, ela sabe exatamente onde está o deus da trapaça. *Não conta pra ele*, implora. *Você não pode contar.*

Jang, por fim, pigarreia e abre um sorriso amigável.

— A essa hora, Seokga costuma nadar no Convés 9. — O doce sabor do alívio acalma a ansiedade de Kisa... ainda que só um pouco.

A velha xamã mentiu por Seokga. Com certeza ela sabe que o deus preferiria morrer a nadar na piscina principal do cruzeiro, onde os passageiros saltam dos tobogãs e, com frequência, aterrissam em cima de quem está nadando.

— Vou até lá, então. Foi bom te ver, Heejin. — Hwanung faz uma pausa constrangida, brincando com o piercing no lábio, que reluz sob a iluminação do corredor. — Agradeço pela ajuda da última vez, aliás.

A mulher abre um sorriso de vó.

— As coisas deram certo com aquela garota?

O jovem deus se encolhe.

— Não. Mas a terapia de casal ajudou por um tempo, até ela... — Hwanung se interrompe, balançando a cabeça. O metal cintila, e Kisa vê que ele tem piercings de prata nas orelhas. — Não quero te incomodar.

— Por favor, Hwanung — diz a doutora, rindo, o rosto enrugado formando sulcos. Kisa percebe que a mulher sente um carinho profundo pelo príncipe, de uma maneira quase familiar. — Não me importo. Eu te acompanho até o Convés 9, e você pode me contar tudo. Não vou nem cobrar o valor de uma sessão.

Enquanto os dois vão embora, Kisa meneia a cabeça. Hwanung não está agindo como um assassino revisitando a cena do crime. Na verdade, parece um adolescente confuso procurando pelo pai. Pode ser uma bela atuação, é claro, mas, conforme os dois se afastam no corredor, Kisa não sente vontade de ir atrás.

Em vez disso, está analisando a porta do quarto da dra. Jang, que ficou entreaberta. O fundo de seu estômago se enche de pavor. O Fio Vermelho tremula, talvez de preocupação.

Mas o quarto da terapeuta está destrancado, e Kisa tem no bolso um caderno repleto de teorias que precisa descartar ou confirmar. Pode entrar e sair em um pulo, antes de correr para avisar Seokga que Hwanung está no navio. Além disso... a mão dela desliza para dentro do bolso da calça, onde colocou o frasco de creme antes de sair da cabine.

Ela deveria devolvê-lo. Não suporta o cheiro.

Determinada, Kisa se esgueira pelo corredor e entra no quarto da psicóloga. Com o coração martelando no peito, observa a pequena suíte, a cama queen e o banheiro adjacente. Há uma mala amarela vibrante sobre uma das poltronas estofadas, transbordando todo tipo de roupa colorida e aleatória. Kisa avista outro conjunto com estampa de patinho de borracha enfiado em algum lugar debaixo de camisas havaianas e chapéus de aba larga.

No banheiro, encontra a ecobag da dra. Jang e cuidadosamente coloca o creme repugnante lá dentro. Quando espirra de repente, seu coração quase para — mas a mulher não está ali, tenta se lembrar, mesmo com as palmas das mãos começando a suar. Está tudo bem. Está tudo perfeitamente *bem*.

Ao sair do banheiro, sente outro espirro se formando no canal nasal e praticamente estoura uma veia tentando reprimi-lo, mas ele irrompe com ainda mais força. Com os olhos lacrimejando, procura desesperadamente por um lencinho... e espirra de novo.

Deuses, é como daquela vez em que Yuna trouxe um gato de rua para o dormitório. Kisa não conseguia ficar dois minutos dentro de casa sem espirrar ou tossir até botar os pulmões para fora.

Mal demais para continuar ali, ela cambaleia até a escrivaninha, determinada a encontrar pelo menos *alguma coisa* com potencial, algo que faça a jornada até o quarto ter valido a pena. Através da visão turva, nota um caderno com capa de couro desgastada repousando em um canto da escrivaninha. Antes que consiga pensar duas vezes, Kisa o apanha e sai correndo da suíte, desesperada por um lencinho.

CAPÍTULO VINTE E CINCO

SEOKGA

SÓ DEPOIS DE UMA SÉRIE DE PERGUNTAS HUMILHANTES, QUE VARIAvam entre obscenas ou deprimentes e sombrias (junto com um alerta severo de Korain de que não será tão leniente da próxima vez que destruírem propriedade privada), é que enfim recebem a permissão para sair do armário de vassouras.

Porra de *Fuxico Divino.*

— Acho que agora sei mais sobre você do que queria — resmunga Somi enquanto entram na enfermaria, depois de enfim escaparem do Convés 2.

Ela parece levemente enjoada antes de desaparecer dentro do pequeno banheiro, e logo ouve-se o som nada divertido de vômito — que Seokga sabe ser pura atuação para o divertimento perverso da gumiho.

Como se arrepende de não ter acabado com ela durante os Dias Sombrios. Ele mastiga a bala de café com agressividade, e cacos de açúcar arranham seus dentes.

Hajun também parece estar passando mal, mas por outro motivo. Desde que foi interrompido na sala de monitoramento, agita a perna direita de nervosismo e mexe a boca como se estivesse tentando conter o que quer que tivesse a dizer.

Quando Somi reaparece, as palavras praticamente jorram da boca dele:

— *Soo-min!* — exclama, sem fôlego, e Seokga arranca Hwanin de seus braços antes que o idol derrube a criança em meio à euforia. — Soo-min bate perfeitamente com o perfil. Ela é samjokgu, morreu no começo dos 30 anos e tem uma das vozes mais esnobes que já ouvi.

Seokga ergue as sobrancelhas até sumirem em seu cabelo.

— A diretora é uma samjokgu?

Aquilo era novidade para ele.

Hajun assente, de olhos arregalados. O deus da trapaça absorve a informação.

— Ela parecia mesmo interessada demais na pele de Hwanin ontem — comenta devagar. — E perguntou como estava tão... *inteira*.

Talvez Seokga devesse ter prestado mais atenção em vez de ficar afundando na própria miséria. Mas, quando entra nesse buraco, é muito difícil sair e lembrar que outras pessoas, infelizmente, existem. Mesmo em um dia bom, ele não se importa muito com ninguém. Além, é claro, da mulher que sempre foi a única exceção.

Somi bufa de desdém.

— Como foi que deixou isso passar? *Fala sério*...

O celular dele vibra, e Seokga lança um olhar fulminante para a gumiho antes de colocar a mão no bolso e checar as mensagens. Um instante depois, seu coração congela.

Yeomra: Hwanung acabou de se teletransportar para o navio.

Yeomra: Imagino que você vai cuidar disso imediatamente.

O que nos sete infernos está acontecendo?

O deus fica boquiaberto diante da tela antes de enfiar o aparelho de volta no bolso e encarar Hwanin. Por que Hwanung está no navio? Ele tem quase certeza de que o jovem deus está envolvido de alguma forma na morte do pai, e sua súbita aparição definitivamente não é um bom sinal. O sangue de Seokga esquenta com uma onda repentina de urgência ardente para esconder o irmão, para protegê-lo. Ele encara a criaturinha em seus braços e se pergunta quando uma coisa tão pequena se tornou tão importante.

— Hajun, Somi, escondam o bebê — pede, com a voz mordaz.

A gumiho arregala os olhos quando Seokga lhe entrega Hwanin, e o deus fica aliviado ao vê-la tratá-lo com delicadeza. Hwanin começa a chorar assim que é separado do irmão, e o som atinge Seokga em cheio no peito — mas ele já está saindo em disparada da enfermaria. Não sabe ao certo o que pretende fazer. Onde está Kisa? Precisa dela. Precisa desesperadamente dela.

É quase como se Gameunjang, a deusa da sorte, enfim tivesse lhe ouvido quando ele vira o corredor e tromba com um corpo menor. Seokga se apressa a amparar Kisa, que está ofegante, com as bochechas azuladas e os cachos amassados e bagunçados. Uma felicidade amarela com um toque de alívio brilha pelo Fio Vermelho, mas os pensamentos dela logo enfraquecem sua alegria.

...Hwanung... com Jang... indo... Convés 9... nadar... mentira... Seokga...

— Seu sobrinho — diz ela, ofegando. As mãos de Seokga repousam nos ombros dela, e ele percebe que ela está tremendo. — Ele está indo pro...

— Convés 9 — arremata o deus, e a fantasma assente, sem fôlego. Com seriedade, Seokga deixa as mãos caírem dos ombros estreitos dela. — Vamos.

— Acho que... transferência cerebral... pode ser útil — diz Kisa, esbaforida, enquanto correm escada acima. A perna direita de Seokga arde, mas ele aperta a bengala com mais força e ignora a dor. — Mal consigo... falar...

A preocupação irradia pelo corpo dele enquanto ela arfa. Será que Kisa estava correndo tão rápido assim até a enfermaria?

— Elevador? — pergunta ele, de dentes cerrados, os nós dos dedos brancos em torno da bengala.

Quando irrompem no Convés 4, praticamente disparam até o elevador mais próximo, empurrando amontoados de passageiros que zanzam pelos restaurantes e lojas com expressões encantadas e sonhadoras. Para eles, o cruzeiro é mesmo um sonho; para o deus, é a porra de um pesadelo. Seokga esmurra o pequeno botão de subir e, quando o elevador finalmente se abre, ele se atira para dentro e fecha a porta para que ninguém além de Kisa possa entrar. O elevador pode parar em todos os andares, e subir as escadas talvez fosse mais rápido, mas Seokga não tem certeza se sua perna aguentaria a corrida do Convés 3 até o 9. Esse era o plano original, mas, depois do primeiro lance, admitiu a derrota para a monstruosa escadaria. E, de qualquer forma, Kisa parece prestes a desmaiar se tiver que correr ainda mais.

Seokga adoraria arrancar o sistema de som conforme uma música animada de Muzak começa a tocar. No teto espelhado do elevador, ele e Kisa parecem tão incrivelmente exaustos e suados que o vaidoso deus da trapaça faz algo que normalmente jamais sonharia em fazer: desvia o olhar do espelho.

Fica aliviado ao ouvir a respiração de Kisa começando a se estabilizar. O elevador para no Convés 5, e Seokga golpeia o botão de fechar portas com a bengala antes que outros passageiros possam entrar.

— *Ei!* — grita um deles, um homem com queimaduras de sol vestindo a camisa tie-dye que o deus achou horrenda.

A porta se fecha na cara irada dele.

— Você vai quebrar o elevador se continuar fazendo isso — avisa Kisa, mas Seokga a ignora e dá outro murro no botão quando chegam ao sexto andar, ao mesmo tempo que aperta o botão do Convés 9 com uma determinação crescente. — Seokga, é sério, *para* de apertar os botões! Não vai fazer a gente chegar mais rápido. E, além disso, Hwanung pode nem ser quem nós…

— Nem a tecnologia escapa ao meu poder — informa, presunçoso, momentos antes de acidentalmente socar o botão de emergência uma dezena de vezes em vez do 9. Kisa tromba com as costas dele quando o elevador para entre os Conveses 6 e 7 com um solavanco abrupto.

Faz-se um momento de silêncio horrível.

…ele é… tão esperto… mas tão… burro que me cansa…

— Talvez eu tenha falado cedo demais — admite Seokga.

Kisa solta um ruído que parece um gatinho rosnando e tentando muito parecer feroz e o empurra para o lado, supostamente para corrigir o erro.

— *Você…*

A voz dela é abafada de repente pelo som estridente saindo do interfone do cruzeiro. Os ouvidos de Seokga *gritam* de dor e ele faz uma careta quando a cabeça começa a latejar. Kisa dá um salto de quase meio metro no ar — o que seria engraçado, se os barulhos sendo transmitidos por todo o CRS *Bateu As Botas* não fossem tão… alarmantes.

Um grunhido abrupto e masculino explode nos alto-falantes, seguido por uma risada feminina.

Kisa arregala os olhos.

— Ai, meus deuses — sussurra, levando a mão à boca. — Será que eles estão…

Seokga também está considerando essa possibilidade, mas a teoria cai por terra quando o homem começa a berrar. E berrar. E berrar. Não há como abafar a gritaria, não há como ignorar a pura agonia naquela voz. A voz do capitão Lee, Seokga percebe, ao reconhecer algo naqueles gritos angustiados que o lembra do homem bigodudo.

— *Ai, deuses!* — exclama o homem. — *Por favor, pare! Pare! Socorro! Por favor!*

— Cale a boca — vocifera a mulher, antes que um som úmido faça até as entranhas de Seokga se revirarem.

Ao que parece, o capitão não viverá por muito mais tempo.

— Soo-min? — Os olhos de Kisa estão vivazes, brilhando de horror e lágrimas contidas. — Essa é a voz da Soo-min… Por que ela está machucando ele?

Seokga hesita, mas seus pensamentos devem disparar pelo fio, já que Kisa arregala os olhos. Sem ar, ela pergunta:

— *Ela?* É ela...? Mas eu pensei...

— *SOCORRO!* — clama o capitão.

Seokga esmurra os botões do elevador, desesperado para que ele volte a se mexer, para que possam ajudar o homem.

— Ai, meus deuses — lamuria-se Kisa, escondendo o rosto nas mãos. — Eu acho que vou... Acho que vou passar mal.

— Arranque o coração — ordena uma nova voz nos alto-falantes. — E jogue no rio. O espírito dele não voltará ao navio se o órgão desaparecer. Vai acabar em algum canto remoto de Jeoseung.

Hwanung. A visão de Seokga fica turva de raiva. Reconheceria a porra daquela voz em qualquer lugar. Seus joelhos quase cedem de tanta fúria.

O corpo de Hwanin também estava sem o coração.

Em algum lugar acima do elevador, gritos ecoam pelo cruzeiro, e passageiros horrorizados cobrem os ouvidos e soltam gritos estridentes quando o capitão Lee solta um urro assustador.

— S-Seokga — sussurra Kisa, mas ele mal a escuta.

Conforme dá início ao processo de teletransporte, seu corpo vibra, com a mão coçando para arrancar a cabeça do sobrinho e jogá-la no rio. Ele ainda vai reencarnar como bebê no mesmo lugar em que morreu, mas está claro que esse amador de merda não pensou nisso quando assassinou o pai e atirou o coração dele no rio.

O que ele achou que aconteceria? Que o bebê Hwanin reapareceria em algum lugar nas profundezas de Jeoseung e ficaria afastado para sempre de Okhwang? Garoto tolo.

Seokga está prestes a atravessar o espaço-tempo, a moldá-lo à sua vontade para levá-lo direto à ponte, onde o assassinato deve estar acontecendo... Mas alguma coisa, um puxão firme no mindinho, o impede. O Fio Vermelho está tremendo de preocupação, puxando-o para perto de Kisa enquanto, nos alto-falantes, o capitão Lee grita até ficar rouco — e então, de repente, tudo fica em silêncio. Ouve-se o crepitar do interfone desligando.

— Kisa.

Ela deslizou até o chão, onde abraça os joelhos contra o peito. Seu rosto está tão pálido por trás dos cachos que Seokga vacila, inundado de terror por um instante. Já viu medo antes, em inúmeros rostos, mas isso... Isso não é só medo. Os olhos dela estão fixos em algo que ele não consegue ver, talvez uma lembrança, e o peito sobe e desce de forma irregular. Seokga fica completamente desnorteado ao perceber como a respiração dela está curta e entrecortada. Ele não pode… *porra,* não pode deixá-la desse jeito, presa em um elevador. Que porra de alma gêmea ele seria?

— Kisa — chama, pegando os ombros dela em meio ao próprio medo e sacudindo-a de leve. Mas é como se ela não o escutasse, nem mesmo o visse. — Kisa.

O Fio Vermelho treme sem parar enquanto a mulher continua distante. Seokga tenta lutar contra o pânico crescente. Tateia inutilmente pelo corpo dela, alisando o cabelo, segurando o queixo, os ombros, as mãos. Ele não… não sabe o que fazer. Não sabe como enviar um pulso prateado de calma e serenidade pelo vínculo deles, como Kisa fez por ele da outra vez. Está apavorado demais, assustado demais. O que aconteceu com ela?

— Por favor — sussurra Seokga. — Kisa, por favor… merda, merda, *merda…*

De repente, parece que está de volta no galpão, vendo a vida de Hani se esvair dos olhos dela, incapaz de fazer qualquer coisa… Incapaz de ajudar…

Em torno do mindinho de Kisa, o fio emite um brilho escuro… E, quando a cor chega à extremidade de Seokga, o terror que sente — o terror *dela* — é infinito, tão sufocante quanto se afogar em um mar sombrio. Ele fica quase nauseado com o gosto. Só consegue voltar a se mexer quando a sensação se esvai.

O fio puxa insistentemente o dedo dele, e o deus o encara por trás de um ataque súbito de lágrimas dolorosas.

— *Me ajude* — implora. — Me ajude a ajudá-la. Por favor…

O fio hesita antes de se erguer mais no ar, contorcendo-se até formar uma linha contínua que gira e rodopia, criando a imagem entrelaçada de um homem segurando uma mulher. Sem pestanejar, Seokga se senta no chão do elevador, puxando Kisa para si com gentileza e imitando a posição sugerida. A cabeça dela repousa frouxamente em seu peito. Os dedos dele tremem ao segurá-la.

— Kisa — murmura no ouvido dela. — Volte pra mim.

Segundos, minutos ou horas passam até ela voltar a si — mas ela volta, e sua respiração vai aos poucos se tranquilizando. Seokga poderia quase chorar de alívio quando ela ergue o olhar para ele, quando o vê.

— Seokga? — sussurra.

— Estou aqui — responde, a voz ficando presa na garganta.

Kisa sorri, um espasmo trêmulo no rosto que morre assim que surge.

— Não me deixe…

— Nunca — jura o deus da trapaça, sendo sincero com cada fibra da alma perversa.

— Eu queria... ser uma folha — murmura Kisa, claramente delirando. — Eu queria... ser uma folha... mas eu nunca quis cair...

As palavras suaves e absurdas se perdem enquanto os olhos dela se fecham.

Um instante depois, o elevador começa a subir devagar mais uma vez. Seokga encara o espelho acima deles e se pergunta o que nos sete infernos acabou de acontecer.

O corpo está um caos, caído sobre o painel de navegação na ponte do navio, um pedaço sangrento de carne imóvel e sem coração. Seokga o observa com nojo e pena enquanto Yeomra — que manteve a palavra e apareceu "bem dramaticamente" no cruzeiro uma hora atrás, como se "esse tivesse sido o plano desde o início" para "fazer valer a justiça divina" — prende correntes esqueléticas ao redor de Soo-min. As amarras são indestrutíveis, forjadas com a magia do deus da morte e com ossos de prisioneiros que morreram há muito tempo dentro de penitenciárias. Só os deuses conseguem soltá-las, contanto que não sejam eles os acorrentados.

Parece que o capitão Lee tentou resistir. Uma das janelas longas e horizontais da ponte está rachada bem ao meio, e, segundo Yeomra, as muitas alavancas do painel de navegação estão todas desalinhadas. Em algum momento da briga, o capitão deve ter acionado os alto-falantes do navio. Seu impressionante assento de couro está tombado, com as rodinhas ainda girando devagar quando Seokga (depois de colocar Kisa em sua cama, sob os cuidados de Hajun e Somi) entrou correndo na sala. Manchas de sangue salpicam o chão, embora as mãos e roupas de Soo-min estejam quase impecavelmente limpas. Já o cabelo da diretora, sempre impecável, virou um verdadeiro ninho de ratos, e o batom está borrado em torno da mordaça na boca.

— Não fui eu! — lamentou-se para quem quisesse ouvir. — Não fui eu! E-eu nunca... ele era... nós éramos... *Não fui eu!*

Para o azar dela, sua voz corresponde perfeitamente à voz transmitida pelo navio inteiro. Yeomra colocou a mordaça nela com gosto ao flagrá-la correndo para o I-95, supostamente para se esconder durante a confusão.

Como era de se esperar, Hwanung não está em lugar nenhum. O deus fugiu logo após o assassinato — Seokga passou a última hora fazendo várias ligações longas para outras deidades, recapitulando tudo, desde a morte de Hwanin até os acontecimentos de hoje. Há uma busca em andamento pelo deus das leis, e assim que Seokga acabar com esta merda de pesadelo, vai caçar o sobrinho até os confins da porra de todos os reinos.

Ele também se recusou terminantemente a levar o bebê para Okhwang. Como o parente vivo mais próximo de Hwanin que 1) não está aprisionado nas profundezas de Jeoseung por crimes contra a humanidade; 2) está acordado, e não dormindo há milênios; e 3) não é a favor de parricídio (até agora), Seokga pode reivindicar a guarda legal do irmão, e é exatamente isso que fará. Por algum motivo absurdo, a ideia de se distanciar da criança faz um arrepio de ansiedade percorrer seu corpo. Hwanin ficará mais seguro ao seu lado.

Seokga tem dito a si mesmo para não pensar nos *porquês*, mas, quando Yeomra termina a ligação com um dos sete infernos, para onde decidiram realocar Soo-min, Seokga não consegue evitar o desejo por uma explicação. Por que matar Hwanin? Por que matar o capitão Lee? Os dois assassinatos nem ao menos parecem conectados, tirando o fato de terem os mesmos culpados.

Como Soo-min e Hwanung estão envolvidos? Como se conhecem? Desde quando?

Não importa, diz a si mesmo. Soo-min está claramente decidida a jogar o joguinho da negação, mesmo que todos tenham ouvido sua voz. O número de Hwanung está salvo no celular dela, mas todas as mensagens e ligações foram apagadas. Às vezes, na delegacia haetae de Nova Sinsi, os oficiais tinham que deixar de lado os *porquês* e focar nas evidências. O delegado Shim odiava isso, mas naquela época Seokga nunca ligou. Agora, entende as perguntas insistentes do sujeito. As dúvidas estão corroendo o deus por dentro.

Conforme guarda o celular, Yeomra diz:

— Quando o cruzeiro terminar, a garota e o amigo dela podem se dirigir ao DRPV mais próximo. Vão receber um passe expresso para o início da fila. — Ele segura o ombro de Soo-min. A mulher chora em torno da mordaça, fazendo súplicas incoerentes. Os deuses a ignoram categoricamente. — O navio não pode seguir viagem até que eu arrume a merda de outro capitão, e já deu um baita trabalho conseguir o primeiro...

— Não pensou em sequestrar um vice-comandante? — questiona Seokga, mas sem muita vontade.

Quanto mais cedo o navio voltar a se mover, mais rápido ele terá que se despedir de Kisa. Aceitaria de bom grado se o cruzeiro ficasse parado para sempre, flutuando sobre as águas vermelhas sem rumo, sem ter para onde ir.

A boca do deus da morte se abre… e se fecha. Com uma careta, ele admite a derrota.

— Não gosto de dizer isso, mas você tem razão. É o que eu ganho por manter uma equipe reduzida. Vou encontrar alguém logo. — Os olhos escuros e salpicados de glitter de Yeomra se estreitam. Ele faz uma pausa antes de estender a mão para Seokga. — Não vou dizer que você fez um bom trabalho, porque com *toda* certeza não fez, porra nenhuma. Foi um trabalho de investigação aceitável, na melhor das hipóteses. Ainda assim, eu agradeço.

Seokga revira os olhos, mas aperta a mão do deus da morte. Está fria como gelo. Com um sorriso sarcástico, Yeomra desaparece em um estalo de fumaça escura que faz Seokga se engasgar. Quando ela se dissipa, tanto o CEO quanto Soo-min se foram. Infelizmente, o corpo do capitão continua no mesmo lugar.

— Merda de cadáver — sibila Seokga, percebendo que Yeomra o deixou para arrumar a bagunça.

— Me dê a criança — exige Samsin Halmoni, com uma voz estridente, enquanto Seokga range os dentes e sai empurrando os amontoados de passageiros ainda apavorados.

Vários membros da tripulação estão tentando acalmar a multidão, mas os gwisin parecem incapazes de compreender que já estão *mortos* e, portanto, não correm o risco de serem brutalmente assassinados a qualquer momento. A deusa da maternidade, das mães, dos bebês e de chatices em geral anda desajeitadamente ao lado do deus da trapaça, repousando as mãos sobre a barriga inchada. Ela acabou de aparecer, e o único indício de seu recente teletransporte foi o cheiro sutil de perfume floral e talco.

— Nosso imperador celestial ficará mais seguro comigo. Você ao menos sabe como cuidar de um bebê, jovenzinho?

Seokga puxa o ar entre os dentes, furioso, e para, lançando à deusa um olhar fulminante. Samsin Halmoni pisca para ele, toda inocente, o retrato de uma mãe gentil e amorosa. Mas o deus sabe que ela tem um coração de cobra.

— Trinta e três anos — murmura Seokga, ofegante, por cima do tumulto e do caos generalizado, sendo empurrado por passageiros assustados enquanto continua parado. — Você sabia quem ela era, *onde* ela estava, e nunca me contou. Por que, Samsin Halmoni?

Qualquer um que conhecesse Seokga reconheceria a calma mortal antes da tempestade, o modo como suas feições estão terrivelmente vazias — exceto pelos raios e brancos escaldantes de uma ira estrondosa sob a superfície.

Nenhum traço de remorso ou surpresa cruza o rosto dela.

— Porque você é filho de seu pai, garotinho. E eu acreditava que Yoo Kisa merecia mais do que a cria de Mireuk.

As palavras arrancam algo de dentro dele, como lâminas afiadas. Se não fossem verdadeiras, Seokga as teria ignorado e retrucado com uma resposta mordaz característica. Mas elas não mentem. Desesperado, o deus tenta manter a máscara intacta, mas a outra deidade enxerga pelas fissuras. Ele *é mesmo* igual a Mireuk.

— E também teve aquela sua pecinha de esquema de pirâmide. — O sorriso de Samsin Halmoni é cruel, e o deus reavalia sua oponente. Ela tem o instinto de uma atiradora e sabe onde e com quanta força atirar. — Então estou só contando as horas até você irromper na sala do trono de Okhwang e ordenar que todos nos curvemos à sua vontade.

— Eu... estou reabilitado. — Seokga franze a testa, confuso, como se não soubesse se ela estava ansiosa ou decepcionada.

Samsin Halmoni hesita, claramente sem receber a reação que esperava.

— Hwanin é um bebê — diz ela, e o deus a encara como se dissesse *Sim, estou sabendo.* — Hwanung é, se é que podemos acreditar em você, um parricida fugitivo. *Você* é o próximo na linha de sucessão. Você... — A boca dela se remexe, como se quisesse cuspir na cara de Seokga. Mas o que cospe em vez disso é: — Você é o imperador celestial.

O mundo parece parar com aquelas palavras, como se o caos ao redor dele congelasse conforme a consciência daquele fato aos poucos se assentasse em seu corpo. Em meio ao estresse das últimas horas, sequer pensou em Okhwang. O CRS *Bateu As Botas* ocupava toda a sua mente, até as menores frestinhas. Não tinha percebido que... que tinha se tornado o imperador de Okhwang.

— O imperador celestial *regente* — acrescenta Samsin Halmoni, às pressas, mas encara Seokga como se ele fosse um macaco de circo que falhou miseravelmente em se apresentar.

Em vez de rir enlouquecidamente como teria feito alguns anos atrás, Seokga fica em silêncio. Poder. Tanto poder ao seu alcance, caso deixe o cruzeiro para trás e tome seu lugar de direito no trono. É o que desejou desde criança, é o que almejou quando planejou a porra de um golpe grandioso... Então por que não se sente inundado pela vitória? Por que não está sorrindo de canto para Samsin Halmoni e mandando que se ajoelhe diante dele?

Seokga abre a boca para ao menos tentar soltar uma risadinha vitoriosa, mas tudo o que sai é um leve arquejo. A deusa fica pasma quando o deus da trapaça fecha os olhos, enjoado.

Kisa não pode ir para Okhwang, não assim. Ela é uma gwisin atrelada ao CRS *Bateu As Botas*, e o mais longe que pode ir do navio é até a porra do DRPV quando a viagem terminar. Mesmo que consigam localizar Hwanung, Seokga não tem certeza de que Yeomra reconsideraria os termos e permitiria que Kisa recebesse outra recompensa. Mas ela não parece querer mais nada, de qualquer forma. O que ela *quer* é reencarnar.

Não me deixe, havia implorado a ele, e o deus jurou não deixá-la. Não até que ela o abandonasse primeiro. De novo.

Ela sempre o abandona. Parte de Seokga se pergunta, com amargura, se deveria ser ele o primeiro a desaparecer desta vez. Antes que seu coração se estilhace em milhões de pedacinhos novamente. Poderia se automedicar com o novo poder que possui, com o controle sobre Okhwang, relaxar no trono de fênix do Palácio Cheonha e se divertir mandando e desmandando nos outros deuses como se fossem marionetes. Não precisaria pensar nela nunca mais...

...mas ainda assim pensaria. Como poderia se esquecer da cor exata daqueles olhos? Dos belíssimos cachos? Do jeito como ela tagarela quando está nervosa ou animada? Daquele intelecto afiado?

Seokga se odiaria ainda mais do que já se odeia por uma eternidade se fosse embora antes que os poucos dias que lhes restam juntos acabassem.

Ele abre os olhos. Samsin Halmoni parece atordoada pelo choque e por algo que *poderia* ser arrependimento, se Seokga fizesse um esforço (e talvez usasse uma lupa).

— Tenho assuntos a resolver aqui primeiro — responde ele, com a voz vazia. — Voltarei a Okhwang quando o cruzeiro terminar, dentro de uma semana. Hwanin ficará comigo. Até lá, fiquem de olho em Hwanung. Me avisem imediatamente se o encontrarem.

A deusa engole em seco e balança a cabeça.

— Não estou entendendo. Você não... Não estou entendendo.

O olhar de Seokga é mortífero.

— Kisa está aqui — informa à mulher, como se isso explicasse tudo. E explica. Samsin Halmoni parece quase constrangida ao assentir bruscamente. O deus da trapaça se vira para partir, mas não consegue resistir à tentação de mostrar uma carranca hostil por cima do ombro. — Você pode até tê-la tirado de mim, mas também *me* tirou *dela.*

Inesperadamente, os olhos da deusa se enchem de vergonha.

— Eu...

Os lábios dele se curvam.

— Volte para Okhwang com o rabinho entre as pernas feito a rata intrometida que você é — esbraveja. — Não se aproxime deste navio novamente.

Seokga não permanece ali para decifrar a culpa atormentando o rosto da mulher. Ele se afasta a passos largos, com os nós dos dedos esbranquiçados em torno da bengala.

Quando vira o corredor, a dra. Jang está esperando por ele do lado de fora da suíte. Seokga não está com o menor carisma para passar uma hora destrinchando seus *sentimentos*, e seus ombros afundam de alívio ao ver que a terapeuta não está segurando o caderno de capa de couro.

— Doutora Jang — diz, em um cumprimento exausto.

— Seokga. — A voz dela está mais séria do que ele já ouviu, mesmo durante as conversas tensas sobre o pai dele. — Fiquei sabendo de tudo. Preciso falar com você.

Será que esse dia nunca vai acabar? Tudo o que Seokga quer é cuidar de Kisa e segurar o irmão, mas, ainda assim, permite que a psicóloga o guie até o quarto dela. A mulher parece cansada ao trancar a porta, embora isso seja difícil de afirmar com aqueles óculos de sol ridículos. Quando Jang se vira, o deus nota que a boca dela está cercada por linhas mais profundas do que o normal.

— A culpa é minha — sussurra ela. — Eu estava caminhando com ele, mas o perdi de vista... Deve ter escapado para a ponte...

Alarmado, Seokga dá um passo na direção da idosa.

— Como assim? — questiona, completamente perdido.

A dra. Jang puxa o ar.

— Eu devia começar do começo. Eu... costumava trabalhar com Hwanung, da mesma forma que trabalho com você. Hwanin o mandou para mim alguns anos atrás. Hwanung estava tendo problemas amorosos, e o pai estava preocupado. — A mulher respira fundo. — Ele tinha se apaixonado por uma mulher casada. Estavam tendo um caso, e o garoto ficou obcecado.

Um lento pavor escorre pela coluna de Seokga.

— Como ela se chamava?

— Eu a vi apenas uma vez — conta a dra. Jang, rouca. — Parecia tão diferente naquela época. Ela se chamava Soo-min...

Seokga pensa, taciturno, que os *porquês* acabaram chegando até ele de qualquer forma.

— Continue — pede, cruzando os braços, enquanto processa rapidamente a prova incriminadora contra o sobrinho.

A terapeuta balança a cabeça.

— O relacionamento deles era conturbado, mas Hwanung estava completamente apaixonado. A tensão vinha principalmente do medo de Soo-min de que seu marido descobrisse o caso, já que ele era um homem violento. A pedido de Hwanin, tentei intervir com sessões de terapia de casal e mostrar sutilmente a Hwanung todos os motivos pelos quais estar com ela era um erro. O *Fuxico Divino* era a menor das minhas preocupações. Mas os dois continuaram juntos... até que o marido descobriu. — Jang entrelaça os dedos trêmulos. — Àquela altura, minhas sessões com Hwanung e Soo-min já tinham terminado. Só descobri... hoje, quando Hwanung me contou, que Soo-min foi assassinada pelo marido ciumento. O príncipe implorou para que Hwanin fizesse por ela o que fez por Hani, mas o pai se recusou. Isso foi há três anos.

Seokga fica tenso. Três anos atrás foi mais ou menos quando a relação entre pai e filho começou a se deteriorar.

— Hwanung sabia que, se fosse o imperador celestial, poderia fazer o que o pai não quis — sugere Seokga devagar, encaixando as peças. — Esperou até Hwanin estar sozinho e vulnerável, em um cruzeiro em Jeoseung, sem nenhum dos outros deuses por perto. Estava de conluio com Soo-min. Transformada em samjokgu, ela matou Hwanin e eles atiraram o coração dele no rio, na esperança de que o bebê fosse parar em algum lugar de sofrimento. Mas erraram nos cálculos.

Seokga sente que está deixando alguma coisa passar. Que mal o bebê Hwanin poderia causar? Mas ele continua, ansioso para encerrar o caso.

— Para se gabar, ela levou o corpo até onde eu o encontraria. Talvez tenha feito isso por impulso, já que acabou lhe causando problemas mais tarde... Quando Soo-min descobriu que estávamos investigando, tentou me manter longe de Kisa, e teve que destruir a sala de monitoramento depois que Somi ouviu a ligação dela para Hwanung.

Mas como foi que Soo-min conseguiu evitar as câmeras de segurança enquanto arrastava o corpo por aí? Talvez tenha sido Hwanung quem teletransportou o cadáver do pai para a escadaria não vigiada. Sim, deve ter sido isso. Como ele apareceu no navio sem Yeomra perceber, como percebeu hoje? Seokga faz uma careta. O deus da morte devia estar ocupado com a amante demoníaca *de novo*.

— Por que mataram o capitão? — insiste a dra. Jang.

Seokga se lembra da novidade que Hajun lhe contou. O caso. Isso explica o resto.

— Soo-min estava se encontrando com ele em segredo. Hwanung descobriu e, para provar a lealdade ao meu sobrinho, ela o ajudou a matar o capitão.

Afinal, por que se contentar com um homem mortal quando se pode ficar com um imperador? Soo-min deve ter se arrependido da traição, e voltou atrás da única maneira que conhecia: matando.

— Hwanung veio até o cruzeiro hoje para levar Soo-min até a fila de reencarnação. Não esperava flagrá-la com o capitão. Na confusão, ele acionou os alto-falantes. Depois de perceber que estavam sendo transmitidos pelo navio inteiro, Soo-min fugiu… e Hwanung se teletransportou.

Que baita história de amor verdadeiro, hein.

A dra. Jang meneia a cabeça, cambaleia até a cama e se senta na beirada, feito um pássaro indeciso.

— Por que não me falou sobre Hwanin, Seokga? Eu poderia ter ajudado. Poderia ter contado o que sabia.

— Você teria sido obrigada a reportar tudo imediatamente a Okhwang — explica ele, cansado, passando a mão pelo cabelo. — Não poderia arriscar o panteão desconfiar de mim. Todos conhecemos o meu histórico. Mas enfim, agora já está tudo terminado. O caso foi encerrado.

— Como está se sentindo? — pergunta a mulher, para a completa exaustão dele. — Como o panteão reagiu à notícia?

Os lábios dele se retorcem com amargura.

— Samsin Halmoni me chamou de "cria de Mireuk".

A alcunha dói mais do que ele gostaria de admitir.

Jang comprime os lábios e pergunta:

— Não te incomoda que o resto do panteão use sua herança como um insulto? Deve ser frustrante quando todos só se lembram do deus louco, e não do pai que ele poderia ter sido.

Seokga dá de ombros, mas a garganta está apertada. A doutora solta um leve suspiro.

— Quero que conversemos com franqueza, Seokga, sem nos preocuparmos com a possibilidade de os outros deuses ficarem sabendo do que você disser neste quarto. Agora você é o imperador celestial. Nada pode tocá-lo se você não permitir, meu bem. — A psicóloga sorri, remexendo na barra da camisa havaiana. — Além disso, parece que perdi meu caderno. Não poderia anotar nada nem se quisesse. O que você faria se pudesse dar ao seu pai uma segunda chance?

De repente, Seokga se sente zonzo.

— Ele não merece uma segunda chance.

— Poderíamos dizer o mesmo sobre você — responde a mulher, gentilmente. — E olha só onde chegou. Teve um amadurecimento extraordinário, Seokga. Seu sonho se realizou, e você não poderia se importar menos. Você *mudou*. Por que Mireuk não deveria ter a mesma oportunidade?

— Meu pai foi um tirano.

— E até pouco tempo atrás você era um vilão.

O deus se encolhe. Será que esse é o objetivo dessas hipóteses? Uma tentativa torta de autorreflexão? Os nós de seus dedos ficam lívidos ao redor do cabo da bengala.

— Com licença — balbucia enquanto caminha até a porta, de repente nauseado com uma mistura terrível de arrependimento, confusão, raiva e saudade.

Uma coisa é temer se tornar o próprio pai. Outra, completamente diferente, é pensar não no que poderiam ter sido, mas no que ainda podem ser. A terapeuta está cutucando uma ferida e ela sabe disso. Enquanto se atrapalha com a tranca e tropeça para fora do quarto, Seokga se pergunta por que nos sete infernos a mulher é tão bem paga para torturá-lo desse jeito. É um alívio poder fechar a porta da própria suíte com um estrondo, um alívio quando avista Kisa sentada em sua cama. Ela arregala os olhos e leva a mão a um ponto acima do coração. Somi e Hajun pairam ao lado dela, nervosos. A gumiho agarra um dos pezinhos de Hwanin enquanto o bebê flutua no ar.

— Seokga — sussurra Kisa, estendendo a mão até ele. — O que foi que aconteceu?

Ele não desvia o olhar do rosto dela.

— Saiam — ordena rispidamente a Hajun e Somi enquanto se aproxima de Hwanin, empurrando a gumiho para o lado para segurar o bebê com os próprios braços.

— De jeito nenhum — esbraveja Somi, mas Hajun já respondeu ao olhar de Seokga com um pequeno assentir, compreendendo tudo, e está arrastando a mulher para o lado de fora.

As reclamações indignadas de Somi ecoam pelo corredor enquanto Hajun a leva embora, fechando a porta com firmeza ao saírem.

Ciente do olhar curioso e alerta de Kisa, Seokga tenta, com muita dificuldade, controlar os pensamentos para não sobrecarregá-la. Lentamente, ele se senta ao lado dela na cama, com Hwanin balbuciando feliz enquanto se aninha no peito do irmão mais velho.

— Kisa — chama ele em voz baixa, examinando o que consegue ver dela por cima da coberta pesada.

— Eu tô bem — responde ela depressa, oferecendo um dedo para Hwanin. O bebê encara o indicador dela sem o menor interesse antes de segurá-lo, relutante, e inspecioná-lo com má vontade. — Não quero... falar sobre isso agora. Mais tarde, t-talvez. Eu queria só... descansar um pouquinho. Mas quero... *preciso*... que me conte o que aconteceu com o capitão. E com a Soo-min.

A boca dele se afina. O Fio Vermelho está carregando a exaustão de Kisa até ele em ondas esmagadoras, e ela parece tão frágil — tão abatida, sem a vivacidade habitual naqueles olhos magníficos. Seokga não vai discutir.

Pelo menos, não agora. Não seria uma briga justa com ela nesse estado.

Suspirando, o deus se apoia na cabeceira e, em voz baixa, recapitula os acontecimentos das últimas horas para Kisa, que absorve tudo com a testa franzida. Quando ela remexe o dedo para escapar do aperto mortal de Hwanin (o pequeno deus agora parece extremamente irritado por estar sendo privado de um brinquedo que nem queria, para começo de conversa) e ergue a mão até a têmpora, Seokga conclui o relato o mais rápido possível e, antes que consiga se conter, leva a mão ao turbilhão de cachos da fantasma, afastando os fios de seu rosto e colocando uma mecha atrás da pequena orelha.

— Chega — declara ele, e Kisa o observa, deixando a mão cair ao lado do corpo. — Vamos tratar dos detalhes mais tarde.

Ela pisca lentamente.

— Acho que é uma boa ideia — murmura, e se enfia de volta nas cobertas, deitando-se mais uma vez e descansando a cabeça em um dos travesseiros ridiculamente macios.

Quando as pálpebras dela se fecham, Seokga entende, com relutância, que aquela é sua deixa para se retirar. Mas, ao se levantar, a mão quente dela salta de debaixo do cobertor e segura seu pulso.

...não quero... que ele... vá... não... ainda... não... pronta... pra... ir...

— Fica.

O mundo inteiro parece se desfazer com aquela única palavra. Uma alegria dourada percorre o Fio Vermelho enquanto Seokga tira os sapatos devagar e deita Hwanin de costas na cama, ao lado de Kisa. O bebê solta um bocejo enorme, e a mulher faz um ruído de concordância conforme Seokga sobe cuidadosamente na cama e se acomoda debaixo das cobertas. Olhos castanho-vinho sonolentos o espiam por cima do bebê adormecido sob o Fio Vermelho do Destino.

— Você sonha? — sussurra Kisa, e Seokga quase ri, exasperado e enternecido pela curiosidade voraz na voz dela e pelo brilho acadêmico nos olhos cansados.

Mas, em vez disso, apenas sorri de canto, virando-se de lado para poder delinear os traços do rosto dela, as ondas no cabelo.

— Sonho — responde baixinho. — Todos os deuses sonham.

— E... com o que você sonha?

— Com você — responde ele, rouco, depois de um longo instante.

— Eu? — Kisa volta a fechar os olhos. — Ou Hani?

...me pergunto... qual... me pergunto... qual...

Os pensamentos dela estão lentos, letárgicos, pesados pelo sono. Seokga hesita, mas o deus da trapaça decide ser sincero. Nunca diga nunca.

— As duas — murmura. — Uma vez, tive um pesadelo horrível com você.

— *Hum?!* — exclama ela, parecendo indignada, embora seja difícil dizer com o rosto dela meio enterrado no travesseiro.

— Você era um velho — admite o deus, fechando os próprios olhos.

De repente, uma onda de exaustão o derruba e o carrega para as profundezas de um mar escuro.

Hwanin suspira, sonhando, e Seokga puxa o irmão com gentileza para mais perto de si.

— Um velho... que aterrorizava o clube de crochê do qual eu participava.

— Eu não... faço crochê — balbucia Kisa. — Eu... *tricoto...*

— Dá na mesma — sussurra o deus, e a última coisa que sente antes de ser levado pelo sono é Kisa lhe dando um chute fraco por baixo do cobertor e rindo de sono no travesseiro.

CAPÍTULO VINTE E SEIS

KISA

DEPOIS DE UM COCHILO PERFEITO E REJUVENESCEDOR, KISA VIRA a dose de soju na boca com um sorrisinho, saboreando o gosto doce de uva que esconde surpreendentemente bem o ardor do álcool. O Convés 10 do CRS *Bateu As Botas* está vazio, exceto pelos quatro — além de Hwanin, balbuciando enquanto flutua —, já que a maioria dos passageiros se escondeu nos quartos depois das onze da noite, ainda traumatizados pelos acontecimentos do dia. O solário está coberto de pisca-piscas que iluminam as correntezas do rio lá embaixo, onde o cruzeiro está firmemente ancorado.

Somi dá risadinhas enquanto bebe direto da garrafa, com as bochechas coradas ao passar a bebida para Hajun, que Kisa percebe estar quase bêbado. O amigo está deitado em uma espreguiçadeira ao lado de Somi, os olhos cintilando enquanto traçam os contornos do rosto dela, iluminado pelo luar.

— Quer sair comigo no Dia dos Namorados? — sussurra o rapaz, embora a data nem esteja próxima.

Kisa morde o lábio, e seu sorriso vacila ao ver Somi cair na gargalhada e levar a mão à boca quando começa a babar soju. Mais uma vez, a xamã sente uma pontada de inveja pelo *ineditismo* deles, por como Somi e Hajun não carregam o peso nem as amarras do passado. São novidade, e jovens, como a primeira manhã da primavera.

— Nem estamos perto — responde Somi, sem ar, para o apaixonado Hajun. — Estamos no outono.

Ele pisca para ela, sonhador.

— Então quer ser minha... abóbora?

Beijada pelo caubói mafioso está aberto sobre o peito dele. Somi agarra o volume e bate no rapaz de brincadeirinha com o livro erótico.

Kisa engole em seco ao se virar para Seokga. Apesar das comemorações, o deus parece abatido. Ele segura o pé de Hwanin enquanto a criança flutua no ar, observando os pisca-piscas. Quando a encara de volta, há uma pergunta em seus olhos que Kisa ainda não está pronta para responder. Ali, no convés mais alto do *Bateu As Botas*, ela está o mais longe possível do elevador, e não quer nem pensar nisso.

Kisa logo se serve de mais uma dose de soju, pegando a bebida da mesinha entre Somi e Hajun antes de se aproximar de Seokga.

— Então... solucionamos o mistério — diz ela, examinando a boca da garrafa.

A novidade da situação ainda não passou. Eles *conseguiram.*

(Não conseguiram? E se... *Ah, não.* Ela faz uma careta. Sabe muito bem que tende a pensar demais, e *não deveria* ficar ruminando o assunto. Só porque esteve, bem... um pouco ocupada... durante as últimas horas da investigação, não quer dizer que o cérebro pode sair duvidando se chegaram à conclusão certa. *Pare,* diz à própria mente hiperativa. *Acabou. Pare de caçar possibilidades que nem existem.*)

— Pois é — comenta Seokga, com a expressão e a voz sérias, embora esteja segurando o pé rechonchudo de um bebê voador.

— E eu vou poder reencarnar — acrescenta Kisa, tentando soar tão feliz quanto sabe que *deveria* se sentir. Mas depois de tudo... do spa, do banmal, do bebê, da cama...

Ela não está feliz. Ah, não está *nem um pouco* feliz.

— É — responde o deus, desviando o olhar. — Você vai.

Faz-se um momento de silêncio. Atrás deles, Hajun está morrendo de rir enquanto Somi lê em voz alta um trecho do livro, levantando as sobrancelhas de maneira indecente. Os olhos de Seokga espiam além do ombro de Kisa e se suavizam.

— Não tinha percebido, mas Hajun me lembra um pouco Hyun-tae — murmura Seokga. — Antes de descobrirmos que ele era, na verdade, Eodum.

Quando volta a encará-la, como se esperasse que ela concordasse, o coração de Kisa se parte um pouco.

— Eu não me lembro — relembra a ele, gentil.

Seokga engole em seco, baixando o olhar.

— Sim, eu sei.

Acima dele, Hwanin dá risadinhas alegres enquanto toca uma das luzinhas. Kisa observa o deus da trapaça puxar o irmão de volta para seus braços com delicadeza.

— Seokga... — De repente, a garganta de Kisa se aperta. — Seokga, eu... eu me diverti muito com você nesta viagem, e... e fico feliz que... que a gente se conheceu, mesmo aqui...

Parece que já viveu mais com ele do que quando realmente estava viva. Tantas risadas. Nadar pelados em uma caverna gelada. O jeito como ele a olha faz Kisa se sentir como se ainda estivesse viva.

Não é mais um projeto de pesquisa.

Já faz muito, muito tempo que não é.

A voz de Kisa vai esmaecendo conforme a expressão de Seokga endurece em vez de suavizar. Ele não devolve o olhar dela.

— Você é um ótimo amigo — acrescenta, desesperada, querendo que o deus levante o rosto, e talvez desejando muito mais do que está disposta a se permitir.

Ele ri, mas não é uma risada divertida. É algo rouco e cansado.

— É — concorda Seokga. — Um ótimo amigo.

A amargura na voz dele a machuca profundamente.

— Eu...

— Estou cansado, Kisa. — Seokga ainda não a encara. — Estou tão... cansado.

...ela vai embora... assim como... Hani... não vou... encontrar... de novo... tão... sozinho... tão... cansado...

Quando um azul profundo se arrasta pelo fio, frio e solitário e pesado de tristeza, Kisa sente que o ar foi arrancado de seus pulmões. Ela estica a mão na direção do deus, querendo confortá-lo, ajudá-lo, mas ele se afasta. Um pequeno sorriso se curva nos lábios dele, mas mal passa de um lampejo de saudade melancólica, e logo desaparece.

— Me diga uma coisa — pede ele, baixinho. — Se tivéssemos tido mais tempo...

— Sim — sussurra ela, antes que Seokga sequer consiga terminar a frase. — Sim.

Alegria e angústia cruzam o rosto dele.

— Você teria?

Ela engole em seco, secando uma lágrima. Quando foi que começou a chorar? A risada radiante de Hajun e Somi parece vir de outro mundo enquanto ela assente.

— Eu tenho certeza de que sim.

— Não posso te pedir para ficar, posso? — pergunta ele, sem fôlego.

Kisa fecha os olhos. Uma brisa fria do submundo passa os dedos pelo cabelo dela.

— Aqui, não.

Não neste navio. Não neste mundo de morte e sofrimento.

Talvez aquele medo inicial tenha sido infundado. O de que, caso se permitisse sentir algo por ele, fugiria da reencarnação. Mas ali está ela, sentindo *tantas coisas* por esse deus, que não é nada do que ela esperava... E ali está ela, ciente de que não pode ficar.

Não aqui. Não aqui.

— Por que você fez aquilo? — A voz dele falha. Em algum lugar distante, Hajun e Somi param de rir. — Por quê?

Os olhos dela se abrem quando a mão livre dele segura seu rosto. Kisa se aconchega no toque antes que consiga evitar.

— Por que eu fiz o quê? — murmura.

Há uma angústia profunda nos olhos de Seokga quando ele balança a cabeça.

— Nada — sussurra ele, mas seus pensamentos não mentem.

...por que... ela... pulou...

O coração de Kisa se retorce terrivelmente e ela se afasta com um solavanco. É isso que Seokga acha? Que ela pulou do telhado, se atirou no céu noturno feito um filhote de pássaro que ainda não tinha aprendido a voar? Ela cobre a boca com uma mão trêmula enquanto os pensamentos voltam àquela noite de primavera, há tantos anos. Com dificuldade, Kisa enfia o luto crescente dentro de uma caixa — o que não conseguiu fazer no elevador — e liga a parte racional do cérebro para se acalmar. É claro que ele pensaria que ela pulou. Ninguém em sã consciência provoca o destino sentando-se na beirada de um arranha-céu.

— Kisa — Hajun se levanta aos tropeços, apoiando um braço nos ombros esguios de Somi. — Kisa, você tá bem?

— O que você falou pra ela? — rosna Somi, pisando duro até Seokga e praticamente arrastando Hajun consigo. — Se a Kisa quer ou não reencarnar é problema dela, e você não tem... *hic*... que ficar se metendo!

O rosto de Somi está azul de indignação, e Kisa sente uma onda de afeto pela gumiho, mas balança a cabeça para ela.

— Seokga não fez nada de errado — defende em voz baixa. — Mas eu andei escondendo uma coisa dele. De... todos vocês.

Sofrida, Kisa encontra o olhar de Hajun. Sabe no que ele acredita, e nunca tentou convencê-lo do contrário, achando que uma mentira por omissão não era algo tão ruim se ajudasse aquele garoto quebrado a se sentir menos sozinho. Não quer contar o que aconteceu no terraço naquela noite. Mas, ao encarar a gumiho, o idol e o deus, pensa que amigos confiam uns nos outros. E talvez essa seja sua última chance antes de o cruzeiro acabar e ela seguir para a fila do DRPV. Kisa respira fundo.

— Naquela noite, eu não caí. Eu não pulei. — Kisa aperta o copo com tanta força que não se surpreenderia se ele quebrasse. — Alguém me empurrou.

CAPÍTULO VINTE E SETE

KISA

POR UM MOMENTO TERRÍVEL, NINGUÉM SE PRONUNCIA. HAJUN ESTÁ paralisado, os olhos turvos aos poucos focando em Kisa, que treme sob os olhares parecidos de Somi e Seokga. Até mesmo Hwanin começa a dar fungadinhas suaves, com o lábio inferior trêmulo, enterrando o rosto no pescoço do irmão. Nervosa, Kisa pigarreia.

— O telhado era meu santuário, e não vou fingir que não sabia dos perigos de me sentar sozinha lá em cima… Havia uns noventa e sete por cento de chance de queda, mas eu só… Eu precisava daquele lugar. Não busquei ajuda, como deveria, então e-eu usei o telhado. — Odeia como parece fraca e patética, então evita olhar para eles. — Naquela noite, eu estava exausta. Estava… bem, com certeza não estava bem da cabeça.

A lembrança daquele cansaço, do tipo que se infiltrava além dos ossos, ameaça derramar lágrimas por suas bochechas. Kisa pisca rapidamente.

— Eu estava na beirada, observando a cidade. Seul. Ficava sempre tão bonita de noite… Não percebi que não estava sozinha lá em cima.

O coração acelera, as palmas começam a suar. Pontinhos pretos dominam sua visão enquanto o pânico se enrosca em suas entranhas, como aconteceu no elevador. É por isso que evita pensar naquela noite. Com a voz incrivelmente tênue, tenta passar rapidamente pelas piores partes, como se a velocidade pudesse afastar os flashbacks que espreitam nos cantos da consciência, à espera de uma única lembrança do assassinato para se infiltrarem na mente. A morte do capitão Lee foi um gatilho, e Kisa se esforça para não desabar de novo enquanto diz:

— De repente, senti a mão de alguém nas minhas costas, me empurrando para a frente… E então eu caí…

A visão dela embaça.

Tudo acontece rápido demais. Kisa nem sequer tem tempo de abrir a boca para suplicar ajuda à sua deusa.

Seu corpo escorrega do telhado e, por um instante, ela fica congelada em um momento perfeito, brilhante e leve, pairando sobre Seul. Mas a gravidade a agarra pelos tornozelos e a puxa com força para baixo, arrastando-a por fileiras e fileiras de janelas reluzentes empilhadas, rindo enquanto a arremessa ao chão em um mergulho de cisne perfeito.

Kisa fecha os olhos.

E logo tudo acaba.

Mas ela consegue, por pura força de vontade, evitar o iminente ataque de pânico. Já fez papel de idiota no elevador, e acha que pode morrer (de novo) de humilhação se desabar no chão e entrar em outro estado de pânico catatônico na frente dos amigos.

— Me desculpa por não ter contado nada — sussurra Kisa para Hajun, que está aflito. — Me desculpa por ter feito você pensar por tanto tempo que pulei. Foi… foi *errado* da minha parte, eu não devia ter…

Ela é interrompida quando o rapaz se lança à frente e a envolve em um abraço caloroso. Hajun treme ao segurá-la com força. Enterrando o rosto no ombro dele, Kisa aperta o amigo e reprime uma torrente de lágrimas enquanto ele beija a lateral de sua cabeça.

— É por… É por *isso* que você não gosta quando as pessoas tocam suas costas ou ficam atrás de você, né? — sussurra ele.

Kisa se encolhe em seus braços.

— S-sim.

— *Por quê?* Por que alguém te…? — Hajun se engasga quando enfim dá um passo para trás, com o olhar angustiado.

— Não sei — responde, rouca.

Hajun vacila um pouco, trôpego, e Somi sai correndo para ajudá-lo. Quando a gumiho a encara, Kisa vê que ela está prestes a chorar. A xamã pensa nas garras arruinadas, e uma solidariedade triste se passa entre elas — duas mulheres mortas que sofreram dores violentas e inomináveis ao encontrarem seu fim. Kisa sente um vínculo se formando, uma força invisível que as conecta; quase como o Fio Vermelho do Destino, mas de sororidade.

O rosto de Somi se contorce, e Kisa sabe que ela também sentiu. A gumiho estende a mão e pega a dela, apertando com firmeza.

— Eu sinto muito — sussurra, e Kisa sabe que ela está se desculpando por muito mais do que aconteceu nesta vida.

Kisa quer murmurar de volta que Somi também pode contar a própria história, que vai consolá-la com a mesma empatia feroz com que está sendo acolhida, mas a gumiho está oscilando por conta da bebida. Não é a hora certa.

Alguém ainda não se pronunciou. O deus da trapaça está estranhamente quieto, de costas para a noite, mas seus olhos verdes brilham feito os de um predador na escuridão.

Soltando a mão de Somi, Kisa chama em voz baixa:

— Seokga.

O deus não responde. Um pavor desliza pela coluna da fantasma quando o ar se adensa com um poder tão assombroso que os cabelos de Hajun ficam em pé. Os pelos dos braços e das pernas de Kisa se eriçam. As sombras do navio parecem se aprofundar, escurecendo.

— Seokga — chama outra vez, enquanto uma ira preta, pura e incandescente dispara pelo fio. Cautelosa, Kisa para diante do deus, coloca uma das mãos no maxilar rígido dele e o encara com uma expressão suplicante. — Olha pra mim.

Ele continua encarando um ponto distante. Atrás de Kisa, Somi se remexe de nervosismo e Hajun corre para tirar Hwanin dos braços do irmão.

— *Olha pra mim* — repete, e desta vez sua voz sai dura, sem dar margem para discussão.

Ela aperta os dedos em torno do queixo dele até que, aos poucos, os olhos de Seokga enfim encontram os dela, turvos de raiva e definitivamente sedentos por sangue.

— Quem? — rosna o deus, e há uma fúria incomensurável naquela única palavra. As narinas de Seokga se inflam enquanto ela permanece em silêncio. — *Quem?*

— Não sei — responde Kisa com calma, embora por dentro esteja tudo, menos calma. — Não vi o rosto de ninguém, Seokga.

Ela passou os últimos sete anos se perguntando quem teria motivo suficiente para mandá-la pelos ares, rumo à morte. Nunca chegou a lugar algum — um fenômeno raro para Kisa, que costuma ter montes e montes de teorias para qualquer coisa. É só que, bem… ela já não tinha muitos amigos; inimigos, então, *menos ainda*. O mais perto que chegou disso foi seu rival da faculdade, Kim Dae, que, apesar da competitividade entre os dois, nunca a tratou com nada além de uma educação indiferente. Parte dela suspeita que foi a madrasta, mas, embora a mulher fosse fria e indiferente, não era cruel. E as meias-irmãs, por mais que mal a conhecessem, ainda tentavam puxar conversa nas raras e constrangedoras reuniões de família.

— Eu não... não tenho certeza se algum dia vou descobrir.

O peito de Seokga sobe e desce em um ritmo irregular.

— Eu vou encontrar essa pessoa — declara, ofegante, em um sussurro. — E vou matá-la pelo que fez com você. Juro com cada fibra do meu ser.

...alguém... machucou... ela... alguém... matou... matou... vão... pagar... fazer... sofrer...

Kisa examina os olhos de Seokga por um instante antes de afastar a mão do maxilar dele e repousá-la no peito, onde o coração do deus martela contra sua palma. Ela se vira para Somi e Hajun.

— Fiquem com Hwanin esta noite. Por favor — pede.

O amigo assente.

— Eu... *hã*... acho que seria melhor mesmo — comenta, o cabelo ainda de pé enquanto o poder de Seokga pulsa pelo ar denso.

Hajun se apressa em sair com o deus-bebê, mas Somi hesita.

— Kisa — chama devagar —, tem certeza de que não quer que eu fique? Ele parece... bravo.

— Vai, Somi — insiste Kisa, os cachos esvoaçando em outra ventania sombria. — Estou segura com ele.

E sabe que é verdade. Sabe disso no fundo dos ossos, no fundo da alma. Entre os dois existe *confiança*, talvez de um tipo inexplicável, mas que a levou a contar para ele seu sonho mais secreto, o de visitar a biblioteca de Okhwang; que a fez dormir ao lado dele e, pelo amor dos deuses, nadar *nua* com ele em um spa.

Não, Seokga jamais a machucaria.

A outra mulher parece desconfiada, mas, com relutância, sai do convés atrás de Hajun, depois de lançar um último olhar preocupado por cima do ombro. Kisa volta a atenção para o deus da trapaça. Sua cabeça mal alcança o queixo dele.

— Você está perdendo o controle.

Ilusões aparecem e desaparecem em lampejos, um miasma de visões desnorteantes. Tempestades baixas se formam em nuvens agitadas, mais intensas do que aquela que Seokga conjurou no quarto. Folhas alaranjadas e vermelhas caem do céu, escurecendo até virarem cinzas ao tocarem o chão. Um par de olhos castanho-vinho — os olhos de Kisa — cruza as nuvens de tempestade antes de desaparecer em um instante, substituído por uma raposa vermelha de nove caudas que salta pela folhagem em direção a uma nova ilusão... um monstro feito de sombras crescentes, que escancara a bocarra e devora a raposa por inteiro.

Uma explosão de vento com chuva açoita o ar conforme a ilusão da tempestade retorna, empurrando Kisa para longe de Seokga. Entre os dois, as nuvens escurecem e se adensam até que ela não consiga mais vê-lo em meio à ventania, às folhas caindo e à raposa vermelha, que voltou a correr em círculos pelo convés, soltando uma risada quase maníaca.

— SEOKGA! — grita Kisa por cima do trovão, sentindo medo não por si mesma, mas por seu deus.

O Fio Vermelho treme de pânico. Ela mal consegue distinguir o convés: o chão se transformou nos topos dos prédios da cidade, pontinhos de luz contra o céu escuro. É como se estivesse de pé acima da vida noturna de Nova Sinsi, avançando e atravessando a tempestade com as mãos esticadas para Seokga...

Mas ela nunca o alcança. Em vez disso, mergulha em outra ilusão.

O deus está sentado a uma mesa em uma delegacia encardida, curvado sobre uma pilha de papelada. Kisa observa de longe, separada da cena, mas de alguma forma se sentindo... parte dela. O cabelo escuro de Seokga cai sobre os olhos enquanto ele se concentra. Só levanta o rosto quando unhas ovais pintadas de rosa se fecham na borda da divisória de seu cubículo.

— Bom dia! — exclama alegremente uma mulher, agitando os dedos para ele.

Ela é linda, pensa Kisa, com uma pontada. Cabelo castanho em um penteado feito com escova e secador, curvas esbeltas, olhos castanho-vinho angulares iguais aos seus. *Hani*, ela percebe com um sobressalto frio. *Essa... sou eu.*

— Você — diz Seokga com frieza. — O que é que *você* quer?

Hani estufa o peito, piscando os olhos.

— Não ouviu por aí? Sou sua mais nova assistente.

A cena muda à medida que a ilusão do trabalho se desfaz e se reconstrói. Hani atravessa as portas da delegacia com um café gelado nas mãos e tromba com Seokga, que parece zangado. Kisa observa. Não conhece essa versão dele. Não há qualquer sinal da ternura que surge apenas quando ele olha para ela; só frieza.

— Sugiro que você olhe pra onde está indo — esbraveja o deus, e então tudo se transforma mais uma vez.

Corpos aparecem: uma gumiho morta com veias pretas, depois um haetae caído no meio de um beco. Kisa assiste a tudo: Somi e Hani, o acordo oferecido por Hwanin, a busca frenética por uma testemunha foragida em Geoje, chocolate quente e pães de ovo com geleia de morango de manhã. A fantasma ri, derramando lágrimas silenciosas ao ver o deus e a raposa se atracarem na floresta de bambu e compartilharem um beijo carinhoso, incentivado por uma yojeong astuta e suas charadas.

O ataque à delegacia, atribuído a Dok-hyun. A corrida de volta a Nova Sinsi. Kisa assiste, com as bochechas esquentando, a Hani e Seokga no carro, durante a ronda — mas não consegue deixar de memorizar a maneira exata como a respiração de Seokga falha e ele joga a cabeça para trás quando a mão de Hani, *sua* mão, desliza para dentro da calça...

E então eles estão dançando em uma boate, sob luzes estroboscópicas. Kisa observa, com inveja, a forma como Hani se move com tanta liberdade, a confiança que demonstra enquanto dança contra Seokga. Kisa nunca se mexeu assim — não nesta vida. A gwisin limpa furiosamente outra lágrima, odiando a si mesma por odiar Hani. Odiando a si mesma por odiar a si mesma.

É quase um alívio quando Eodum ataca o lugar.

Mas de repente os dois estão em uma cama, entrelaçados nos lençóis escuros. Hani ri enquanto Seokga beija seu pescoço e a morde de leve na orelha. Kisa estremece quando o deus e a raposa se unem pela primeira vez, sem conseguir desviar o olhar de Seokga, da expressão suave com que ele observa a gumiho, da rigidez bem definida do corpo, da pequena marca de nascença logo acima do umbigo.

Os Dias Sombrios, e o galpão.

— Juro por Hwanung, o deus das leis e promessas cumpridas, que o sol voltará a brilhar sobre nós dois.

Kisa testemunha tudo, arrebatada pelo turbilhão de ilusões que mudam rapidamente, tropeçando entre carros e cafés e coberturas e mercadinhos com demônios da peste e o galpão onde tudo termina. A gumiho jaz no chão, de membros flácidos e respiração curta, enquanto olha para o deus.

— Seokga — murmura ela. Seokga mal percebe que uma das mãos arruinadas da gumiho está se movendo, remexendo o bolso atrás de alguma coisa. — Este mundo irá... ver a luz do dia mais uma vez. — Sangue escorre de sua boca. — Preciso que você saiba que não foi tudo... mentira. Eu... juro.

— Hani — sussurra Seokga. — Só feche os olhos.

Kisa chora com Seokga quando Hani usa a mão dele para cravar a adaga no próprio coração. Continua chorando quando Seokga derrota Eodum, quando irrompe na sala do trono de Okhwang e implora que o irmão salve Hani.

O Fio Vermelho aparece para o deus quando ele está bebendo chocolate quente do lado de fora de uma filial do Café das Criaturas. Kisa tapa a boca com a mão enquanto ele sorri, um sorriso puro e radiante que se esvai conforme a ilusão acaba, se dissipando para revelar a presença dele. Seokga.

Ele está caído contra o guarda-corpo, segurando a cabeça com as mãos. O deus otimista, com um lindo sorriso e olhos repletos de esperança, desaparece. A tempestade é interrompida. A raposa some. As folhas se desfazem em cinzas ao vento.

— Kisa — sussurra ele. — Eu não queria… não queria que visse tudo isso. — Quando Seokga ergue o rosto, os olhos estão atormentados, cobertos de prateado. — Eu sinto… Eu sinto muito.

Tudo o que ele suportou por ela, e ela nunca soube. Nunca perguntou, com medo de se aproximar demais, como uma mariposa diante da chama. Mas agora é como se cada uma das emoções cuidadosamente confinadas jorrasse do arquivo e se espalhasse no chão de sua mente.

Ah, os dois são um completo caos.

Um caos belo e intimidante.

— Para com isso, Seokga — sussurra Kisa, com a voz embargada. — Você não tem absolutamente *nada* pelo que se desculpar.

— Você tem razão. Eu perdi o controle — responde ele, rouco. — Hwanin…

— Está com Somi e Hajun.

Ela se aproxima do deus, depois se ajoelha e retira uma mecha de cabelo ensopada de suor do rosto dele, antes que se dê conta do que está fazendo.

— Seokga… — Kisa reprime mais lágrimas. — Seokga, eu queria ser ela.

Os olhos dele se arregalam, e ele puxa a mão de Kisa para longe da testa.

— Kisa, você…

— Eu não sou… Não sei dançar e odeio chocolate quente. Não tenho… a confiança dela. Não sou *divertida* que nem ela. Mas eu queria ser. Não consigo imaginar… — Kisa balança a cabeça, inspirando trêmula. — Não consigo imaginar como deve ser procurá-la e acabar me encontrando.

— Quem disse? — questiona Seokga. — Quem disse que você não…?

— Nunca fui numa balada. Nunca tive um namorado. Não faço ideia de como fazer… bem, *hã*… o que a Hani fez no carro… — As bochechas de Kisa esquentam e ela fecha a boca com força, envergonhada. Seokga a encara como se ela fosse completamente tola.

— Kisa — chama ele devagar, como se estivesse se esforçando para entender tudo —, você acha que, depois de trinta e três anos de buscas sem fim, eu pensaria que falta algo em você? Por causa da sua *inexperiência?* — Os olhos verdes de Seokga estão quase turvos de perplexidade.

— *Hã*... — murmura ela, querendo sumir para sempre. — Falando assim, parece bem ridículo, né?

— Porque é mesmo. — Seokga balança a cabeça, e há o brilho de um sorriso em seus lábios de novo. — Kisa, eu te quis antes mesmo de te conhecer. Não foi pela forma como você dança ou me toca que eu me apaixonei por você da primeira vez. Foi pela sua bravura, sua inteligência, sua lealdade total aos amigos. Você me apresentou o problema do Navio de Teseu. Eu sei qual é minha resposta. As partes que são importantes, as que eu valorizo, a bravura, a inteligência, a lealdade... ainda são as mesmas. E talvez eu precisasse... da Hani primeiro. Para me mostrar o caminho até *você*. Levei um tempo para perceber isso, Kisa, mas... você não é tão diferente assim do que foi na vida passada. Até onde eu sei, ainda parece ter uma fixação pelas minhas "nádegas"...

Ela solta um grunhido de vergonha.

— Você é perfeita, Kisa — declara Seokga. — E eu quero tanto, tanto te beijar.

— Mas você não vai — adivinha ela, com a voz leve como uma pluma, a decepção se agitando no estômago.

— "Só amigos" é um rótulo bastante limitante — resmunga Seokga, fitando os lábios dela. — Já está começando a perder o sentido.

Kisa coloca uma mecha de cabelo atrás da orelha, nervosa.

— Nós nunca registramos em papel... Nunca juramos por Hwanung... Acordos podem ser, *hã*, modificados.

— Brechas podem ser encontradas — acrescenta o deus da trapaça, os olhos brilhando com um quê de malícia. — Promessas podem ser quebradas.

O rosto de Kisa esquenta quando ele se aproxima. Os lábios de Seokga se curvam em um sorriso quando, em um gesto fluido, ele a puxa para o colo. Kisa reprime um gritinho surpreso de prazer. Suas pernas se acomodam ao redor dele, e, tão perto assim, ela consegue contar cada um dos lindos e longos cílios. Um calor se acumula no fundo do estômago conforme a mão direita dele sobe por suas costas e repousa na nuca — não sem antes puxar de leve um dos cachos.

— Falou como um verdadeiro trapaceiro — responde Kisa, arfando a ponto de ser humilhante.

Mas a voz eternamente rouca de Seokga também soa mais grave que o normal, e seus olhos escurecem quando Kisa baixa a cabeça até encostar o nariz no dele. Sentada sobre ele, ela *sente* o arrepio que o percorre, ouve o suspiro que escapa de seus lábios. O jeito como a mão direita dele se remexe, como a esquerda treme ao segurar a cintura dela, onde um pedacinho de pele desponta sob a barra da bata cirúrgica. Seus lábios estão tão próximos dos dele. A respiração de Seokga sai entrecortada. Os cachos dela estremecem com cada um dos fôlegos rasos.

— Você vai partir o meu coração de novo, não vai? — sussurra o deus, olhando para ela.

— Não sei — murmura Kisa.

Ela sabe que a coisa certa a se fazer seria *parar* de encarar a boca dele, reprimir o calor brando do desejo. Sair de seu colo. Seokga merece mais do que ela pode oferecer. Mas ele a observa como se Kisa fosse única no mundo, e o polegar dele traça círculos hesitantes no quadril exposto, e ele cheira a pinheiro e sabonete e café, e ela não consegue parar de encarar seus lábios, nem conter os batimentos que disparam em um ritmo que não pode ser saudável...

Apenas um centímetro os separa, e, ainda assim, parece um quilômetro. Ou até cinquenta quilômetros, corrige-se Kisa, com o peito apertado de anseio.

— Não sei — repete, em um sussurro tão tenso que parece um lamento.

— Vamos descobrir? — pergunta Seokga, com a voz calma e suave, mas sua esperança dispara pelo fio feito uma flecha apontada direto para o coração dela. E as mãos dele, ah, como tremem ao redor de Kisa.

— Eu adoraria — responde ela, baixinho, antes de se inclinar mais um centímetro e encostar os lábios nos dele.

— Por acaso eu tô, *hã*... fazendo direito? — pergunta Kisa algum tempo depois, nervosa, sentada sobre o torso de Seokga, na cama dele. Os dois chegaram aos tropeços na suíte assim que os pisca-piscas foram desligados no Convés 10. — Tem um, *hã*, certo tipo de... ângulo... que você prefere?

Seokga a observa, com os lábios inchados e uma expressão plena e sonhadora, misturada a uma certa incredulidade divertida.

— Kisa — praticamente ronrona —, pare de pensar demais.

Com um movimento delicado, ele conduz a cabeça dela de volta à dele, e a mente de Kisa obedece sem resistência assim que sente o puxão dos dentes de Seokga no lábio inferior. As mãos dele descem por sua coluna de forma quase reverente, e ela estremece de prazer quando deslizam por baixo da camisa e repousam logo acima dos quadris. Sua pele de repente parece quente demais, e Kisa se pega desejando não estar vestida. Suas entranhas se contraem de desejo — mais quente e ardente do que qualquer anseio que já teve tarde da noite. Um ruído constrangedor escapa de seus lábios quando Seokga aprofunda o beijo e, com uma gentileza extraordinária, a vira para que possa se deitar sobre ela.

A sensação de tê-lo entre as pernas é quase insuportável. Kisa envolve os quadris estreitos dele com as coxas e se entrega ao puro instinto, passando as mãos pelos fios sedosos do cabelo escuro e colando o corpo ao dele, arqueando as costas até ter certeza de que Seokga consegue sentir os batimentos frenéticos de seu coração. Ela estremece quando os lábios dele se afastam, reluzindo de uma maneira sensual, antes de beijarem a lateral do pescoço dela. *Beijos no pescoço.* Quem diria que algo tão simples poderia ser tão maravilhoso? Nenhum livro de anatomia jamais sugeriu... *ah*...

Kisa treme sob os dentes e a língua dele, desestruturada. Quando as mãos de Seokga puxam de leve a barra da camisa, como quem pergunta algo, ela assente quase freneticamente. Sim. *Sim.* Com gentileza, ele puxa a camisa por cima de sua cabeça e ela sente um friozinho na barriga — do tipo que acredita ser bom. Do tipo que a faz soltar barulhos vergonhosos e incoerentes e jogar a cabeça para trás, enquanto ele roça os lábios em seu decote e desliza a alça do sutiã pelo ombro com um dedo. Kisa se remexe debaixo da boca dele, buscando mais, e abre o fecho com as mãos trêmulas. Os olhos de Seokga escurecem de desejo quando ela larga o sutiã no chão ao lado da cama. Sob o olhar dele, os mamilos dela se enrijecem, e Kisa morde o lábio quando Seokga se detém, com a respiração entrecortada.

Será que foi longe demais, rápido demais? Nunca fez nada do tipo antes. Talvez seja por isso que tenha tanta pressa para se despir diante dele, já que (para sua própria decepção) morreu sem nunca viver algo íntimo com alguém. Kisa hesita.

Ou talvez Seokga esteja se lembrando dos seios perfeitos de Hani... Os de Kisa são pequenos, e ela tem quase certeza de que devem ser um pouco... bem... desiguais. Estava só seguindo o que o corpo queria, mas talvez devesse ter esperado...

— Porra, Kisa — sussurra o deus, a cabeça pendendo para a frente. — Você é perfeita.

...ela é... tudo...

Ela cora de prazer com o elogio.

Seokga continua:

— Kisa, não sei... se eu começar, não sei se consigo parar...

— Então não para — diz ela, mal reconhecendo a rouquidão na própria voz. Quer ir até o fim esta noite. Antes que o cruzeiro siga viagem, antes de encarar uma decisão impossível.

— Tem certeza? — pergunta o deus, e ela percebe que ele está tremendo de tanto se conter, as veias nos braços acentuadas enquanto ele se sustenta acima dela.

O fio entre os dois vibra de expectativa, e quando Kisa olha para Seokga, seu desejo vermelho é transmitido até ele.

— Vai devagar — pede em um sussurro, e ele assente, com uma expressão carinhosa, enquanto fecha a boca ao redor de um dos mamilos duros e *chupa*.

O corpo inteiro de Kisa se retesa feito um arco quando ele morde a parte inferior do seio, com uma delicadeza quase contraditória, e brinca com o outro, apertando e beliscando enquanto beija a barriga.

— Espera — murmura ela quando os dedos dele descem pelo cós da calça. — Você primeiro.

Seokga congela, mas então sorri, um tanto convencido. Quando tira o próprio suéter escuro e revela os músculos bem definidos, a boca de Kisa fica completamente seca. Não consegue resistir à tentação de passar as mãos pelo peito dele, como quis fazer na caverna. Seokga fecha os olhos e estremece com o toque. O olhar dela recai sobre a calça, sobre a evidência volumosa da excitação, e, lembrando-se de como Hani fez no carro, ela se aproxima para passar a mão ali.

— Você... — começa, a voz falhando antes de pigarrear e continuar, corada de azul: — Você me mostra, *hã*, como...?

Os olhos dele se abrem de repente.

— Eu gosto de aprender — lembra ela em um sussurro, empurrando-o para trás com as mãos trêmulas enquanto se ajoelha sobre ele e abre o zíper.

Não existe maneira elegante de um homem excitado tirar uma calça jeans escura e apertada junto com a cueca, mas de algum jeito Seokga consegue — embora Kisa desconfie, com uma ternura divertida, que talvez haja um pouco de ilusão envolvida. Quando o membro se liberta, a respiração dela fica presa na garganta. Ele está ereto e duro, e ela sente uma onda de entusiasmo ansioso enquanto aguarda, sem fôlego, que Seokga lhe diga o que fazer.

Quando ele fecha a mão em torno de si, suas pálpebras ficam pesadas. Kisa observa, faminta, enquanto ele se toca devagar, da base até o topo.

— Assim — mostra Seokga, ofegante. — Eu gosto… assim.

Kisa se aproxima e substitui a mão dele pela sua.

— Mais forte — pede o deus, os olhos se fechando. Kisa obedece e o acaricia com mais intensidade, porém mais devagar, admirando a forma como o rubor sobe pelo pescoço dele. — Isso… tão bom… Kisa…

Seokga mal reage quando Kisa o empurra para que se deite de costas e se debruça sobre dele. Orgulhosa, ela percebe que melhorou bastante em pouco tempo, adorando o jeito como o deus grunhe sob seu toque. Talvez seja culpa de todos aqueles livros de romance. Ela encara a própria mão e, em um impulso, a substitui pela boca.

Os quadris dele se sobressaltam de surpresa antes de logo se aquietarem.

— Kisa — murmura Seokga quando ela ergue o olhar.

Ele leva a mão até a cabeça dela e gentilmente segura o cabelo para trás enquanto Kisa faz alguns palpites sobre qual é, exatamente, a melhor maneira de continuar. Em instantes, Seokga está ofegando e gemendo, se contraindo na boca dela enquanto agarra os lençóis com a mão livre. Sem ar, diz:

— *Kisa.* Se não parar, eu vou…

Ela pisca para ele com inocência.

…porra… porra… porra…

Agora Kisa entende por que chamam aquilo de "pequena morte". É como se Seokga desmoronasse, torturado de uma maneira intensa e erótica, como se o prazer doesse, e ele sucumbisse feito um guerreiro no campo de batalha. Bastante satisfeita consigo mesma, Kisa engole e limpa a boca com o dedo, mais do que feliz em vê-lo reduzido a uma silhueta frouxa e ofegante debaixo dela, com as bochechas rosadas. O deus estica a mão para ela, que se deita ao lado dele e repousa a cabeça em seu peito enquanto ele a envolve com o braço.

— Você aprende rápido pra caralho — murmura Seokga no cabelo dela, e Kisa ri.

…mal consigo… respirar… porra… ela é… perfeita… gozei tão rápido… igual a porra… de um adolescente… que vergonha…

— Talvez seja memória muscular da minha vida passada — brinca, e o deus ri, uma risada exausta e contente.

Ele percorre a barriga dela com os dedos, deslizando preguiçosamente além do cós da calça. Um instante depois, qualquer sinal de cansaço se esvai.

— Você é maravilhosa — murmura ele, e Kisa estremece de prazer quando, com uma determinação repentina, Seokga retira o que resta de suas roupas e a observa com devoção antes de implorar: — Deixa eu te tocar.

— Deixo — responde ela, com um suspiro.

O sangue de Kisa canta quando ele desliza um dedo entre suas dobras, quando traça círculos na pequena saliência no topo. Logo os papéis se invertem, e agora é Kisa quem perde o ar e geme, com Seokga a beijando bem *ali*. A língua dele arranca dela os sons mais humilhantes, e ele não para até que ela esteja se erguendo na crista daquela onda e despencando, as coxas trêmulas sob as mãos que as mantêm abertas. Ela tenta se agarrar aos lençóis enquanto volta à superfície. O deus se afasta apenas quando Kisa está completamente exaurida. Seus lábios brilham, e ele parece incrivelmente satisfeito consigo mesmo ao ser puxado para um beijo. A ereção dele cutuca Kisa gentilmente quando ela morde seu lábio inferior.

— Por favor — implora.

...os deuses sabem... que nunca consigo... dizer não... a ela...

CAPÍTULO VINTE E OITO

SEOKGA

Debruçado sobre Kisa e apavorado pela ideia de machucá-la, Seokga deixa que ela se acostume à sensação. Ele a adentrou completamente, e está estremecendo pela dificuldade de se manter imóvel. O rosto dela está corado, e os olhos, tão dilatados que parecem praticamente pretos enquanto o observam.

Quando ela se remexe contra ele em uma súplica silenciosa, Seokga começa a se mover devagar, bem devagar, investindo os quadris contra os dela até que Kisa solte um gemido de prazer. Ela perde o ar quando ele estabelece um ritmo, e Seokga poderia se perder para sempre na sensação de seu corpo. O prazer se acumula na base da coluna, e Kisa também começa a ofegar, apertando a bunda dele enquanto o puxa para mais perto (e ela parece bem convencida ao fazer isso também; Seokga sabe muito bem que tem uma bela bunda).

Uma parte dele que não se perdeu em meio ao prazer teme o que virá depois. Está completamente entregue a ela... e, no fim, ela vai embora. Ele sabe disso. E tem certeza de que ela também sabe.

Mas se tudo o que pode ter são esses momentos fugazes, é com isso que vai se contentar. Porra, vai aceitar e se agarrar a cada segundo durante as noites solitárias, nas quais saberá que está completamente sozinho no mundo. Vai se lembrar para sempre do som dos arquejos tênues de Kisa, da expressão dela ao desabar.

Vai se lembrar para sempre de que, por um breve instante, ela foi sua.

O deus e a fantasma passam o resto da noite aninhados, folheando os livros de romance explícito e rindo de corpo e alma, mais sinceros do que que jamais serão outra vez.

Quando adormecem, de madrugada, Seokga se recusa a soltá-la e afunda o rosto na juba de cachos, envolvendo a cintura esguia.

— CONSEGUE CONTÊ-LO? — berra Seokga.

O cabelo e as vestes sacudindo enquanto se firma contra a ventania, mal conseguindo enxergar um palmo à frente, onde Hwanin está em cima do pai deles, imobilizando-o no chão de pedra irregular e escorregadia da caverna, que se ergue a pelo menos três metros e meio no ar, quase roçando as estalactites. A única resposta que recebe do irmão é um grito gutural de dor.

— As correntes de Yeomra! — urra Seokga quando Mireuk solta um rugido de fúria e a caverna estremece diante do poder. — Consegue pegá-las? Irmão!

Lacrimejando por causa dos ventos fortes, Seokga sobe na pedra aos tropeços, a cabeça latejando pelo esforço de sustentar a ilusão — já que o Hwanin por cima de Mireuk é apenas uma distração, uma ilusão habilmente fabricada, que cobra um preço alto para se manter intacta.

— IRMÃO! — exclama Seokga de novo, e desta vez é um sinal para o Hwanin que está ao seu lado, escondido sob outra ilusão. — AGORA!

Enquanto Mireuk se debate, o verdadeiro Hwanin se lança à frente, segurando com força as correntes esqueléticas de Yeomra. Tudo de que precisam é uma brecha para que possam prender as algemas brancas feito osso nos pulsos do deus louco — a magia de Yeomra fará o resto, aprisionando Mireuk à pedra para toda a eternidade. Seokga prende a respiração quando o verdadeiro Hwanin atravessa a versão ilusória de si e, com um estrondoso grito de fúria, captura os pulsos do pai com os grilhões. Ofegante, ele cambaleia para trás quando as algemas se expandem e estalam feito ossos velhos, conforme as correntes se fundem à rocha. Os tornozelos vêm em seguida, com a magia mortal de Yeomra duplicando as algemas nos pés do deus louco. O vento cessa abruptamente, e a caverna mergulha em um silêncio tão profundo que tudo o que se houve é a correnteza do rio acima e o tênue gotejar das estalactites. Mas apenas por um momento.

Seokga e Hwanin se encolhem quando o pai grita, quando a verdade sobre a traição dos filhos fica completamente evidente. Eles o atraíram até ali, até aquela caverna sob o rio Seocheongang, sob o pretexto mentiroso de "estudarem geologia em família" (ideia genial de Seokga, claro), apenas para cometerem uma traição inominável. A mão de Hwanin toma a de Seokga conforme Mireuk se debate com uma ira assassina, incapaz de acessar a própria magia por conta das correntes que Yeomra criou com os ossos de prisioneiros que jamais escaparam.

— É inútil, pai! — grita Seokga. Sangue escorre de seu nariz até a boca, e o elegante hanbok verde-escuro está praticamente em farrapos. — Não há como escapar!

Mireuk urra de novo, e não há qualquer indício de sanidade no rosto torcido do pai, outrora belo. Esse é o problema de ser o deus da criação: a maldição da loucura anda de mãos dadas com o poder indescritível. Hwanin cambaleia e se apoia no ombro de Seokga enquanto os dois observam o pai e antigo imperador se contorcer.

— Podia ter sido parricídio! — exclama Seokga, a raiva escorrendo pelas veias feito lava. Séculos de humilhação, de rejeição, cruzam sua mente. Aquela maldita competição de cultivo de flores. — Podia ter sido parricídio, *seu desgraçado…*

— Seokga — chama Hwanin, rouco. O irmão não está em condições melhores. Metade do longo cabelo preto foi chamuscado, e nem mesmo seu poder de cura imortal deu conta dos hematomas sarapintando o rosto, o lábio rachado, o dente da frente faltando. — Acabou. Nós… nós temos que ir. Venha, Seokga.

Mas os urros de Mireuk se transformaram em risadas que causam arrepios pela coluna do deus da trapaça.

— Seokga — vocifera o pai, os olhos cintilando na escuridão. — Seokga, meu filho.

Hwanin está puxando insistentemente as vestes do irmão, mas ele permanece no lugar, arreganhando os dentes enquanto lança um olhar fulminante ao pai.

— Pode me libertar, Seokga — continua o deus louco, e Seokga odeia com todas as forças como ele de repente, e muito convenientemente, se lembra de que tem outro filho, apenas nestas circunstâncias. — Me liberte destas algemas e tudo será perdoado. Meu filho, meu filho. Ainda dá tempo de fazer a coisa certa…

— Vai se foder — *sibila o deus da trapaça, com lágrimas de raiva ardendo nos olhos. Sua ira vai além dos crimes que Mireuk cometeu contra a humanidade. Ele se sente uma criança de novo, constantemente rejeitado pelo seu herói. — Você vai ficar* bem aqui, *pai, por toda a eternidade. Vai virar pouco mais do que um cadáver ressecado, sustentado apenas pelas menores porções das piores comidas do mundo.*

A caverna foi encantada por Jacheongbi, deusa da agricultura, para obrigar Mireuk a se alimentar apenas o suficiente para não morrer. Uma precaução desnecessária, já que, se reencarnasse como bebê, o novo corpo também se veria acorrentado — mas essa ideia não agrada aos dois irmãos.

— E eu nunca mais vou pensar em você.

O sorriso de Mireuk está ensanguentado. Rindo outra vez, ele promete:

— Ah, vai sim, Seokga. Vai pensar em mim todos os dias... Pode me deixar aqui embaixo o quanto quiser, mas sempre estarei com você. — Ele tosse, e sangue escorre pelo queixo. — Quer saber por que sempre o odiei? — O deus louco solta uma risada dissimulada. — Porque somos iguais, Seokga... Farinha do mesmo saco... Você não é melhor do que eu, e o tempo vai te mostrar isso... Ah, sim, o tempo vai te mostrar...

Quando Mireuk começa a rir mais uma vez, Hwanin puxa Seokga bruscamente de volta a Okhwang.

— Você vai voltar, garoto! — ruge o pai enquanto os filhos desaparecem. — Você vai voltar!

— Acabou — afirma Hwanin, sem fôlego, quando os pés deles tocam os azulejos da sala do trono. — Acabou.

— Pois é — concorda Seokga, limpando o sangue do nariz e tentando retribuir o sorriso do irmão.

Mas, mesmo no palácio celestial, o som da risada tresloucada do pai ainda ecoa em seus ouvidos.

E, durante séculos, ela nunca se esvai.

Ela nunca se esvai.

Seokga acorda com um sobressalto, encharcado de suor frio. Leva um instante para se situar e lembrar que a mulher em seus braços é Kisa, sua Kisa. Tremendo, ele afunda o rosto no cabelo dela mais uma vez, apenas para se afastar bruscamente com um grunhido de raiva quando o celular toca. Pega o aparelho na mesinha de cabeceira, furioso com quem quer que tenha decidido ligar àquela hora da madrugada e correr o risco de acordar Kisa — mas se interrompe.

SOBRINHO PÉ NO SACO E ASSASSINO, diz o identificador.

Hwanung. Rosnando, Seokga se desvencilha de Kisa e se tranca no banheiro. Sem pensar duas vezes, atende a chamada.

— Eu vou te encontrar, e vou arrancar suas tripas *bem devagar*... — ruge no microfone.

— Tio... — A voz do deus das leis falha. — Não fui eu. Eu *juro*. Não matei o capitão nem meu pai. Fui incriminado. Alguém... alguém colocou a culpa em mim.

— Onde exatamente você está? — continua Seokga, encostado à porta, imaginando como vai executar a vingança macabra. Está se divertindo muito.

— Você não tá me escutando! — grita Hwanung, e seu desespero soa tão real que Seokga se detém. — *Não fui eu!*

— Então por que fugiu? — esbraveja Seokga. — Só foge quem tem culpa. Eu sei muito bem.

— Porque fiquei com medo — responde o sobrinho, ofegante. — Ouvi a transmissão no navio, mas eu não estava *lá!* Estava no Convés 9, procurando por *você*, porque meu pai não atendia minhas ligações. Achei que talvez soubesse onde ele estava. Nunca passamos tanto tempo brigados, então fiquei preocupado... Era minha voz nos alto-falantes, mas não era eu. Só que eu sei como você age, tio, é sempre "matar primeiro, perguntar depois". Fugi porque fiquei com medo. Parte de mim achou que tivesse sido *você*, e ainda acho, mas não tenho mais ninguém. Por favor, Seokga, me ajuda. Eu sei que fui horrível com você, mas precisa acreditar em mim!

O deus da trapaça aperta o celular com força e lança um olhar mortal para o próprio reflexo no espelho.

— Vou te lembrar do que você me falou da última vez que conversamos — vocifera.

— O quê? — balbucia Hwanung.

— Suas alusões ao assassinato, choramingando que nem um idiota, não foram tão sutis quanto você pensou.

— Do que caralhos você tá falando? — berra o sobrinho. — Eu estava irritado com meu pai e você me falou que ele andava chorando e tirando cochilos! Naquela hora, não entendi que ele tinha voltado a ser *bebê*... Achei que tivesse se arrependido da nossa briga!

— E quanto à declaração de que você não pretendia entregar o trono tão cedo?

— Eu nem me lembro de ter dito isso!

— Desista, Hwanung. Eu sei sobre a Soo-min — esbraveja Seokga. — Estou sabendo de tudo. Agora, vou perguntar de novo: o que você está escondendo?

Um segundo de silêncio confuso se passa.

— Soo-min? — pergunta Hwanung, cauteloso.

— Não se faça de besta — rosna Seokga. — Lee Soo-min. A mulher com quem você tinha um caso, a mulher que Hwanin não aprovava. Vocês fizeram terapia de casal. A dra. Jang me contou tudo.

A linha fica muda até que Hwanung responde, bem devagar:

— Eu fiz terapia de casal com a Ungnyeo.

Seokga fica paralisado. A imortal que se transforma em urso não se parece nem de longe com Soo-min. Ela e Hwanung terminam e voltam há séculos, mesmo depois de (acidentalmente) terem tido um filho juntos: Dangun, fundador do primeiro reino coreano.

— Não conheço nenhuma Lee Soo-min. Nunca conheci.

Algo horrível começa a cutucar a mente de Seokga. Ele puxa o ar pelo nariz.

— Você tem como provar?

— Ungnyeo pode confirmar — responde o sobrinho, desesperado. — Liga pra ela, tio. Mas, se a dra. Jang mentiu pra você, então está envolvida. Ela *sabe* que eu nunca levei a Soo-min. E... — Hwanung começa a respirar pesado, como se tivesse acabado de perceber algo muito importante. Suor escorre pelas costas nuas de Seokga. — Eu a vi. Hoje. Foi ela quem me disse que você estava no Convés 9, e me acompanhou até o Convés 8.

É lá que fica a ponte. Mas não faz o menor sentido. A psicóloga disse que Hwanung havia escapado.

— Heejin está envolvida. Tem que estar. Ela me incriminou — continua Hwanung.

A cabeça de Seokga gira, e ele sente que vai desmaiar.

— ...tem algum jangsan beom no navio? — questiona o sobrinho. — Eles imitam vozes. *Tem que* ter um jangsan beom, porque eu juro, *por mim mesmo*, que sou inocente!

Jurar por Hwanung é uma das promessas mais letais que se pode fazer. E se o sobrinho fez exatamente isso agora... A garganta de Seokga já secou há muito tempo. A satisfação de um caso encerrado desapareceu.

— Se estiver mentindo pra mim, sobrinho...

— Eu juro *por mim mesmo* que não estou!

Porra. Merda. Porra de merda, porra. Somi tem razão. Seokga é um péssimo detetive. O delegado Shim estaria muito decepcionado. Consegue sentir o homem se revirando no túmulo.

— Continue escondido. Mantenha a discrição. Te ligo de volta em breve.

Antes que Hwanung consiga responder, Seokga encerra a chamada e volta para o quarto aos tropeços. Com urgência, chama:

— Kisa. Kisa, acorda...

Ele pausa.

A cama está vazia. As luzes estão acesas.

E a porta está escancarada.

CAPÍTULO VINTE E NOVE

KISA

KISA SE ENRIJECE. QUANDO COMEÇA, A RESPIRAÇÃO DELA ESTÁ curta, e uma melancolia se espalha no fundo da garganta. Aquilo a faz pensar na obsessão da madrasta por cremes antienvelhecimento. Ela encara a cidade lá embaixo, com o coração disparado.

Tudo acontece rápido demais. Kisa sequer tem tempo de abrir a boca para suplicar ajuda à sua deusa.

Seu corpo escorrega do telhado e, por um instante, ela fica congelada em um momento perfeito, brilhante e leve, pairando sobre Seul. Mas a gravidade a agarra pelos tornozelos e a puxa com força para baixo, arrastando-a por fileiras e fileiras de janelas reluzentes empilhadas, rindo enquanto a arremessa ao chão em um mergulho de cisne perfeito.

Kisa fecha os olhos.

E logo tudo acaba.

Menos o sonho. Enquanto Kisa continua ali, estatelada na calçada, um par de saltos vermelhos lustrosos se aproxima. Ela geme de dor quando dois dedos esguios levantam seu queixo.

— Você está deixando um detalhe passar — diz uma mulher com um cabelo castanho ridiculamente volumoso e olhos castanho-vinho cintilantes, tão bonita quanto na ilusão de Seokga. Ela ergue uma sobrancelha fina. É Hani. — Volte pra lá.

— Espera — balbucia Kisa, com o rosto amassado, mas já está de volta ao telhado, a noite de Seul se abrindo sob ela.

Kisa se enrijece. Quando começa, a respiração dela está curta, e uma melancolia se espalha no fundo da garganta. Aquilo a faz pensar na obsessão da madrasta por cremes antienvelhecimento. Ela encara a cidade lá embaixo, com o coração disparado.

Tudo acontece rápido demais. Kisa sequer tem tempo de abrir a boca para suplicar ajuda à sua deusa.

Mais uma vez, ela cai.

Mais uma vez, Hani aparece sobre ela, parecendo irritada.

— Você já descobriu antes — comenta a gumiho, suspirando e balançando a cabeça. O cabelo castanho volumoso brilha sob as luzes da cidade e os clarões vermelho e azul da ambulância que se aproxima. — Mas deixou pra lá, e agora o quebra-cabeça está todo errado. Tente de novo.

Kisa se enrijece. Quando começa, a respiração dela está curta, e uma melancolia se espalha no fundo da garganta. Aquilo a faz pensar na obsessão da madrasta por cremes antienvelhecimento.

Aquilo a faz pensar na obsessão da madrasta por cremes antienvelhecimento.

Desta vez, quando atinge o chão, seu corpo não se estilhaça em centenas de pedacinhos. Ela pousa de pé, de frente para Hani, que inclina a cabeça.

— Viu? Você deixou de lado uma dica muito grande, querida. E agora tô me perguntando se você precisa fazer um exame de vista, já que olhou pra esse mistério e deu o caso como encerrado.

— *Não* — responde Kisa diante do olhar significativo da outra mulher. — Foram Hwanung e Soo-min. Os dois assassinatos não estão relacionados. Não tem como estarem.

Hani revira os olhos. Conforme as sirenes começam a ressoar ao longe, seus dedos de unhas rosa se fecham em torno dos dedos de unhas roídas de Kisa.

— Vem comigo — pede, e o tom de voz não deixa espaço para discussão.

Kisa não tem escolha a não ser correr atrás dela cidade adentro, disparando por ruas que se tornam cada vez menos familiares: a paisagem muda de arranha-céus cintilantes e avenidas elegantes para calçadas irregulares e prédios bem menores. Já não estão mais em Seul.

Uma flor de cerejeira flutua no ar quando as duas mulheres passam correndo, as pétalas de algum modo acompanhando o ritmo delas antes de se desviarem rumo a uma loja cuja placa diz: ARMAS, ARMADURAS E OUTRAS NECESSIDADES. Um borrão no formato de um homem de cabelo escuro parece concentrado em quebrar a maçaneta para entrar.

— Onde estamos? — pergunta Kisa, sem reconhecer a cidade.

— Nova Sinsi.

Não pode ser. O lugar não se parece em *nada* com Nova Sinsi, nem um pouquinho.

— Tem certeza? Eu...

Hani sorri para ela por cima do ombro.

— Esta é a *minha* Nova Sinsi. Bem-vinda aos anos 1990, Kisa.

— Como... o que... *como* isso é possível? — balbucia enquanto Hani a guia por um beco abandonado em direção a um decadente prédio de apartamentos. — Não deveria... Eu não deveria ser capaz de me lembrar de como aqui era na década de 1990. Minha mente não deveria ser capaz de... de gerar imagens tão *vívidas*, não desse jeito. Tudo isso... desafia as leis dos sonhos.

Por exemplo, o mundo permanece igual mesmo quando Kisa desvia o olhar por dez segundos. É completamente fascinante, do ponto de vista científico, a hipótese de que vidas passadas possam vir à tona por meio de sonhos inconscientes, mas completamente desconcertante do ponto de vista pessoal dela.

— Né? — Hani solta uma risadinha abafada enquanto empurra uma porta surrada e convida Kisa a entrar. — Mas o que parece que você está esquecendo é que a minha mente é a sua, e a sua mente é a minha... independente dessa merda de "Navio de Teseu" que você fica falando por aí. Você sou eu. Eu sou você... só que com um senso de moda muito melhor.

— Você está mesmo aqui? Ou é só o meu... meu inconsciente?

— Por que não os dois? — Hani a conduz para dentro do apartamento, que parece ter sido atingido por um pequeno furacão. Livros de romance estão espalhados por todo o sofá cheio de calombos, e a cozinha está abarrotada de pacotes de salgadinho. — Pode ficar à vontade — diz a gumiho, limpando o sofá com um movimento dramático do braço. — É tudo nosso, de qualquer maneira.

Kisa vai se sentando devagar ao lado dela. Algo está enfiado entre o encosto e a almofada do sofá; ao vasculhar ali atrás, retira a mesma cópia amarelada e cheia de orelhas de *Sequestrada pelo rei pirata das Terras Altas e viajante do tempo* que ganhou de Somi.

— Você devia cuidar melhor dos seus livros — diz Kisa, sem conseguir evitar.

Hani dá de ombros.

— Esse é o meu favorito — responde ela com um sorriso. — Levo pra cima e pra baixo, por isso ele tá nesse estado duvidoso.

— "Duvidoso"? Está caindo aos pedaços...

— O capítulo catorze, em especial, é *muito* bom. Mas disso você já sabe.

Hani pega o livro dela, folheia até uma página aleatória e começa a ler... Ou *finge* que lê, Kisa percebe um momento depois. Não há qualquer sinal da cena escandalosamente deliciosa entre Elsie e Finlay. Em vez disso, Hani recita:

— "E assim, Kisa e Seokga não faziam a menor ideia de que haviam condenado os dois bodes expiatórios da história... enquanto os planos do verdadeiro assassino continuavam intactos, e seu objetivo nefasto chegava cada vez mais perto de se concretizar... Que dupla de palermas..." — Ela fecha o livro com satisfação. — Acha que termina com um suspense? Eu odeio suspenses.

A cabeça de Kisa está latejando.

— Havia evidências — explica a fantasma, embora não tenha certeza se está tentando convencer a si mesma ou a Hani. — Os alto-falantes do cruzeiro transmitiram tudo.

— Kisa — chama Hani, beliscando o topo do nariz —, aos 22 anos, você é bem mais inteligente do que eu jamais fui, mesmo com centenas de anos nas costas... E ainda assim é tão idiota que chega a me causar dores físicas. *Pense*, Kisa. Garras. Vozes. Espirros. A melancolia e a queda. Tem uma coisa que você ainda não leu. Sugiro que dê uma olhadinha logo. — Hani se inclina para a frente, agarrando as mãos dela. — Eu sei que você já descobriu. Consigo ver nos seus olhos. E tem razão para ficar assustada. Algo enorme está em jogo aqui. Algo maior do que Eodum.

— Estávamos errados — sussurra Kisa. — Estávamos errados.

É sempre devastador estar errada. Kisa nunca se deparou com nenhuma experiência tão esmagadora quanto erguer a mão com confiança na aula e ser corrigida na hora, ou receber uma prova de volta e perceber que errou feio a resposta de uma pergunta que parecia fácil. Pior ainda era se enganar no hospital. Mas, em comparação a isso, todos os erros do passado parecem insignificantes. É difícil continuar respirando depois da vergonha, e Hani fica em silêncio enquanto ela afunda o rosto nas mãos.

— Não é tarde demais — assegura Hani por fim. — Quando acordar em alguns minutos, você vai saber o que fazer.

— Preciso acordar *agora* — retruca Kisa, ofegante, e se concentra ao máximo, como se assim pudesse forçar o corpo adormecido a despertar. Teme que, como resultado, pareça estar com uma prisão de ventre daquelas.

— Não é assim que funciona, meu bem. — Hani suspira e se aproxima, notando o pânico de Kisa. — Pode não lembrar, mas você... *nós*... já enfrentamos o impossível antes. E qual é a pior coisa que pode acontecer? Morrer? Por favor. Já passei por isso. Os riscos são altos, mas a gente consegue superar. Precisamos fazer isso... por Seokga.

Uma risada tensa escapa dos lábios dela, e Kisa se vira para dar uma boa olhada em Hani.

— Ele te ama — sussurra a fantasma, antes que consiga se conter.

A expressão da gumiho endurece.

— Ele ama *a gente*. E nós o amamos.

— Eu acabei de conhecê-lo — murmura Kisa, embora algo nessa frase soe como uma mentira, uma desculpa para usar de escudo.

Hani a encara, e Kisa quase recua diante da fúria nos olhos da gumiho. De repente, lembra-se da reputação de Hani e se encolhe de surpresa quando ela salta do sofá.

— Você *não* vai estragar tudo pra gente — avisa a raposa. — Não vou nem gastar minha saliva te explicando que conhecíamos Seokga muito antes de ele chegar no navio. Eu *morri* por ele, Kisa. *Você* morreu por ele. Mas o que é que você fez nesta vida além de ficar literalmente dando corda pra ele? — Hani agarra o livro do sofá e o abre. — "Kisa nega terminantemente seus verdadeiros sentimentos e de alguma maneira fica em paz com a ideia de partir o coração do deus que a ama, iludindo-o de novo e de novo…" Não faz o *menor* sentido. Eu poderia te dar um tapa. Se você entrar naquela fila de reencarnação, eu *vou* te dar um tapa. "Segurar a onda"… só se for a do meu rabo.

— Não espero que você entenda — vocifera Kisa, de repente ácida. — Não sabe como é viver naquele navio… Eu estou *exausta*. Ando exausta há anos.

— Pois é — retruca a gumiho. — Você tá *cansada*. Cansada de trabalhar até cair: na faculdade, no hospital, e agora neste cruzeiro. Mas não está cansada de ser *você mesma*. Acredite em mim, Kisa, reencarnar pode ser um pé no saco. Você perde muita coisa e ganha pouquíssimo de volta. — Ela lança um olhar convicto para a gwisin. Dói. — Tenho certeza de que você consegue pensar em alguma coisa que não envolva partir o coração do Seokga. É o que você sempre faz. Pensar, quero dizer. Além disso, e se reencarnar como uma lesma e alguém atirar sal no seu corpo? Afinal, você tem sofrido toda a minha punição cármica até agora. Sinto muito por isso, aliás.

— Não, não sente — diz Kisa, amargurada.

Infelizmente, Hani tem um ótimo ponto sobre a questão da lesma. E talvez sobre outras coisas também. Verdades que Kisa ainda não está pronta para encarar.

— Não, não sinto. Eu me diverti pra caramba sendo uma pessoa horrível. — Hani se joga de volta no sofá. — Olha só, Kisa. Eu entendo que você esteja com medo de cair. Mas o que você precisa entender é que isso já aconteceu, em muitos sentidos. Essa *angústia*, essa saudade que você sente… Acha mesmo que é *coincidência* que tenha surgido aí dentro no dia em que o Fio Vermelho do Destino apareceu? Não me diga que você acredita em coincidências, Kisa.

— Não existem coincidências — responde no automático. — Apenas correlações. Às vezes causas.

— Exatamente — concorda Hani, com um brilho convencido no olhar.

A mente de Kisa gira, as gavetas tremendo quando suas emoções bem organizadas ameaçam fugir. Porque algo bem lá no fundo sabe, há bastante tempo, que Hani tem razão.

Aquela *angústia* parece o repuxo de um ímã em direção a Seokga. Só se alivia quando ele está por perto.

Quando eles estão juntos.

Kisa engole em seco, levando a mão ao peito.

— E, meu bem, só porque você está caindo de novo não quer dizer que vai terminar como da última vez, com um impacto doloroso. Tem algo que você está esquecendo… E o que Seokga, deuses o abençoem, de alguma maneira também está esquecendo na paz do pós-orgasmo… é que ele é o imperador celestial regente. — Hani sorri de canto quando Kisa congela, o coração parando no meio de uma batida. — Ou vai ser, assim que voltar a Okhwang e se sentar no trono pela primeira vez. Aí você pode pedir qualquer coisa, desde que esteja dentro dos limites do poder dele. Viver de novo não é uma opção, mas tem outras coisas que você pode pedir… Assim que admitir pra si mesma o que quer.

Mais tempo.

— Você sabe exatamente o que pediria, não sabe? — Hani pisca com falsa inocência para ela. — Claro, você continuaria *morta*, mas mal vai notar. E tem tanta coisa nessa vida além de, bem, estar viva.

— Eu…

É como se a garganta dela estivesse se forçando a engolir um comprimido enorme a seco. Kisa crava os dedos no sofá, com medo de estar se engasgando com uma verdade gigantesca, um desejo que não se permitiu querer completamente até agora. Hani parece irradiar uma satisfação presunçosa quando Kisa se curva pela força do próprio *desejo.*

— Me promete que vai pedir, Kisa — insiste a gumiho, de repente desesperada. Quando a encara, Kisa percebe lágrimas brilhando nos olhos dela. Nos olhos *delas*. — Algumas histórias merecem um final feliz.

Tudo o que Kisa consegue fazer é assentir. Vai pedir. É claro que vai.

Seu antigo eu sussurra:

— Obrigada. Obrigada. — Hani hesita. — Está quase na hora de você acordar… mas eu me odiaria se não perguntasse dela. Somi. — O rosto de Hani reluz de culpa. — Como ela está?

Kisa sorri um pouco, pensando nos flertes da gumiho com Hajun, nos bubble teas e nas risadas.

— Ela fez amizades. E eu sou uma delas.

— Ela te contou o que aconteceu? — pergunta Hani, parecendo nervosa.

— Eu a perdoei — responde Kisa com sinceridade. — Quer dizer, bem, pra mim… não parecia ter nada pra perdoar. Eu não me lembro dela, nem da traição… É como se nunca nem tivesse acontecido. Eu a perdoei antes mesmo de ela se desculpar.

— Porque você está certa. Não tem nada pra perdoar. No fundo, você já sabia. Porque é verdade. — Hani faz uma careta e remexe o canto do livro. — Foi nossa culpa desde o início. Ela era tão jovem, tão inocente. Não estávamos com Somi quando ela precisou da gente, mas o Eodum, a merda daquele demônio, estava. — Os olhos de Hani brilham. — Fico feliz que a tenha perdoado. Fico feliz que ela esteja bem…

— Mas as garras dela… — interrompe Kisa. — Elas estão… quebradas.

Hani se enrijece.

— Quebradas?

— Ela foi assassinada. Não sei por quem. Somi não quer falar sobre isso.

E Kisa não a culpa.

Fúria perpassa o rosto de Hani como uma tempestade violenta, e ainda assim ela parece prestes a vomitar.

— Não. A Somi, não… as garras dela… — A gumiho se levanta novamente, trêmula dessa vez. — Somi-ah — sussurra, cambaleando até o balcão da cozinha, onde há um porta-retrato com uma polaroid.

Na foto, Hani está sorrindo e vestindo um avental castanho-claro ao lado de uma jovem Somi, cujo rosto está corado de alegria e colado ao de Hani. Kisa observa a gumiho mais velha acariciar a Somi da foto com as pontas dos dedos.

— Descobre quem foi — sussurra. — Descobre quem foi e *machuca* eles, como machucaram ela.

O apartamento começa a embaçar. Kisa pisca, em pânico, quando a imagem de Hani começa a rodopiar.

— Você está acordando. Se lembra do que te falei. Precisa ler aquilo quando acordar. As respostas estarão lá.

De repente, Kisa se sente muito leve e efêmera.

— Espera! — grita ao começar a desaparecer. — Eu vou te ver de novo?

Há tantas perguntas que gostaria de fazer, tanto que poderia aprender sobre o fenômeno das vidas passadas, a possibilidade de que elas permaneçam nos recônditos do inconsciente. Mal consegue enxergar Hani, mas sabe, de alguma forma, que a gumiho está sorrindo.

— Estou sempre aqui, Kisa! — grita ela de volta, com uma risada na voz. — A nossa alma é a mesma! Foda-se o seu Navio de Tese...

Kisa desperta com um arquejo e os lençóis encharcados de suor. O outro lado da cama está vazio, e um feixe de luz do banheiro se infiltra na penumbra do quarto, junto com um murmúrio baixo da voz de Seokga. Deve estar ligando para outro deus furioso, que quer saber exatamente o que aconteceu no CRS *Bateu as Botas.*

Se lembra do que te falei.

O corpo de Kisa está dolorido de uma forma nova e agradável enquanto ela se apressa para sair da cama, vestir a calcinha e depois o suéter de Seokga, erguendo o amontoado de tecido macio do chão. Fica enorme nela, quase como um vestido. Respirando pesado, Kisa corre até a sala de estar, onde guardou o caderno roubado debaixo da almofada grossa do sofá. Assim que o pega, volta para o quarto, acende a luz e, sem nem se sentar, abre o caderno e começa a ler.

O primeiro registro é de 2018. A caligrafia é longa e elegante, como a de uma mulher mais velha, mas Kisa sempre foi uma leitora rápida e habilidosa. Conforme passa os olhos pelo texto, sente a barriga despencar, como se estivesse em uma montanha-russa. Apertando as laterais do caderno, suas mãos começam a tremer, e ela se escora no balaústre da cama para se apoiar. Por um instante, mal consegue compreender a próxima frase de tanto que o caderno sacode entre os dedos instáveis. Precisa reunir todas as forças para estabilizar as mãos e continuar desvendando aquela verdade horrível e maldita.

Ela lê cada vez mais depressa, folheando as páginas com rapidez enquanto assimila o conteúdo, sem perceber que a pele ficou grudenta e o suor começou a se acumular na base da coluna. Os olhos de Kisa ardem e doem com a leitura, e as peças do quebra-cabeça vão se se encaixando com cliques e baques repugnantes e horríveis.

Quando chega ao fim do caderno, precisa se forçar a engolir a bile. Está tudo ali. *Tudo.* Todas as suas suspeitas e perguntas foram respondidas por aquela caligrafia inofensiva e caprichada.

— Seokga — murmura, mas não vai tropeçando até o banheiro, onde a voz do deus está se elevando de agitação.

Sabe o que ele fará quando descobrir, tomado pela raiva, e ainda não podem mostrar as cartas na manga. Em vez disso, Kisa se lança rumo à porta e depois ao corredor.

Somi. Precisa encontrar Somi.

O navio está silencioso e escuro enquanto Kisa corre pelas entranhas do cruzeiro, parando abruptamente diante do quarto que divide com Hajun. Ela esmurra a porta em pânico, ignorando os gemidos abafados do amigo e os choros escandalosos de Hwanin. Bate até que Somi, de olhos sonolentos, abra com uma cara de irritação que titubeia assim que vê Kisa.

A gumiho sorri com os lábios ligeiramente inchados — que, com certeza, estão idênticos aos de Kisa — e coloca o cabelo curto e bagunçado atrás da orelha.

— Esse aí é o suéter do Seokga?

— Somi — diz Kisa, ofegante, enfiando o caderno nas mãos dela. — Sua assassina era uma jangsan beom.

A gumiho se retrai, de olhos arregalados.

— Como você...

— Ela te atacou de surpresa — continua. — Mas você reagiu com tanta brutalidade que ela não teve outra escolha a não ser quebrar suas garras. Essa não era a intenção dela. *Você* é que deveria ser o bode expiatório deste mistério, Somi. Você. Ela sabia que você subornaria o jeoseung saja para embarcar neste cruzeiro. Mas as coisas não seguiram o plano. Você perdeu as garras. Não podia mais levar a culpa.

De repente, Somi parece bem mais jovem, e muito assustada. Às suas costas, Hajun está grogue, sem camisa e desalinhado, parecendo alguém que sobreviveu a um furacão e gostou. Ele vai até a porta.

— Do que você tá falando? — questiona Somi, mas há um leve tremor na voz.

— Kisa, o que tá acontecendo? — pergunta Hajun, preocupado e rouco de sono e confusão.

— Nunca foram Soo-min ou Hwanung. Esse tempo todo, era...

Kisa solta um grito quando o navio dá um solavanco — um movimento repentino e horrível que a faz cair de joelhos. Somi se estatela ao seu lado, e Hajun grita de aflição quando Hwanin começa a chorar ainda mais alto em algum lugar do quarto.

— O que foi *isso?* — pergunta a gumiho, ofegante, tentando se levantar... só para ser atirada ao chão mais uma vez quando o navio dá outra guinada.

Hajun cambaleia até o corredor, segurando Hwanin de forma protetora contra o peito nu. De alguma forma, o idol consegue ficar de pé mesmo com o chão sacudindo violentamente.

— Precisamos ir até os conveses superiores! — grita ele, puxando Kisa pelo braço e a erguendo. — Vamos!

Ela desaba repetidas vezes enquanto disparam pelo corredor, arranhando os joelhos, machucando os braços. Somi a segura, evitando que tombe feio nas escadas. As duas mulheres se apoiam uma na outra enquanto sobem cada vez mais alto, até enfim chegarem ao décimo patamar — o terraço, que costuma ser tranquilo. Correm até a beirada para espiar as águas lá embaixo... Onde ineo estão cercando o cruzeiro, as mãos com membranas pressionando o casco e as bocas cheias de presas esticadas em sorrisos largos e cruéis.

Quando o navio dá outro solavanco, forte o bastante para erguer as espreguiçadeiras no ar antes de caírem no chão, Somi puxa Kisa para longe do guarda-corpo. Mas a fantasma cambaleia de volta até lá, desesperada para entender o que as ineo estão fazendo.

— A âncora! — grita ela. — Elas quebraram a âncora!

De repente, o navio está se movendo, sendo empurrado nas águas do Seocheongang pelo enxame de sereias.

— *O que caralhos tá acontecendo*?! — berra Hajun, por pouco não tropeçando em uma das espreguiçadeiras que sai deslizando. — O que elas estão *fazendo?*

— A prisão — responde Kisa, sem ar, segurando-se em Somi para se firmar. — Elas vão empurrar o navio na direção da prisão de Mireuk...

Um rugido bestial faz as paredes do navio sacudirem.

— *O que foi isso*? — pergunta Hajun.

Então Somi sussurra, a voz aterrorizada e áspera como uma lixa, os cabelos ao vento:

— *Isso* foi uma jangsan beom.

CAPÍTULO TRINTA

SEOKGA

SEOKGA IRROMPE NO CONVÉS 10 APÓS SEGUIR DESESPERADAMENTE o Fio Vermelho pelo navio sacolejante — sem fazer a menor ideia do que *caralhos* está acontecendo, mas certo de que coisa boa não é — até chegar ao ponto mais alto, onde Kisa está perto demais do corrimão, agarrando o ferro gelado enquanto grita algo para Somi e Hajun, às costas dela. Todos vestem pouquíssimas roupas, assim como Seokga, que está sem camisa igual a Hajun. Não conseguiu achar o suéter a tempo.

— KISA! SAIA JÁ DAÍ! — berra ele quando percebe que o navio está *se movendo* de novo, acelerando pelas águas de forma perigosa e desgovernada.

Seokga se apoia com força na bengala, a perna direita latejando por conta da corrida do Convés 7 ao 10, e manca o mais rápido que consegue até ela, praticamente a carregando para longe da queda. O rio espirra água em seus rostos conforme o cruzeiro dá uma guinada brusca à direita, e Seokga desmorona no chão, amortecendo a queda de Kisa com o próprio corpo. As pernas nuas dela se entrelaçam às dele, e ela acerta cotoveladas na barriga dele quando o convés os lança para cima. O deus perde o fôlego e Kisa se atrapalha para se levantar e encará-lo, os cachos se agitando com a ventania violenta.

— É a dra. Jang! — grita Kisa sobre o barulho do vento. — Eu li as anotações dela! Foi ela que planejou tudo, tudo! Desde o início, muitos anos atrás! — Suas mãos pequeninas puxam o deus para levantá-lo. — Ela não é xamã, Seokga. É uma jangsan beom!

Como se ouvisse sua deixa, um rugido furioso ecoa de algum lugar abaixo deles. O Fio Vermelho do Destino pulsa em tons de preto, rosa, azul e roxo, tudo de uma vez só, as emoções turbulentas dos dois se misturando em meio ao caos. Seokga queria poder contestar, mas é verdade. É tudo verdade. A ligação de Hwanung, as suspeitas de Kisa... O caso nunca foi encerrado.

— *Porra!* — xinga Seokga.

Outro rugido, desta vez mais próximo.

Acima deles, trovões retumbam no céu carregado de morte.

— *Ela me matou!* — grita Kisa, cambaleando até Somi e agarrando a mão da gumiho. Há muito mais do que raiva em seu grito: há medo, ódio. Aquilo parte o coração de Seokga ao meio — até que a fúria preenche as fissuras, escaldante feito ouro líquido, uma cólera mortal que dispara pelo fio, tingindo o destino de preto queimado.

— Ela me empurrou do telhado, Seokga. Foi *ela*. Eu já tinha sentido o cheiro do creme dela, da Dermatruque, logo antes de cair! Ela me encontrou antes de você, porque sabia que eu era sua e que seria enviada a este cruzeiro! Ela matou Somi também, porque sabia do seu passado com ela, e queria *usá-la* de bode expiatório. Mas quando foi longe demais e Somi perdeu as garras no conflito, precisou mudar os planos e escolheu Soo-min no lugar!

Seokga apoia todo o peso na bengala enquanto uma chuva ácida açoita o navio. Mal consegue ouvir Kisa por cima dos gritos dos passageiros lá embaixo e da tempestade violenta, mas ouve o bastante. Ah, sim, ouve o bastante. Seus dedos começam a tremer como tremeram tantos anos atrás, antes de torturar Eodum até a morte. Trôpego, ele vai até Hajun, onde Hwanin está berrando de pavor.

A essa altura, Kisa já está ensopada. A chuva encharca seu cabelo e o suéter enquanto ela continua a gritar, a voz falhando e titubeando em meio aos trovões.

— Ela matou Hwanin! Não era para ele ter vindo com vocês dois no cruzeiro, então Jang teve que assumir o controle! Seguiu ele até o corredor I-95 depois da festa e ele entrou em pânico. O clarão foi a primeira reação, e a segunda era se teletransportar até *você*! Mas Hwanin nunca conseguiu chegar lá, só até as escadarias onde o encontramos. Em um acesso de raiva, Jang arrancou o coração dele durante o teletransporte, nas dobras do espaço-tempo, e é por isso que nunca encontramos nenhum sinal de luta!

Hwanin grita e estica os braços para o irmão, enfiando o rostinho no peito de Seokga quando o toma dos braços aflitos de Hajun.

— Ela imitou a voz da Soo-min quando a Somi estava escondida no armário, e aí imitou de novo, com a de Hwanung, nos alto-falantes, depois de atrair seu sobrinho para o cruzeiro quando ele ligou perguntando sobre o pai! E você, Seokga... — Kisa parece uma deusa da ira, parada ali de pé no convés, com os punhos cerrados ao lado do corpo, o vento e a chuva sem conseguir movê-la, como se fosse um pilar de mármore. — Ela tem te manipulado há *anos*! Fingindo ser sua terapeuta, receitando remédios que bloqueiam a habilidade de ler mentes! Seus comprimidos não são antidepressivos, Seokga, são *inibidores de poder*, feitos com ingredientes ilegais!

Toda ajuda que recebeu na vida sempre foi uma faca de dois gumes.

Uma quietude preenche os ouvidos de Seokga. A calma mortal antes da tempestade.

— Pare — sussurra. Já ouviu o suficiente, dela e de Hwanung, para matar qualquer dúvida. Kisa já pode parar. Mas ela ainda não acabou, e as palavras irrompem como um terrível tsunami, tragando o deus enquanto ele se afoga.

— E todo aquele papo sobre o seu pai! — Kisa cambaleia de volta até o guarda-corpo e aponta um dedo trêmulo para o rio além.

Para o horror crescente de Seokga, o navio desviou do trajeto original e avança em direção às águas agitadas, onde ondas vermelhas quebram sobre rochas pontiagudas e um estreito desfiladeiro entre duas montanhas escuras se insinua através da névoa espessa. O sangue de Seokga congela nas veias. Ele conhece aquela brecha. O Canal do Deus Cativo. Sob aquelas águas, em uma caverna submersa, seu pai jaz aprisionado, acorrentado com algemas esqueléticas.

— Ela matou o capitão para tomar o controle do rio! Quer que você liberte o deus louco…

— Kisa — chama Seokga, aterrorizado, ao ver a mão com membranas agarrada ao corrimão atrás dela. — Kisa… ATRÁS DE VOCÊ!

Ela se joga para o lado a tempo de escapar da sereia risonha, que se ergue sobre o guarda-corpo e despenca para dentro do navio com um sorriso afiado. As ineo de Iseung nunca pareceram tão monstruosas, mas também nunca haviam nadado nas águas do inferno.

— Ah não, não, não, *não*! — grita Hajun, metade escondido atrás de Somi, que berra palavrões em pânico conforme mais e mais ineo rastejam até o convés e outro rugido sacode a embarcação…

…e um tigre branco irrompe a bordo com um rosnado voraz.

Não, não é um tigre.

É uma jangsan beom. Uma criatura gigantesca, com músculos protuberantes sob a pelagem longa e áspera em preto e branco, e um focinho úmido que se retrai para revelar presas amareladas e pontudas. Os olhos são de um dourado pálido e cruel, manchados de vermelho — manchas causadas pela luz de Hwanin, percebe Seokga, enquanto transforma a bengala em espada com um estalo da mão livre. A dra. Jang começou a usar óculos escuros depois daquela noite fatídica, quando Hwanin entrou em pânico no corredor I-95 e emitiu sua luz divina, quase ofuscante. Às vezes, a terapeuta chegava a esbarrar nos móveis. Um grunhido baixo ressoa da garganta da jangsan beom quando as hordas de ineo, rastejando com as mãos, encurralam Seokga e seus companheiros.

Somi se engasga e agarra a mão de Kisa.

— *Você!* — grita a gumiho, e Seokga nunca ouviu sua voz tão carregada de dor e pavor.

Ele se lembra da reação dela à lista de criaturas de quatro garras na sala de monitoramento arruinada.

Só nos restam samjokgu, bulgae ou jangsan beom, ponderou na época, atribuindo o temor de Somi ao cão comedor de raposas. Mas não era um samjokgu que ela temia.

Com a respiração de Seokga curta, ele recua bem para dentro de si, fundo o bastante para que, quando a tigresa se transforme na dra. Jang Heejin, não sinta nada. Frio. Tornou-se frio, como antes do golpe e como nos dias após a queda.

Agora sem os óculos escuros, os olhos da mulher também estão manchados de vermelho. Mas ela observa a cena com a visão perfeita, os lábios comprimidos.

— Eu devia ter percebido que você seria um problema — comenta Jang, estreitando os olhos para Kisa, cujo medo desliza pelo Fio Vermelho. — Foi o creme que deixei cair? Ou o caderno que você roubou?

A voz dela está tão diferente da que ele conhecia. Aquele tom nasal e contraído deve ser sua verdadeira voz. Já não lembra em nada a voz da mãe.

— *Os dois* — cospe Kisa, amarga.

Com doçura, a psicóloga responde:

— Acho que isso já não importa mais. Tudo que precisava acontecer já aconteceu. — Jang desvia o olhar para Seokga. Tem a audácia de lhe mostrar a porra de um sorriso. — Não era assim que eu queria que você descobrisse as coisas, meu bem. Deve ser um choque e tanto.

A voz dela muda de novo, ficando mais doce, mais parecida com a de Mago.

Seokga sofreu muitas traições ao longo da vida.

Do pai a Hani, sua história é um caos fragmentado de promessas quebradas e sofrimento solitário. Esta não deveria doer tanto.

Mas ah, como dói.

As horas que passou no consultório de Jang, confidenciando pensamentos e emoções que nunca teve coragem de compartilhar com mais ninguém.

A vez em que desmoronou na frente dela ao contar sobre a morte de Hani. O jeito como ela empurrou uma caixa de lencinhos para ele. Sessão após sessão, aprendendo a confiar naquela voz que às vezes tanto lhe lembrava a mãe... Era tudo mentira. Seokga sente a chuva fria no rosto, o navio balançando sob os pés, Hwanin choramingando em seus braços. Mas não está realmente ali. Está em algum lugar distante, sozinho no éter.

— Em cerca de quinze minutos — diz a terapeuta, quando ele não responde —, o cruzeiro chegará ao Canal do Deus Cativo. Eu gostaria que viesse comigo, Seokga. Seu pai quer te ver há muito tempo. Ele sente falta de você e do que poderiam ter sido.

Uma ineo solta uma gargalhada e mira os dentes na direção dos tornozelos de Kisa. A fantasma solta um grito, e esse som terrível é a única coisa que arranca o deus da trapaça do devaneio distante em que mergulhou.

— Pense no que conversamos nas nossas sessões, Seokga — pede Jang com gentileza, entrelaçando os dedos. — Todos os traumas causados pela relação com o seu pai podem ser curados. Ele quer recomeçar, como você recomeçou... E você, Seokga, pode dar essa chance a ele. Sei que ele seria eternamente grato.

— Ignora ela, Seokga! — berra Kisa. As sereias sibilam, se aproximando ainda mais, e ela se cala.

O deus da trapaça hesita, inclina a cabeça lentamente enquanto encara Jang. Sentindo que capturou a atenção dele, ela continua:

— Seu irmão, Hwanin, jamais entenderia o quanto alguém pode mudar, muito menos alguém como o seu pai. Foi por isso que precisei matá-lo, e sinto muitíssimo por isso. Mas você... você entende. Você mudou durante sua penitência, assim como Mireuk.

— Como você conhece meu pai? — pergunta Seokga, baixinho, ajeitando o irmão nos braços.

— Visitando a prisão dele, é claro. — A doutora abre um sorriso clemente. — Ainda há quem continue fiel a ele. Mireuk criou nosso lar por direito: Gamangnara. Nosso poderoso criador é o único capaz de reabri-lo depois do que você fez. No aniversário da queda do Mundo das Sombras, visitamos seu pai sob o rio e prestamos nossas homenagens. Minha primeira visita foi há uns, *hum*, cinquenta anos. Eu era jovem, e morria de saudade de um lugar que nunca conheci. O lar dos meus ancestrais, que perdi. Trancafiar um reino tem suas consequências, sabe? — Um lampejo de raiva cruza a expressão dela, mas logo desaparece. Seokga finge que não viu. — Mas Eodum tomou as decisões erradas. Violência não é a solução.

— Ah, que belas palavras — esbraveja Somi, chutando uma sereia sorridente com os pés descalços. — Você é só a Eodum 2.0 e...

— Uma assassina — acusa Hajun. — Você é doente...

Ele é interrompido por uma sereia que envolve seu tornozelo com garras afiadas. Somi dá um chutão na cabeça da criatura, que rosna, mas se afasta, como se aguardasse um sinal de Jang.

— O que *vocês* ganham com tudo isso? — questiona a gumiho, encarando as sereias. Uma delas, de um olho só, sorri.

— Mireuk nos prometeu muitas coisas — conta, com uma voz tão úmida quanto as guelras escorregadias em seu pescoço. — Os humanos nos mataram, e agora vão sofrer quando o deus louco voltar ao trono...

Dezenas de caudas batucam em concordância, as escamas e barbatanas batendo no piso com força.

Jang ergue a mão em um pedido de silêncio.

— Este plano vem sendo desenvolvido há anos, Seokga. Peço desculpas por toda a manipulação envolvida. Não tive prazer algum em matar sua alma gêmea, mas, sabendo que a punição cármica dela seria paga neste navio, foi a única maneira de garantir que você não abandonasse o cruzeiro no meio da viagem caso descobrisse tudo antes e agisse de forma menos... favorável. Tudo precisava ser perfeito.

— Como você sabia quem eu era? — pergunta Kisa, e Seokga não consegue distinguir as gotas de chuva das lágrimas escorrendo pelo rosto dela. — Como sabia onde me *encontrar*?

Jang solta um suspiro e olha de relance para Seokga. Sua expressão é quase... de pena. Algo afunda na barriga do deus. Algo se parte dentro dele, causando um dano irreversível.

— Seokga me ligou — explica.

Kisa dá uma guinada para trás, como se tivesse levado um tapa. O choque e a dor irrompem pelo vínculo, atingindo Seokga no peito como balas. Ele mal consegue se manter de pé, mesmo que cada parte de seu ser queira cair de joelhos e se redimir. A traição final o atravessa, cravando-se fundo com uma das agonias mais terríveis e intensas que o deus imortal já sentiu. Foi para Jang que ligou, com as mãos trêmulas, enquanto disparava por Nova Sinsi, seguindo o Fio Vermelho até Kisa — que ainda estava viva àquela altura, viva e respirando no mundo lá em cima. *Seul*, havia dito, ofegante. *Acho... que está me guiando a Seul.*

— No início das sessões, Seokga me contou que a reencarnação de Hani teria olhos únicos, marcantes. Isso surgiu em quase todas as conversas, durante trinta e três anos. Olhos castanho-vinho, quer dizer. Ele falava e falava sobre eles, às vezes por quarenta e cinco minutos ininterruptos, descrevendo cada nuance da cor. Então, quando me ligou no dia em que o Fio Vermelho do Destino apareceu…

— Kisa — murmura Seokga. — Kisa…

Ela balança a cabeça, uma lágrima escorrendo pela bochecha enquanto o encara.

…não é… culpa sua… não… sabia… como poderia… saber?…

— Mais cedo naquele ano — continua Jang, mas o deus mal a ouve por cima do rugido dentro da mente —, visitei a Unidade de Maternidade Mágica do Hospital Xamânico de Seul. Minha nora gumiho estava em trabalho de parto, deuses a abençoem, e precisou de uma cesariana de emergência. Uma das médicas de lá… bem, seus olhos batiam com a descrição, mas eu não tinha certeza. Era… conveniente demais. Mas quando o Fio Vermelho apareceu e Seokga confirmou que estava sendo guiado a Seul, não vi sentido em esperar nem mais um segundo. Chegar até você antes dele não foi tão desafiador, porque eu tinha a direção exata em vez de um fio instável. A partir daí, foi fácil. Só precisava te matar, confirmar que havia sido alocada no *Bateu As Botas* e garantir que Seokga também embarcasse. Essa última parte levou mais tempo… sete anos, para ser mais exata, já que precisei esperar até que ele estivesse *realmente* exausto. Sempre que eu mencionava tirar umas férias, ele escapava antes que eu pudesse terminar a frase, correndo para a Polônia ou para a Jamaica em mais uma expedição. Por fim, depois da *Antártica*, ele estava cansado o suficiente para aceitar, sem conseguir fugir do assunto… Embora tenha reclamado. Muito.

Tudo que Seokga toca desmorona. *Tudo.*

— Eu sei como deve doer ouvir tudo isso. — Jang se vira para o deus da trapaça com um meio-sorriso de empatia. — Eu sei, Seokga, que você está se culpando, mas isso não é necessário. Mireuk tem o poder de escrever uma nova história para vocês dois. Liberte-o e ele o recompensará. Mesmo sendo o imperador celestial, há coisas que você não pode fazer por Kisa. Você simplesmente não tem poder suficiente para isso. Mas seu pai é o deus mais poderoso que existe. Talvez consiga até mesmo trazê-la de volta à vida. Apagar tudo o que aconteceu.

Seokga puxa o ar, trêmulo, ainda lutando para não deixar os joelhos cederem. Mesmo sentado ao trono, com todos os poderes divinos, não seria capaz de reviver Kisa. Nenhum deus seria. Deveria se afastar, mas ainda assim se vê perguntando em um sussurro rouco:

— Meu pai, ele… falou de mim?

— Ah, e como falou — diz Jang, e Seokga aos poucos se aproxima, se agarrando a cada palavra. A culpa e a dor travam uma batalha contra a curiosidade insaciável. — Ele quer tanto recomeçar. Quer ser um pai. Quer o filho dele. — Jang sorri ao oferecer uma das mãos para Seokga, enquanto a outra gesticula para o Canal do Deus Cativo, que assoma ao longe. — Eu prometo que tudo o que sempre desejou está logo ali, sob a água. Quer se juntar a mim? Por você? Por Kisa?

Quer ser um pai. É tudo o que Seokga sempre quis ouvir. Ele solta um gemido e fecha os olhos. Promessas tão belas, embrulhadas feito um presente. A tentação se debate e se contorce dentro dele. Ser o filho digno desta vez… se encaixa tão bem com suas fantasias, com o resgate espetacular e a gratidão, o *amor*, que talvez recebesse em troca. Devagar, Seokga entrega Hwanin a Kisa, que segura a criança com uma expressão alarmada.

— Seokga…

Quando ela o deixar, estará completamente sozinho. Como era antes, como será depois.

A menos que.

A menos que, a menos que, a menos que.

Ele abre os olhos.

Se há uma coisa que Seokga aprendeu com os anos de trapaças, é que sempre existe um "a menos que". Talvez até vários. Outra oferta a ser feita, outro caminho a ser tomado. Então ele dá um passo à frente quando o navio sacode mais uma vez — os trovões retumbando no céu enquanto demônios se precipitam entre os lampejos dos raios — e pega a mão de Jang Heejin.

A palma dela é quente e levemente calejada, enrugada pela idade, mas ainda assim macia, como se a mulher tivesse usado quantidades exorbitantes de cremes e pomadas. Seokga a aperta com gentileza e encara os olhos vincados e injetados de Jang.

— Só tem mais uma coisa que eu quero — murmura.

— Qualquer coisa — responde a mulher, praticamente radiante. — Ah, Seokga, você não faz ideia de como isso me deixa feliz.

— Eu quero que saiba… — Seokga abaixa a cabeça, até que fique bem próximo dela. — Você cometeu um erro. Talvez tudo isso tivesse dado certo… se não tivesse matado Kisa.

Os olhos da psicóloga se arregalam. Ela tenta se desvencilhar, mas Seokga a segura com firmeza.

— E tem mais… — Seokga saca a espada com a outra mão e a crava no coração da metamorfa antes de vociferar: — É impossível passar a perna em um trapaceiro.

Triunfante, ele espera que Jang desabe no chão.

Mas isso não acontece.

A terapeuta suspira e olha para a espada no peito.

— Eu queria que você não tivesse feito isso. Só torna tudo muito mais difícil.

O que nos sete infernos está acontecendo? O deus da trapaça fica boquiaberto, retira a espada e a crava de novo. Nada. Jang Heejin parece entediada. Ao redor dele, as ineo riem, um som parecido com o mar sibilando e fervilhando pelo calor. A aflição de Kisa dispara pelo Fio Vermelho.

…azul… é azul… em toda a lâmina… sangue azul… ela…

Aos poucos, Seokga baixa o olhar para a espada. De fato, sangue azul viscoso escorre da lâmina.

— Eu me matei no primeiro dia aqui — explica Jang, enquanto o deus sente o próprio sangue vermelho sumir do rosto pelo choque. — Me enforquei com as cortinas do quarto, joguei o corpo no rio e reapareci como gwisin. — Com um frio horrível na barriga, Seokga se lembra do som arrastado do lado de fora do quarto naquela primeira noite. Da mulher que insistiu ter ouvido algo "respingar". — Mas guardei meu coração. Para que eu permanecesse no navio, ele também precisava ficar aqui. Está escondido em um lugar seguro. Por favor, retire sua espada, Seokga. Está um pouco desconfortável.

— Você deveria ao menos estar sentindo dor — sussurra Kisa, parecendo tanto horrorizada quanto fascinada. — Deveria ser uma dor *excruciante…* Não entendo como… Tenho pacientes que me procuram por arranhões nos joelhos…

— Fiz o que ninguém mais conseguiu, após anos de preparação para este momento — responde Jang, presunçosa. — Separei minha consciência da memória de ter um corpo e do que *deveria* acontecer ao ser apunhalada. Percebi que morte é morte, e, uma vez morta, ferimentos físicos não causariam nada. É um estado de iluminação. Mireuk permitirá que apenas meu fantasma vague pelas planícies de Gamangnara para todo o sempre.

— Como você separou… isso é *impossível.* Eu já tentei e não consigo nem… — Kisa percebe que está perto demais de demonstrar admiração e fecha a boca abruptamente.

Jang sorri de canto.

— Agora, onde estávamos mesmo? — pergunta a Seokga, enquanto o Canal do Deus Cativo se aproxima no horizonte. — Ah, sim. Eu estava prestes a recorrer à *violência.*

CAPÍTULO TRINTA E UM

KISA

A TIGRESA RUGE AO SE LANÇAR NO AR, ESTICANDO AS GARRAS EM direção ao deus da trapaça, que está se recuperando de uma colisão feia contra um amontoado de espreguiçadeiras tombadas. Enquanto Kisa desvia das garras das ineo, pensa em como é terrivelmente inconveniente já não ter mais os poderes de Hani. Aprendeu a lutar no DMUNS, claro — estudou essa arte tanto quanto estudou anatomia e história —, mas nunca esteve em uma luta de verdade e, acima de tudo, nunca esperou lutar enquanto *carregava uma criança*...

Seus pés descalços pulam por cima dos golpes das caudas e das garras.

— *Shh* — faz a Hwanin, quando ele chora em seu ouvido. — Tá tudo bem, tá tudo perfeitamente bem...

Ela procura desesperada por Hajun, que parece ter construído uma montanha com as espreguiçadeiras de plástico e está se equilibrando precariamente no topo, golpeando as sereias que tentam escalar com uma toalha enrolada. *Certo*, pensa Kisa.

Talvez não esteja tudo bem.

— Minha pérola de raposa não funciona aqui! — berra Somi, correndo em círculos, assim como Kisa. — O que é que eu deveria fazer?

— Se transforma em raposa! — exclama Kisa.

— Sem as *garras?* Dentes de raposa não são muito grandes...

Há um clarão verde do lado oposto do convés, e Kisa vê que Seokga se transformou em uma pantera gigante. Os olhos esmeralda do felino lampejam quando ele se atira em Jang, e Kisa não consegue segurar cinco espirros consecutivos. *Gatos.*

— KISA, ME DESCULPA! — lamuria-se Hajun, pulando da montanha. — NÃO CONSIGO LIDAR COM ISSO!

— PEGA O BEBÊ! — grita Kisa, se desvencilhando da mão forte que envolve seu tornozelo. Parece um jogo de futebol americano: Somi passa correndo, agarra Hwanin e o empurra nos braços de Hajun enquanto ele dispara até a porta. — HAJUN! PROCURE PELO CORAÇÃO DA JANG!

— E JOGUE NO RIO! — urra Somi, se abaixando para dar um soco no rosto de uma ineo sanguinária. A sereia ruge, surpreendida pela dor.

— Vai com ele! — exclama Kisa ao desviar por pouco de outra sereia.

— Eu *não vou* te deixar pra trás!

O navio sacoleja quando as correntes ficam mais traiçoeiras. Kisa quase cai de cara no chão, mas logo se firma.

— Dois pares de olhos são melhores do que um! — consegue dizer, sem fôlego, quando Somi corre em sua direção, e as duas mulheres pressionam as costas uma contra a outra.

O cruzeiro empina de novo, e a espada abandonada de Seokga desliza até elas. Kisa a apanha, e de alguma maneira o punho pesado parece se encaixar perfeitamente em sua palma. Sob outras circunstâncias, pararia para admirar o brilho exato da prata lunar e talvez fizesse algumas anotações mentais sobre o peso e a densidade, mas é quase certo que não há tempo para isso.

— Onde o coração dela poderia estar? — grita Somi quando a água vermelha respinga sobre as laterais do barco, chegando ao ponto mais alto.

O Canal do Deus Cativo assoma, alto e ameaçador, em meio à maré rubra turbulenta. Kisa puxa o ar, em pânico, enquanto, do outro lado do convés, Seokga se debate sob as garras de Jang, com a tigresa por cima da pantera. Há um lampejo de verde, e agora a pantera é um ratinho escapando por debaixo da temível criatura antes de se transformar em um urso-cinzento colossal, tão pesado que faz o convés ranger.

— Kisa. Onde o coração dela poderia estar?

— E-eu não sei! — grita de volta enquanto golpeia o ar com a espada do deus da trapaça.

As sereias sibilam ao serem cortadas pela lâmina. Parece que *elas* ainda não dominaram a arte de perceber que não precisam sentir dor. O convés está escorregadio pela água do rio e, quando se inclina, Kisa e Somi se seguram uma à outra. Seokga e Jang chegam rolando até as duas, um amontoado de garras e pelos.

Elas saltam para fora do caminho bem a tempo, e são perseguidas pela ineo sanguinária. Jang e Seokga se chocam contra o bar em estilo havaiano do convés, e chove lascas de madeira por onde eles passam, junto com garrafas quebradas e o cheiro característico de álcool. Somi se joga em direção ao caos e pega um longo caco de vidro, cuja borda afiada cintila quando a gumiho o empunha contra as sereias. Também acaba se cortando, mas não parece se importar, lançando-se sobre o grupo de ineo sorridentes.

Aquelas que estão machucadas se atiram para fora do convés em direção às águas, soltando chiados raivosos. Kisa até conseguiu avançar contra elas, mas sente que está ficando mais lenta ao relembrar o jogo de pés que aprendeu nas academias de artes marciais, a maneira exata de lançar a espada.

Onde Jang esconderia o próprio coração? Kisa ofega por entre os dentes enquanto analisa todas as possibilidades. Um órgão como um coração não pode correr o risco de ser encontrado por outro passageiro. O quarto da psicóloga seria a resposta óbvia, mas um certo instinto lhe diz que a jangsan beom jamais teria se gabado de esconder o coração em "em um lugar seguro" a menos que tivesse certeza de que não seria encontrado.

Kisa xinga o CEO mentalmente por ter feito aquele navio tão desgraçadamente grande. Onde ele está, afinal? Com certeza perceberia o caos se instalando no seu maior motivo de orgulho, não?

O coração, o coração. O coração… *Ah, não.*

O navio para com um solavanco bem debaixo da arcada imponente do Canal do Deus Cativo. Com os batimentos na boca, Kisa encara a pedra escura e úmida. Abaixo deles, dentro das agitadas águas vermelhas, fica a prisão de Mireuk.

Ela se volta para as ineo, mas as sereias estão sorrindo enquanto deslizam por entre os vãos do guarda-corpo do Convés 10 e desaparecem no rio com pequenos respingos. O urso de Seokga ruge enquanto ataca a tigresa com as enormes garras, só para ela ignorar a dor que deveria se espalhar pelo peito peludo.

Como se vence um oponente que não morre nem sente dor?

Você os imobiliza, pensa Kisa, desesperada. Mas não há corda nenhuma que poderia deter aquela monstruosa jangsan beom…

— SEOKGA! — grita Kisa, horrorizada, quando a tigresa fecha a boca no torso do urso.

Não é forte o bastante para matá-lo, já que Jang *precisa* de Seokga vivo para o que quer que venha a seguir, mas arranca dele um rugido rouco de dor. O som atinge Kisa no fundo da alma. Ela se lança na direção das duas bestas, mas as mãos de Somi a seguram pela cintura e a arrastam para trás.

— Você vai se machucar! — exclama a gumiho em seu ouvido enquanto Kisa tenta escapar.

— Eu já estou *MORTA!* — retruca Kisa, com tanta fúria que Somi chega a vacilar, e as mãos afrouxam o suficiente para que ela escape.

Lágrimas ardem nos olhos de Kisa quando o urso de olhos verdes cai e se transforma em Seokga, com sangue vermelho escorrendo dos cortes profundos na cintura nua, que ainda não começaram a cicatrizar.

Não. *Não.*

Ela dispara à frente — mas logo sai voando pelos ares com um soco da pata da tigresa. Soluçando de pânico, Kisa se levanta enquanto a criatura volta à forma de Jang, que abre um sorriso maldoso diante da própria vitória e segura o deus desmaiado nos braços antes de escalar o guarda-corpo. O cabelo grisalho da mulher esvoaça ao vento. Em algum lugar lá em cima, um demônio solta um grito agudo de prazer.

O Fio Vermelho dá um puxão brusco em Kisa, impulsionando-a adiante, e ela corre, determinada a deter a psicóloga antes que leve Seokga para as águas lá embaixo. O vínculo entre o deus e a fantasma nunca esteve tão forte… Kisa poderia jurar que, de alguma maneira, o fio está cada vez mais pesado em torno do dedo conforme ela avança…

Justo quando Jang pula por cima do corrimão e desaparece no rio, levando consigo o deus de Kisa.

A xamã para abruptamente. *Pula!*, grita sua mente, mas ela não consegue, não consegue se forçar a cair…

Não de novo. Não consegue, *não consegue* cair de novo. Treme feito um filhote de passarinho, encarando desconsolada o Seocheongang, vendo não a água agitada, mas as luzes ofuscantes de Seul, os trens da meia-noite serpenteando lá embaixo nos trilhos escuros, os letreiros de neon anunciando novos álbuns, refrigerantes e todas as coisinhas triviais que Kisa daria tudo para ver piscando alegremente para ela outra vez.

— Pula — sussurra para si mesma, enxugando furiosamente uma lágrima. — É só *pular.*

Mas não consegue.

Então não pula.

Até que a gumiho surge ao seu lado, ofegante, e agarra sua mão — e, de repente, Kisa já não está mais sozinha no telhado do arranha-céu. Está com Somi. Está com a amiga.

— Vamos juntas — promete a gumiho em voz baixa.

— J-juntas — balbucia Kisa.

Com as mãos suadas, segue a outra e sobe no guarda-corpo, com as pernas trêmulas. Está enjoada, mas o aperto de Somi é quente e reconfortante, forte do jeito que Kisa precisa ser também.

— Um, dois…

— Três!

Pula. É só *pular.*

Respirando fundo, as duas mulheres saltam do convés mais alto e despencam centenas de metros rumo ao rio lá embaixo, sem nunca soltarem as mãos.

A água está congelante, e envolve Kisa em um cobertor de gelo enquanto ela afunda e bolhas sobem ao seu redor. A fantasma abre os olhos, com os pulmões ardendo, mas não consegue distinguir nada a não ser o borrão de uma nuvem de bolhas e o Fio Vermelho, rodopiando ao redor dela em voltas desnorteantes. Para seu profundo alívio, a mão de Somi ainda segura a sua, embora não consiga ver a amiga através das bolhas.

Uma sensação horrível toma conta dela, e Kisa não faz ideia do que é a parte de cima e o que é a parte de baixo. Ela se agita, em pânico e sem ar — e, por instinto, fecha a mão livre em torno do fio…

E o encontra *sólido* como nunca antes. Mais grosso também. Como uma corda…

O que… Como…

A surpresa a faz se esquecer por um momento de que não consegue respirar. O fio se enrola e forma uma flecha que aponta para baixo, seguida pelo que parece vagamente com um sinal de joinha. Kisa assente e, com as mãos pouco a pouco mais firmes, começa a seguir o Fio Vermelho em direção a Seokga, puxando a ela e a Somi ao longo do caminho.

Não preciso respirar, diz a si mesma, resoluta, enquanto o peito lateja. *Estou morta. Não preciso respirar.*

Seus pulmões parecem discordar. Acredita que tem, no máximo, um minuto antes de desmaiar e ficar completamente inútil. O Fio Vermelho se remexe abaixo dela e, conforme a xamã enfraquece, se enrola em sua cintura.

Um segundo se passa antes de Kisa ser arrastada para baixo, puxando Somi consigo. O fio a carrega para lá e para cá, sempre descendo. Ela fecha os olhos — e só os reabre quando resvala sobre algo áspero e duro… E a pressão da água desaparece.

Estão em uma caverna — uma caverna que, de alguma maneira, *não está* submersa na água gélida do rio. Kisa inspira fundo e, ao seu lado, uma Somi encharcada faz o mesmo. Enfim capaz de respirar, Kisa se põe de pé, e o fio se desenrola de seu corpo.

O lugar é escuro, e estalactites se projetam do teto úmido e escorregadio. Assim que a adrenalina passa, seus pés descalços sentem cada pedra afiada cravando-se na carne. Amontoados de estalagmites despontam ameaçadoramente do chão, avançando em direção às profundezas escuras da caverna. Atrás dela, a entrada se abre feito uma boca faminta. Água escarlate rebate ali, mas parece estar sendo bloqueada por algum tipo de magia.

Kisa fecha a mão em torno do Fio Vermelho, que repousa em sua palma. *Ele definitivamente está sólido*, pensa. O que será que causou essa mudança?

Fica boquiaberta quando a linha se ergue no ar e se organiza em letras cursivas:

SITUAÇÕES DESESPERADORAS EXIGEM MEDIDAS DESESPERADAS. VAMOS, KISA.

Quando ela não se move, o fio se reestrutura em um emoji bravo.

ANDA LOGO!

— Eu *sabia* que você era senciente! — sibila Kisa, desejando estar com o bloco de anotações para registrar aquele desdobramento absurdo. — Eu sabia!

As implicações disso são simplesmente *impressionantes*...

PODE SE GABAR MAIS TARDE. ANDA LOGO.

— Assim espero — esbraveja Somi, parecendo ofendida. — Eu tenho um cérebro, sabia?

— *Hã*... — Apesar da nova solidez do vínculo, Somi ainda não consegue ver o Fio Vermelho do Destino que une Seokga e Kisa. — Não é com você — sussurra Kisa, mas o fio já está puxando-a para dentro da caverna. — Por aqui. Vamos.

Quanto mais adentram, mais o lugar se transforma. A superfície lisa e angulosa coberta de limo sob os pés delas dá lugar a uma escadaria de pedra escorregadia que leva a um abismo escuro abaixo. Kisa mantém uma das mãos na parede pegajosa da caverna e a outra em torno do fio enquanto ela e Somi descem aos poucos. O ar ali é pesado, denso e sulforoso; úmido ao tocar os pulmões. Também há o tênue odor de alguém que não tomou banho, que vai ficando mais forte conforme as escadas improvisadas terminam em três túneis escuros.

— Qual? — pergunta Somi.

O fio se estica pelo segundo. Kisa gesticula para lá, mas hesita. Não é *possível* que não haja armadilhas. Toda prisão tem. A espada de Seokga está lá em cima no CRS *Bateu As Botas*, e as garras de Somi estão quebradas, portanto inúteis. Tudo o que têm é a astúcia.

As duas mulheres se aproximam com cautela do segundo túnel. Kisa quase espera que algum tipo de demônio pule em cima delas, mas, em vez disso, dão de cara com… o CEO? O coração dela dá um solavanco no peito quando Yeomra surge da escuridão, com os olhos maquiados e cintilantes mesmo em meio às sombras profundas.

Se ele estiver do lado de Jang…

Mas o deus da morte balança a cabeça de leve e ergue um dedo pálido aos lábios.

— Que ótimo que você enfim apareceu — resmunga Somi.

Ele ignora a gumiho furiosa e se aproxima de Kisa.

— Seokga está inconsciente — sussurra ele. — Quando as feridas sararem, ele será forçado a libertar o pai.

— E você não pode fazer nada sobre a Jang? — exige Kisa, mas soa mais como uma súplica. — Não pode mandá-la para um dos infernos?

Mesmo que Hajun encontre o coração da psicóloga e o atire no rio, já não faz mais diferença. A mulher deixou o cruzeiro.

— Posso, e vou — murmura Yeomra. — Mas o problema não é ela. É Seokga.

— Não. Ele não está disposto a participar de nada disso e… — insiste Kisa veementemente.

Os olhos pretos de Yeomra relampejam.

— Você não entende a influência que Mireuk tem sobre Seokga. Foi por isso que Jang o escolheu, entre todos os outros deuses. Mesmo que resista, Seokga ainda fará qualquer coisa pelo pai se isso significar ser amado por ele. Sabe do que chamamos ele em Okhwang? — O deus da morte se aproxima, como se para dar a cartada final. — O apelido dele é Deus Solitário.

— Eu sei disso. — Kisa lança um olhar fulminante para o homem, mesmo com a dor se espalhando no peito. *O Deus Solitário.* — Também sei que você está subestimando Seokga. Ele lutou contra Jang no navio, e foi ele quem aprisionou Mireuk, para começo de conversa.

Yeomra revira os olhos, e Kisa sente uma vontade absurda de lhe dar um soco.

— Ele conseguiu lutar contra ela porque o pai não estava presente. Contou com o poder de Hwanin para aprisioná-lo. O deus louco é manipulador, e assim que o filho estiver frente a frente com ele, toda a merda da determinação do Seokga vai embora. Se Seokga tentar libertar o pai, isso será um Crime Divino contra o panteão e toda a humanidade. Pior até do que o golpe. Precisamos tirá-lo de lá antes que acorde. Eu cuido da Jang. Vocês duas levam Seokga. Combinado?

Kisa retesa o maxilar.

— *Combinado* — vocifera.

— Mais claro impossível — responde Somi.

— Vamos.

O túnel é longo e repleto de poças turvas de água e de um ar parado e viciado. Kisa troca olhares temerosos com a gumiho enquanto seguem o deus da morte. Quando o trajeto enfim termina, ela cobre a boca com a mão. Outra caverna assoma adiante, uma bocarra voraz com uma língua de pedra — onde um homem está acorrentado com grilhões da mesma cor nauseante de ossos humanos. São eles que chamam sua atenção primeiro, mas, quando percebe *quem* está preso à rocha saliente, Kisa sente um terror diferente de tudo que já vivenciou. Sua bexiga ameaça se esvaziar enquanto encara o deus louco, mantendo-se nas sombras, com suor pegajoso se acumulando em cada centímetro do corpo trêmulo.

O deus louco. Mireuk. Criador da vida e, mais tarde, dos sofrimentos que vêm atrelados a ela. Estupro. Assassinato. Tudo de macabro e horripilante. O homem está deitado com os membros esticados sobre a pedra, o rosto quase tão ossudo quanto as algemas, tão encovado e atormentado. O cabelo preto opaco está comprido, caindo e se espalhando no chão. Há o fedor de dejetos, de uma morte prolongada, que permeia o ar, misturado ao ranço horrível de um corpo que não toma banho há séculos e séculos e séculos. A garganta de Kisa se agita, e então ela se vira para vomitar em silêncio por cima dos coturnos pretos e pesados de Yeomra antes que consiga evitar. O CEO a fita com um olhar de enorme desgosto e ressentimento.

Seokga está estatelado sob a língua da caverna. Jang está posicionada acima dele, com um brilho maníaco nos olhos enquanto observa Mireuk.

— *Vossa Majestade!* — exclama, e, embora ainda esteja vestindo aquele conjunto havaiano ridículo, de alguma maneira consegue parecer tão amedrontadora quanto na forma de tigresa. — Seu filho! Eu o trouxe até aqui para o senhor. Sua liberdade se aproxima!

— Ah... — A voz de Mireuk não é tão estrondosa nem poderosa quanto Kisa esperava. Mal passa de um balbucio rouco e agudo pela falta de uso. Não parece uma divindade toda poderosa nem o vilão mais perigoso do reino mortal. Mireuk parece *fraco*. — Jang Heejin. Você se saiu muito bem, minha pequena tigrinha.

A mulher fica radiante.

— Qualquer coisa pelo senhor, meu imperador.

— Você receberá uma bela recompensa, como prometi. — Mireuk lambe os lábios. — Acorde Seokga.

— *Agora* — sussurra Yeomra, e, antes que Kisa tenha a chance de sequer ficar tensa, o deus da morte avança para fora do túnel.

Parece uma flecha disparada diretamente no coração de Jang. Com um grito assustado de surpresa e fúria, ela se transforma em tigresa e salta para longe das mãos dele, que segura um par de algemas similares às que prendem Mireuk.

— Vai, vai, *vai!* — urge Somi, e as duas correm até o corpo caído de Seokga.

No pedaço de pedra, o deus louco está em silêncio, mas Kisa sente, lá no fundo, que os olhos turvos dele a observam com atenção enquanto ela se debruça sobre o filho. Não gosta do peso daquele olhar, como se o sujeito não se sentisse nem um pouco ameaçado por sua presença, apenas indiferente. Como se assistisse à tentativa fútil de uma formiga escalando uma parede momentos antes de ser esmagada. Kisa engole em seco de medo ao passar os braços por baixo das axilas de Seokga.

— Porra, ele é mais pesado do que parece — reclama Somi, sem fôlego, tentando erguer os pés do deus da trapaça; mas, um segundo depois, ela está se chocando contra a parede da caverna, golpeada agressivamente por Jang.

Yeomra grita algo do outro lado da caverna, com marcas de garras dilacerando seu rosto enquanto tenta se pôr de pé, mas a jangsan beom já voltou o olhar assassino para Kisa. Não ouve nada sob a respiração quente da tigresa que cobre seu rosto.

— Kisa — desdenha, as presas amareladas cintilando. — Desista.

Yeomra continua gritando, e, se Kisa olhasse para ele, veria que suas mãos estão erguidas para as estalactites e que, se erguendo em espirais a partir do chão escuro, soldados-esqueleto tomam forma, rastejando até ficarem de pé com sorrisos forçados. Mas Kisa é incapaz de se mover sob o olhar amarelado e manchado de vermelho de Jang. Em seus braços, Seokga se remexe.

— Solte-o — exige a tigresa com a voz da psicóloga, parecendo entediada.

Aos poucos, de olhos fixos no Fio Vermelho — que se reestruturou às pressas em um pictograma grosseiro, mas compreensível, com instruções —, Kisa obedece. Jang lambe os beiços, sorrindo como apenas um predador faria.

Um instante depois, incitada pelo fio, Kisa parte para a ação, movida pela adrenalina e pela *raiva*. Agarrando a linha agora sólida, ela salta por cima do corpo de Seokga. Jang ergue uma pata em sua direção, mas Kisa desvia para o lado e enrola o Fio Vermelho do Destino na perna esticada da tigresa. O fio faz quase todo o trabalho, envolvendo o membro peludo, mas Kisa ainda ofega de concentração enquanto continua a amarrar.

A jangsan beom empinou nas patas traseiras, dando à xamã a oportunidade perfeita de mergulhar por baixo de sua barriga e passar a linha em torno da cintura peluda e musculosa. Um cuspe raivoso e repugnante respinga sobre ela quando Jang se revira, mas o Fio Vermelho se prende com firmeza ao redor do corpo do monstro. Mesmo quando a psicóloga, claramente se inspirando em um truque do livro de Seokga, se transforma de volta na forma humana, menor, a linha continua no lugar. Kisa observa com satisfação a idosa tombar no chão, incapaz de se mover.

A xamã salta meio metro no ar quando um esqueleto se aproxima estalando e se agacha para examinar seu trabalho. Yeomra vem logo atrás, parecendo tanto impressionado quanto irritado ao gesticular e dissipar o exército de soldados-esqueleto que aparentemente invocou em algum momento do caos.

— Muito bem — comenta o CEO, mas Kisa está exausta demais para sequer se animar com o elogio.

O deus da morte estica o braço e fecha um par de algemas de osso em torno da cintura de Jang. O Fio Vermelho se desenrola do corpo dela e se reestrutura em dois joinhas.

— *Ughggrgrg* — geme Somi, pondo-se de pé e esfregando a testa enquanto cambaleia até o lado de Kisa. — Isso foi... horrível... tô vendo dobrado, não, triplicado...

Yeomra ergue Jang com um puxão e abre um sorriso desagradável.

— Prefere a Colina de Facas ou o Ferro Velho? — pergunta. — Escolha com sabedoria, porque será seu lar por toda a eternidade.

— Por que não a manda por todos os sete infernos? — pergunta Kisa, as palavras mais frias que já saíram de sua boca. Ela agarra a mão de Somi e a aperta com força enquanto encaram sua assassina. *Descobre quem foi e machuca eles, como machucaram ela.* — Uma depois da outra, até reencarná-la como uma lesma inútil e impotente, com todas as memórias intactas, em quem alguém joga sal. E então pode começar tudo de novo. E de novo, de novo, de novo.

— E de novo — acrescenta a gumiho, com a voz dura, apertando a mão de Kisa.

Jang empalidece.

— *Hã*... — Yeomra parece ligeiramente impressionado. — Vocês têm interesse em trabalhar no Departamento de Tortura?

— Faça isso, Yeomra — murmura uma nova voz. Os olhos do deus da morte se arregalam de pânico, e Kisa se vira para ver Seokga de pé, meio curvado para a frente, os olhos verdes cintilando. — Pode deixar que eu derramo o sal.

CAPÍTULO TRINTA E DOIS

SEOKGA

A PRIMEIRA COISA QUE VÊ ATRAVÉS DOS OLHOS TURVOS NA ESCURIDÃO oscilante é Kisa. Sua Kisa, de pé naquela caverna fria, ensopada até os ossos. Seokga quase cai de joelhos de tanto alívio. *Ela está viva*, pensa, antes do fato nauseante lhe voltar à mente: ela já estava morta antes mesmo de conhecê-la.

A segunda coisa que vê é Jang, se retorcendo nas algemas esqueléticas, a derrota estampada no rosto. O deus da trapaça sorri, satisfeito, mesmo pressionando o próprio flanco, que ainda sangra.

A terceira coisa que vê é o pai.

Esparramado sobre a pedra onde o deixou tanto tempo atrás.

Um cadáver vivo, pensa ele ao encará-lo. Imundo, esquelético, encovado. Olhos pretos opacos. Quando a barriga de Seokga se revira, ele diz a si mesmo que é apenas a dor da mordida da jangsan beom. Graças à inclinação da rocha, Mireuk também consegue vê-lo perfeitamente.

— Meu filho — chama, os lábios rachados se esticando em um sorriso pálido. — Você veio.

— *Porra* — murmura Yeomra, congelando no lugar. Jang sorri de canto.

Ver o pai pela primeira vez desde o aprisionamento é como sofrer uma morte repentina. As vias aéreas de Seokga falham antes de ele enfim conseguir respirar o suficiente para se recompor, embora esteja desmoronando por dentro.

— Olá, pai — acaba dizendo, com desdém. A dor no flanco diminuiu, e seu corpo inteiro está dormente. — Você parece… horrível.

Seokga cambaleia de leve, e só não cai porque Kisa corre até ele. A presença dela o estabiliza.

— Ah, Seokga — diz Mireuk, com um suspiro. — Senti saudade. Durante todo esse tempo, me arrependi de tantas coisas… — O olhar dele passa para Kisa. — E essa deve ser ela, não é mesmo? Como é bonita. Entendo por que gosta dela.

— Não vou te libertar — vocifera Seokga, com os dentes cerrados. — Seus crimes contra a humanidade te colocaram aqui, e é aqui que você vai *ficar*, pai.

Um brilho de orgulho percorre o vínculo entre ele e Kisa.

— Você acha que sou incapaz de mudar — lamenta o deus louco. — Eu poderia provar que está errado. Poderia desfazer tudo, se ao menos retirassem estes grilhões... Um mundo sem sofrimento. Eu poderia criá-lo. Voltar atrás...

— *Porra nenhuma* — esbraveja Seokga.

A loucura na mente do pai não é a do tipo que é possível tratar ou compreender. Eles tentaram. Tentaram por tanto tempo antes de prendê-lo. Tudo o que isso causou foi morte e destruição.

— Posso reverter o tempo... Você pode salvar Hani... ou salvar Kisa... quem você preferir.

Kisa se enrijece ao lado dele.

...manipulador... ele está... se gabando... Deus Solitário... disse... Yeomra... não pode... precisamos... ir embora... agora... agora... agora...

Os dedos de Seokga se remexem ao lado do corpo. Kisa os observa até não suportar mais.

— Isso também te ajudaria, Seokga... Não finja que não...

Todos os traumas causados pela relação com o seu pai podem ser curados. Ele quer recomeçar, como você recomeçou... E você, Seokga, pode dar essa chance a ele. Sei que ele seria eternamente grato.

— Meu filho, meu filho. — O sorriso pálido de Mireuk se alarga. — Não quer isso também?

Você o ama. Acredito que ainda faria qualquer coisa por ele.

— Quero — admite, antes que consiga evitar. Consegue sentir a influência do pai se alocando feito um fungo. A cabeça lateja pelo esforço de resistir.

— Seokga, por favor — implora Kisa. — Não pode dar ouvidos a ele.

— Você e eu somos tão parecidos, Seokga — sussurra Mireuk. — Incompreendidos a todo momento... É só me desamarrar, meu filho, e poderemos provar a todos que estão errados.

— Seokga — alerta Yeomra, em um tom sombrio. — Não faça isso. Você *sabe* qual será sua punição.

Então nenhuma parte sua ainda deseja a aprovação dele? Nunca se pergunta o que teria acontecido se a tivesse recebido?

— Escute-me, Seokga — manda Mireuk. — Ignore ele. Venha. Me liberte. Faça o que seu irmão nunca conseguiria… Seja melhor do que Hwanin jamais seria.

— Seokga — sussurra Kisa, agarrando sua mão. — Por favor, não faz isso. Eu te imploro…

Quando você ama, se entrega de coração, só para receber de volta menos da metade.

— Filho… — O deus louco lambe os lábios de leve. — Eu te amo. Partiria meu coração… se desperdiçasse meu amor.

Eu te amo.

Eu te amo. Eu te amo. Eu te amo.

Há quanto tempo espera ouvir essas palavras?

O deus da trapaça respira fundo. E solta a mão de Kisa.

Em algum momento, terá que deixá-la partir de qualquer forma.

— SEOKGA! — ruge Yeomra, mas, com um movimento do pulso, Seokga cria uma ilusão de dor insuportável para o deus da morte, que cai de joelhos.

O deus da trapaça ergue o queixo, sustenta o olhar do pai e escala a rocha onde ele está deitado.

— *Não!* — grita Kisa, se atrapalhando para alcançá-lo. Mas Seokga é mais rápido.

O primeiro par de algemas é liso ao toque. Seokga sorri para o pai enquanto as arranca da pedra e as esmaga até virarem pó. O sorriso de Mireuk se transforma, monstruoso e cruel, conforme seus braços e pernas são libertados.

O deus louco se ergue…

…e percebe que continua no lugar.

De onde está parado, escondido por uma ilusão na base da rocha, Seokga faz um gesto indolente com a mão e dissipa seu eu que está debruçado sobre o pai. Dissipa a ilusão das correntes quebradas e revela que as algemas esqueléticas ainda estão firmemente presas aos pulsos e tornozelos mirrados de Mireuk.

— *NÃO!* — urra ele, se debatendo contra os grilhões. — *NÃO!*

A ilusão que protegia o verdadeiro Seokga desaparece em seguida… assim como a dor que paralisava Yeomra. Na opinião do deus da trapaça, o filho da puta merecia aquilo por ter consistentemente falhado em perceber o que acontecia na porcaria do próprio reino.

— Vocês, vilões. Sempre caindo nos mesmos truques — resmunga Seokga, com um tédio fingido, espanando fiapos invisíveis da calça encharcada enquanto lança um olhar significativo para Jang, depois para o pai. — Quando é que vão aprender? Completamente patéticos. Se vão servir ao mal, pelo menos deveriam saber como fazer isso direito.

Acima dele, empoleirada sobre a rocha, Kisa sorri. Não parece nem um pouco surpresa ao descer de lá.

— Que empolgante — comenta ela, sem ar. — Nunca fui muito do teatro... ou de improvisar, de qualquer forma... mas acho que mandei bem, né?

— Você sabia? — balbucia Yeomra, com uma expressão sofrida.

— Ilusão ou não, eu conheço ele — responde Kisa, fazendo questão de erguer uma sobrancelha. — Eu falei que você estava subestimando-o.

Seokga nunca amou tanto Kisa quanto naquele exato momento.

— Desculpa — murmura o deus da trapaça, oscilando sobre os pés. — Eu devia ter escutado o que você disse sobre a Jang. E-eu não devia ter ligado pra ela...

— Não — responde Kisa com firmeza, se aproximando dele e segurando seu rosto nas mãos. — Não fique se culpando por isso. Por nada disso. Minha morte não é culpa sua. É culpa *dela*. E também não te culpo por não acreditar que ela queria te prejudicar...

— Seokga — chama o pai, desesperado e ofegante —, pense em tudo que eu poderia te dar... em tudo que poderíamos dar um ao outro...

— Não, obrigado — retruca o deus, aconchegando-se no toque de Kisa. *Isso* é tudo que sempre quis. Tudo de que precisa.

O rosto de Mireuk se contorce na carranca cruel de que Seokga se lembra.

— Vou atrás de você até os confins da terra... Vou queimar as colinas e planícies verdes da sua mãe com incêndios flamejantes... Vou *arrancar as veias da sua pele e amarrá-las uma à outra...*

— Isso é anatomicamente impossível — aponta Kisa, com um sorriso radiante para o deus da trapaça. Os olhos dela brilham e, nossa... o coração dele está tão inchado que parece prestes a explodir.

Com carinho, ele a envolve com os braços. Abraçá-la é como respirar ar fresco pela primeira vez depois de se afogar. Seokga enfia o rosto nos cachos cor de café e a aperta com força.

— Eu te amo. — Ela não precisa retribuir as palavras. Não precisa nem retribuir o sentimento. O deus só precisa colocar isso para fora. — Eu te amo, Kisa.

Ele não fica magoado quando ela se afasta um pouco. Vai guardar com carinho todo o tempo que passaram juntos. Os dois tiveram uma segunda chance, o que é mais do que muita gente jamais terá.

Então, quando Kisa sorri afetuosamente para ele e sussurra de volta, Seokga tem certeza de que ouviu errado, ou de que se encontra dentro de uma ilusão que ele mesmo criou.

— Acho que também te amo — murmura ela.

— *SEOKGA*... — berra Mireuk.

— Adeus, pai — diz o deus da trapaça, virando-se de costas.

E não olha para trás nenhuma vez.

CAPÍTULO TRINTA E TRÊS

SEOKGA

O CRS *Bateu As Botas* encalhado está meio torto quando Seokga, Kisa e Somi reaparecem no Convés 10. O deus avista a espada abandonada e a recupera, transformando-a de volta na bengala em que se apoia, aliviado por ter novamente o suporte para a perna direita. Yeomra foi até os sete infernos para aprisionar Jang e libertar Soo-min (e oferecer à antiga diretora um acordo de reencarnação para compensar seu sofrimento). O deus da morte também despachou uma equipe de ceifeiros para ajudar a encontrar a alma perdida do capitão Lee.

— Hajun! — exclama Somi, disparando até a porta do convés inclinado com um pânico desesperado. Cai apenas duas vezes em meio à pressa antes de sumir.

Kisa solta uma risada suave ao lado dele, e Seokga se vira para gravar na memória as bochechas coradas de azul e o sorriso tímido.

— Eu falei sério, sabe — sussurra ela. Quando estica a mão para retirar uma mecha de cabelo molhado da frente dos olhos dele, Seokga acha que vai morrer. — Agora sei a resposta pra questão do Navio de Teseu, Seokga, e eu… eu estava *errada* antes. Eu te amo porque, pra minha alma, te amar é como respirar. É só isso que ela sabe fazer. É só isso que ela quer fazer, e isso é quase *perigoso*… Eu mergulharia no rio do inferno por você… Eu encararia o *deus louco* por você. Porque eu te amo, Seokga. Nesta vida e na anterior.

— Kisa… — Ele se atrapalha com as palavras, sem conseguir encontrar nenhuma.

Não há nada, em idioma nenhum, que possa descrever adequadamente o que sente por ela, o que significa ouvir o que ela acabou de dizer. Como se tivesse pena da dificuldade dele, o Fio Vermelho brilha antes de enviar um *arco-íris* de emoções até Kisa, que arregala os olhos. Azul, vermelho, amarelo, rosa, roxo, verde... Todos os tons possíveis, todos belos. Todos extraordinários.

— Eu sei — murmura ela. — *Eu sei.*

E então ela o beija, passa as mãos pelo cabelo dele e pressiona o corpo contra o seu. Os lábios dela são doces, e quando o nariz encosta no dele, Seokga se pergunta se encontrou em Kisa uma religião para seguir, além da sua própria.

Hwanin grita esticando as mãozinhas na direção de Seokga, na enfermaria, onde os armários de remédios estão completamente espalhados pelo chão e as lâmpadas piscam de tempos em tempos no teto. O próprio Seokga sente vontade de gritar quando Hwanin esfrega o nariz melequento em seu peito descoberto, mas se vê aninhando ainda mais o irmão, com uma ternura indescritível subindo pela garganta e o fazendo engasgar. Hwanin grita e grita, como se estivesse bravo pelo deus da trapaça tê-lo deixado.

— Desculpa — sussurra ele, e o pedido é por muito mais do que o bebê consegue compreender. — Não vou te abandonar de novo.

Hwanin o encara com olhos azuis marejados e, com certa relutância, se aquieta antes de fechar os olhos e mergulhar em um cochilo exausto.

No momento, Hajun e Somi estão entrelaçados em um abraço apaixonado — e têm estado assim há um tempo. Seokga e Kisa trocam olhares carinhosos enquanto o casal ali perto sussurra palavras afetuosas um ao outro, Hajun observando Somi calorosamente e brincando com uma mecha do cabelo preto curto.

— Acho que está na hora de pedir outro favor para Yeomra — murmura Kisa, ao lado dele.

Seokga não reclama quando a mão dela desliza para dentro do bolso de sua calça e pega o celular ensopado — mas de algum modo intacto — para mandar uma longa mensagem ao deus da morte.

Como se estivesse ouvindo a amiga pela primeira vez, Hajun desfaz o abraço com Somi (não por falta de vontade de ficar ali, pensa Seokga) e sai correndo para puxar Kisa para um abraço.

— Desculpa — diz ele, quando ela retribui o gesto. — Não consegui encontrar o coração.

— Tudo bem, Hajun — responde Kisa, com um sorriso na voz. — A Jang tem uma eternidade inteira de tortura pela frente. Não vai voltar ao navio de qualquer maneira. Mas tenho certeza de que Yeomra vai mandar os jeoseung saja vasculharem o cruzeiro mais tarde para se livrarem dele.

Seokga concorda em silêncio. Mais porque, sem dúvidas, o deus da morte está revoltado pelo fato de um órgão sangrento estar em algum canto de seu maior motivo de orgulho, fedendo a podridão e carnificina.

Isso azeda a imagem do prestigioso "melhor cruzeiro de férias de todos" do submundo.

— Ótimo. — Hajun esfrega os olhos e dá um passo para trás. — Nunca confiei naquela senhora. Eu sabia desde o início.

— Por favor — desdenha Somi, embora pareça achar graça. — Você mal conheceu ela.

— Tá insinuando que minhas habilidades de investigação não são tudo isso? — Hajun coloca uma das mãos sobre o coração de maneira dramática. — Nossa...

— Ah, para, vai — responde a gumiho, dando risada e deslizando a mão pelo peito dele. — Você tem outras habilidades excelentes...

Hajun fica profundamente azul e gagueja alguma coisa em resposta, enquanto Seokga tenta não vomitar.

O celular vibra nas mãos de Kisa, e a leve alegria que ela sente se espalha pelo fio enquanto lê a mensagem e volta a olhar para Somi e Hajun.

— Tenho uma coisa para você, se quiser — diz seu Entrelaçado.

Sem mais uma palavra, ela entrega o aparelho para a gumiho, cujos olhos se arregalam até ficarem do tamanho de pratos.

— Diz pra ele que sim! — exclama Somi, enquanto Hajun lê a mensagem por cima do ombro dela.

— Sim! — concorda o idol, arfando e parecendo cambalear. — Sim, sim, sim.

Ele ri quando Somi se joga em seus braços, como se estivesse escalando uma árvore. Os olhos de Kisa brilham quando ela enfim vira a tela para o deus da trapaça.

Seokga: Somi e Hajun merecem passar mais tempo juntos. Você deixaria Hajun ficar no CRS Bateu As Botas o tempo que quisesse, como passageiro, antes de entrar na fila da reencarnação com a Somi?

Yeomra: Que bonito você me pedir isso depois de me fazer acreditar que minhas entranhas estavam num liquidificador. Tô te odiando um pouco. Da próxima vez que a gente se encontrar, se prepara pra um tapa na cara. Talvez um soco.

Seokga: Aqui quem fala é a Kisa, aliás.

Yeomra: Isso explica a ortografia decente. Tá. Tudo bem. Em agradecimento pela ajuda dele, o Hajun pode ficar como passageiro com Somi pelo tempo que quiser. O navio logo será consertado.

Yeomra: Vai pedir algum favor pra si mesma?

Seokga: Só um... Mas acho que vou pedir pro Seokga.

Yeomra: Pensou sobre aquela vaga no Departamento de Tortura?

Yeomra: ... oi??

— Qual favor? — pergunta o deus da trapaça, completamente desinteressado no resto da conversa.

Kisa hesita, de repente parecendo tímida. Ele escolhe ignorar que, atrás dela, Somi e Hajun estão se devorando feito animais famintos. Seokga olha apenas para Kisa, para as bochechas coradas de azul e os olhos castanho-vinho repletos de esperança.

— Bom... já que agora você é o imperador celestial... ou vai ser, pelo menos até o Hwanung voltar...

Seokga dá de ombros, afagando as costas de Hwanin, que se remexe no sono.

— Imperador celestial regente do imperador celestial regente do imperador celestial regente...

O sobrinho logo vai voltar, e o irmão só está no cargo até que a mãe deles, Mago, desperte.

— Mesmo assim — insiste Kisa, com um sorrisinho. — Quero pedir pra *você*.

— Então peça — responde ele baixinho, certo de que está prestes a morrer de ansiedade. — Peça enquanto posso te dar qualquer coisa no mundo.

E ela pede.

Com os olhos brilhando, Kisa se aproxima e sussurra seu desejo ao pé do ouvido dele.

CAPÍTULO TRINTA E QUATRO

KISA

— NÃO SABIA QUE DESPEDIDAS PODERIAM DOER TANTO — SUSsurra Hajun ao lado de Kisa no recém-restaurado Convés 10 do CRS *Bateu As Botas*, os olhos repletos de lágrimas. Kisa tenta sorrir para o amigo, mas sua expressão murcha assim como a dele.

— Nem eu — murmura ela, puxando-o para um abraço apertado. A macia camiseta preta dele, tão diferente da bata cirúrgica rígida que costumava usar, se amassa sob seus braços. — Você vai se divertir, né? Não vai ficar sentindo muito a minha falta, hein?

Kisa sente o amigo concordar.

— Obrigado — sussurra ele. — Por tudo.

— Você merece, Hajun — responde, segurando-o com força e sentindo seu cheiro de colônia de canela. — Pelo tempo que quiser.

Ela se permite abraçá-lo por mais alguns instantes antes de, aos poucos e com muita delicadeza, se afastar.

— Kisa — chama Somi, e o fosso de emoções dentro da xamã transborda mais uma vez quando a gumiho se aproxima, com os olhos escuros excepcionalmente marejados. O cabelo curto da gumiho esvoaça sob a brisa da manhã. — Acho que isso é um adeus... de verdade, desta vez. — Seus lábios pintados de vermelho tremem, e os nós dos dedos empalidecem em torno da alça da mala. — Que bom que a gente teve uma segunda chance. Eu fico tão, tão feliz por estarmos nos despedindo como amigas.

— Eu também — afirma Kisa, enxugando uma lágrima. — Somi... Eu quero que saiba que o que aconteceu da última vez nunca foi culpa sua. Hani nunca te culpou, e nem eu. Na verdade, eu... *nós* sentimos muito, muito mesmo, por tudo.

Quando a gumiho nega com a cabeça, Kisa praticamente a arrasta para um abraço. Somi hesita antes de envolver os braços ao redor da amiga e apertá-la com tanta força que ela quase se engasga.

— Você vai me visitar? — pergunta, enquanto Kisa mal consegue respirar.

— Vou — responde, sem ar. — Claro que vou. Enquanto você estiver aqui.

— Ótimo. — Somi dá uma fungadinha e recua um passo. Hajun pega a mão dela, observando, preocupado, a gumiho aos prantos. — Se não vier, vou ser obrigada a tomar medidas drásticas.

Kisa acredita nela.

— Você sabe onde me encontrar — responde, sem conseguir evitar sorrir quando a amiga concorda, e o rosto das duas se suaviza.

— Quero que fique com isto — declara Somi, entregando a mala para a outra fantasma. Quando Kisa ergue as sobrancelhas, a gumiho se agacha para abrir um bolso e dar à amiga um vislumbre das *dezenas* de livros de romance surrados embalados ali. — Eram seus desde o começo, e deveriam ser seus no final também.

A visão de Kisa embaça pelas lágrimas.

— Ah, Somi — sussurra. — Obrigada.

A gumiho sorri, ainda chorando.

— Acho que vão ser belas adições à sua coleção. Não concorda?

— Com certeza — responde Kisa, com a voz embargada.

O Fio Vermelho em torno do mindinho, de volta à intangibilidade e finura de sempre, dá um puxão insistente antes de se contorcer no formato de um relógio. *TIC, TOC,* dizem as letras vermelhas, nitidamente impacientes.

Certo. Ela respira fundo. Seokga está quase chegando — ele partiu na noite anterior para tomar o trono de Okhwang como o imperador celestial regente do regente do regente (segundo suas próprias palavras) e realizar o desejo de Kisa.

Ela sentiu o exato momento em que sua alma foi desatrelada do CRS *Bateu As Botas* e ligada a outro lugar. Uma espécie de leveza no corpo que ela esqueceu que *existia*, um sentimento de vasto potencial — como se estivesse prestes a voltar para casa.

Tinha se esquecido de como era essa sensação.

— Seja feliz, Kisa — sussurra Hajun, enquanto o Fio Vermelho do Destino treme de alegria e Seokga aparece através de uma leve ondulação no ar para se colocar ao lado dela. Só a presença dele já faz o coração dela acelerar e bater um pouco mais alto do que antes.

— Eu vou — promete, segurando a mão do deus. Ela já é feliz.

A última imagem que tem do CRS *Bateu As Botas* são os sorrisos pequenos e chorosos de Somi e Hajun antes de o mundo desaparecer ao redor...

... e se reconstruir em um mundo com cheiro de papel velho e tinta. Kisa morde o lábio para conter o grito de entusiasmo ao observar as paredes desgastadas de mogno abarrotadas com pergaminhos amarelados e volumes com capa de couro. Ela gira sobre as tábuas irregulares e cobertas de poeira do piso surrado e encara as pilhas altas e desequilibradas de livros que quase tocam a cúpula a centenas de metros acima. É um labirinto de literatura, uma floresta de livros esquecidos. As pilhas são as árvores e as partículas de poeira são as folhas, tudo iluminado pelas janelas encardidas por onde a luz do sol — real, pura e *deslumbrante* — se derrama. Morcegos estão pendurados nas vigas de madeira cobertas pela penumbra, e mariposas esvoaçam de um livro a outro, como se acreditassem serem borboletas bebendo néctar. A floresta se expande sem fim, ficando mais profunda e escura ao longo dos corredores estreitos e escadarias íngremes que, na melhor das hipóteses, parecem bambas. Apesar do frio, apesar do ar parado, a Biblioteca Celestial é o lugar mais bonito que Kisa já viu.

Ela se vira para Seokga e cobre a boca com a mão trêmula.

Os olhos verdes dele cintilam, de esperança e de preocupação.

— Eu te falei — diz o deus. — Frio, empoeirado...

— E caótico — completa Kisa, sorrindo enquanto a alegria se espalha no peito. — Não é nada que a Classificação Decimal de Dewey e uma lareira crepitante não consigam dar um jeito, de verdade.

— Admiro sua determinação — murmura ele, se aproximando. Ela prende a respiração. — Mas, Kisa, tem certeza de que quer conectar sua alma a este lugar?

Pois um gwisin deve sempre estar conectado a algum lugar, seja o local de sua morte, uma área ativamente assombrada ou um ponto no submundo, como o CRS *Bateu As Botas*. Sem uma conexão, um fantasma ficará vagando por aí. Talvez demore séculos até perder a si mesmo ou o acesso aos mundos físicos, mas uma hora acontece.

A conexão de Seokga será mais gentil que a de Yeomra. Kisa poderá dançar à luz do sol, ou visitar os amigos que velejam pelo rio do submundo, mas, no fim, terá sempre que voltar para cá, seu novo mundo. Sua floresta de livros esquecidos.

Kisa sabe que há estrelas em seus olhos ao observar a biblioteca, consegue *sentir* os segredos a cercando feito véus bruxuleantes. Não dá para saber onde a Biblioteca Celestial termina. É, por si só, um reino inteiro, e ela está mais do que feliz em habitá-lo.

— Ah, e como eu tenho — sussurra. — Eu me sinto *em casa*, Seokga. — Seus dedos roçam os lábios do deus. — Com você.

...eu a amo... tanto... mal consigo respirar... Kisa... Kisa... Kisa...

Conforme a luz do sol banha o cômodo e envolve o deus e a fantasma no esplendor cintilante, Kisa fica na ponta dos pés para beijar Seokga com todo o amor infinito e profundo que se agita dentro de sua alma.

Em algum lugar distante, o deus das leis e promessas cumpridas sorri.

Pois, enfim, um juramento foi cumprido.

EPÍLOGO

SEOKGA

UMA ÚNICA FLOR DE CEREJEIRA É CARREGADA PELO SUAVE SOPRO do vento, rodopiando e rolando pelas ruas movimentadas de Nova Sinsi, passando pelos arranha-céus reluzentes. Flutua perto de um Café das Criaturas, onde se torra café e se assam guloseimas que crescem e resplandecem com pérolas de açúcar dentro dos fornos. A flor está feliz por perambular pela cidade até cair com delicadeza no chão — mas algo peculiar acontece primeiro.

Talvez a súbita rajada tenha sido invocada por uma das deidades do vento — Yeongdeung Halmang ou um de seus filhos ardilosos —, ou talvez seja simplesmente uma daquelas ventanias de primavera que carregam consigo a lembrança recente de uma tempestade de inverno. Seja como for, a flor de cerejeira sobe, sobe e *sobe*, flutuando muito além do reino mortal até adentrar os céus, rumo a uma floresta escurecida, onde criadas celestiais lavam as asas em um córrego borbulhante e um pequeno palácio de madeira se esconde entre bordos e carvalhos. A flor se espreme por uma fresta na porta escura e se embrenha em um mundo muito maior do que parece lá de fora. Um novo tipo de floresta, onde as árvores se transformaram em pergaminhos e páginas tremulantes, e o solo macio e coberto de musgo deu lugar a um piso liso, mas irregular.

Com um último sopro, o vento despacha a flor por entre as pilhas, rápida demais para notar que cada vasta seção foi organizada meticulosamente por mãos hábeis. Há de tudo ali: de romances explícitos se desfazendo a volumes históricos do tamanho de um pônei. Mas a flor vê apenas o diminuto chalé aninhado em uma gruta literária, cercado por estantes serpenteantes, com telhado de palha e uma pequenina porta verde. Confusa, a flor de cerejeira enfim repousa sobre um capacho animado diante da porta.

BEM-VINDO!, diz um garrancho bem vivaz, bordado de forma meio tosca.

FIQUE LONGE, SENÃO..., complementa uma tipografia muito mais pontiaguda abaixo.

Um instante depois, a porta se abre. Seokga, o Trapaceiro, pisa na frágil flor ao sair em direção às profundezas da biblioteca para escalar quase cinco quilômetros atrás de um livro específico que a bibliotecária pediu.

Hwanin dá risadinhas, sentado sobre os ombros de Seokga, as mãozinhas esticadas para tocar as lombadas dos exemplares. O irmão mais velho sorri.

Agora estão nas Pilhas Sombrias, onde a luz da janela das Pilhas Rasas não alcança. O deus e a fantasma fizeram um trabalho admirável ao limpar as camadas de poeira, tão grossas quanto neve, e as pragas que infestavam as Pilhas Rasas na frente da biblioteca, mas lá atrás é terra de ninguém. Cogumelos brotam por entre as fissuras do assoalho. Morcegos farfalham no alto, e há uma pequena população de demônios habitando as Pilhas Profundas.

Seokga e Kisa já se arriscaram a visitar as Pilhas Profundas mais de uma vez, armados com uma espada e um enorme taco de beisebol, respectivamente, só para acabarem correndo de volta para o chalé. (Presente de Samsin Halmoni, que pediu desculpas a Kisa com tanta veemência que daria para acreditar que *Kisa* era a deusa. O mais perto que Seokga chegou de um pedido de desculpas dela foi algo que talvez tenha sido um sorriso arrependido, se ele apertasse bem os olhos.)

O deus da trapaça não quer nem saber o que habita as sombras além das Pilhas Profundas — nas Pilhas *Ainda Mais Profundas.* A hipótese de Kisa é de que há um clã de bruxas por lá, e está bem animada para conhecê-las, enquanto Seokga está consideravelmente menos entusiasmado. Se os xamãs adquirem magia dos deuses, as bruxas extraem poderes de demônios como o eoduksini.

As Pilhas Sombrias estão estranhamente quietas, exceto pelo tênue chilrear que soa muito como um demônio da peste. É um alívio encontrar o livro que procurava e poder voltar antes que aquela coisa asquerosa faça Hwanin pegar uma febre. As pequenas janelas do chalé emitem o brilho das velas, uma visão muito mais acolhedora que as Pilhas Sombrias.

Quando Seokga se esgueira pela porta, Kisa salta da escrivaninha, animada e ansiosa para tomar o calhamaço pesado de suas mãos.

— Ah, isso aqui é perfeito! — exclama ela, folheando as páginas com admiração, e o deus a observa feito um homem apaixonado.

O Fio Vermelho forma pequenos coraçõezinhos.

— Para com isso — resmunga ele para a linha escarlate.

Descobrir que o vínculo possui plena consciência tem feito o deus desejar poder estrangulá-lo. Mas Kisa teorizou que o fio só se torna verdadeiramente sólido quando os parceiros Entrelaçados correm perigo mortal. O máximo que Seokga conseguiu fazer contra o fio, mais uma vez imaterial, foi dar um tapa de raiva.

HEHEHE, é a resposta divertida, escrita com volteios implicantes. *VOU NADA*.

Tão desnorteado por Kisa e distraído pelo vínculo, Seokga mal percebe que Hwanin se ergueu no ar com um sorriso travesso e banguela.

Kisa corre de volta à escrivaninha diante de uma das janelas, onde um notebook (roubado de uma loja da Samsung em Seul, cortesia de Seokga) está aberto e piscando, com um gigantesco documento de texto aguardando por ela. O amado caderno da época do CRS *Bateu As Botas* está aberto, e a letra caótica detalha tudo, desde a primeira aparição do Fio Vermelho até a descoberta de sua consciência. Kisa deixa o novo livro no único centímetro de espaço livre da mesa e o admira com reverência. Seokga espia por cima do ombro dela. O título na página esquerda do documento sempre aberto do Word diz: *Fios do Destino*.

Um gritinho estridente de alegria faz Seokga se virar. No momento, Hwanin está dando cambalhotas no meio do ar — para o cansaço crescente do deus da trapaça, que não consegue convencer o pestinha a descer por nada no mundo.

— Hwanin — chama, mas a criança ri da cara dele e rola até a pequena cozinha, roçando as flores secas penduradas nas vigas, que Kisa usa para fazer papinha. O deus da trapaça faz uma careta quando ela se junta a ele.

— Uma hora ele vai descer — diz ela, observando Hwanin pairar sobre a mesa de jantar redonda.

Seokga se pergunta por que, nos sete infernos, algum dia desejou o que os outros descrevem como "os prazeres da vida doméstica" quando o bebê começa a gritar, como se estivesse horrorizado por estar flutuando, apesar de isso ser *obra dele mesmo*. Irmãos. Depois de se atrapalhar um pouco, Seokga consegue puxar Hwanin para baixo pelo dedão do pé.

— Seu monstrinho — murmura o deus da trapaça, dando um beijo no topo da cabeça de Hwanin. O bebê se contorce de felicidade enquanto Seokga se vira para Kisa. — Como vai o livro?

— Tão bem quanto hoje de manhã. — Kisa suspira e passa a mão pelos cachos. Está vestindo um dos suéteres dele, e Seokga nunca vai se acostumar com a satisfação de vê-la usando qualquer coisa menos aquela bata cirúrgica piniquenta do CRS *Bateu As Botas.* — Talvez precisemos nos arriscar nas Pilhas Ainda Mais Profundas hoje à noite... Preciso de outra referência.

Seokga franze a testa.

Kisa abre um sorriso.

— Não me diz que você está com medo...

— Jamais — resmunga ele, enquanto ela dá um passo à frente e passa o dedão para desfazer a ruga entre suas sobrancelhas.

— Pobre deusinho, tão assustado... — O beijo dela é terno e doce, casual de uma maneira que faz os joelhos de Seokga fraquejarem. Sempre que Kisa o beija simplesmente porque *pode* e quer, ele se pergunta se a própria alma maléfica merece tudo isso. — Podemos sempre pedir pro Hwanung vir com a gente de novo.

Seokga fecha a cara, lembrando-se da desastrosa expedição às Pilhas Profundas que fizeram com o sobrinho. Ainda não se recuperou da música que Hwanung decidiu botar no último volume no alto-falante portátil enquanto Seokga e Kisa lutavam contra uma horda de baegopeun gwisin rechonchudos que gotejavam saliva. O deus da trapaça não conseguia se concentrar direito com rock pesado tocando ao fundo, e quase acabou com a perna arrancada por uma das criaturas.

— Por favor, Kisa, não...

Ele se interrompe quando ouve uma batida abrupta na porta. A surpresa de Kisa dispara pelo fio. Quase ninguém visita o pequeno chalé na biblioteca, exceto por Hwanung, a cada duas semanas, quando entra pisando duro com os coturnos de rebites ridículos, trazendo lama, poeira e outros tipos de sujeira, fazendo uma expressão dramática de exaustão e reclamando que "ser o imperador regente é difícil pra caramba". Seokga nunca teve muita empatia pelo sobrinho. Mas agora não pode ser ele — apareceu dois dias atrás.

— Eu atendo — anuncia Seokga, apertando a bengala com mais força.

— Não, deixa comigo — responde Kisa, empurrando-o para o lado.

— Eu tenho uma *espada*... — Ele tenta bloquear o caminho dela, mas Kisa o faz tropeçar com um movimento rápido do pé. O deus cambaleia para longe, irado.

— *Eu* é que tô morta — retruca por cima do ombro, e, antes que Seokga possa formular um argumento contra aquela declaração infelizmente lógica, ela abre a porta.

E congela. As costas se enrijecem, os ombros se erguem e o Fio Vermelho entre eles emite um clarão roxo de pânico crescente e aflição.

Em um piscar de olhos, Seokga pega Hwanin do chão e manca até ela, transformando a bengala em espada com um movimento do pulso.

Quando vê o que está do outro lado do ombro esguio dela, o deus quase derruba o irmão e a espada ao mesmo tempo, assustado.

Uma mulher de pele da cor de folhas de primavera e cabelo tão escuro quanto o solo mais fértil está de pé no capacho, vestindo um hanbok marrom simples. Ela boceja, como se tivesse acabado de acordar de um sono profundo, espreguiçando os braços enquanto os lábios se entreabrem. Nas mãos, segura uma revista reluzente.

SEOKGA, O SENSUAL, CONTA TUDO EM DETALHES SÓRDIDOS!, diz a manchete rosa-chiclete, acompanhada de uma foto bem desfavorável do deus da trapaça fuzilando a câmera com o olhar em um armário de vassouras mal iluminado.

— Mãe? — sussurra Seokga, sem acreditar.

Os olhos dela, tão verdes quanto os do filho, se enrugam de ternura.

— Suponho que você não vá querer me explicar do que se trata isso, né, Seokga? — pergunta Mago, deusa da terra, imperatriz por direito de Okhwang, e mãe (já não mais) adormecida de Seokga.

SEOKGA, O SENSUAL, CONTA TUDO EM DETALHES SÓRDIDOS!

O DISCRETO DEUS DA TRAPAÇA BOTA A BOCA NO TROMBONE

EDIÇÃO EXCLUSIVA DE PRIMAVERA DO *FUXICO DIVINO*

Por Suk Aeri, editora-chefe

ORA, ORA; ORA! QUANDO A vida te dá limões docinhos, o que mais você poderia fazer além de uma bela limonada? É isso que nós aqui do *Fuxico Divino* fizemos no último outono quando um certo deus da trapaça sensual caiu no nosso joguinho. ~~Com um pouco de chantagem,~~ Ele ficou super animado para responder às perguntas que não querem calar e que deixam todo mundo acordado há anos!

Nós do *Fuxico Divino* estamos muito entusiasmados de enfim apresentar as respostas em nossa edição mais do que especial de primavera! Cuidado: o conteúdo da entrevista a seguir é de dar um calor *daqueles!* Aconselhamos que prossiga com cautela… Ou não. Pode se jogar de cabeça e descobrir quais segredinhos Seokga (antigo não deus, há muito tempo vencedor do prêmio *Gostosão Só Que Não* do *Fuxico Divino* e o malvado de olhos verdes favorito de todo mundo) anda escondendo de nós!

NOTA: Os nomes dos repórteres foram *censurados* para proteger seu *anonimato.*

Repórter 1: Nós, do *Fuxico Divino*, agradecemos por ter aceitado conversar com a gente hoje pra…

Seokga: Vai se foder. Nós dois sabemos muito bem por que estamos aqui. Vai, pergunta logo. Antes que eu perca a paciência.

Repórter 1: Tá. Primeira pergunta: você usa peruca?

Seokga: Se eu uso… não. Eu não uso peruca.

Repórter 2: Fascinante. Aqui vai uma das boas. Seokga, você tem um *longo* histórico de ser um cuzão.

Seokga: Obrigado.

Repórter 2: Nossos leitores querem saber: o quanto você diria que a sua beleza te salvou de virar petisco de eoduksini nas mãos do panteão?

Seokga (sorrindo com desdém): Muito. Mas o que o panteão sabe, mesmo que tente negar ou esquecer na metade do tempo, é que tudo precisa de um equilíbrio. Minha natureza proporciona esse equilíbrio.

Repórter 2 (sarcástico): É por isso que você invade salas de monitoramento e destrói tudo? Pra manter o "equilíbrio"?

Seokga: Vou considerar que essa pergunta foi retórica.

Repórter 1: E foi. A próxima: é verdade que você fez cirurgia plástica pra acentuar o tamanho do peitoral? Nossos leitores têm notado que eles parecem estranhamente grandes e, em outras palavras, "duros. Bem, bem durinhos".

Seokga (engasgando): Não! Fala sério. Quanta baboseira. Essas perguntas não estão me ajudando a simpatizar com a sua audiência. Um bando de *interesseiras* desmioladas…

Repórter 1: É verdade que você namorou uma passeadora de cães idosa?

Seokga: Venho tentando falar há anos que eu *não*…

Repórter 1: Ainda nesse assunto, qual foi o lugar mais inconveniente em que você já ficou excitado?

Seokga: Mas que inferno. Em uma floresta de bambu perto de uma horda de fantasmas famintos, eu acho.

Repórter 1: Quer elaborar a resposta?

Seokga: Não.

Repórter 2: Por acaso você já… sabe como é… na forma de um animal?

Seokga (horrorizado): Você é nojento. *Não.*

Repórter 1: Tem algum fetiche safado que você guarda em segredo?

Seokga (sofrendo): Eu… costumava… gostar de ter… um espelho por perto.

Repórter 2: Pra se ver?

Seokga (encarando feio): Talvez.

Repórter 1: É verdade que, nos anos 2000, você foi a um show do TLC e chorou durante "Waterfalls"? As fotos estavam tão borradas que ninguém conseguiu dizer se era você ou um mortal muito emocionado.

Seokga: …

Seokga: Sim. Infelizmente, aquele lá era eu mesmo.

Repórter 2: Você ainda tem fantasias vívidas de poder? Se sim, tem algum plano pra dominar o mundo em breve?

Seokga: Que interessante você me perguntar isso…

Querem mais respostas *quentinhas?* Seokga, o Sensual, vai continuar contando tudo em detalhes SÓRDIDOS nas páginas 13 a 24!

GLOSSÁRIO

BAEGOPEUN GWISIN: Um tipo de fantasma faminto.

BANMAL: Forma informal da língua coreana, usada entre pessoas próximas ou de hierarquia inferior. Contrasta com o *jondaemal*, que é mais formal.

BULGAE: Cães de fogo da mitologia coreana que habitam o reino do Sol e da Lua. Diz-se que perseguem esses astros, causando eclipses quando os alcançam.

BULGASARI: Criatura que possui uma fome insaciável por metais. Retratada como um híbrido de javali com urso, sua pele parece ferro.

CHAEBOL: Conglomerado empresarial sul-coreano, geralmente familiar e com grande influência econômica e política no país.

CHEONYEO GWISIN: Fantasma virgem.

CHUNBUN: Solstício de Primavera.

DAEGEUMSAN: Uma montanha localizada na Coreia do Sul, considerada sagrada em algumas lendas folclóricas.

DALNIM: Deusa da lua.

DOKKAEBI: Um tipo de goblin ou duende muito habilidoso.

EODUKSINI: Demônio da escuridão.

GAMANGNARA: Mundo das Sombras; reino dos monstros.

GAMEUNJANG AEGI: Deusa da sorte.

GANGCHEORI: Um tipo de dragão monstruoso.

GUMIHO: Entidade metamorfa, conhecida como o espírito da raposa de nove caudas.

GWISIN: Palavra coreana para fantasma.

HABAEK: Deus dos rios.

HAEMOSU: Deus do sol.

Haetae: Entidade com o poder de julgar quem comete crimes e proteger regiões indefesas. Quando assumem sua forma bestial, parecem com um enorme leão com chifres e escamas.

Hallakkungi: Espírito das águas que aparece em lendas coreanas, conhecido por sua natureza brincalhona ou travessa.

Hasegyeong: Filho do deus do gado.

Hwangcheon: Estrada que leva para o além, pós-vida.

Hwanin: Deus-rei dos céus.

Hwanung: Deus das leis, filho de Hwanin.

Imoogi: Um tipo de dragão sem asas ou serpente monstruosa.

Ineo: Palavra coreana para peixe. Em algumas lendas, representa espíritos aquáticos, como sereias.

Inmyunjo: Criatura mítica com corpo de pássaro e rosto humano. Símbolo de realeza e transcendência espiritual.

Iseung: Reino mortal.

Jacheongbi: Deusa da agricultura.

Jangsan Beom: Espíritos de tigre que imitam vozes humanas para atrair mortais.

Jeolmeojineunsaemmul: Fonte mítica da juventude, capaz de rejuvenescer quem dela bebe ou se banha.

Jeoseung: Reino dos mortos, governado por Yeomra.

Jeoseung Saja: Ceifeiros que recolhem as almas dos mortos e preenchem os formulários do submundo para mandá-las a Jeoseung. Geralmente se vestem inteiramente de preto e usam chapéus. A pele é pálida e os olhos encovados.

Jikdo: Espada longa, parecida com a katana.

Jondaemal: Forma formal e polida da língua coreana, usada para demonstrar respeito em contextos sociais hierárquicos.

Jowangshin: Deusa do lar.

Mago: Deusa da terra, mãe de Seokga e Hwanin.

Maknae: Termo usado para se referir ao membro mais jovem de um grupo, seja familiar, social ou profissional.

Manura: Deusa da varíola.

Mireuk: Deus criador que separou o céu da terra, criador de todos os reinos, pai de Seokga e Hwanin.

Mugunghwa: A *rosa-de-sarom* ou *hibisco-da-síria*. É a flor nacional da Coreia do Sul.

Mul Gwisin: Um tipo de fantasma gorgolejante ou afogado.

Okhwang: Reino divino, governado pelo imperador Hwanin.

Palácio Cheonha: Residência celestial onde habitam os deuses, especialmente Hwanin e seus descendentes.

Ramyeon: Tipo de macarrão instantâneo muito popular na Coreia do Sul, frequentemente associado a conforto e refeições rápidas.

Samjokgu: Um tipo de demônio metamorfo de três pernas que se transforma em cachorro.

Samsin Halmoni: Deusa da maternidade.

Seocheongang: Rio vermelho que corre em Jeoseung, reino dos mortos.

Seollal: Ano Novo Lunar coreano. Uma das principais celebrações do país, marcada por rituais ancestrais e reuniões familiares.

Sokkoritang: Ensopado picante tradicional feito com carne de boi, geralmente costela. Muito consumido durante o inverno.

Woldo: Uma haste longa com uma grande lâmina na ponta, parecido com o guandao chinês.

Yedo: Outro tipo de espada longa.

Yeomra: Rei dos mortos, também conhecido como Yeomra Daewang. Julga as almas no reino de Jeoseung e decide seu destino pós-vida.

Yeongdeung Halmang: Deusa do vento e do mar na ilha de Jeju. Traz bons ventos e peixes para os pescadores durante o festival Yeongdeungje.

Yojeong: Expressão coreana para fada.

Yong: Um tipo de dragão celestial muito poderoso.

Yongwang: Deus do mar.

Yongwangguk: Reino submerso governado por Yongwang.

AGRADECIMENTOS

EU NÃO ESTARIA AQUI HOJE SE NÃO FOSSE PELO APOIO INABALÁVEL da minha família. Mãe, você deve ser a maior fã da série *Fios do Destino.* Obrigada por me encorajar — assim como a Seokga, Hani e Kisa — todos os dias com seu entusiasmo incomparável. Dedico este livro a você por um bom motivo. Obrigada ao meu pai, que é o arauto dos conselhos mais irritantemente sábios. Eu queria de verdade que você não tivesse razão tantas vezes. Fico indignada. Aos meus irmãos, obrigada pela autenticidade irrestrita e amizade fiel. 할머니 e 할아버지, obrigada pelo amor e apoio, e por toda a deliciosa comida coreana. Vovó, vovô, obrigada pelo incentivo infinito.

Tenho muita sorte de ter uma agente literária incrível, Emily Forney, que tem estado ao meu lado durante todo o caminho, há anos. Emily, dizer que aprecio tudo o que faz pela minha escrita seria um eufemismo enorme.

Parece que estou cercada de várias Emilys fantásticas e talentosas. Um enorme, enorme obrigada à minha editora, a inigualável Emily Archbold, com quem é uma alegria e maravilha imensa trabalhar. Que venham mais aventuras por aí!

Del Rey tem sido uma editora incrível, e está repleta de pessoas que fizeram um trabalho impressionante levando *O deus e a fantasma* para o resto do mundo. Obrigada à minha preparadora de olhos de águia, Madeline Hopkins. Obrigada à minha espetacular equipe de marketing: Ashleigh Heaton, Tori Henson e Sabrina Shen. Obrigada a Meghan O'Shaughnessy e David Moench, das relações públicas. Obrigada também a Madi Margolis, Scott Shannon, Keith Clayton, Julie Leung, Alex Larned, Pam Alders, Michelle Daniel e Paul Gilbert. À designer Belina Huey e à ilustradora Sija Hong: vocês têm minha eterna gratidão por criarem capas tão bonitas para esta série. Obrigada a Ralph Fowler, que tornou o miolo do livro tão deslumbrante.

Do outro lado do mar há uma equipe fabulosa por quem sou muito grata. Obrigada a Molly Powell, Sophie Judge e Kate Keehan da Hodderscape, assim como a Kuri Huang, que ilustrou as extraordinárias capas britânicas. Obrigada também a Anissa e à querida equipe do FairyLoot.

A Serena Nettleton, minha melhor e mais antiga amiga, irmã de tudo, menos de sangue, obrigada pelo companheirismo fenomenal e por me inspirar todos os dias. Não tenho palavras para expressar o quanto te amo.

Kamilah Cole, por favor, aceite isto como meu pedido de desculpas formal por "matar" Hwanin. Eu amo como você se apegou a esse deus de cabelo prateado. Tudo o que posso dizer é: *Oops*?

Por fim, a todos os leitores que apoiaram *Fios do Destino:* obrigada, obrigada, obrigada. Nada disso seria possível sem vocês.

Conforme vamos nos aproximando do porto, chegou a hora de desembarcarmos do CRS *Bateu As Botas.* Espero, do fundo do meu coração, que vocês tenham aproveitado a estadia no "melhor cruzeiro de férias de todos" (palavras de Yeomra, não minhas) e que nos reencontremos em breve em outra aventura daquelas.

Este livro foi impresso pela Vozes, em 2025, para a Harlequin.
O papel do miolo é o Avena 70g/m² e o da capa é o cartão 250g/m².